Au jeu
du désir

Françoise Dolto

Au jeu du désir

ESSAIS CLINIQUES

Éditions du Seuil

EN COUVERTURE : illustration Rozier-Gaudriault

ISBN 2-02-009918-7
(ISBN 1ʳᵉ publication : 2-02-005922-3)

© Éditions du Seuil, 1981

La loi du 11 mars 1957 interdit les copies ou reproductions destinées à une utilisation collective. Toute représentation ou reproduction intégrale ou partielle faite par quelque procédé que ce soit, sans le consentement de l'auteur ou de ses ayants cause est illicite et constitue une contrefaçon sanctionnée par les articles 425 et suivants du Code pénal.

On lira, dans cet ouvrage, des essais psychanalytiques de styles très différents : ils sont le témoignage d'un travail de trente ans (1946-1978).

Il s'agit d'articles, d'études, de conférences, pour la plupart parus dans des revues dont les numéros sont devenus introuvables. Tout ce qui est publié dans ce volume a été relu et retravaillé. On ne s'étonnera donc pas si l'on y trouve parfois de plus amples développements que dans la publication originale.

On ne retrouvera pas, dans ce premier volume, plusieurs travaux : sur la régression (1958), sur la libido féminine (1960), sur les pulsions de mort (non paru), sur l'évolution du narcissisme de la naissance à la vieillesse (non paru).

L'essai qu'on lira sur personnologie et image du corps est l'ébauche première (parue en 1961) d'un travail clinique et théorique, que j'ai poursuivi depuis lors, concernant l'image du corps et le schéma corporel; travail que je compte publier par la suite.

Ainsi s'amorce l'édition de ce que je considère — essais et séminaires — comme le témoignage de mon questionnement continuel au cours de mon métier de psychanalyste : questionnement et réflexions théoriques que je livre aux psychanalystes, mes collègues.

1. A propos de la fonction symbolique des mots *

petite histoire vraie d'un bébé, d'un chapeau
et d'un premier rire aux éclats

Freud a écrit que c'est le jeu du *Fort! Da!* — en français « Coucou! Ah, le voilà! » — qui est à l'origine du langage.

Les phonèmes « Coucou! », qui signifient : « parti », expriment la certitude, partagée avec un autre humain, de l'existence de l'objet, autant que « Ah, le voilà! » qui signifie : « je le reconnais, de nouveau, moi, lui, toi, nous, dans l'absence et la présence ».

Je me rappelle avec émotion un jeu avec un bébé de neuf mois, que je rencontrai un jour au jardin public avec sa mère. Il était assis dans son landau. J'étais, à l'époque, une très jeune fille. Il ne me connaissait pas. Sa mère le disait ralenti et sauvage. Il ne parlait pas encore et, pour l'amuser, je lui donnai mon chapeau qui avait, me semblait-il, attiré sa main droite et son regard. Je *dis* :

— Chapeau.

en lui présentant l'objet, mais il ne voulut pas y toucher. Puis, je changeai l'objet d'orientation en l'air, à distance, ce qui *modifiait* sa forme et ses contours, et je répétai :

— Chapeau.

L'enfant, qui n'avait d'abord pas voulu toucher l'objet, tendit de nouveau la main droite, la même qu'il avait tendue vers lui quand je l'avais encore sur la tête et, mis en confiance, il accepta sans la retirer que je fis toucher à cette main le chapeau. Le chapeau fut ensuite déposé par moi devant lui sur la couverture du landau. Il l'observa attentivement sans y toucher, ses deux mains posées sur la couverture de part et d'autre. Tout en parlant avec

---

* Publié dans *Pratique des mots*, août 1969.

sa mère, j'approchai le chapeau de sa main gauche : qu'il retira, tout en laissant sa main droite près de l'objet. Je lui dis alors :
— Prends le chapeau.

Et, avec mes mains, j'approchai du chapeau ses deux mains. Il me regardait, intrigué de ce contact tactile peut-être, laissa ses mains telles que je les avais placées. Je lui dis :
— Oui, le chapeau de la dame.

Puis je remis le chapeau sur ma tête. Il tendit alors les deux mains. Je le lui rendis et, tout heureux, il *l'empoigna*. Il se mit à le soulever de ses deux mains, les bras tendus, et à le faire retomber sur sa couverture pour le soulever à nouveau et le rabattre encore. A chacun de ces gestes, je disais :
— Beau chapeau.

Il semblait ravi, très occupé par l'objet. Après un petit moment de ce jeu, plus vite que ne vont les mots pour le dire, le chapeau était *par-dessus bord,* à droite de la voiture. La maman dit :
— C'est son jeu favori, c'est pourquoi je ne lui donne rien; tout est aussitôt par terre.

Le bébé, lui, regardait visiblement la direction *de ma tête,* cherchant à y revoir le chapeau. Je le ramassai pour le lui rendre, mais il ne l'intéressait plus. Je m'en couvris donc, continuant à parler avec sa mère, quand, joyeux, il sembla le vouloir encore. Il agitait les bras, la mine éveillée, le siège sautant dans sa voiture, en visant le chapeau. Je le lui rendis : aussitôt le chapeau fut par terre, et cela plusieurs fois de suite, à sa grande joie. Il n'était plus besoin dès lors que je le misse sur ma tête. L'enfant guettait la réapparition de l'objet en me regardant, moi et mes mains, silencieusement absorbé; puis aussitôt l'objet sur sa couverture, convaincu, décidé, rapide, il le lançait par-dessus bord. A un moment, je lui dis :
— Chapeau par terre!

Et je le ramassai comme avant. Il me regarda, attentif, sérieux, un peu interloqué, avant de remettre les mains sur le chapeau. Mais, aussitôt la chose faite celui-ci était par terre et l'enfant, tranquille, attendait.

Vous pensez que vous savez maintenant tout de cette histoire? Pas du tout! Je dis en riant :
— Jacques a encore jeté le chapeau par terre! Oh!

Alors, pendant que je me baissais pour ramasser le chapeau, le bébé se pencha avec effort, s'agrippant des deux mains au bord de son landau, pour *regarder l'objet que je ramassais*. Moi, un peu lasse du jeu, je dis :

— Non, c'est fini maintenant...

L'enfant accepta et revint à son habitus peu moteur, en regardant d'un air indifférent mon chapeau revenu sur ma tête. Mais ce n'était pas fini...

Je continuai à bavarder avec la mère, l'enfant de temps en temps grognait, s'agitait sur son siège, secouant son landau, ou suivant des yeux un autre enfant dans le jardin, qui appelait ou courait.

Désirant renouer la conversation avec lui, je dis encore :

— Chapeau?

Il me regarda sans bouger. Je lui tendis le chapeau. Il fit mine de ne pas vouloir s'en emparer, se contentant de le fixer, l'air indifférent... Histoire donc de faire quelque chose, étonnée qu'il ne veuille plus le prendre ni le lancer par terre, je redis d'un ton clair, en le lui montrant à distance, à bout de bras :

— Chapeau!

Il me regarda. Puis, en le faisant *disparaître* rapidement derrière moi, je prononçai :

— *Pas* de chapeau!

Et, en le remontrant :

— Chapeau!

Et ainsi de suite :

— *Chapeau! Pas de chapeau!*

Cinq ou six fois, je ne sais. Nous étions tous deux, moi et Jacques, attentifs à ce jeu; mais lui ne manifestait rien, ni de façon motrice, ni par sa mimique. Alors j'arrêtai et dis :

— Bon, pas de chapeau.

Il attendit un moment. Puis il se mit à s'agiter sur son siège en remuant les bras avec de petites inspirations suivies d'expirations rapides. Prenant cela pour un appel, je fis réapparaître le chapeau en disant :

— Chapeau!

Et le laissai immobile, bien en vue. Jacques s'agita de nouveau. Je fis encore disparaître l'objet en disant :

— Pas de chapeau !

Suivit une pause. L'enfant s'agita, je pris cela pour un appel. C'était bien cela qu'il désirait : l'apparition « chapeau » suivi de la disparition « pas de chapeau ». Il me signifiait son désir en s'agitant, sans émettre aucun son, mais je comprenais.

Nous continuâmes ce petit jeu un temps ! et puis, pour m'amuser, voulant, comme on dit, faire une blague, je commençai à prononcer *les mêmes phonèmes en inversant les gestes qui les accompagnaient ;* je m'amusai à dire :

— Chapeau !

en faisant disparaître l'objet, et :

— Pas de chapeau !

en le montrant. Jacques se mit tout à coup, et pour la première fois de sa vie, à *rire* aux éclats, ce qui, vous le pensez bien, me surprit autant que sa mère ! Un rire ! un rire qui s'arrêtait, roucoulant dans sa gorge, pour attendre ce que j'allais faire.

Je *séparai* alors tout à fait les mots du geste, les faisant tantôt se correspondre et tantôt non. Chaque fois que je disais « Chapeau ! » en montrant l'objet et « Pas de chapeau ! » en le cachant, Jacques était content et sérieux, attendait aux aguets. Mais, chaque fois que je disais le contraire de ce que je faisais, c'était une reprise d'hilarité aux éclats. Vraiment, pour ce bébé comme pour moi, ce fut une bonne partie.

Cette petite histoire vécue m'a laissé le souvenir qu'un enfant peu communicatif de neuf mois peut advenir à être, par le langage, même sans prononcer lui-même les mots, maître de son désir ; qu'un enfant qui ne parle pas encore, non seulement est capable de jeu moteur et verbal en accord avec un autre humain, mais saisit déjà la contradiction entre le dire et l'expérience de la réalité sensorielle ; et j'en ai gardé l'idée que ce « mensonge » semble apporter dans le jeu cette dimension humaine de complicité qui donne toute leur valeur aux sujets maîtres de la réalité. C'est bien là l'origine du jeu de mots : en fait, jeu de sujets maîtres des choses, et les soumettant à leur fonction symbolique qui peut jouir autant et même plus de la contradiction que de la confirmation. C'est l'origine de l'humour... Le chapeau était de feutre poilu, dit « velours », marron foncé ; quelque chose dit à la psychanalyste que je suis devenue que ce chapeau était, chose et mot, fortement signifiant pour un enfant observateur de neuf mois, encore obligé à se taire et pas encore maître de ses sphincters.

... Que de questions soulevées par cette histoire de mots et de chapeau, entre une jeune fille gaie et un petit garçon farceur de neuf mois.
- Pourquoi se trouvait-il — lui étant brun, de parents bruns, et moi brune de cheveux — attiré par ce couvre-chef marron *sur* ma tête, mais indifférent d'abord à lui quand je le séparai *de* ma tête?
- Pourquoi ne s'est-il intéressé à la « chose en soi » que *parce que je l'ai nommée et soumise à son observation* en en faisant varier les contours et la position, et en répétant les phonèmes? Peut-être connaissait-il déjà le mot « chat » et le mot « peau » ou « pot »; ou peut-être le mot « chapeau » n'avait-il jamais accompagné pareille chose aperçue et pareil échange avec un être humain? Lui-même ne portait pas de bonnet ni de couvre-chef.
- Pourquoi marqua-t-il un moment d'étonnement en m'entendant prononcer le mot « chapeau » suivi de « par terre », que je ne dis pas d'un ton fâché d'ailleurs, avant de recommencer le même jeu? Était-ce parce que la mère le privait d'objets en craignant qu'il ne les jette sur le sol?
- Pourquoi n'a-t-il pas regardé le lieu où le chapeau avait chu et où je le ramassai chaque fois, avant que j'aie *prononcé* les mots : « Jacques a jeté le chapeau par terre »?
- Pourquoi a-t-il accepté de renoncer au jeu qui avait occupé son attention après avoir observé ainsi le lieu et le ramassage, et pourquoi a-t-il eu l'air aussitôt de nous avoir oubliés, le chapeau et moi?
- Pourquoi, quand je pensai à reprendre le jeu, lui-même y fut-il indifférent? Est-ce parce que, comme sa mère, je l'avais privé de ce qu'il savait, après en avoir eu confirmation visuelle, avoir jeté « par terre »?
- Pourquoi le jeu « chapeau-*pas* de chapeau » à distance, et sans qu'il touchât l'objet, lui rendit-il de nouveau l'objet très intéressant?
- Pourquoi, surtout, ce rire, expression neuve, exclusivement

humaine? Pourquoi, connaissant le mot de la chose, les phonèmes de sa présence et de son absence, trouva-t-il si drôle de jouer à *mentir* avec moi? et moi, de mentir avec lui?
- Qu'était-ce que ces roucoulages de gorge, franges du rire aux éclats, qu'il gardait par-devers lui, attendant, en les modulant doucement, en les arrêtant, puis en refusant de rire à nouveau, et en ne les laissant fuser une nouvelle fois que lorsque l'expérience était contradictoire au dire?
- Pourquoi l'enfant peut-il être intelligent mais encore démuni de moyens de communiquer ce qu'il désire, ce qu'il pense, et paraître, de ce fait, à une mère intelligente, ralenti et sauvage?
- Et encore bien d'autres « pourquoi? ».

2. Mots et fantasmes *

Mars 1967 : voyage vers les Alpes, wagons-lits, compartiment à deux lits.

Père, mère, tous deux vingt-cinq à trente ans, visages bien dessinés; elle, sans coquetterie, cheveux mi-longs en liberté. Deux beaux enfants bien plantés, apparemment de six et trois ans. Tous quatre en costume de ski. Les deux enfants, cheveux coupés court. Garçons ou filles? Impossible de savoir. Ils ont tous deux des surnoms qui auraient aussi bien pu être des noms de chats ou de chiens : mettons Jaja et Riri.

C'est le matin : d'après l'heure, on devrait arriver. Tout le monde se prépare dans le wagon. Riri et Jaja sont déjà harnachés, impatients.

Le chef du train passe et annonce :
— Ne vous pressez pas, il y a deux heures de retard.

Déception de la petite famille. Riri et Jaja, allégés chacun de leur passe-montagne et de leur anorak, se mettent à courir dans le couloir; le père et la mère fument devant leur compartiment et semblent anxieux :

— Qu'est-ce qu'on va faire? A cette heure-là, l'autocar sera passé, il faudra attendre celui de 11 heures. On aurait dû dire au père Untel de venir nous chercher en taxi.

— Tu te rends compte, attendre dans un froid pareil avec les enfants!

— Ne t'inquiète pas comme ça, il y a toujours la salle d'attente!

* Publié dans *Pratique des mots*, 1967, n° 1 (épuisé).

— Oui, mais ce n'est pas chauffé!
— On trouvera bien un brasero... Nous ne sommes pas les seuls, ne t'en fais pas. Tu resteras à la gare près du brasero et je téléphonerai au père Untel qu'il vienne nous chercher.

La mine soucieuse, les adultes rentrent dans le compartiment. Un moment de silence chez les enfants, puis d'une voix excitée, l'aîné dit :

— Oh! on va voir des soldats-tentes... Oh! ça va être bien! et pis des cow-boys! et pis des Indiens!

Le petit enchaîne, en écorchant les mots :

— Et pis, i jouent du tambou et de la tompette.

Et il se met à claironner à tue-tête.

— Riri, tais-toi! crie une voix dans le compartiment.

Mais Riri court, poursuivi par Jaja. Ça dégringole, ça rit, ça rebondit et, dès qu'ils sont revenus devant le compartiment des parents, Jaja demande :

— On arrive bientôt? On va les voir? I seront là?

Puis, à son tour, le plus petit :

— Comment i peuvent tirer si ils ont zéro de bras? Ah! Je voudrais les voir... Ah oui! Comment i peuvent?

Riri s'interroge, angoissé de fantasmes de corps mutilés.

— On verra, se réconfortent-ils l'un l'autre.

Les parents sans oreilles restent muets devant ces questions concernant des signifiants insolites, salle d'attente et braseros, générateurs fantasmatiques, se contentent d'un simple :

— Mais taisez-vous donc!

On referme la porte du compartiment, après y avoir engouffré Riri et Jaja, difficiles à contenir dans leur exubérance. Aux haltes successives, descendent des voyageurs; pour tout ce monde à jeun, c'est la presse autour des voiturettes-ravitaillement. Le père pélican, revenu deux fois bredouille, rapporte enfin café et sandwiches. Tout le monde s'enferme, on se sustente, puis les enfants ressortent et le thème des soldats-tentes continue à se développer. A chaque station, les yeux avides cherchent à voir et l'on se rassure comme on peut :

— I sont pas ici, là c'est pas là qu'on descend, y en aura là où on descendra, un général avec son cheval-tente aussi, tout en étoffe avec pas de bras.

Le rêve continue. Enfin, on arrive. Riri et Jaja sont harnachés de nouveau. On entend : « Donne-moi ta jambe... l'autre... Tiens-toi tranquille. »

Les deux adultes sont prêts, sac au dos tous deux, le père, une valise au bout d'un bras :

— Jaja, tu ne lâches pas papa.

La mère se garde le Riri sur un bras, comme si subitement il ne savait plus marcher, et, sous l'autre bras, elle porte une chose presque aussi grosse que Riri, une espèce de monstre en chiffon bourré, avec une tête aussi volumineuse que le corps et quatre membres informes, le tout de couleur indécise.

Tout le monde descend, non sans que la mère ait rappelé Jaja pour lui mettre dans les bras sa « poupée » oubliée, un autre grand paquet, saucissonné d'une couverture crasseuse, dont sortent de longs poils jaunâtres, des cheveux hirsutes encadrant un visage délavé à lointaine ressemblance humaine. Jaja semble indifférent et, cramponné d'une main à la veste de son père, se laisse encombrer le seul bras qui lui reste, bien plus préoccupé du spectacle attendu que de tout le reste. Sur le quai, le troupeau de migrants que nous sommes, chargés comme des baudets, s'avance vers la petite gare. Le train siffle et repart.

Sortie de la gare. Un autocar est là. Brouhaha. Il se remplit. Le témoin que je suis s'assoit. La petite famille cherche une place, mais il faut penser à tout : ne pas se mettre près d'une fenêtre, car le petit aurait froid, même si elle est fermée; pas sur les roues, on y serait trop secoué.

— Toi, avec Jaja, reste au bord du couloir, pour si elle était malade.

(Donc, c'est une fille.)

— Mais non, voyons, elle est jamais malade en auto.

— Oui mais, après une nuit en chemin de fer, ils sont pas dans leur assiette, et puis ils ont pas fait, enfin, j'espère que Riri attendra l'arrivée, parce que, lui, il a besoin de son pot, mais Jaja...

La mère s'angoisse de fantasmes de défécation. Jaja est éteinte, déçue sans doute, affalée sur le corps de papa plutôt que sur ses genoux; elle suce son pouce distraitement et, les yeux riboulants, suit les voyageurs qui s'installent. Le couloir sépare la place de Papa-Jaja et celle de Maman-Riri. Je suis à gauche de Maman-

Riri. Riri est couché comme un nourrisson géant en travers de sa mère; il suce son pouce voracement et fixe des yeux le profil de son père. Comme le gros fétiche le gêne pour voir son père, il tient sa nuque soulevée. La mère s'en aperçoit et donne le fétiche au père qui se lève pour le mettre dans le filet. (Ne serait-ce pas un genre de tortue?) Les yeux de Riri suivent tous les mouvements de son père.

J'apprends que Riri a trois ans et que c'est un garçon (sa sœur a six ans). La mère le nourrissonne comme s'il avait six mois. Et il parlait tout à l'heure comme un enfant de dix-huit ou vingt mois.

L'autocar est plein. Beaucoup de personnes sont debout. Le conducteur leur dit :

— Avancez vers l'arrière, il y a encore des places assises, vous n'avez qu'à rabattre les strapontins.

On peut ainsi s'asseoir cinq à chaque rang. Un hurlement soudain est poussé à ma droite : Riri, furieux, a lâché son pouce. Le monsieur qui vient de s'asseoir sursaute.

— C'est que vous lui cachez papa, dit la mère avec un sourire timide et d'un ton geignard (ou câlin?). Il ne peut pas vivre s'il ne le voit plus.

Le monsieur penche le buste en avant pour que tyran Riri voie son dieu, cette vision étant sa seule référence phallique sécurisante.

Entre-temps, pendant ce petit remue-ménage, les paroles du conducteur ont réveillé les fantasmes de vie sociale de Jaja. Ayant quitté son habitus affalé sur son père, la bouche ouverte, le pouce à vingt centimètres de la bouche, dressée sur son séant, elle hausse le cou pour regarder. Interrogative, l'air très intéressé, elle demande :

— Pourquoi on va les battre? Toi aussi, papa? On va les battre? Tout le monde?

Après « salle d'attente » et « brasero », c'est « abattre les strapontins » qui alimente les fantasmes sadiques de Jaja.

— Allons, tais-toi! dit le père.

Le guet de quelques secondes s'épuise; mais la grosse et encombrante poupée clocharde est passée, par la médiation du monsieur-couloir, à la maman-Riri qui la serre sur son cœur. Rassurée de voir l'accueil protecteur fait à son fétiche aimé, Jaja se vautre sur son père et tente de sombrer dans l'indifférence au monde.

— Vous êtes bien encombrée, dit ma bouche à la dame, ce n'est pas commode.

— Oh oui, dit-elle, il leur faut leur poupon à chacun la nuit, sans ça ils ne dorment pas; alors faut bien les emporter...

Voilà que le monsieur du strapontin, fatigué d'être plié en avant, se redresse sur son séant. Nouveaux hurlements de détresse de Riri. Le monsieur se ratatine à nouveau. Riri se calme et ses yeux se ferment. Et la mère, anxieuse, de s'adresser à son mari :

— Sais-tu où est la Thermos ? Il va sûrement avoir soif, on en a pour une heure et demie.

Le père, penaud, avoue avoir mis sac à dos et valises à l'arrière de l'autocar. Angoisse de la mère. Elle fantasme la soif de son fils. Fort heureusement, on roule; Riri, les yeux mi-clos, a relaxé sa nuque et se tait.

Apres ces paroles de la mère, un sursaut visqueux a sorti un moment Jaja du sommeil, pour parler pipi. Les regards angoissés des parents se croisent. Vraiment impossible de bouger. Acceptation tacite, résignée, d'une inondation probable. Timides injonctions geignantes à la temporisation. C'est papa qui parle à Jaja. Jaja, engourdie de nouveau, s'endort en rêvant sans doute aux soldats-tentes caracolant sur leurs chevaux d'étoffe avec leurs bras coupés à zéro, et battant tout le monde.

Combien d'enfants-fétiches de parents soucieux de leurs seuls besoins-rois entendent ainsi des mots au sens mystérieux, inducteurs de fantasmes, à l'affût qu'ils sont des adultes-maîtres, et de paroles qu'ils happent avec leurs oreilles, comme la gueule d'un chien happe les mouches, désirs voyeurs perdus dans un désert de non-communication !

3. Les sensations cœnesthésiques d'aise ou de malaise, origine des sentiments de culpabilité *

Au cours de ces journées [1], on a parlé des modalités du sentiment de la faute, c'est-à-dire du sentiment (conscient) de culpabilité, ainsi que des relations étroites entre ce sentiment conscient et ce que les psychanalystes appellent, sans avoir encore trouvé un meilleur terme, le sentiment *inconscient* de culpabilité; on a aussi montré les relations de ce dernier avec le mécanisme d'échec et les sentiments d'infériorité complexuels. Le docteur Laforgue a parlé de l'apaisement que les religions, et surtout la religion catholique, peuvent apporter au sentiment de culpabilité inconscient chez les fidèles. Je voudrais, en tant que psychanalyste d'enfants, apporter ma modeste part à cette étude, à partir de quelques observations cliniques des premières manifestations du sentiment de culpabilité.

Quand l'enfant, à l'aide des qualificatifs *bien* ou *mal, gentil* ou *méchant,* commence à exprimer des jugements moraux sur ses *actes* et sur ceux d'autrui, ces jugements sont toujours liés à une mimique, ouverte ou fermée, d'acquiescement ou de rejet, voire de révolte. Cela implique que l'enfant ait d'une part la notion d'une liberté de choix (il estime qu'il savait qu'il aurait été possible de ne pas agir) et qu'il recherche d'autre part la confirmation par un autre — un aîné ou un adulte, de préférence l'adulte parent qu'il aime parce qu'il est dépendant de lui pour

---

1. Cette communication a été faite dans le cadre de journées organisées par *Psyché* à Royaumont, dont le thème était l'étude de la culpabilité (janvier 1948).

* *Psyché,* n°s 18-19, 3e année, Paris, avril-mai 1948.

son bien-être et que, de ce fait, il lui fait *a priori* confiance — du jugement qu'il a porté. L'adulte semble-t-il « content » ou « pas content »? Voilà ce qui compte. Si l'adulte est content, c'est bien, l'enfant se sent gentil; s'il ne l'est pas, c'est mal, il se sent méchant.

Il est, à l'inverse, curieux de constater que lorsqu'un enfant décrète qu'une *chose* (et non un acte, ni une personne) est « bonne » ou « mauvaise », il ne demande pas son avis à l'adulte. Il peut ne pas être d'accord avec les jugements esthétiques, gustatifs ou sensoriels des adultes, et même s'y opposer sans trouble (sauf dans le cas d'une éducation très méprisante pour la liberté de l'individu).

On peut en déduire que l'échelle de valeurs « bien-mal » ne relève pas, dans le psychisme, des mêmes règles d'élaboration que les échelles de valeurs « bon-mauvais », « agréable-désagréable », « beau-laid [1] ».

En ce qui concerne les perceptions gustatives, elles sont des perceptions directes, liées à nos singularités individuelles, et que, de ce fait, nous ressentons comme absolues, c'est-à-dire *sans référence à autrui*. Les biologistes prétendent même que certains goûts sont ataviques [2].

Le sentiment de bien ou de mal qui accompagne tout acte constitue, lui, l'amorce d'une échelle de valeurs qui s'échafaude dans un contact relationnel avec le milieu. Cette échelle s'élabore en chacun de nous par une succession d'expériences langagières, parfois à la fois langagières et sensorielles, expérientielles; vécues en tout cas au *contact des autres,* c'est-à-dire en relation avec le

[1]. En ce qui concerne cette dernière échelle de valeurs, « beau-laid », elle mériterait une étude particulière car elle tient *à la fois* des valeurs éprouvées et fixées de façon subjective, et des valeurs accordées à ce que les autres ont exprimé par le langage. Reste que le goût esthétique, visuel et musical, *peut* échapper à la détermination par autrui et, de ce fait, rester autonome. Il y a sans doute, suivant les enfants et suivant la dyade mère-enfant, matrice du rapport à l'adulte tutélaire, des sensibilités plus ou moins affinées à l'influence de la musique et du langage.
[2]. On a cependant procédé aux États-Unis à une expérience concernant la façon dont un aliment nouveau est présenté à des enfants âgés de dix ou onze mois, et observé que ces enfants refusaient de goûter à ce nouvel aliment (du foie de veau) lorsque la personne qui le leur présentait ne l'aimait pas, alors même qu'elle ne montrait en rien son dégoût. Il s'agit donc d'un émoi phobique suggéré inconsciemment. L'expérience montre qu'il ne laisse pas de trace et que l'enfant qui avait découvert un aliment avec une personne qui l'aimait l'accepte ensuite, quand bien même il est proposé par une personne qui ne l'aime pas.

milieu social témoin, l'environnement. L'enfant n'est jamais sûr de ce qui est bien ou mal; il est sûr seulement de ce qui lui apporte du bon ou du mauvais à vivre, c'est-à-dire à ressentir; et ce ressenti-là est expérimental. Tandis que le bien et le mal ne peuvent être inculqués que par un langage qui inhibe l'expérimentation : un langage qui empêche l'enfant de faire ou de répéter telle ou telle expérience.

Le fait est, de toute façon, que l'enfant qui commence à parler du bien et du mal n'est pas né de la veille, mais est déjà un être très complexe. Il est donc important, après avoir souligné les différences qui nous semblent exister entre ces deux types d'échelles de valeurs, « bon-mauvais » et « bien-mal », de revenir sur leurs rapports : en étudiant les étapes de *l'évolution de l'enfant par rapport au bon et au mauvais, depuis sa naissance jusqu'à la formation de ses premiers jugements conscients sur le bien et le mal* (jugements parlés par d'autres, qu'il entend; jugements formés par sa propre expérience mais exprimables, à partir de douze à dix-huit mois seulement; puis à l'aide des mots des autres, mais pas avant deux ans et demi, trois ans).

Observer, ici, ce n'est jamais qu'observer des comportements. La psychologie infantile, la psychologie des tout-petits repose sur le seul critère de la mimique et des gestes de l'enfant puisque, jusqu'à cet âge, l'être humain ne peut s'exprimer autrement. L'enfant va vers des choses et des êtres quand il est *a priori* positif à leur égard, c'est-à-dire quand elles le mettent en appétit et quand ils l'attirent. Mais, lorsqu'il s'oppose activement, il serait superficiel d'en conclure qu'il n'est pas attiré, à moins d'entendre par là que ce qu'il sait ne pas aimer lui est imposé contre son gré. Dans ce dernier cas, l'enfant se défend un certain temps. Certains enfants obtempèrent ensuite à vie; d'autres à regret, puis tôt ou tard se révoltent. Plus généralement, s'opposer à quelque chose peut être chez l'enfant le signe d'une forte attirance pour cette chose, mêlée de crainte, en raison des désagréments de toutes sortes que pourrait amener un acte qui, dans son contexte, lui rappelle une expérience ayant déjà entraîné des suites désagréables (effets sensoriels, gronderies, désaccord ou agressivité de la part des adultes).

En présence d'une chose ou d'une personne qui lui semble

bonne parce qu'elle est associée à des références connues, donc sécurisantes, l'enfant se sent à l'aise et présente une mimique de détente, de dilatation, d'épanouissement, de repos. Au contraire, ce qui lui semble mauvais le met mal à l'aise, provoque chez lui une mimique de tension, de fermeture, de crispation, d'excitation et de fuite par le mouvement ou par le détournement du regard, accompagné d'une défense avec les mains (s'il en a déjà la possibilité gestuelle).

Toutes les observations aboutissent, d'autre part, à la constatation suivante : qu'il soit conscient ou inconscient, le sentiment de culpabilité sera, chez l'adulte comme chez l'enfant, sous-tendu par la crainte; crainte d'un mal à subir, d'une blessure ou d'une douleur imaginées, d'un danger fantasmé, d'un malaise accolé à la représentation claire ou confuse des conséquences impliquées par le désir même de certains actes, dont le sujet a mémorisé les risques à travers son propre corps. Il est donc important d'étudier les expressions de la vie d'un être humain, ainsi que les rapports qui s'établissent pour lui entre ces expressions et les états de bien-être et de malaise. C'est seulement par des études cliniques de l'embryogénie des états inconscients de bien-être et de malaise accompagnant les étapes du premier développement que nous comprendrons les éléments psychosomatiques (l'angoisse et ses manifestations organiques individuelles) qui sont à l'œuvre dans le sentiment inconscient de culpabilité.

Un enfant est né. C'est un agrégat synthétique, organisé, de cellules qui fonctionnent selon des lois de mouvement progressif obéissant à des rythmes alternés, ces lois servant à la persévération de l'être et à sa croissance jusqu'à un état de maturité qui sera caractérisé par la fécondité. Tous ces mouvements sont inscrits dans le temps et dans l'espace, la vie se caractérisant par une modification continuelle de l'état interne. Ajoutons que, suivant un certain rythme, l'organisme éprouve des besoins relatifs à sa croissance.

La sensation d'un besoin provoque une excitation, qui déclenche les mouvements propres à en permettre la satisfaction : chez le nourrisson, la bouche s'ouvre et s'oriente en s'étirant, à la recherche du sein. Quoi qu'il trouve de préhensible, le nourrisson le pince entre ses mâchoires, et tète. Si du liquide vient, il boit. Cette satisfaction apporte la détente, avec l'expression apparente de bien-être, la mimique de dilatation reposée. Nous savons que cela, pour lui, est bon. Ce qui n'apaise pas sa tension, c'est-à-dire ce qui ne le satisfait pas, lui est en revanche mauvais : il se crispe, il crie; on pourrait dire qu'à ce stade qu'on appelle oral, la libido pousse l'être à s'exprimer par le cri. Le cri est bon, parce qu'il soulage la tension libidinale orale. Un mouvement alternatif imprimé au corps de l'enfant (le bercement) est bon aussi; il apaise une tension énergétique diffuse, qui n'est ni la faim ni la soif, et que ne satisfait pas une tétée.

Un objet à sucer, qui convient au besoin réflexe de succion (expression générale à cet âge de la tension libidinale, et qui peut être de *désir,* donc indépendante du besoin), calme aussi l'enfant. C'est « bon » jusqu'à ce que le non-assouvissement de la faim soit de nouveau, au bout d'un temps, un déplaisir, que le plaisir de suçoter ne satisfait pas quand la succion n'est que sèche. Cependant, une succion de tétine sèche peut tromper un temps la faim. Nous voyons là chez l'être humain la possibilité qu'a le leurre de satisfaire un désir, sans satisfaire le besoin : parfois, quand l'enfant crie, c'est qu'il désire une *présence* alors qu'il n'a pas faim, qu'il n'a pas sommeil, qu'il n'a pas besoin de change.

La satisfaction de tous les besoins végétatifs inhérents à la vie est ressentie comme « bonne », agréable, en deçà et au-delà de toute échelle de valeurs esthétiques et morales. Tels sont les besoins d'air, d'eau, de nourriture, de lumière, d'ombre, d'action et de repos, ou le besoin rythmé de veille et de sommeil. Tels sont aussi les besoins de mouvement, qui concernent d'abord les mouvements imprimés au corps de l'enfant encore incapable de mouvements volontaires, puis ses mouvements propres, au fur et à mesure qu'il se développe au point de vue neuromusculaire.

Pour tout être humain et à chaque âge, l'apparition de ces besoins est spontanée et obéit à des rythmes; leurs apparition répétée obéit aussi au rythme individuel, la non-satisfaction ou la satisfaction à contre-rythme étant ressentie comme mauvaise. Si le bébé qui a faim et crie ne reçoit pas de nourriture, au bout d'un certain temps son organisme fatigué s'épuise. Le petit assoiffé, affamé, cesse alors de crier, il semble ne plus éprouver de besoin. La faim, à force de le faire souffrir, n'est plus « bonne ». Non seulement l'enfant ne cherche plus à prendre la nourriture qu'on lui offre, mais il peut aussi en arriver à ne plus éprouver d'incitation à manger. Il reste alors inerte, sans mimique, les yeux ouverts, incapable même de crier, jusqu'à la mort par inanition. Ce qui est bon peut donc perdre sa valeur lorsque l'organisme a trop souffert de n'être pas satisfait. Il y a inhibition de l'appétit dans ses sources mêmes, recul de l'expression libidinale par « désinvestissement » du tube digestif, fixation régressive de la libido sur les sens de perception passive : ouïe et vue, puis plus tard encore, sur l'arbre respiratoire et circulatoire; et, finalement, c'est le sommeil d'inanition.

On pense trop souvent que c'est par le mécanisme nutritif que le bébé manifeste ses premières réactions de vivant. L'exemple du bébé mourant d'inanition — que certains ont hélas pu voir ces dernières années, dans des films — montre que le besoin d'air et le désir de communiquer par le regard et l'audition avec autrui sont plus essentiels que l'instinct nutritif; et aussi que le sommeil, revenu après une période d'insomnie angoissée, est la traduction d'un mouvement de refuge à l'intérieur de soi, quand rien n'est plus attendu des relations psychiques ou substantielles avec le monde extérieur, dès lors que ce dernier, pendant trop longtemps, n'a pas apporté d'échanges vivifiants. C'est alors que l'enfant se détourne de la quête à l'extérieur de lui-même et s'enfonce dans un sommeil physiologique qui peut aller jusqu'à la mort. Dans des cas où il y a affamement non sur le plan nutritif, mais sur le plan de la relation psychique avec la mère, on voit des enfants entrer dans l'autisme, sans qu'ils soient en rien privés quant à leurs besoins. Il s'agit d'enfants dérythmés quant au désir de relation langagière avec l'adulte; après une période intense de désir, le monde extérieur n'apportant pas de réponse, ils renoncent et n'ont plus que des échanges fantasmés avec leurs propres sensations viscérales, se montrant alors indifférents à l'entourage qui entretient pourtant leurs besoins.

On sait qu'à la naissance le rythme cardio-fœtal fait place à un rythme cardiaque tout différent, dès la première inspiration.

La naissance s'accompagne d'une modification anatomique du cœur, l'obturation du trou de Botal. En même temps que se produit cette modification de l'anatomie, de la physiologie et du fonctionnement viscéral de l'enfant, celui-ci se sépare activement de l'organisme maternel; il y a arrêt du battement sanguin dans le cordon ombilical et une autonomie organique relative s'installe. La dissociation des rythmes cardio-respiratoires, qui sont les signes liminaires de l'angoisse, se retrouve en certains états chez l'adulte : chez les anxieux, le rythme cardiaque est très souvent troublé, tout comme le souffle est inhibé. La mimique de celui qui éprouve une surprise pénible, un choc émotionel, est classique : il a une inspiration brusque, violente et bloquée, en même temps que, la bouche ouverte, il porte la main à son cœur, et que son regard se tourne comme à l'intérieur de lui-même.

Le rythme respiratoire est donc, aux yeux de l'observateur, la première manifestation du « bon » hors de l'utérus maternel. Or, il peut arriver que, même sur le plan le plus primitif de ces manifestations vitales, l'enfant éprouve un malaise dangereux et même mortel. Le mouvement respiratoire est, semble-t-il, une fonction passive et naturelle en soi; mais il faut des conditions optimales d'air et de température pour que l'inspiration ait valeur de « bon ». Tout ce qui, chez le nourrisson, est « bon » et correspond à un rythme intérieur euphorique entraîne, avons-nous dit, une mimique de dilatation. Si les conditions (température, hygrométrie) sont mauvaises, nous remarquons chez l'enfant une mimique de crispation correspondant à un sentiment de malaise. En voici un exemple :

En décembre 1944, à Paris seulement, environ mille nourrissons de zéro à deux mois sont morts dans la même nuit d'une bronchite aiguë causée par une chute de température de plusieurs degrés, alors qu'il faisait déjà grand froid. Le « bon » de la respiration est brusquement devenu « mauvais » pour ces nourrissons tout petits, et le mécanisme respiratoire s'est inhibé.

Devant les dangers naturels, l'être humain montre une mimique de crispation et d'inhibition de ses rythmes vitaux. Au point de vue somatique, nous constatons que, dans la bronchite aiguë dont j'ai parlé, les alvéoles pulmonaires sont crispés en une réaction de fermeture, alors que la vie voudrait s'extérioriser en les dilatant, en vue de l'inspiration. L'existence de ce double mécanisme engendre la congestion des alvéoles, le suintement du sérum, l'obstruction des voies respiratoires, qui entraîne la sidération d'un mécanisme vital. Nous voyons la mousse apparaître aux lèvres du nourrisson; le cœur et tout le système cardio-vasculaire, reliés dès la première respiration avec l'arbre bronchique, sont, eux aussi, dérythmés. Mécaniquement, l'hématose du sang se fait mal et l'enfant s'asphyxie. J'ai assisté à cette lutte pour vivre chez un bébé de quatre semaines qui subissait l'assaut de ces grands froids à une époque où nous n'avions pas de chauffage; ce bébé a pu, grâce à la cloche à oxygène et peut-être aussi grâce à son grand calme naturel, passer le cap de ces heures dangereuses qui furent fatales à tant d'autres de son âge, cette même nuit. Pendant les huit jours qui ont suivi, le bébé qui avait pu profiter d'une cloche à oxygène, dans laquelle on le mettait par périodes de moins en moins longues, a récupéré complètement sa santé. Mais, chez cet enfant élevé ensuite sans difficultés, une crise d'asthme s'est déclarée à l'âge de six mois, lors de ses premières poussées dentaires; et, chaque fois qu'il y avait un malaise organique quelconque, il était accompagné d'une crise d'asthme. Curieusement, c'est à deux ans, à l'occasion d'une forte coqueluche, avec les quintes asphyxiantes caractéristiques, que l'asthme a disparu définitivement.

J'ai eu en traitement plusieurs enfants asthmatiques, sujets à des crises plus ou moins fréquentes, qui duraient généralement trois à quatre jours. Au cours de leur traitement psychanalytique, entrepris pour d'autres raisons (énurésie, troubles du caractère, mauvaise scolarité), ces enfants présentaient des crises d'asthme qui survenaient subitement, soit en cours de séance, soit au cours des journées intercalaires. Et ces crises étaient caractérisées par leur courte (ou très courte) durée : parfois, lorsqu'elles se passaient pendant la séance, quelques minutes seulement. J'ai actuellement en analyse un enfant qui fait des crises d'asthme d'une durée de dix à quinze minutes, ce qui ne lui était jamais arrivé avant son traitement. Chaque fois que nous avons pu, lui et moi, assister, au cours d'une séance, à l'apparition et à la disparition de son asthme, ou à la disparition d'un asthme avec lequel il se débattait depuis quelques jours, il s'agissait d'émois associés à des sentiments inconscients de culpabilité, qui étaient eux-mêmes les résonances d'un malaise à vivre lié aux strates les plus archaïques de sa personnalité. Il semble que, chez les asthmatiques, nous ayons affaire à des êtres très précocement sensibles aux relations émotionnelles et psychologiques avec leur entourage parental, et qui se sont sentis précocement en danger affectif à l'occasion de manifestations organiques, à l'âge du stade oral passif (avoir faim ou avoir besoin d'être changé de langes par exemple). Celui dont je parlais à l'instant est un enfant dont le père et les voisins ne pouvaient pas supporter qu'il crie. La mère, qui n'avait pas voulu l'habituer aux sucettes (pensant à tort ou à raison que c'était très mauvais) était dans l'angoisse chaque fois que l'enfant commençait à crier. Après deux ou trois mois, l'enfant avait « compris » et s'était totalement inhibé dans son cri. Il était devenu tout à fait silencieux, ne s'exprimant que par le regard. Mais, peu de semaines après, l'asthme avait pris la place du cri, chaque fois qu'il avait besoin d'exprimer un besoin ou un malaise végétatif en l'absence du regard d'autrui.

Si un complexe de castration s'est installé sur un terrain où le malaise s'est déjà, par exemple, exprimé par la menace de manque d'air, le sentiment inconscient de culpabilité peut réveiller des troubles somatiques cardio-respiratoires. A un degré moindre de profondeur, ou plutôt d'antériorité dans le stade oral, le malaise à vivre peut se traduire par un dérythmage du péristaltisme digestif, du dynamisme de l'appétit, de la digestion, de la miction, de la défécation spontanée.

On a tendance à dire « l'enfant » : l'enfant a besoin de ceci, l'enfant a besoin de cela. Il est incompréhensible d'entendre parler de cette façon, lorsqu'on a l'expérience des nourrissons. Les nourrissons diffèrent extrêmement entre eux par les besoins qu'ils ont de lait, tant en quantité qu'en qualité. Il n'y a pas de normes. Même à cet âge, la faim et la soif ne sont pas confondues. Tel nourrisson crie pour avoir de l'eau, et non du lait, mais on n'en tient pas compte. Si vous faites l'expérience de mettre deux biberons, l'un de lait pur, l'autre d'eau, tous deux tiédis à même température, à portée d'un nourrisson de huit ou dix jours (je n'ai pas essayé plus tôt) et que vous lui proposez l'un et l'autre, vous vous apercevrez que lorsque l'enfant tète l'un puis n'en veut plus, il admet fort bien l'autre, le lâche, accepte le premier, le refuse pour reprendre l'autre, et règle ainsi parfaitement le coupage de lait qui lui convient, jusqu'à son rassasiement. Maintenant que beaucoup d'enfants sont nourris au biberon et que les mères se montrent très respectueuses des prescriptions d'horaire et de quantité fixées par des barèmes établis comme si tous les nourrissons étaient semblables, les enfants sont beaucoup plus traumatisés qu'à l'époque — hélas révolue — où la nourrice donnait le sein dès que l'enfant criait : car le lait qu'il prenait ainsi, c'était le lait que lui-même faisait monter au sein de sa nourrice. En ce qui concerne mes propres enfants, obligée très rapidement d'adjoindre des biberons à mon lait, j'ai constaté que la dilution nécessaire du lait différait manifestement pour chacun et que l'enfant livré à la liberté de faire lui-même son coupage le faisait parfaitement bien. Mais il faut savoir aussi que, si la quantité de liquide ainsi coupé varie selon les enfants, la quantité à chaque tétée varie aussi suivant l'heure du jour, mais reste pour un même enfant presque toujours la même à la même heure. C'est dire à quel point l'intelligence du nourrisson est grande et entièrement au service de sa survie dès le stade oral, défendant l'équilibre de sa vie digestive et la confiance qui circule dans la relation interpsychique qu'il entretient avec sa mère.

L'enfant sain crie par nécessité, besoin, désir, joie, peine parfois, mais sans crispation. L'adulte expérimenté, la mère normalement intuitive, savent très bien faire la distinction entre ce cri sain, sthénique, non angoissé, non crispé, non douloureux, exprimant les besoins de la vie (besoin d'être changé, de boire, de manger, demande de compagnie, d'être pris dans les bras) et le cri de souffrance (« coliques » du nourrisson, douleurs des oreilles, douleurs dentaires). Il faut respecter les cris de l'enfant car, grâce à eux, il nous incite à trouver ce qui lui manque, pour peu que nous fassions confiance à ses expressions et sachions découvrir ce qu'elles veulent signifier. Si nous ne parvenons pas à comprendre la raison des cris d'un enfant, nous ne devons à aucun prix y répondre par nos propres cris, ni exercer une brutalité de gestes pour réprimer chez lui l'expression que nous ne comprenons pas ; il s'agit pour cet enfant d'une manifestation de la vie, que ce soit expression d'une demande ou d'un malaise ; et crier est meilleur pour lui que ne pas crier, même si nous ne comprenons pas ce qui s'y signifie. Que, par l'effet d'une coercition, l'enfant sensible s'abstienne de crier, l'inhibition s'installera chez lui, consécutive à la nature de son rapport à l'adulte aimé dont il dépend ; et elle pourra devenir une sorte de réflexe conditionné, susceptible de pervertir ses rythmes vitaux, ses rythmes somatiques. Ce qui est naturellement « bon » sur le plan des incitations deviendra, pour cet enfant, étroitement associé au « mauvais » et, d'une façon tout à fait inconsciente, je dirais même cybernétique, s'installera l'équation : vie = danger ; ou encore, sur le plan dynamique, désirer = indésirable ; et, sur le plan affectif, aimer = « méchanter » ou « tourmenter ».

Il est possible d'inhiber le cri spontané du nourrisson, et cela constitue, en réalité, à cet âge oral, un traumatisme qui peut provoquer non seulement une perversion mais même une inversion des rythmes vitaux, par lesquelles on handicape sérieusement le développement ultérieur de l'individu. Condamner l'expression libre chez le tout-petit au stade oral, et même plus tard, avant l'âge de la parole, c'est condamner dans son origine l'ensemble de l'expression de la libido telle qu'elle aura à se déployer à travers les stades ultérieurs, anal, urétral et génital. Tout l'être psycho-affectif est vulnérable dans sa première pousse, cette pousse issue de la graine en germination, qui est destinée à devenir le tronc de l'arbre ; il en ira tout autrement plus tard des atteintes par élagage de branches secondaires.

Admettons que tout se soit bien passé au premier stade de la vie : réception d'air, réception de nourriture, excrémentation sans angoisse ; et que le développement ultérieur, tant caractériel que somatique, ait été, jusqu'à l'âge de la découverte spontanée de la motricité, tout à fait satisfaisant. Viennent alors des mouvements de bras, de cuisses, des gestes des mains qui prennent, mettent à la bouche, jettent, déchirent le papier, etc. Si ces mouvements de l'enfant ne sont pas libres, il se sent gêné dans ses modes moteurs d'être et d'expression. Si crier entraîne la souffrance de la répression, si remuer apporte la souffrance d'un interdit de la motricité, l'enfant obtempère, mais il se dérythme tant sur le plan digestif que sur le plan respiratoire, alors même qu'il arrive à rester tranquille comme cela lui est imposé par la sévérité de sa nourrice.

Le cri n'est d'ailleurs pas la seule expression de ce mouvement spontané, gratuit, dont tout bébé et tout jeune enfant a besoin. L'enfant, à ce stade digestif où il ne parle pas encore, communique avec le monde par sa bouche. De même qu'il vit en détruisant ce qu'il avale et qu'il est à l'aise avec sa mère en avalant ce qui vient d'elle pour le détruire, le transformer et en faire sa propre chair, de même les manifestations de sa libido transférée sur les menus objets qui sont à sa portée (sur tout ce qui, comme on dit, lui tombe sous la main) seront à la base de succions, mises à la bouche, destructions dentales; et, pour parler des mains, déchirer, malmener, puis jeter seront les voies par lesquelles il pourra s'intéresser à tout ce qui l'entoure. Que l'on condamne cette activité par des cris ou des secousses brusques, et la mésentente avec l'adulte s'ensuivra : la douleur infligée par des tapes sur la main ou des coups sur le corps d'un enfant trop bruyant ou trop remuant, ou qui, par exemple, a brisé un objet maladroitement laissé à sa portée, est ressentie comme une condamnation atteignant l'expression de sa vie. Ses incitations internes ultérieures à vivre et à se développer, s'il est sensible et s'il a de la mémoire, réveilleront en lui la menace. Il inhibera alors toutes ses expressions mimiques, vocales et gestuelles. Ce sera un enfant sage, un enfant qu'on n'entend pas : un enfant dont on dit aussi, dans le langage psychanalytique, qu'il a subi une castration symboliquement mutilante sur le plan anal.

Il est important de permettre à l'enfant de dix à quinze mois de détruire, de déchirer, de casser. Bien sûr, en faisant la part du feu et en protégeant de son atteinte les objets précieux ou les objets dangereux pour lui. Cette activité spontanée lui donne du plaisir : elle doit être le plus possible respectée. Des objets nombreux, au toucher varié, doivent être fournis à sa manipulation. De la matière première doit lui être réservée. Une restriction à l'activité, parfois vandalique, d'un petit, est nécessaire, surtout dans un appartement, sans espace; mais cette restriction doit être partielle et toujours compensée par une autre possibilité pour lui d'exprimer sa vie, en particulier des colloques avec sa maman. Combien de fois entendons-nous dire : « ne touche pas », « ne bouge pas », « tais-toi », « reste tranquille »! Que de fois voyons-nous des berceaux sans joujoux, sans rien d'attrayant à manipuler ni à mettre en bouche! C'est la négation de toute possibilité de créativité et de concentration d'esprit ultérieures. Combien de bébés, à part la tétée et le change des couches, restent seuls et sans échanges pendant des heures? Ils deviendront plus tard instables ou trop passifs; car tel est, selon la nature de l'enfant, le résultat d'une éducation si peu humanisante, si pauvre en compagnie ou en paroles.

Dans nos sociétés citadines, c'est dès le berceau et plus encore après la marche qu'apparaît la coercition dans l'éducation. Ce qui est bon pour l'enfant devient dès lors pour lui mauvais du fait des adultes et est par lui lié au sentiment d'un danger. L'enfant, pour obéir, inhibe un certain temps ses mouvements d'expression; mais en lui les pulsions de vie s'accumulent alors sans s'exprimer à l'extérieur. Les exigences instinctives étant en conflit avec les exigences de la « morale » du comportement imposée par l'adulte, cela amène l'enfant à régresser, c'est-à-dire à s'exprimer sur un mode plus infantile. Il crie, tape du pied, au lieu de moduler sa voix à la recherche du langage; il tombe assis par terre en remuant les jambes et les bras par flexion sur le tronc, comme un tout petit nourrisson. Parfois, il se roule par terre, régressant au stade (d'avant six mois) antérieur à la position assise. C'est l'ensemble de ce comportement qu'on appelle un « caprice ». L'enfant peut ainsi, à travers des stades régressifs, retrouver une certaine satisfaction organique de ses pulsions; le « caprice » lui apporte la satisfaction nécessaire à l'apaisement de sa tension libidinale; mais il s'agit alors d'un enfant déjà névrosé.

Les premiers « caprices » sont « normaux », ils sont pour l'enfant une manière de traduire la souffrance que lui cause son impuissance à faire comprendre son désir, ou à se voir contré par le monde extérieur. Il y a des enfants qui ragent et font des caprices parce qu'ils n'arrivent pas à grimper sur une chaise, alors que personne ne les en empêche; c'est contre eux-mêmes, contre leur propre impuissance que leur colère s'exprime. Par malheur, l'adulte se méprend souvent sur le sens du désir de l'enfant (il croit, par exemple, que l'enfant demande son aide, et il se fait « rembarrer ») ou sur la signification à donner à des réactions caractérielles d'agression, de colère, d'opposition. Il y voit une manifestation dirigée contre lui : cet enfant est méchant, il a une mauvaise nature, un sale caractère. L'adulte adopte alors, sous couvert d'éducation, une attitude répressive, ou se comporte comme un moralisateur dépressif et prêchi-prêcha, qui installe définitivement l'enfant dans un mode résolument agressif de réaction à l'image de l'adulte-modèle : lequel est ressenti par lui comme violent à son égard, anti-vie, et surtout sans joie. Que l'adulte, au contraire, laisse les caprices se dérouler — quand il n'a pas pu les éviter —, qu'il conserve son calme et sa compassion et le caprice s'arrêtera, même chez un enfant très violent, surtout si celui-ci s'aperçoit que l'adulte n'a pas eu peur, n'est pas fâché (l'enfant a peur de la violence en lui). Il est ainsi mis en confiance; l'adulte peut alors, avec des paroles, lui expliquer ce qui s'est passé. On cherchera avec l'enfant ce qui l'a mis en colère, et ces paroles viendront au secours de son sentiment d'impuissance. La compréhension de l'adulte, qu'exprime aussi la tonalité de sa voix, calme, compatissante, dédramatisante, réconcilie l'enfant avec sa souffrance et sa rage, qui passent alors très vite. Aidé par cet adulte, qui n'est pas opposé *a priori* à ce qu'il désire et qui, au contraire, lui montre le chemin de la réussite, en guidant ses gestes sans les faire à sa place, l'enfant sort de l'impasse où l'avait mis son impuissance à réussir. D'expérience en expérience et grâce à l'assistance de l'adulte tutélaire, des chaînes associatives motrices, accordées aux paroles et à l'observation, organisent l'intelligence psychomotrice au service des désirs ludiques et utilitaires.

Je me rappelle un moment de l'éducation de mon fils aîné, qui, très tôt, avait beaucoup aimé marcher. Cet enfant refusait d'être assis dans sa poussette lorsque nous sortions. A tort, j'ai cru qu'il n'y avait donc plus lieu que moi, ou sa promeneuse, nous emmenions cette poussette dont il ne voulait pas. A ma surprise, l'enfant a développé, au cours d'une ou deux sorties avec cette personne qui le promenait quand cela m'était impossible, un style de réaction qui aurait pu devenir très pénible. Tout à coup, il s'asseyait sur le sol ou se roulait par terre, même dans la boue s'il avait plu. Je n'avais jusqu'alors jamais vu cet enfant capricieux. De son caprice, je fis moi-même l'expérience. Et, comme je n'avais pas la poussette et qu'il était déjà trop grand pour que je le prenne dans les bras, je ne savais que faire. Alors j'attendis, me contentant de le regarder se rouler par terre ainsi, sous les yeux ébaubis des passants qui s'étonnaient de voir une maman observer impassiblement son enfant se vautrer dans la boue, sans le gronder. Bien m'en prit car, au bout de, peut-être, quatre ou cinq minutes, l'enfant s'est arrêté, a regardé ses mains pleines de boue, puis moi, près de lui, qui l'attendait, sans comprendre. Et, toujours sans crier ni jargonner, il s'est mis debout et a couru vers moi, très content, tout à fait comme si rien ne s'était passé. Je fis de même. Ensuite, je parlai avec lui, et je lui demandai : qu'est-ce qui s'est passé? Et cet enfant intelligent, réceptif, me répondit, dans son jargon que je comprenais déjà : qu'il ne savait pas, que tout d'un coup il n'y avait plus de jambes. Et je compris ceci : il était vexé qu'il y eût une poussette, il n'en voulait donc pas, mais mon rôle à moi était d'emporter la poussette parce que, de temps en temps, ses jambes étaient fatiguées et il avait alors quand même besoin de s'y asseoir et d'être poussé. C'est ce que je fis pendant les promenades suivantes; quand nous sortions de la maison il n'était pas content de voir que nous emmenions la poussette, il voulait être un « grand »; mais, comme je ne lui demandais pas de s'y installer et que j'y mettais au besoin son jouet et mon sac, il n'y faisait plus attention. Puis, au bout d'un quart d'heure de marche, comme ça, tout à fait naturellement, il venait se remettre dans la poussette. Ça ne durait pas longtemps; il faisait ainsi peut-être cent mètres, puis voulait de nouveau marcher et conduire lui-même sa poussette ou se remettre dedans de temps à autre pour se reposer en se faisant pousser. Si j'avais laissé faire ce qui s'était installé, cet enfant aurait persévéré dans ce caractère qui paraissait devenir capricieux, ce qu'il n'était absolument pas. Ce qu'il désirait ardemment, il ne pouvait l'assumer qu'un moment, car cela le fatiguait trop; les « caprices » ont immédiatement cessé et son caractère joyeux et égal est redevenu ce qu'il était. Il y a ainsi des enfants qui font des caprices parce qu'ils sont très actifs; ils désirent une activité que leur corps n'est pas encore capable d'assumer longtemps sans fatigue. Il y en a d'autres qui sont capricieux par un excès de désir de passivité et qui se sentent persécutés par le rythme ou l'activité que le groupe ou l'adulte leur imposent. Jamais vous ne verrez deux enfants pareils. C'est par la compréhension et surtout le respect des rythmes de l'activité de l'enfant, le respect de sa liberté chaque fois que celle-ci n'entrave pas réellement la vie du groupe, et l'intercompréhension au bénéfice d'une entente affectueuse, en n'exigeant que ce qui est indispensable, c'est par tout cela qu'un être humain peut se développer de manière euphorique, avec la nature qui est la sienne, sans en être culpabilisé. Respecté dans la liberté de ses rythmes, de ses besoins, de ses désirs, il respecte aussi la liberté et les désirs d'autrui.

MANGER SEUL ET PROPREMENT

Au stade anal, celui du désir de motricité et de maîtrise musculaire vis-à-vis de l'environnement, l'enfant présente, alternées, des périodes de passivité au cours desquelles son activité est paisible, sans grande motricité, et des périodes où son tonus demande à se dépenser dans le mouvement (la course, le saut, les grimpettes, etc.). L'enfant désire agir seul, il veut manger sans aide, d'abord avec ses mains, puis plus ou moins maladroitement avec un instrument. C'est évidemment un fait de civilisation que de lui donner un instrument, et c'est par identification à l'adulte qu'il arrive à s'en servir. C'est à ce stade qu'il découvre sa possibilité d'adresse manuelle. Il est certain qu'il n'est pas possible d'exiger que l'enfant mange toujours proprement et à l'aide d'un instrument; c'est exactement la même chose que pour la marche qu'il ne pourrait soutenir continuellement et pour laquelle il a besoin de repos compensateurs fréquents et de varier son rythme : il commence avec l'instrument et finit avec ses doigts. Que l'enfant ne soit pas mis très tôt à table avec les adultes n'a pas d'importance. Éduquer un enfant, dans le but de l'admettre à s'asseoir à la table commune pour y prendre ses repas avec ses parents, cela consiste justement à savoir attendre son désir et, surtout, le moment où il se comporte sans fatigue comme un adulte. Et c'est une promotion pour l'enfant qui signe là l'acquisition de sa maîtrise. Au contraire, s'il « doit » manger correctement et « se tenir bien », alors qu'il n'y arrive pas, il prend gronderies ou éviction de table comme des punitions. Ce n'est pas bien. La maladresse enfantine, l'ennui, le « pas avoir faim », ce n'est ni bien ni mal. Ne pas supporter une contention prolongée, ne pas être capable longtemps de coordination motrice appliquée, cela fait partie du statut naturel de l'enfance. Grondé de ce qu'il ne peut éviter, l'enfant se déprime et réagit en se montrant instable, ce qui est un signe de l'angoisse que provoque cette éducation à contre-rythme, ou il réagit par une passivité prolongée, se laissant mettre les aliments en bouche par la mère et n'exerçant plus ce désir de motricité ou de parole qui entraînait une brouille avec l'adulte.

Et, comme il n'exercera pas son adresse, il continuera naturellement à manger salement, alors que manger proprement est spécifique de l'éthique humaine.

L'AUTONOMIE DE L'ENFANT POUR SES BESOINS EXCRÉMENTIELS

L'enfant, lorsqu'il se sent en sécurité, parvient à se relaxer facilement : il urine et défèque en même temps qu'il sourit et jase avec les gens qu'il aime. C'est le premier langage du contentement et de la sécurité. L'enfant sent que c'est « bon pour lui » d'excrémenter et il est important pour lui qu'il ne s'imagine pas que cela a une valeur aux yeux de l'adulte. Miction et défécation doivent être laissées parfaitement libres. La défécation et la miction aux rythmes qui sont les siens sont pour lui la traduction spontanée des caractéristiques de sa vie au stade anal actif, et il ne peut en avoir le contrôle autonome avant l'achèvement complet de son système nerveux, c'est-à-dire vingt-deux à vingt-quatre mois (je parle ici d'un enfant dont le tonus musculaire a permis la marche spontanée depuis l'âge de dix mois). Quand l'enfant commence à exprimer la motricité de ses muscles volontaires, il s'aperçoit spontanément qu'il peut arrêter, retarder, inhiber ou au contraire provoquer la défécation et l'émission d'urine. L'enfant peut être incité par la présence des féces sur son périnée à « pousser » l'excrément au-dehors, mais il peut aussi jouer à pousser à partir du moment où, à l'occasion de nombreuses défécations spontanées, il a ressenti le plaisir du fonctionnement de ses muscles périnéaux : c'est pour lui un exercice ludique, comparable à ses autres jeux qui consistent, à la même époque, à grimper partout, traîner ou faire avancer des objets, déménager les chaises, manipuler enfin tout ce qu'il trouve.

A ce moment du stade anal peuvent naître des névroses obsessionnelles si l'adulte, au lieu de guider l'adresse manuelle et gestuelle de l'enfant — ou son adresse à parler et à chanter —, impose un rythme artificiel à la défécation et à la miction. L'enfant peut se soumettre à ces directives par souci de conserver un commerce agréable avec l'adulte, mais les sources mêmes de son autonomie future s'en trouvent contrariées.

Je sais que ce que je dis là va paraître tout à fait révolutionnaire à bien des nourrices et à bien des pédiatres. L'expérience faite maintenant avec de nombreux enfants est pourtant concluante et, sur le plan du développement sans culpabilité de l'enfant, c'est certainement une vérité.

J'ai vu le cas d'une famille où la mère exigeait dès les premiers jours de la vie la défécation et l'évacuation d'urine à heures régulières. Elle grondait, donnant même quelques tapes au nourrisson récalcitrant, et elle faisait fête à l'exonération obédiente. Dans cette famille, l'enfant que j'ai vu, un garçon de huit ans, avait été complètement propre à sept jours et depuis lors n'avait jamais ni sali ni mouillé ses couches mais, à quatorze ou quinze mois, peu après la découverte de la marche, assez tardive chez lui, il était devenu bizarre. Malheureusement pour lui, il ne s'était jamais oublié à nouveau dans ses culottes ni dans son lit. A dix-huit mois, il se montrait obsédé de voyeurisme : il allait voir sous les jupes des femmes et palpait le siège des hommes, ce qui inquiétait beaucoup la famille qui le réprimandait continuellement. A huit ans, il était schizophrène, ne parlait pas mais chantonnait des airs, la bouche fermée; il écoutait des disques, rien ni personne ne l'intéressait. J'appris que la fille aînée de la famille avait été élevée de la même façon. C'est ainsi qu'elle avait été propre jusqu'à cinq mois mais, malgré une éducation identique, à partir de ce moment-là, elle s'était absolument refusée à se laisser régulariser dans son excrémentation. A coups de brouilles et de gronderies, elle avait sauvé son langage verbal et moteur. Elle était devenue propre vers l'âge de trois ans, c'est-à-dire dix mois plus tard que les enfants de qui on n'a jamais exigé la continence sphinctérienne. Dans cette même famille, il y avait encore un autre garçon qui avait été élevé de la même façon; contrairement à la fille, il avait accepté la propreté jusqu'à quinze mois, mais avait perdu ensuite cet acquis précoce et, insensible aux gronderies, était resté sans contrôle sphinctérien aucun jusqu'à l'âge de cinq ans et demi. La fréquentation de l'école (on avait dû chercher une école qui, malgré cette incontinence diurne en pipi et caca, avait bien voulu l'accepter) l'avait en quelques jours rendu à un comportement tout à fait adapté, tant pour la continence sphinctérienne que pour la parole, qui n'avait jamais pu être acquise (de façon bien assurée) à la maison. Vous voyez comment, dans une même famille, des enfants de sensibilité différente — deux garçons, une fille — ont pu réagir différemment à la même éducation traumatisante. La mère n'était pas inhumaine et la femme qu'elle avait à son service non plus. Il se trouve qu'elles avaient reçu du pédiatre des conseils de dressage précocissime et qu'elles les avaient appliqués d'une façon tout à fait obsessionnelle.

Sans aller jusqu'à ces extrêmes, bien des mères ou des éducatrices croient bon, alors qu'au contraire cela peut être tout ce qu'il y a de nuisible, de « dresser » tôt un enfant à tout; aussi bien à ne jamais manger en dehors des repas, à ne jamais rien mettre à la bouche, qu'à la propreté sphinctérienne. On sait pourtant bien que le développement du système nerveux central n'est pas terminé avant l'âge de dix-huit mois, et plutôt deux ans, deux ans et demi. On sait bien que chez les enfants, le développement de la moelle épinière n'arrive à son terme que vers cet âge. Ce n'est qu'à partir de ce moment où le système neuro-musculaire est achevé, qu'une éducation peut être donnée à un enfant, mais jamais avant. Jusque-là, la haute spécialisation des terminaisons nerveuses qui aboutissent aux membres inférieurs, aux régions cutanées périnéales, fessières, à toutes les régions périphériques en général, aux pieds et aux mains en particulier, n'est pas achevée. Avant cet achèvement anatomo-physiologique du système nerveux, l'acquisition de la motricité et de la coordination ne procède pas du libre jeu d'une découverte par l'enfant lui-même, éprouvée par lui comme un plaisir (c'est-à-dire comme la possibilité de contracter ou de relâcher volontairement et sur le mode ludique les muscles qui commandent le comportement sphinctérien et le comportement moteur en général). Aussi, lorsque, dans le but d'acquérir la continence sphinctérienne, il accepte de se laisser dresser, il subit une sorte de greffage sur son propre plexus sacré des paroles d'un adulte qui le « suggestionne », mais qui ne l' « éduque » pas. Un enfant sensible, psychiquement doué, accepte cette suggestion et cette dépendance pathogène à cause du malaise affectif que lui inspire tout désaccord avec l'adulte aimé ; mais c'est un enfant qui aliène son désir à celui de l'adulte.

Les enfants soumis à un dressage précoce ne présentent ni aisance ni grâce dans leurs mouvements. Ils sont apathiques ou instables, ne font preuve d'aucune adresse acrobatique ou manuelle fine. Ils parlent mal, ont un vocabulaire pauvre ; silencieux ou criards, maladroits en tout, ils se caractérisent même par une absence de modulation de la voix et une relative inexpression mimique du visage. Ce sont des sortes de robots dont les mères sont parfois enchantées, qu'elles manipulent du geste et de la voix, sans avoir d'échanges avec eux, et dont le développement ultérieur reste problématique, car ils présentent un retard à la fois de développement affectif, de parole et psychomoteur. Tous les enfants sains présentent vers deux, trois, quatre ans au plus tard, une période d'opposition à la mère. Or, chez ceux soumis à un dressage précoce, cette opposition structurante qui, d'ordinaire, n'est que verbale et soutient l'avènement du « moi tout seul », aidant à l'affirmation d'une autonomie adaptée, présente les caractéristiques d'une opposition viscérale et neuro-musculaire. Pourquoi ? Parce que ce n'est pas à un simple interlocuteur ni à une simple personne auxiliatrice, dont ils refusent l'aide ou la suggestion, qu'ils s'opposent, mais à une personne qui a pris place dans leur corps même d'enfant ; et c'est à cet âge qu'apparaissent les troubles graves (parfois psychosomatiques, parfois caractériels) d'inhibition et de dépendance qui trouveront leurs suites dans l'inaccession au moi et au toi (qui restent confondus) : l'identité du sujet n'advient pas. Les troubles de la parole et les troubles dits psychomoteurs se compliquent de troubles de la personnalité qui font le tableau de la prépsychose infantile, compliqué en retour par les réactions anxiogènes de l'entourage.

L'enfant à qui a été épargnée une discipline sphinctérienne imposée par l'adulte a le privilège de grandir sans aucune des brouilles affectives qui surviennent habituellement cinq à six fois par jour entre l'adulte et l'enfant lorsque la mère veut obtenir cette propreté avant terme. Un tel enfant n'a pas honte de ses fonctions corporelles, il n'a pas peur de ses mouvements et, comme il est un petit d'homme, il ne vise qu'à s'identifier à l'adulte dans tout ce qu'il observe de ses comportements [1] et il devient très adroit de son corps et de ses mains en même temps que son langage parlé se développe. J'ai essayé d'aider bien des mères. Malheureusement, lorsqu'on leur dit de laisser l'enfant libre dans sa façon de manger et d'excrémenter, elles croient que cela veut dire : ne vous occupez jamais de lui. Bien au contraire, cela veut dire : occupez-vous beaucoup de lui, mais de ce qu'il fait, de ce qu'il dit, de ce qu'il désire. Parlez, ayez des colloques avec lui à propos de tout échange sensoriel, y compris en ce qui concerne les aliments et les excréments, de manière qu'il comprenne, quand vous le changez, où vont ces excréments sortis de lui. Sur tout ce qui est du corps et du monde qui l'entoure et qu'il observe, qu'il y ait communication parlée, gestuelle, ludique, de personne à personne. Qu'il ait des jouets, qu'il découvre les couleurs, les formes, la musique, la danse, l'acrobatie, etc., qu'il puisse se livrer à la manipulation habile de tout ce qui est à sa portée. L'expérience montre que lorsqu'un enfant devient capable de monter ou de descendre seul quatre ou cinq marches d'une vulgaire échelle de ménage (qu'il n'y a qu'à déplier toute grande pour l'occuper pendant des heures) et qu'il a découvert tout seul le plaisir de jouer avec l'eau pendant des heures, tranquillement,

---

[1]. C'est pourquoi le tout-petit doit vivre dans la pièce commune, assister aux activités des grands et des adultes, aussi longtemps qu'il ne gêne pas, par sa propre activité celle des autres.

cet enfant acquiert spontanément la propreté sphinctérienne. Il est propre parce que c'est naturel et que cela lui plaît, parce que cela l'inscrit dans une identification aux adultes auxquels il pose la question : que vas-tu faire dans ce que nous appelons le « cabinet »? L'adulte le lui explique, et l'enfant désire en faire autant. Rien n'est plus facile alors que de lui montrer que s'il enlève sa culotte, il le fera aussi bien que l'adulte. (Pour ne pas parler des mères aux garçons sans braguette, que des mères harnachent leurs petits, au lieu de les vêtir de façon qu'ils s'habillent et se déshabillent facilement tout seuls!) Si le jour en est venu, le jour où l'enfant spontanément en est capable et le désire, la propreté sphinctérienne est acquise alors en moins de vingt-quatre heures d'attention de la mère. Quel est l'avantage? C'est qu'il ne s'agit pas, comme chez l'enfant dressé, d'une conquête qu'il lui faudra perdre le jour où il voudra être autonome, mais d'une conquête acquise définitivement, après toutes les acquisitions d'autonomie motrices, manuelles et corporelles et de langage parlé; et surtout, qu'il en garde l'acquis ou parfois le perde, cette conquête n'est pas marquée par l'idée d'un « bien » ou d'un « mal » : c'est tout naturel pour un bébé de ne pas être propre, et c'est tout naturel pour un enfant qui grandit de le devenir et d'aller, pour ses besoins, au même endroit que les adultes et non, de façon humiliante, sur un pot devant tous.

Tous les singes hominiens sont continents, ainsi que les mammifères supérieurs sauvages. Le dépôt de leurs excréments dans l'espace a, dans la vie des mammifères qui vivent en bandes, la signification d'un investissement de l'espace de leur territoire. Ils déposent leurs excréments à la périphérie d'une zone qu'ils veulent délimiter comme étant la leur. Seul l'être humain et les animaux domestiques ignorent cette manifestation de maîtrise et cette utilisation spatiale odoriférante de leurs excréments, du fait d'une entrave précocement imposée au plaisir organique des fonctions naturelles. Pour les animaux domestiques, d'une part, ils n'ont plus à défendre l'espace vital de leur tribu, d'autre part les hommes les dressent afin de conserver propres les lieux d'habitation. Du fait de la fonction symbolique humaine, il y a pour l'enfant, si ces fonctions sont laissées à leur libre jeu, transfert identificatoire de l'intérêt pour les excréments à l'intérêt pour tout le « faire » ludique industrieux, langagier; transfert sur la maîtrise intelligente des matériaux, de tout ce qui se trouve à sa portée par l'intermédiaire de ses mains; celles-ci, mises au service de sa pensée, deviennent les instruments de tout ce « faire » nouvellement et inventivement associé au désir de langage, de communication et de créativité. Ce qui n'est que besoin répétitif et toujours semblable perd de son intérêt : ainsi en va-t-il, le moment venu, des besoins excrémentiels. En psychanalyse, on dit que la main de l'homme se met au service des pulsions d'abord orales, en mettant tout à la bouche, puis anales, en manipulant, morcelant, agglomérant sur le mode de l'exécution et de la création de formes et d'assemblages de forme, pour le plaisir des yeux, le plaisir du palper, le plaisir de la fabrication industrieuse, toutes caractéristiques de l'espèce humaine. Une éducation à but de dressage est une anti-éducation, déshumanisante.

Pour l'enfant humain qui vit en bonne intelligence avec le milieu, lorsque sont respectés ses premiers besoins naturels et ses désirs, l'imitation spontanée du comportement des autres est une identification par plaisir et par instinct grégaire. Chez les tout-petits, il ne faut pas plus faire appel (on y recourt hélas trop souvent) à l'imitation, propension naturelle primitive commune à l'homme et au singe, qu'au dressage et à l'utilisation de la dépendance grégaire comme moyen d'éducation. Il est fatal qu'un enfant cherche à imiter les autres, mais l'éducation devrait le détacher de cette catégorie simiesque de l'imitation, humaine aussi certes, mais qui n'a rien de spécifiquement humain. Valoriser au contraire les différences entre les individus, soutenir les initiatives inventives, l'acquisition du sens des mots, l'extension du vocabulaire, la réflexion servie par l'observation associée au langage, l'activité manipulatrice et gestuelle, ludique et industrieuse, c'est en cela que consiste l'éducation qui n'est pas dressage. La découverte de la nature des choses et des lois de la réalité, constamment confrontée au désir et à l'imagination, mettent l'enfant face aux limites des possibilités de son corps, de sa maîtrise sur lui-même et sur la réalité qui l'entoure, et c'est là le propre de l'intelligence humaine.

Tout dressage est temps perdu pour l'homme ou la femme en

devenir dans l'enfant. La liberté laissée, encadrée par l'affection gaie, la tolérance des adultes vis-à-vis des enfants et l'exemple qu'ils donnent d'un comportement éthique, de paroles conformes à leurs actes, c'est cela qui éduque les enfants, non le dressage.

ÂGE DE LA MOTRICITÉ CORPORELLE ET MANUELLE VOLONTAIRE

L'enfant, en grandissant, se heurte à des dangers réels, indépendants des comportements qu'ont vis-à-vis de lui les adultes qui l'entourent. Quelques exemples nous montreront que sa façon de réagir à ces dangers varie beaucoup d'un être à l'autre.

Le danger du feu

Jean a neuf mois quand, pour la première fois, il est absorbé par l'attention qu'il prête à l'allumage d'un poêle. Il s'agit d'un poêle à sciure qui devient progressivement incandescent, donc dangereux. Catherine a quatorze mois quand la même chose lui arrive. Pour l'un comme pour l'autre, à X mois de distance, les choses se passent d'une manière analogue. L'un comme l'autre s'approche du feu, intrigué, observe, veut en savoir davantage, expérimenter, toucher au fur et à mesure que la chaleur monte, comme font tous les enfants. La maman explique à la petite fille, comme elle l'a fait pour son frère, que c'est dangereux et qu'il ne faut pas toucher le métal de plus en plus chaud, qu'on risque de se brûler. Les deux fois, avec les deux enfants, on parle, on observe, et ni Jean ni Catherine ne se brûleront. Pour tous deux, les choses se déroulent de la même façon : chacun approche sa main du poêle, sent la chaleur, puis rapproche encore sa main tout en faisant mine de souffler, onomatopées à l'appui : ils comprennent et plus jamais ne s'approchent de ce poêle qu'il est impossible de protéger.

La même chose arrive à Grégoire alors qu'il est âgé d'à peu près dix mois. C'est un enfant beaucoup plus instinctuel, qui a besoin depuis les tout premiers mois d'appréhender les objets par le toucher et de faire des expériences concrètes, tactiles (plus tard, cet enfant, en présence de n'importe quel dire, voudra vérifier par lui-même, pour énoncer ensuite d'un air convaincu : « C'est vrai »). Les deux autres enfants, c'est-à-dire l'aîné et la troisième, croyaient ce qu'on leur disait, jusqu'au jour où les hasards de l'expérience les amenaient soit à faire la critique de ce qui leur avait été dit, soit parfois à y donner leur assentiment, ou encore tout à coup à découvrir tactilement, sensoriellement, la preuve d'une vérité qu'ils avaient verbalement enregistrée et en laquelle ils avaient d'ailleurs cru. On voit déjà là l'écart entre des esprits différents. L'expérience du feu avec Grégoire est pour moi un souvenir inoubliable. Comme je l'avais fait pour son frère, je lui dis : « Il ne faut plus toucher au poêle, il chauffe, il chauffe, il va devenir tellement chaud que ça va brûler. » Et Grégoire regarde, pose sa main, et me dit : « Ça bûle, ça bûle... » Le poêle, effectivement, chauffe de plus en plus, mais il n'en continue pas moins sa vérification du dire; je m'inquiète : mais jusqu'où va-t-il aller? Il sourit d'un air satisfait, amusé, rusé, retirant sa main en disant « ça bûle », mais n'en recommence pas moins à toucher. La chaleur monte progressivement dans le poêle. Enfin il se brûle quelque peu. Je crois que cela suffira; il fait une mimique de petite souffrance, et je lui dis : « Mais oui, ça brûle, il ne faut plus toucher. » Pourtant, dès que la sensation douloureuse du « trop chaud à la main » a un peu diminué, voilà qu'il recommence. J'essaie de l'en empêcher par des paroles; il n'y a pas moyen. Il finit par mettre sa paume sur le poêle qui chauffe toujours plus fort, et il se brûle la main, bel et bien, au point de pleurer, d'en être navré. La douleur ne dure pas, car c'est une brûlure au premier degré; mais il a une cloque à la paume et à la pulpe des doigts. Je dois mettre un pansement que l'enfant garde huit jours et qui ne le gêne absolument pas. Il est comme tout heureux de s'être brûlé, et il amène chaque personne qui arrive vers le poêle, en expliquant : « Ça bûle », « C'est vai », d'un air convaincu et très, très intéressé, visiblement satisfait de son expérience. Lorsque je peux lui enlever le pansement, Grégoire n'a plus besoin de sa main. Il continue de la tenir en dehors de lui, comme un article gênant de son anatomie. Il faut qu'un jour, alors qu'il est occupé à un jeu, je lui remette brusquement sa main dans le circuit. Comme il me regarde d'un air étonné, je lui rappelle l'incident du poêle : il réagit en fixant sa main, puis me regarde à nouveau, riant, heureux de sa retrouvaille, et c'est à dater de ce moment-là qu'il recommence à se servir de sa main brûlée. Plus jamais il ne touchera au poêle.

Cette expérience m'a beaucoup appris sur l'incroyable capacité d'adaptation des enfants (celui-ci avait dix mois, l'incident se situant quelques jours avant sa découverte de la marche) à l'absence d'un de leurs membres supérieurs : cette absence a immédiatement été intégrée à l'habitus moteur, sans gêner l'activité. Or il s'agissait de la main droite, et le garçon était droitier. On peut aussi constater que, pour cette expérience du feu et l'intégration de son danger, ces trois enfants d'âges voisins ont réagi de façon différente. Il est psychologiquement important de laisser l'enfant libre (naturellement, tout en le surveillant); de lui parler et, s'il s'est fait mal, de le soigner avec compassion, sans le gronder; mais il est tout aussi essentiel de le laisser prendre ses risques et ressentir par lui-même les effets de l'expérience qu'il fait. Toucher au feu n'est pas défendu par la conscience morale, mais par la prudence; et la prudence s'acquiert soit par la croyance, *a priori*, vérifiée a minima, en la parole d'autrui, soit, si cette parole ne suffit pas, par l'expérience propre. Ce n'*est* pas mal de se brûler, ça *fait* mal, ce qui n'est pas pareil. Il ne faut certainement pas que l'adulte empêche l'enfant de courir des risques réels (avec la réserve qu'il ne doit pas les provoquer et que les conséquences ne doivent pas être trop brutales) : car les risques réels — ni plus ni moins éprouvants pour qui les prend que ce que l'adulte en a dit, par son expérience ou celle d'autrui, bref, son savoir — font partie de la connaissance du monde; et le risque fantasmé, prévu, confronté à la réalité, conforme dans ses effets à ce qu'on en a dit, est formateur. La menace d'une intervention punitive si l'enfant veut effectivement éprouver lui-même la véracité d'un dire sur le danger n'est pas éducative. Tous les enfants aiment observer par eux-mêmes, tous les enfants aiment expérimenter, à des degrés divers. S'il y a danger, il est nécessaire d'en avertir l'enfant, mais sans jamais le tromper. Il est utile qu'il puisse se convaincre lui-même, à condition qu'il s'agisse d'un risque mesuré, encouru sous surveillance de l'adulte qui accompagne la tentative de paroles explicatives, jusqu'à ce que l'enfant ait acquis la conviction de la véracité du dire de l'adulte. Or la vie quotidienne ne présente pas d'emblée des risques mortels pour les bébés sur qui veille un adulte. Les seuls risques qu'ils courent, s'ils peuvent le faire librement, contribuent seulement à leur enseigner la prudence, en même temps que la confiance dans le dire de l'adulte : dire dont la portée de vérité sera confirmée par l'expérience propre de l'enfant, telle qu'il l'aura tentée en toute liberté d'initiative jusqu'au point de non-retour où il acquiert l'authentique et autonome connaissance de ses propres limites face à la réalité des choses.

Le danger de la dénivellation

Jean, âgé de sept mois, se trouve tout à coup seul à la neuvième ou dixième marche de l'escalier qui monte à l'étage supérieur de notre immeuble (il s'était glissé à quatre pattes par la porte d'entrée restée, par mégarde, ouverte sur le palier). Je le cherche dans la maison puis, ne le trouvant pas, et voyant la porte entrouverte, j'avance sur le palier et l'aperçois, tout étonnée de trouver ce bébé de sept mois si loin, si haut. Je ne le savais pas capable de telles performances. Sa figure, dilatée de plaisir par l'effort réussi, se crispe soudain à ma vue, sa bouche s'ouvre, ronde, sans crier, ses yeux s'agrandissent, chargés d'angoisse et me regardent, inquiets sans doute de voir mon visage à quelque distance du sien à travers les barreaux de la rampe et plus bas que le sien; pour cet enfant élevé jusque-là en appartement, c'est une expérience inconnue que d'être dans cette situation insolite : se trouver encore plus haut que le visage de l'adulte et sans être dans ses bras.

Une chose certaine : tant qu'il était occupé à grimper et ne me voyait pas, l'expression de son visage était radieuse et triomphante; ce n'est qu'après m'avoir aperçue qu'il a eu l'air angoissé. Je me hâte donc de monter le prendre dans mes bras, le complimente, l'embrasse et lui dis qu'il peut refaire cette ascension. Je reste près de lui, en l'assistant et en mettant en mots tous les gestes qu'il fait pour monter l'escalier. Le souvenir du danger restera ainsi dans l'esprit de l'enfant associé à un effort ardu mais bon, à quelque chose de nouveau mais de maîtrisable, à une situation insolite mais qu'il a pu surmonter, à une performance, donc, dont il sera fier. Il est certain que, si j'avais adopté une attitude de peur et l'avais grondé, Jean aurait gardé de cette performance motrice dont il avait seul pris l'initiative, risquée, et assez exceptionnelle pour un enfant de sept mois, un sentiment de culpabilité. La crainte de l'adulte fâché serait venue confirmer et aggraver le malaise initial dû à une situation de dénivellation, d'esseulement insolites, ce qui, dans un espace nouvellement expérimenté, n'avait rien de répréhensible. Il aurait probablement gardé de cette expérience la peur d'entreprendre de nouvelles acrobaties. Bien sûr, moi la maman, je veillerai à la porte d'entrée; mais désormais l'échelle de ménage sera fréquemment dépliée et le petit garçon s'amusera à y grimper, à dégringoler, à y remonter et ses efforts le captiveront. Pendant des heures, il jouera ainsi à vaincre la difficulté, puis son jeu sera de traîner ses ours et autres animaux en peluche, de les installer sur les marches de l'échelle et, quand ils dégringoleront, de redescendre les chercher; vous n'avez pas idée de la passion que cet enfant de sept mois pourra mettre à vaincre sportivement toutes ces difficultés. En même temps, il découvrira des phonèmes du langage, des onomatopées en quantité, pour exprimer tout ce qu'il aura à exprimer de sa joie, en m'appelant parfois pour que je vienne constater ce qui arrive à tous ses joujoux et à lui.

Ce sera un enfant très promptement développé.

Le danger des contacts sociaux

Jean arrive au jardin d'enfants. Il a deux ans et demi. Il y a là une fillette de sept ans nommée Bernadette, retardée intellectuelle et motrice après un traumatisme obstétrical, en partie hémiplégique. C'est une enfant très grande pour un jardin d'enfants et elle a une déplorable manie : armée d'un bâton, de son seul bras bien valide, elle frappe tous les nouveaux, de préférence sur la tête. La directrice du jardin d'enfants, adepte des méthodes nouvelles, a à cœur de laisser les enfants se débrouiller seuls les uns avec les autres, n'intervenant pour les séparer que lorsqu'il y a danger réel.

A la première récréation, Bernadette fait subir à Jean le traitement habituel aux nouveaux. Il court pour se dérober à ses coups, en disant : « Oh! là là... Oh! là là... », et ils passent ainsi la récréation à courir l'un après l'autre. Chaque fois que les enfants sont laissés à eux-mêmes pendant une petite récréation, le même manège recommence. Au troisième jour d'école, la fameuse Bernadette n'est pas encore lassée du jeu, mais elle n'a pas non plus réussi à atteindre Jean. Et Jean ne se défend toujours pas. Étonnement de la jardinière, car les autres enfants (plus âgés que lui, peut-être, à l'entrée à l'école) viennent généralement se réfugier auprès d'elle et, là, Bernadette n'ose plus s'approcher. La jardinière me parle de la situation : faut-il interdire ses attaques à Bernadette, faire cesser le manège, inciter Jean à répondre à la violence par la violence, ou à venir se réfugier chez l'adulte, alors qu'il ne fait spontanément ni l'un ni l'autre? Je pense, comme elle d'ailleurs, qu'il faut encore attendre et voir. Quand je viens, ce troisième jour chercher Jean à l'école, il me dit en pleurant qu'il ne veut pas y retourner le lendemain, sans toutefois m'avouer le motif réel. Au cours de cette petite crise d'angoisse, c'est son contact ultérieur avec la société des enfants qui est en question, ainsi que l'école où, pendant les heures de classe, il se plaît beaucoup.

C'est pourquoi le lendemain, malgré ses larmes, je le reconduis à l'école mais en y arrivant, à dessein, un peu en retard, alors que tout le petit monde est déjà en classe; je lui dis que je viendrai le chercher, et que j'aurai un bonbon pour lui. Je le remets ainsi en face du conflit à résoudre. C'est le quatrième jour. Un peu inquiète, je reste à la porte un petit moment, afin d'entendre si mon garçon trop angoissé va sangloter : je suis tout de même mère, j'aurais alors avisé. Mais je n'entends rien et, à 11 h 1/2, je reviens le chercher. Quand j'arrive, Jean s'approche de moi, très joyeux et me demande : « Tu as un bonbon? — Oui, cherche. » Il regarde dans ma poche, en trouve un. « Tu n'en as pas un autre? — Regarde encore. » Et dans mon autre poche, il en trouve un second. Je dis : « Tu n'en as pas assez d'un? — Non, il en faut

un pour mon amie. — Ah? — Je peux lui donner? — Bien sûr. »
Et il va donner son bonbon à une petite fille. Je ne connaissais
pas encore cette petite Bernadette, et ne la verrai d'ailleurs pas
davantage ce jour-là; je ne ferai sa connaissance que quelques
jours plus tard. Nous rentrons donc à la maison et, pendant le
trajet, Jean déclare, enthousiaste : « Oh! j'aime mon école! Oh!
que c'était bien que j'y sois allé ce matin!... Oh! c'est bien l'école!
Et pis j'aime toutes les fiancées!... Et pis tu sais... Bernadette,
elle voulait pas croire que c'était pour elle, le bonbon! » Bien.
Voilà Bernadette devenue son amie. Il ne m'en dit pas plus. Et
désormais, il sera tout joyeux d'aller à l'école.

La jardinière d'enfants, quelques jours plus tard, me racontera
ce qui s'était passé. A dessein j'avais, le jour de sa réticence
angoissée, emmené Jean à l'école juste après l'heure de l'entrée
en classe et les autres enfants étaient déjà assis à leur table. Au
grand étonnement de la jardinière d'enfants, qui avait entendu
le bruit de la porte d'entrée, celle de la classe donnant sur le hall
s'était ouverte toute grande mais... personne, l'arrivant retarda-
taire ne se montrait pas! La femme avait attendu une seconde,
toute l'assistance s'étant retournée, la porte restant ouverte :
toujours personne! C'est alors qu'après un moment mon Jean
était apparu en travers de l'ouverture, les jambes écartées, les
bras ballants, le tronc très droit, la tête haute et avait dit, fort,
à la cantonade : « Attention, aujourd'hui, j'ai mes nerfs, alors
attention. » Et, sur cette déclaration, il était allé s'asseoir à sa
place. Le petit monde s'en était trouvé stupéfié. Les enfants se
répétaient les uns aux autres : « Attention, aujourd'hui le " bon "
Jean Dolto a ses nerfs! » La jardinière me dira combien l'avait
amusée cette entrée et ce slogan qui passait de bouche en bouche :
« Attention, le bon Jean Dolto a ses nerfs! » Le résultat en avait
été, en tout cas, que, lors de la récréation, Bernadette ne s'était
plus risquée à le poursuivre avec son bâton et que, de ce jour,
Jean avait été tranquille. Et ce bonbon qu'il était venu me demander, c'était pour Bernadette qui n'osait pas le prendre. Jean avait
dû expliquer à la jardinière d'enfants : « Dis-lui que je lui donne,
elle veut pas le croire, que je lui donne. » A partir de ce jour-là
(me dira la jardinière d'enfants) Jean et Bernadette étaient
devenus une paire d'amis : il l'avait, par exemple, aidée à faire

tout ce pour quoi elle était maladroite, les nœuds, les laçages, les pliages... Succès pour lequel Jean avait été si content de cette conquête et de cette maîtrise de sa peur en face de cette première expérience de vie sociale! Cette épreuve angoissante qu'avec ses moyens à lui, si petit, à deux ans et demi, face à cette grande fillette, il avait été capable d'affronter et de surmonter, cette épreuve avait constitué pour lui un véritable triomphe sur son angoisse. Une fois passée, elle avait laissé l'enfant non seulement heureux, apaisé, mais également reconnaissant envers celle qui en avait été la cause et qui lui avait permis d'acquérir cette expérience-là.

Cette observation nous révèle que chaque enfant a son type de réaction, en face d'un élément dans son entourage qui lui pose problème. Il importe (et l'exemple de l'attitude du frère de Jean devant le feu le démontre) de respecter chez chacun d'eux son mode de réaction particulier, et de ne jamais imposer ou conseiller un mode de défense type. L'enfant trouve dans sa nature la réaction qui est la sienne, même s'il est mis en situation d'infériorité réelle. Mis en confiance par l'adulte, il arrive toujours tôt ou tard à réagir avec ses ressources propres, sans être alourdi par un sentiment d'infériorité complexuelle étranger à la situation réelle, laquelle exige de lui qu'il trouve seul son adaptation particulière à chaque épreuve. Le danger (Bernadette, dans l'exemple précédent, que Jean était las de fuir à longueur de récréation) a été surmonté non pas d'une façon motrice, mais, pourrait-on dire, d'une façon mentale. Bernadette était l'élément dangereux avec lequel il fallait se débrouiller et qui posait à Jean problème. Il n'a pas eu l'idée de demander du secours. Il a appris à composer avec la nature qui était la sienne, et qui avait fait dire de lui par les autres enfants, témoins pendant trois jours du manège, qu'il était un « bon ». C'était d'ailleurs vrai. Pendant trois jours, Jean avait cherché à *éviter* les coups de bâton et, comme il était très agile, il y était effectivement parvenu; même si, devant la persistance de la difficulté et comme Bernadette lui gâchait ses récréations, il s'était mis à avoir peur de l'école.

Quelque temps plus tard, à l'occasion de l'arrivée à l'école d'un autre nouveau, Jean me dit que, comme à l'accoutumée, Bernadette lui courait après avec son bâton. J'en profitai pour lui parler — ce que de lui-même, il n'avait jamais fait — de la petite fille plus grande que les autres. Et Jean me déclara : « Elle est embêtante, Bernadette, à taper comme ça sur les autres mais, tu sais, elle est pas méchante; elle a un bras et une jambe qui ne marchent pas bien. » On voit très clairement ici qu'il réagissait en somme comme il l'aurait fait vis-à-vis de n'importe quel problème de sécurité posé par un danger réel, et semblait s'être déjà forgé une explication de l'agressivité motrice de la fillette, sorte de géante dans cette classe de première année du jardin d'enfants; comme si spontanément il avait compris qu'une enfant infirme pouvait utiliser sa force pour compenser son sentiment d'infériorité.

Les dangers d'aimer

Après ces exemples de dangers extérieurs, de dangers moteurs au contact des autres, voici quelques dangers inscrits dans la nature affective des êtres humains, qui peuvent également être la source de sentiments inconscients de culpabilité si on ne laisse pas l'enfant, là encore, au libre jeu de ses processus autonomes de défense.

Dans un article sur « la jalousie du puîné [1] », j'ai parlé du sentiment de danger qu'éprouve l'aîné à l'idée d'aimer un frère ou une sœur nouveau-nés. Aimer entraîne une identification de soi à l'objet d'amour. La tentation d'aimer un plus petit que soi, image involuée de soi-même, incite l'enfant plus grand à une régression à son propre stade *infans*. Il va donc falloir à l'aîné refuser l'amour pour le nouveau-venu, l'attaquer, afin de se défendre du risque inclus *a priori* dans ce sentiment d'amour. L'aimer lui cause un dommage subjectif énergétique. Jusque-là, c'était bon pour lui d'avoir envie de s'identifier en aimant, parce qu'il n'avait jamais vu à la maison de plus petit que lui mais, au contraire, des images humaines plus évoluées; un bébé, si le mot ne manquait pas, on dirait qu'il paraît au contraire involué... L'amour d'un être dont le développement est témoin d'une

---

1. Cf. p. 96.

époque dépassée est dangereux pour celui qui le regarde. Il faut qu'il se défende de l'autre, l'agresse ou le méprise, au moins l'ignore. S'il regarde un plus petit et s'il l'aime, il va ou s'efforcer de découvrir le moyen de se défendre de ce danger, de cette tentation d'involution, ou y succomber. Quand un enfant aime quelque chose, il aime le goûter, le manger, et il est important qu'il puisse être actif, qu'il ait le droit d'imaginer qu'il va mordre et manger ce qu'il aime.

Jean, lors de cette observation, a trois ans et dix mois, sa petite sœur, trois mois, il semble l'aimer beaucoup (il avait déjà vécu et dépassé sa jalousie envers un puîné, à l'occasion de la naissance de son frère Grégoire). Il me dit avec un visage ravi : « Je pense à quand on la mangera, la petite sœur, oh! elle serait si bonne à manger! Dis, maman, quand est-ce qu'on la mangera? » Comme Pâques, la fête la plus proche, est encore loin, je réponds : « Mais oui, à Pâques, on verra ça. » Je pense alors : « On a encore deux ou trois mois; d'ici là, il aura changé d'idée. » Et Jean, deux ou trois jours de suite, remet cela : « C'est vrai? On la mangera à Pâques? Dis, maman? Elle est si bonne, si bonne. » Et il la contemple d'un air attendri. Moi : « Peut-être... on verra. » Et Jean, heureux, renouvelle ses marques d'affection et de tendresse de grand frère envers la benjamine, la protégeant des attaques de son cadet alors en pleine réaction de jalousie à l'égard du bébé. Deux semaines plus tard, Jean me dit : « Tu te rappelles, maman, quand j'étais petit (il y avait de cela deux semaines), je disais que je voulais la manger. Mais elle est trop bonne, Catherine. Si on la mangeait on ne l'aurait plus pour l'aimer, pour l'embrasser? » Et Jean de rire d'avoir pu dire ça « quand il était petit »! A partir de ce moment-là, son attitude vis-à-vis de sa petite sœur sera plus nuancée : dans des moments de domination, il la bousculera, tandis que, dans des moments d'attendrissement, il me fera constater à quel point elle est drôle et mignonne.

A l'âge où Jean fantasme son désir de manger sa sœur, domine aussi en lui — il a trois ans — un désir viril qui s'ébauche de percuter les femmes, surtout la gentille servante qu'il aime beaucoup. Il accompagne ses propos et ses gestes ludiques de menaces fantasmées joyeusement : « Marie, je m'en vais vous crever le popotin! » Et armé d'un manche à balai, il la poursuit en riant tout seul, mais en ne s'approchant jamais au point de toucher la jupe de Marie avec son manche à balai. Marie, très gentille, elle-même mère de famille, fait le lit, fait le ménage, et ne s'occupe guère de ce qu'il dit, occupée par ce qu'elle a à faire. Un jour qu'elle est en équilibre instable près du lit, Jean passe près d'elle et cette fois la pousse avec ses deux poings; elle tombe assise sur le lit et Jean, triomphant, crie de joie et court vers un ami de son père qui est présent : « Monsieur, vous savez, je suis grand! J'ai donné un coup de poing à Marie, et elle est tombée. Je suis presque un homme! » Ainsi établit-il, en vue d'affirmer sa personnalité, le contact avec un adulte masculin complètement sexué, pour lui déclarer son succès dans une performance où, mâle aimant et fier de son pouvoir, il triomphe d'une représentante du sexe féminin. Tout le comportement de ce garçon procède d'incitations spontanées, « bonnes », émanant des rythmes même de la vie et des désirs masculins aux stades moteur, oral, anal, urétral. Non seulement le garçon est tout à fait facile à vivre et la petite sœur qu'il a voulu manger n'a pas à se plaindre de lui ni de son comportement vis-à-vis d'elle, mais la servante Marie, qui rit parfois d'un air gêné (toujours amusé) des déclarations du garçon, n'a aucun mal avec lui. Jean est extrêmement gentil, serviable envers elle, affectueux. A cet âge, en effet, le garçon rêve tout à la fois de manger, de percuter, de battre, de faire tomber celle qu'il aime, d'être le triomphateur. Il est certain que des gronderies ou des punitions pour des propos fantasmatiques de ce genre, alors que l'agir de l'enfant n'était pas nuisible, auraient été préjudiciables à sa confiance en soi et à la possibilité pour lui de vivre en bonne intelligence au sein de sa famille et de la société, quand, dans ses actes, il se montrait coopérant et sans problèmes interrelationnels, tant à la maison qu'en classe.

Autre exemple : Grégoire a vingt mois quand naît sa petite sœur. Elle n'a que quelques jours quand, la regardant prendre son biberon avec ces petits gestes de doigts qu'ont les nourrissons à cet âge, il se précipite sur l'index dressé du bébé et, d'un coup de dent, le mord au sang. Je m'inquiète pour le doigt, la petite lâche le biberon et pleure, bien sûr, car il lui a fait extrêmement mal. Grégoire se trouve comme bouleversé, inquiet, angoissé de ce que je vais dire, prêt à se révolter : replié sur lui-même, il a sur le visage, vraiment, une expression très « ramassée ». Alors, moi : « Viens, regarde comme la petite sœur est contente d'avoir un frère si fort. Maintenant que tu es fort comme ça, tu pourras la défendre si quelqu'un l'attaque un jour. » Alors la mimique de Grégoire se dilate, il bombe le torse, puis entendant les cris du bébé à qui il a fait très mal, il dit : « Ka[1], mal, a pleuré », il se met à faire une lippe de bébé et commence à pleurer à son tour. Je continue : « Bien sûr qu'elle a mal, parce que tu es trop fort pour elle, mais elle sait bien que c'est parce que tu la trouvais si bonne que tu voulais la manger. » Il me regarde, étonné, et me répond : « Oui! » Je continue : « Mais c'est pas possible, elle est vivante, on ne mange pas les personnes. » Alors, lui : « Faut consoler! » Et il s'y essaie, en prononçant des petits mots gentils, et y arrive très vite. Le doigt de la petite met tout de même trois ou quatre jours pour guérir tout à fait. Jamais plus l'enfant ne mordra sa petite sœur, ni quiconque. On voit ici qu'un geste issu d'une intention agressive, mais s'originant d'une intention d'amour, a été brusquement ressenti comme mauvais parce qu'il avait fait souffrir une petite sœur à laquelle l'enfant s'intéressait et que tout cet intérêt et cet amour s'étaient révélés enracinés dans un désir oral dangereux. Il s'agissait bien sûr aussi d'un sentiment de jalousie, mais l'enfant était en même temps sur le chemin d'une identification aux aînés de son sexe.

Si moi, la maman, je m'étais fâchée (je me reprochais bien plutôt de n'avoir pas paré au danger, tout accaparée que j'étais à donner le biberon), un geste, douloureux pour la petite sœur, mais qui n'était en lui-même ni bon ni mauvais et procédait seulement d'un fantasme de consommation orale impulsif chez l'aîné, eût été associé à l'idée qu'il était porteur d'un danger réel, donc que lui, Gricha, était méchant. En fait, l'enfant s'est senti malheureux, en danger lui-même, par identification immédiate à l'objet vivant agressé, mais non coupable. Du moins, sa culpabilité a très vite fait place à une compréhension de son impulsion (supposée), verbalisée par moi : « Il voulait manger sa

---

1. « Ka » était sa façon de nommer Catherine, alors surnommée « Katinka » par son père.

petite sœur. » « Oui. » Alors que Jean, son frère aîné, se contentera (six mois plus tard, et presque à quatre ans, non comme Grégoire à vingt mois) d'imaginer et de parler d'une petite sœur à manger bien cuisinée, telle une belle dinde de fête, Grégoire, beaucoup plus jeune, a eu besoin d'une tentative d'exécution immédiate, sensible, analogue à celle de son expérience du feu. Avoir fait mal à sa sœur lui a fait mal en retour, et toute la suite a permis à l'éducation de jouer son rôle dans ce petit incident.

Autre exemple de la difficulté d'aimer

« Salope! » dit Jean, bientôt trois ans, à Marie, la personne entrée au service de sa maman depuis le matin. C'est que Marie veut l'aider à monter sur sa chaise pour manger. Elle veut attacher sa serviette. Bref, elle l'empêche d'agir seul dans les choses qui le concernent et qu'avant son arrivée dans la maison il exécutait seul. L'incident, ce mot de « salope » crié à la figure de cette femme, fait bien du bruit. Comme j'entends Marie parler fort, je cours à la cuisine : elle me raconte ce qui s'est passé. Je m'en étonne, ne sachant pas que Jean connût ce mot, et lui demande : « Sais-tu ce que ça veut dire, salope? » Il ne répond pas. J'apprendrai, plus tard, qu'il avait entendu le mot en écoutant la nouvelle venue elle-même parler d'une autre personne à la femme de ménage. « Non, me dit-il, mais tu comprends, elle veut pas me laisser monter sur ma chaise, elle veut pas qu'on fasse rien tout seul. » Je lui explique que le mot voudrait dire que Marie serait si sale, si dégoûtante, qu'il ne pourrait jamais avoir envie ni de la toucher, ni de la regarder, ni de l'aimer. Alors, il me dit : « Ah ben! non, elle est pas comme ça! Elle est aussi très gentille, Marie! »

« Salope », dans l'esprit de l'enfant, était conçu comme : « anti-vie ». Marie l'empêchait d'exprimer sa vitalité motrice, de s'affirmer. Et, à son avis, il fallait se défendre d'elle. Comment s'en défendre autrement qu'en prononçant un mot qu'il avait justement perçu dans le vocabulaire de cette femme, parlant de son ancienne patronne qui avait, à ce qu'elle estimait, été à son égard une salope? Marie était une femme sensible, elle avait eu de la peine de ce qui s'était passé entre elle et Jean, n'arrivant pas à comprendre qu'un enfant de trois ans pût faire déjà tant de choses par lui-même. Elle n'avait pas encore pu se rendre compte de la façon dont il était élevé; et qui d'ailleurs, par la suite, l'intéressa fort, car elle avait elle-même des enfants qui tous étaient restés fort tard dépendants d'elle, du fait qu'elle les avait surprotégés.

Après cet incident qui ne semblait pas totalement clos, car je ne connaissais pas encore assez cette femme pour épiloguer longtemps avec elle, le déjeuner de Jean sera vite bâclé, et il reviendra me trouver. Je reparlerai avec lui de l'épisode, il me redira à quel point il trouve Marie gentille quoiqu'elle soit « bien embêtante, de ne pas nous laisser » (il disait « nous », même s'il ne parlait que de lui : son petit frère, beaucoup moins dégourdi que lui, était fort content de parasiter cette personne et de s'en faire aider — « elle *nous* laisse rien faire tout seul »). J'écouterai Jean raconter, puis lui dirai : « Tu sais, elle a eu de la peine, Marie, parce qu'elle a pensé que tu la trouvais salope pour de vrai. Salope, c'est une injure. Alors ce serait bien si tu allais demander pardon à Marie. » A ce moment, à ma surprise, Jean répondra d'un air radicalement opposant et net : « Ça, non, jamais! » Étonnée de sa réaction, ennuyée, craignant des difficultés ultérieures entre Marie et lui, je ne dirai plus rien, laissant les choses ainsi, et Jean me quittant, furieux. Il reviendra dix minutes après, avec l'air penaud de quelqu'un qui n'est pas fier de lui, et marmonnera entre ses dents : « Je lui ai donné son pardon. — Quoi? Qu'est-ce que tu as donné à Marie? » (je ne comprenais pas bien). Il me répétera : « Je lui ai donné son pardon. — Ah, c'est bien, c'est bien, Jean. — Ah non! c'est pas bien! » fera-t-il, l'air déprimé, de grosses larmes coulant sur ses joues, « non, c'est pas bien! » Ne comprenant pas ce qu'il ressent, je me tairai et il pleurera un moment, absorbé en lui-même, regardant par la fenêtre — jusqu'à ce qu'il s'adresse à nouveau à moi : « C'est pas bien, mais elle avait tant de peine, Marie, que j'avais dit salope, je voulais pas qu'elle ait de la peine. » Le ton sur lequel Jean dira : « Ce n'est pas bien », aura un profond accent de vérité. Il n'aura, en fait, pas du tout été vexé d'avoir demandé pardon, ou plutôt, comme il l'a dit fort justement et sans se tromper sur le sens de ce qu'il avait à dire, d'avoir donné son pardon, mais bien d'avoir été obligé de réparer un mal moral qu'il a fait innocemment, en se défendant légitimement. Inutile de dire que lui et Marie, cette femme simple, deviendront les meilleurs amis du monde, car Jean était un enfant plein de cœur : il était seulement riche déjà d'une grande autonomie.

Expérience de la perte d'une chose aimée
Le tien et le mien

Jean reçoit, vers deux ans et demi, son premier fusil de panoplie, qu'il a ardemment désiré et dont il est très fier. Il ne faut pas oublier que Jean est né pendant la guerre, et qu'il a dix-neuf mois au moment de la Libération et de l'entrée des troupes du général Leclerc dans Paris, qui passent sous les fenêtres de l'appartement. Ce fusil, c'est pour lui la possibilité de s'identifier aux soldats du général de Gaulle, comme il dit. Il emporte donc le fusil au Luxembourg. Au moment de monter sur un manège, au lieu de le donner à sa grand-mère avec qui il a l'habitude de se promener et qui lui demande donc son fusil, il déclare : « Non, c'est pas pour les femmes! » et pose le fusil à terre. Après son tour de chevaux de bois, il a beau chercher le fusil, il ne le retrouve pas (c'est à l'époque un jouet très rare, interdit de fabrication sous l'occupation allemande; ce jouet, tous les petits garçons devaient en avoir envie). La grand-mère, de retour à la maison avec Jean, me dit : « Je suis désolée, Jean a perdu son fusil, tu vas être très ennuyée »; et elle me raconte comment c'est arrivé. Elle sait que nous avions eu beaucoup de peine à trouver ce jouet. Je demande : « Et Jean, est-ce qu'il est ennuyé? — Penses-tu, pas du tout, figure-toi, rétorque sa grand-mère d'un ton réprobateur, quand je lui ai dit que c'était très bête d'avoir perdu son fusil, et que c'était de sa faute puisqu'il ne me l'avait pas confié, il m'a répondu : " ça ne fait rien, il y en a un qui l'a trouvé et il doit être très content! " — Eh bien moi, dis-je alors (Jean venait d'arriver sur ces entrefaites et assistait au colloque avec ma mère), je ne vois pas pourquoi je serais plus ennuyée que Jean; ce fusil était à lui puisqu'on le lui avait donné. Et si Jean est content, moi je suis contente. C'est vrai qu'il y a sûrement un petit garçon très content d'avoir un beau fusil maintenant. » Et on ne parle plus du fusil.

Une quinzaine de jours après cet incident, Jean semble sortir d'un rêve dans lequel il était plongé depuis quelques minutes et me dit : « Si je ne l'avais pas mis par terre, mon fusil, je pourrais encore jouer avec... j'aimerais bien jouer encore avec ! — Une autre fois, si tu aimes beaucoup quelque chose, tu feras attention de ne pas le perdre. — Ah oui ! » me répond-il.

L'incident du fusil était clos, il avait apporté une expérience. L'enfant avait acquis, par identification au trouveur, le sens vrai de la valeur d'un objet sien; s'il avait au contraire été grondé pour avoir perdu son jouet, sans encore avoir pu en ressentir la privation (et le fait est qu'il ne l'avait pas encore ressentie), il aurait eu seulement un sentiment de culpabilité imposé par l'adulte; sentiment artificiellement greffé, sans aucune portée morale pour lui, sans rapport à une *faute* quelconque, car cela n'a rien à voir avec la morale, de se laisser prendre ou non ses affaires par un autre; et il n'y a aucune faute, lorsqu'on aime beaucoup quelque chose, à l'avoir perdu. Jean, à travers cette expérience, avait la possibilité de faire l'apprentissage du sens de la responsabilité de ses actes, l'apprentissage aussi de la valeur d'un bien possédé puis perdu et qu'on regrette par soi-même. Le sens du tien et du mien, si de nombreux enfants ont tant de mal à l'apprendre, c'est qu'on veut le leur inculquer trop tôt. Or, l'acquisition de ces notions se fait en même temps que celle de la responsabilité. Avant d'acquérir un sens de la responsabilité sociale, il faut avoir acquis celui d'une responsabilité individuelle; par rapport à soi-même et à son propre bien. Comme on l'a saisi sur le vif, la liberté pour l'enfant d'être seul juge de ses actes, quand ceux-ci n'ont d'effets que sur un plan affectif et pour lui-même, est la seule attitude qui puisse lui permettre de faire sa propre expérience de ses relations avec les objets, les êtres et les choses. Il lui faut d'abord désirer un objet puis, l'ayant reçu, l'avoir perdu et, l'ayant perdu, regretter cette perte pour que par cette épreuve, le jour où il en prend conscience — on a vu que pour Jean cela a demandé une quinzaine de jours —, il puisse acquérir, indépendamment de tout sentiment de culpabilité, la notion de sa propre responsabilité.

Cette étude n'avait d'autre but que de faire part d'observations que j'ai pu faire au jour le jour, et des réflexions qu'elles m'ont suggérées. Il m'a paru important de retrouver les sources du sentiment de culpabilité dans les premières sensations physiologiques préverbales de malaise à vivre. Les conditions physiologiques de la vie chez le petit d'homme ont leurs exigences intrinsèques, parfois contradictoires. Le malaise est inhérent à la condition humaine, quelles que soient les circonstances extérieures dans leur contingence. Ces épreuves peuvent être libératrices de libido et sources de créativité ou, au contraire, accumulatrices de libido sous tension et freins à la puissance créatrice, selon que le sujet est ou n'est pas autorisé à exprimer son angoisse et qu'il est ou n'est pas soutenu pour leur trouver par lui-même un sens, et surtout le moyen d'en triompher. L'entourage le plus secourable est celui qui développe au maximum une ambiance de confiance, une ambiance dans laquelle on a le droit de s'exprimer librement, même si l'expression que l'enfant donne doit être expression de souffrance physique, affective ou mentale. On voit que, face à tout cela, le « dressage » évite l'expérience et ne permet pas l'acquisition d'autonomie.

Lorsque je faisais mes études, il y avait un service de pédiatrie où le médecin-chef, le professeur Ribadeau-Dumas, avait un beau jour décidé que les infirmières devraient consacrer deux fois par jour cinq minutes, indépendamment de tous soins à donner, à chaque enfant dont elles avaient la charge : cinq minutes pour jouer avec eux ou, s'ils étaient trop petits pour jouer, leur parler, les câliner, jaser, sourire, bref instaurer avec eux une relation agréable en dehors de tout soin infirmier administré à leur corps; une relation maternelle, aimable, quelle que soit la réceptivité apparente du petit malade. Cela avait beaucoup surpris à l'hôpital et, naturellement, tous les externes parlaient de cette expérience. Les infirmières avaient accepté et, à la surprise générale, dans ce service qui admettait des nourrissons aussi bien que des enfants de deux à trois ans, la mortalité tomba d'une façon spectaculaire. Ces échanges affectifs en dehors de tout apport de nourriture ou de soins semblaient être pour tous les bébés des moments de ressourcement de la vitalité. Des échanges d'ordre psychique au seul niveau de la voix, de la mimique, du geste, sont, chez les enfants atteints de maladies graves, peut-être les moments les plus efficaces pour la récupération de leur vitalité profonde. Le professeur Ribadeau-Dumas, en introduisant ce style nouveau de relation entre soignantes et bébés, avait découvert quelque chose qui va dans le sens de ce que j'ai dit ici. Comme on a pu le voir à travers tous les exemples précédents, les échanges affectifs euphorisants consistent avant tout à laisser à l'enfant la possibilité de s'exprimer librement par la voix, la mimique, le geste et, plus encore, par tout acte, pourvu qu'il ne présente de danger grave immédiat ni pour lui ni pour les autres. Bien sûr, l'éducation ne se réduit pas à cela, mais, sans ces échanges sécurisants, ludiques, gestuels, qui peuvent même se faire sans parler, sans vocalisations échangées, il n'existe entre adultes et enfants aucun lien interpsychique humanisant.

Si l'adulte ne fait pas confiance aux expressions que l'enfant donne de sa vitalité, et confiance au point de lui parler — si malade et aussi petit soit-il —, au point d'autoriser les manifestations de joie ou de souffrance qui sont celles de l'enfant, sans les réprimer, si l'adulte n'entre pas en contact affectif et verbal avec l'enfant, indépendamment des nécessaires manipulations de son corps qui n'incluent pas forcément de communication interpsychique, l'enfant se trouve dans l'impossibilité de prendre confiance en lui, au sens où il est un être de langage et de désir, essentiellement distinct de son corps; c'est-à-dire dans la mesure où celui-ci ne le constitue qu'en tant qu'être de besoins.

La totale dépendance de l'être humain au début de sa vie est un piège pour bien des mères, qui ne respectent chez l'enfant ni la particularité du rythme des besoins ni l'expression naturelle et spontanée des désirs qui, sur un fond apparemment semblable chez tous, s'éveillent et s'expriment différemment chez chacun. La suggestibilité de l'enfant face à sa nourrice et à son entourage tutélaire est une des voies par lesquelles la nature humaine, l'expression autonome de la vitalité, la sensibilité et l'intelligence sont très précocement perverties chez certains, élevés par des mères anxieuses, perfectionnistes et possessives. Tous les procédés de dressage précoce sont nocifs, car tôt ou tard se tisse alors, pour l'enfant, la culpabilité de vivre. Au décours des sensations cœnesthésiques précoces de malaise inconscient, l'angoisse viscérale s'intrique en langage préverbal aux échanges avec l'entourage : échanges d'abord nutritifs puis moteurs, bien avant d'être parlés par l'enfant lui-même, pourtant sensible dès sa naissance aux paroles, qu'elles soient de confiance ou de réprimande; il saisit parfaitement leur portée émotionnelle, d'amour, de respect de sa personne en devenir, ou au contraire ce qu'elles comportent de rejet grondeur à l'égard de ses manifestations vitales.

Grâce à un bain de paroles toujours secourables en rapport avec les épreuves physiques et venant ainsi soutenir ses initiatives motrices, l'enfant échappe à des sentiments inconscients précoces de culpabilité qui, s'ils sont présents, ne peuvent que le dérythmer et entraver l'accès euphorique à la connaissance de son identité, aux caractéristiques naturelles de son sexe, à la maîtrise autonome de son dire et de son agir, à l'exercice de son intelligence observatrice, discriminatrice, créatrice, à l'exercice de son imagination inventive et de son autonomie responsable; toutes choses qui doivent se développer en dehors de toute culpabilité d'ordre magique ou morbide, susceptible de grever de névrose le caractère et la santé des plus doués et des plus psychiquement précoces d'entre les humains.

4. Personnologie et image du corps *

Je veux, m'associant à tous ceux qui l'ont lue et écoutée, remercier le docteur Lagache pour son étude magistrale de l'évolution de la structure de la personnalité selon l'œuvre de Freud.

Nous y avons vu un Freud chercher à serrer de près, en clinicien, la description des faits caractériels et des comportements de ses patients, et chercher par inférence et interférence leur probable motivation. L'élaboration de sa théorie suivait ce travail d'observation et d'étude dynamique. La communication de la théorie aux patients était un moyen, pour Freud (ainsi que pour beaucoup des premiers analystes), d'aider ses patients à se comprendre et à se reconnaître comme des humains, c'est-à-dire comme des êtres conduits à leur insu — à travers des bouleversements émotionnels qui, jusque-là, étaient, à leurs yeux comme aux yeux de tous, dépourvus de toute logique — par une logique aux articulations déchiffrables. A une logique consciente et rationnelle, Freud apportait en complément une logique nouvelle, celle de la dynamique affective et irrationnelle. Cette étude de l'inconscient humain pouvait se comparer à une étude du régime souterrain des eaux, suggérant que les sources des courants qui apparaissent en surface s'expliquent aussi bien que les caractères de la végétation.

Cette exploration-là avait déjà tenté l'homme et chaque civilisation avait trouvé son explication. Jusqu'à Freud, l'homme

* Publié dans *la Psychanalyse*, vol. VI, PUF, 1961, IV. Un développement ultérieur présenté au Congrès de psychanalyse de Royaumont, 1974, sera prochainement publié, revu et corrigé, aux Éditions du Seuil.

de science ne cherchait les motivations de ses actes que dans sa participation cosmique et géographique, d'une part, dans ses pensées réfléchies et ses sentiments lucides, d'autre part, mais pas dans ses rêves; ceux-ci, dans leurs imageries et leurs effets, étaient du domaine magique et laissés aux devins. Jusqu'à lui, on ne cherchait pas à suivre une personne « saine » dans les images qu'elle se fait d'elle-même et du monde, quand son corps n'est pas en situation d'action : que ce soit dans le sommeil ou dans les moments de contrôle relâché. Tout cela n'était que bêtise, diablerie ou du domaine du surnaturel. Freud ôta à l'être humain ce masque fragile de robot moral, articulé, plus ou moins accordé à des tâches dont il peut s'affubler au réveil, et y substitua la vérité palpitante des désirs inassouvis clamant dans le silence des rêves. Ce même homme, qui s'était considéré comme aussi — et souvent plus — vrai endormi que réveillé, il l'aida à assumer son visage véritable dans les achoppements et les grimaces incontrôlées qui expliquent les soubresauts ou les désajustements du masque. La fréquentation respectueuse des névrosés, que cet homme juste avait le courage de décréter ses semblables, le conduisit à élaborer une théorie dynamique de la personne humaine, au terme de laquelle les gestes expriment une vérité que la conscience ignore et que le langage parlé (spécifique de l'espèce) ne réussit à manifester au sujet que par des mots qui sont les témoins contaminés d'émois non surmontés, consécutifs eux-mêmes à des expériences vécues.

Le docteur Lagache nous a montré que la conceptualisation de Freud, liée à une époque donnée, à une langue donnée, dont la traduction en français est souvent malaisée, était liée aussi à une plus juste médecine, à une plus juste compréhension de l'homme par l'homme.

La personnologie de Freud nous paraît avoir réussi à croiser les abscisses de la topique avec les ordonnées de la dynamique, et à mettre en courbe la trajectoire de la question que tout être humain pose à tout autre de son espèce (y compris à lui-même et, là, l'épreuve personnelle est pire que celle de l'autre), qu'il pose et se pose de la naissance à sa mort, c'est-à-dire tout le temps que dure son rapport au monde. Cette question est la même, quelles qu'en soient les formulations, du début de l'incarnation jusqu'à l'extinction des échanges : *« où-est-ce-par-quoi-j'aurai-l'être? »* Tout homme « sain » l'est dans la mesure où, cherchant cette réponse ailleurs qu'en lui-même, il trouve à la poser le courage de vivre dans l'espoir de la résoudre. Tout homme « malade » est celui chez qui la recherche lassée altère l'authenticité de la question ou l'authenticité dans l'attente de la réponse. La courbe est ici celle de la libido : trajectoire de la question d'un être humain incarné à la recherche de sa complémentation. Oui, ce corps de la personne, dont la topique et la dynamique de la théorie de Freud ne parlent pas expressément, ce corps de la personne est constamment sous-jacent dans l'imaginaire à toute communication interhumaine. A partir du moment où l'expression est verbalisable et où les mots dits par une personne sont compris par une autre, on pourrait penser qu'elles sont en train de communiquer authentiquement, puisqu'elles ont l'air de s'entendre. Freud n'oubliait pas le langage du corps, il nous en a montré des témoignages cliniques évidents.

Si la question peut donc être posée dans le langage verbalisé, elle se trouve aussi l'être dans ce langage préverbal et paraverbal qu'est le *langage du corps*. Freud nous a montré comment la libido, dans sa quête de complémentation jamais durablement satisfaite, structure un homme ou une femme, corps, cœur, esprit, dit-on, et les hiérarchise dans leur forme et dans leur fonctionnement. Cette hiérarchie est éphémère, toujours remaniable, imposée par la condition spécifique de l'espèce et les conditions contingentes de l'environnement humain, c'est-à-dire les relations symboliques auxquelles l'être humain, depuis et dès sa conception, est assujetti de la part de son entourage.

Un homme ou une femme est un être vivant d'autant plus humain (et, peut-on ajouter pour les « grandes personnes », d'autant plus hautement humain) que la qualité de sa lucidité est plus rare et l'intensité de son dénuement plus intolérable. C'est-à-dire qu'un être humain est d'autant plus évolué que son angoisse est si grande et l'expression de celle-ci tant impossible à taire, qu'au-delà de son corps, premier médiateur entre lui et le monde, il recherche des sons, des gestes, des signes, des langages médiateurs, pour à la fois traduire son angoisse et la transcender dans une expression intelligible, en vue d'échanges avec les autres, pour en laisser enfin des traces qui informeront ceux qui viendront après.

Son appétit de vivre, source de sa quête d'un complément dynamogène, lui enseigne que l'approche exaltante de la satisfaction, suivie de la rencontre orgastique dans une expérience éphémère de délivrance de sa tension à être, est une mort. L'expérience répétitive de l'attraction excitante, provoquée par le complément de l'image de son corps, le conduit, à travers l'acte d'union qui calme sa tension, à la disparition de ce qui était se sentir dans son corps : au dépouillement sensoriel de l'image de ce qui lui appartenait hors de cet acte.

La mémorisation de l'objet complémentaire absent (après la rupture entre l'image et ce qui en était le support jusqu'au plein accomplissement mortifère du désir) le pousse, dans un espoir imaginaire, à se tendre, hors son temps et son espace, vers un autre qui jamais ne cesserait de l'apaiser. Cette recherche hiérogamique de complétude, créatrice d'exaltation, le conduit toujours de la joie au deuil, car elle apporte, après qu'elle est vécue — il y a un après —, la douloureuse épreuve de la retrouvaille de la conscience, de cette conscience liée à un corps un moment oublié et allégé de son poids, mais encore autant dans la peine de son incomplétude, de sa mutité, de sa solitude illimitée : vivant dans une alternance rythmique pulsatile absurdement monotone et dérisoirement sécurisante, emmuré enfin dans sa prison charnelle à l'issue infranchie.

Si tôt ou si tard que nous observions au cours de sa vie un être humain, si pauvre ou si riche soit-il en corporéité, les mêmes processus sont décelables. D'épisodiques et trop minimes accomplissements, toujours recherchés, permettent l'infime et spécifique expérience répétée d'une libération des tensions localisées dans le corps. Le « sentir » de ce corps alourdi ou tendu au lieu où la question unique est posée — *« où-est-ce-par-quoi-j'aurai-l'être? »* —, ce sentir se modifie sous le coup de l'attraction de l'objet, dont il espère l'imminente conjonction avec lui : la perception de lourdeur antérieure est remplacée par une perception de la forme accompagnant la source de cette modification, l'image de cette forme se substitue à ce vers quoi il était tendu. Et c'est cette absence instantanée de la perception sensorielle, concomitante avec la conjonction qui permet la satisfaction, c'est cette modification du sentir par perte de tout ou partie du corps, support médiateur de la question, que nous nommons vivre : alors qu'il s'agit précisément de mort.

Ce qu'en effet nous nommons mourir n'est que la cessation des moyens d'un retour imaginaire au support du désir : la perte de l'image du corps, perte qui nous attire tous depuis notre naissance, est l'invincible attraction qui nous meut, à travers la recherche de complémentation, vers son accomplissement, au-delà des limites imaginables de notre corps.

Si Freud dut atteindre le milieu de son âge pour dire aux humains la trouvaille de ce qu'il a appelé l'instinct de mort, ce n'est pas parce qu'il vieillissait dans son corps, au sens où vieillir voudrait dire décliner, diminuer en clairvoyance. Las, comme Moïse, de l'attente de l'atteinte, Freud découvrait le sens de cette attente. Pour tous ceux qui ont épuisé répétitivement les expériences structurantes d'un niveau de perception, le narcissisme lié à ce niveau devient insuffisant et une mutation, consécutive à la maturité acquise, est alors nécessaire : la mort devient le moyen élu d'un changement de structure.

L'être humain qui a survécu à la rupture ombilicale du courant vital sous sa forme fœtale cherche aveuglément hors de sa forme propre, étirant sa bouche en tous sens, la source de liquide chaud qui apaisera le vide qui le tient aux entrailles. Le cycle des joie-deuil a commencé, synonyme de vie et portant son fruit.

La complémentation substantielle obtenue et la satiété détournent pour un moment de considérer la seule satisfaction corporelle ; et la complémentation subtile [1] des cœurs peut être alors le premier fruit éventuel — quand l'objet reste proche — de cette disqualification momentanée de la zone érogène digestive.

L'affect d'amour est le fruit symbolique du don maternel substantiel au corps du nourrisson affamé. Si, après l'apaisement, la mère continue à s'occuper de l'enfant dans un don de présence, de chaleur, de scansions audibles, elle lui permet d'accéder —

---

[1]. Par *substantiel*, j'entends la matérialité de la nourriture et des excréments, objets partiels d'échange. Par *subtil*, j'entends l'olfaction, l'ouïe et la vue : par lesquelles l'objet est perçu à distance. Coups et caresses appartiennent aux deux registres.

grâce à la disparition du lieu (la bouche) par où il se relie charnellement à elle — au sens subtil de ce lien : l'amour. Le mot « cœur » symbolise pour l'être humain le lieu continu, imaginaire, continuum où s'arrime son narcissisme : celui où la question du sens de la complémentation des sens se pose et où est attendue la réponse. Ce lieu des affects porte le nom du viscère pulsatile blotti derrière les mamelles, entre ces bras qui nous donnent la première étreinte; viscère relié au plus ancien courant d'échanges, vivant avant le souffle et ne mourant qu'après lui.

Nous comprenons à partir de là que l'image du corps se constitue en référence à la vue effective de la face maternelle, et aux repères sensoriels apportés répétitivement par la présence de la mère [1].

La question première, reposée au niveau des complémentations affectives, apporte à son tour la trouvaille éphémère et répétée d'un cœur à cœur qui s'épuise : laissant, à la place de la lumière du visage maternel, l'obscurité du sommeil des sens. De sommeils en réveils, dans le climat de la présence affective maternelle, l'image du corps s'enrichit des trouvailles nouvelles de zones érogènes qui disparaissent et réapparaissent au contact de notre objet d'amour, d'où notre naissance à la notion du temps vécu en même temps qu'à nos affects corrélés.

A chaque découverte de sensation que le visage maternel authentifie, l'accomplissement éphémère qui y est lié éveille ou endort le cœur, suivant que le visage de la mère s'anime ou se fige, suivant les mimiques et les sonorisations de paix ou de brouille qui accompagnent les satisfactions ou les frustrations de plaisir sensoriel. Ainsi se construit l'image du corps, dans ce qu'elle a de perdurable aux tourments et aux joies du corps puis du cœur. C'est à ce moment du développement que le narcissisme vital ou primaire se constitue. Un visage, ailleurs, dans lequel nous nous mirons, nous accompagne pour toujours depuis la première tétée, et sert de support visuel à ce qui est ressenti et qui s'organise dans notre masse corporelle, formelle et fonctionnelle.

---

1. C'est pourquoi le nourrisson, qui ne se connaît encore qu'en référence émotionnelle à sa mère, meurt à l'image de son corps, élaborée en échange avec elle, si sa mère vient à disparaître alors que son corps charnel à lui survit.

Les avatars de cette image complexe seront exposés plus loin. Les tourments du désir et les tourments du cœur, dans leur articulation aux êtres élus de l'entourage, poussent à la recherche d'une image sans cesse conforme à la fois au narcissisme vital éprouvé répétitivement et à l'attraction pour une expression nouvelle dans un accomplissement plus achevé : jusqu'à l'accomplissement que promet l'appel du don inconditionnel, total et jaillissant, des forces vitales, à partir du dernier lieu érogène découvert, le lieu génital.

L'épreuve qui est alors à surmonter, c'est la menace interne de dissociation entre l'image formelle du corps sexué et l'image du renoncement au fonctionnement en ce lieu érogène, au moment de l'Œdipe, alors que la valorisation affective du sujet sexué a été narcissiquement accrue au prix de sa dévalorisation effective, et que ce renoncement a signé le pacte de l'intégration sociale du sujet. Cette accession sociale valorisante était liée à l'existence d'un corps privé de complémentation sexuelle et voué à la médiation culturelle pour tous les échanges interhumains.

L'appel au dépassement de l'image du corps antérieurement construite, au moment de la résolution œdipienne, est vécu comme une mort au monde des valeurs (le cœur), une perte de la face, ou comme une castration symbolique. L'amour conjugal est le premier fruit de cette mutation. Le couple est une nouvelle conscience du corps de chaque conjoint et l'enfant qui en naît est le fruit apparent de cette mutation. Avec lui, le déplacement narcissique s'opère du corps du géniteur au corps de l'engendré. L'image du corps du parent aimant s'étend, référencée aux besoins de ses enfants : lieu qui à son tour est piège pour un narcissisme sainement lié aux références actuelles, et danger pour le cœur, car le développement de la jeune génération déspatialise et détemporalise l'adulte qui s'y mire. Il peut être contaminé en miroir et retrouver l'image archaïque de son corps à laquelle il n'a pas complètement renoncé, avec ses affects passés, préœdipiens, homosexuels ou incestueux.

Lorsque ces accomplissements et leurs dangers ont été jour après jour surmontés et que toutes les mutations se sont accomplies, l'ultime accomplissement s'affirme dans la transcendance du « Je » enfin libre, en sa coïncidence totale au cri expiratoire qui le dégage du retour au jeu d'images illusoires nées du conditionnement sensoriel. C'est la mort, libératrice du piège de l'image du corps et de ses mutations.

Tout ce que je viens de dire peut paraître loin de mon thème : rapports de la personnologie et de l'image du corps. Cela en est, au contraire, le centre même et j'ai essayé d'en résumer l'expression essentielle, la plus dense. Car ce thème nous mène jusqu'aux limites extrêmes où la psychanalyse laisse la place aux spéculations métaphysiques.

Nous pensons que c'est de ce conditionnement, ressenti par Freud en lui-même d'abord et reconnu par lui chez tous ses semblables, que sont nées sa méthode, puis la théorie découlant de ses expériences, mouvante au gré des nécessités entraînées par la méthode.

Ce n'est pas par hasard, mais plutôt par une intuition de génie, que Freud a étudié les forces en jeu dans les comportements aberrants des patients, en les écoutant parler, alors qu'ils étaient couchés — en relaxation possible, comme nous disons aujourd'hui — et qu'ils ne voyaient pas la personne qui les écoutait.

Cette posture est, pour le corps, la plus anciennement et répétitivement connue, celle dans laquelle un être humain vit éveillé les émois, structurants pour le sujet, de présence et d'absence de l'autre, dès son berceau, de la naissance à la marche. C'est la posture que nous reprenons tous, un tiers environ de notre temps de vie; celle que nous prenons pour penser notre histoire et la remémorer aux marges du sommeil. Dans cette posture, les références sensorielles actuelles de la personne (respiratoires, olfactives, auditives, cardio-vasculaires, tactiles, péristaltiques) sont ses seules perceptions; le système est sensoriellement quasi clos sur lui-même, sans échanges substantiels autres que respiratoires. Freud permettait à ses patients de fumer, leur donnait, paraît-il, leurs cigarettes préférées, seule consommation laissée à l'analysé à une époque où la règle d'abstinence sexuelle génitale le mettait en forte tension érotique latente. Cette posture laisse le patient sans sollicitations du monde extérieur, sans nécessité de maîtrise plus grande de son corps et de ses émois que dans le présommeil.

Dans cette posture du corps, les relations « intrasystémiques personnologiques », selon l'expression lagachienne, sont dominantes. Ce qui reste ouvert dans ce système, s'il est sous tension, s'exprime ou tend à s'exprimer sous la forme d'une recherche de complémentation dans la personne de l'analyste, à la fois présente dans le temps et l'espace, et absente pour la vue — présente par sa masse passive et respirante, et absente des manifestations kinétiques.

Chez tout patient adulte, cette posture permet au maximum le déclenchement d'une relation émotionnelle spécifique, le *transfert*, que l'étude des propos, dans ce qu'ils cachent plus encore que dans ce qu'ils expriment, permet de mettre en évidence. Le but de cette analyse est d'expliciter au patient le mode de relation exemplaire qu'il cherche ou fuit — mode de relation significatif de sa situation « personnologique intersystémique ». C'est parfois au moyen de sensations cœnesthésiques et corporelles que se manifeste ce transfert.

Je me rappelle l'analyse d'un adulte atteint de troubles psychosomatiques graves qui venait à l'analyse très désireux de n'y rien cacher. C'était un bon analysé, il parlait d'abondance, il se soumettait à la règle fondamentale. Il se sentait heureux de venir, disait-il, et n'en éprouvait que fort peu de réticence consciente. Je me rappelle l'intervention de ma part qui déclencha enfin chez lui la conscience de ce qu'était le vécu transférentiel et, d'emblée, le mit au cœur de son histoire. Cet homme, qui arrivait toujours les mains sèches et repartait les mains moites, me parla un jour de sa transpiration sans oser pour autant me serrer la main en me quittant parce que sa main était — comme lui — entièrement moite. Je répète qu'il était confiant et parlait d'abondance. Je lui fis remarquer : « Peut-être que tout ce que vous me dites est pour me et vous cacher que " je vous fais suer ". *Pourquoi ne me le dites-vous pas ?* » Toute sa vie interhumaine était construite sur une relation masochique, passive ; sur la recherche d'un écrasement qui visait à le valoriser électivement, d'une consommation préférentielle qui lui eût donné valeur de rival œdipien triomphant.

Dans ce cas, comme dans d'autres, des mots consciemment sincères étaient des outils, des pans de mur, d'autres structures, des pièces de monnaie ramassées comme des cailloux au hasard d'une croissance en milieu culturel. Bref, le langage parlé était un moyen médiateur non pas de communication mais du refus de rencontre avec la personne de l'analyste (intersystémie) et avec sa propre personne (intrasystémie). C'est l'appel verbal à l'image du corps noyé de sueur qui donna son sens à ce langage muet où son corps et le mien servaient de médiateurs entre nos deux personnes. Cette intervention lui permit d'analyser sa résistance à toute rencontre vraie, mécanisme de défense inconscient d'une structure phobique.

La notion d'image du corps nous est venue de la pratique de la psychanalyse avec des enfants névrosés.

La technique de l'association des idées verbalisées, chez un enfant qu'on a couché sur le divan, n'est pas ici praticable utilement; car, avant sept ans, l'enfant privé de possibilité d'action ne peut se passer de la vue de l'interlocuteur sans s'endormir ou sans agir en prenant son propre corps comme objet, jusqu'à se masturber directement et effectivement.

Pour qu'apparaisse la recherche symbolique du complément alors que la structure n'est pas achevée (ce qui demanderait qu'ait été vécue la période post-œdipienne), il faut un matériau médiateur entre le corps de l'enfant et lui. Ce matériau s'est peu à peu montré d'un usage plus intéressant que ce qu'il était censé être au début : une occupation parallèle, permettant la relaxation et un discours facile non contrôlé.

Nous n'avons jamais donné aux enfants, pendant les séances de traitement, des objets fabriqués.

Partie dans l'analyse d'enfants avec l'attitude *a priori* de l'analyste d'adultes, l'analyse de l'expression verbalisée des propos libres et l'analyse des rêves, tout apport représentatif nous paraissait parasitage inutile. Mais l'expérience nous a appris que l'expression verbale de l'enfant ne devait pas, dans l'analyse, être le seul médiateur admis.

Voici donc le cadre de la séance : une table avec, pour matière première, du papier, des crayons, de la pâte à modeler. L'analyste, non dans le champ visuel de l'enfant mais de côté, ne participe à la séance que par sa réceptivité à tout ce qui est dit, dessiné, modelé, exécuté, mimé, « gesté » par l'enfant, à qui la règle fondamentale est ainsi formulée — après qu'il a nettement accepté de venir pour guérir de ce qu'il ressent lui-même comme un obstacle sur le chemin de son accomplissement — : « Tu dis en mots, en dessin ou en modelage tout ce que tu penses ou ressens pendant que tu es ici, même ce que, avec d'autres personnes, tu sais ou tu crois qu'il ne faudrait pas dire. »

Voici de longues années que nous enregistrons ces dessins et modelages (dont nous relevons le croquis) comme des associations libres, témoins adjacents du vécu transférentiel, en relation probable avec les propos tenus, qui sont souvent fort différents des thèmes dessinés et modelés. Il arrive aussi que l'enfant parle à propos de ses créations et elles nous apparaissent alors comme un rêve extemporané, découlant de la relation analytique de transfert, que l'étude du contenu latent permet d'expliciter.

L'accumulation de tels documents ne pouvait pas ne pas éveiller notre esprit au langage, paralogique ou illogique, des formes, aux sensations et aux émois qu'elles évoquent, sorte de rêve éveillé, illustré au lieu d'être décrit, plein du sens spécifique de chaque enfant dans la situation propre qui est la sienne, « intersystémique » et « intrasystémique » selon les termes de Lagache.

C'est ainsi que des enfants physiquement sains, auteurs de représentations de corps humains infirmes dans lesquels ils se projettent, nous font comprendre que tels ils se sentent dans la situation de transfert [1]. Le Surmoi de ces enfants leur ôte-t-il une partie du corps? Ou leur Moi est-il encore archaïque? L'analyste, en tant qu'autre, substitut des personnes introjectées, est-il complémentaire ou semblable? Si des enfants dessinent, pour y projeter leur personne, des corps incomplets, ils peuvent être capables de prêter un corps plus complet que le leur à l'analyste, ressenti comme complémentaire. Si, au contraire, leurs représentations morcelées ou régressives sont dues à des interdits surmoïques, la personne de l'analyste est représentée sous une forme castrante, dangereuse, associée à une image du corps plus

---

[1]. Il peut être intéressant de savoir que des enfants réellement atteints, comme les poliomyélitiques ou les mutilés, n'introduisent pas d'anomalies dans leur représentation de l'image du corps, sauf s'il s'agit d'enfants névrosés par ailleurs. Le dessin et modelage de l'enfant en analyse est du matériel préconscient et inconscient, pour parler en termes de topique — or, l'infirmité est consciente.

archaïque que celle dans laquelle ils se représentent eux-mêmes.

De proche en proche, avec les années, à travers ces représentations du corps graphiques et plastiques antérieures à la primauté de l'érotisme génital, une compréhension nouvelle se faisait jour, une compréhension de l'enfant en situation de relation à travers son corps. Les fantasmes liés au dessin et au modelage libres sont émotionnellement articulés à la situation de transfert sur l'analyste, ce qui permet la réévocation libératrice d'émois inconscients anxiogènes, source des perturbations névrotiques.

Bien que consciemment, par les mots, un enfant puisse dire (test de Binet-Simon) : « une maman c'est une dame qui nous donne à manger », il peut aussi nous montrer, dans les relations vécues inconsciemment et représentées en dessin, qu'il ressent sa mère comme une sorcière prête à l'empoisonner; ou, s'il est phobique, il peut la représenter en panthère prête à le dévorer, lui-même revêtant la forme d'un lapin; ou encore, elle est une biche qu'il est, lui chasseur, en train de tuer, etc. Bien qu'un autre enfant puisse dire que son père « travaille pour apporter des sous pour nous et qu'il est là aussi pour nous corriger si on n'est pas sages », rien n'est plus vrai, au sens du vécu émotionnel, que de représenter ce même père en modelage sous la forme d'un meuble encombrant et inutile, un fauteuil pas solide qui perd ses pieds si l'on veut s'asseoir. Je me rappelle cet enfant qui, dans un dessin de sa famille, s'est représenté lui-même et a représenté sa mère comme deux êtres humains tandis que le père était un hémi-homme dangereux, faisant corps avec un hémi-arbre. Dans ce cas particulier, le père est, en effet, tellement régressif par alcoolisme que l'enfant ne peut s'identifier à lui sans devenir délinquant et passif tout à la fois : l'enfant illustre ainsi sa situation « intra-systémique » œdipienne. Le Moi d'un tel garçon ne peut se développer sainement vers une situation œdipienne, puisqu'il lui manque un père (situation intersystémique) qui soit une vraie personne, un être humain masculin et socialisé, au Moi responsable. Le garçon, qui veut pourtant garder ce père comme imago, se développe non pas en investissant son corps génital, mais en réinvestissant phalliquement les zones érogènes viscérales (végétatives) antérieurement délaissées : les symptômes qui l'ont amené au médecin sont l'encoprésie et l'énurésie. Les images du corps viscéral sont associées, dans leur fonctionnement passif ou actif mais asocial, aux représentations végétales, en même temps qu'aux représentations paternelles. Ce qui n'empêche pas ce garçon de se comporter en possible meurtrier de son père, grâce à une kinésie efficace en famille, mais non socialisée, et du coup dangereuse en société pour toute personne constituant un obstacle à la satisfaction de ses désirs. Soumis par son propre développement aux poussées du désir œdipien, il devrait désirer empêcher son père de posséder génitalement sa mère. En fait, l'ivrogne se présente à tous en famille et surtout vis-à-vis de sa femme comme un agresseur dangereux, sadique et destructeur, et cela non seulement dans l'optique de l'enfant (comme dans la situation fantasmatique), mais en réalité. L'efficacité kinétique de l'enfant protège effectivement la mère et les petits des coups du père. L'enfant, plus fort que son père ivrogne, se sent alors sans protection contre les poussées de son désir incestueux; mais l'imago paternelle veille dans ce qui est présence viscérale à l'intérieur même de l'enfant et se mêle à elle pour jouer le rôle castrateur (intrasystémique) : une mère ne peut désirer davantage un garçon toujours souillé qu'un adulte toujours saoul. Cet enfant, laissé à lui-même, évoluerait vers une psychose ou une délinquance qui sont actuellement tenues l'une et l'autre en respect par sa névrose, dont les symptômes organiques l'ont conduit au psychanalyste.

On voit par ces exemples comment les notions abstraites de la topique — Ça, Moi, Moi Idéal, Idéal du Moi, Surmoi — sont illustrées allégoriquement. Ces illustrations, avec les associations et les fantasmes qui vont les animer, nous apportent la confirmation quotidienne des vues géniales de Freud. Qu'il s'agit bien d'instances, nous en avons l'évidence, et ce mot traduit parfaitement leur force présentifiante.

Ces instances, ou forces présentifiantes, sont directement tangibles dans toutes les compositions libres, graphiques ou plastiques, qui sont autant de véritables fantasmes représentés.

Le médiateur de ces présentifications, dans les représentations allégoriques, s'est montré être spécifique : c'est la référence au *corps,* qu'il soit directement ou indirectement impliqué dans son anecdotique existence actuelle [1]. Ce médiateur, nous proposons donc de l'appeler l'*image du corps*.

L'observation des dessins libres obtenus depuis plus de vingt ans par notre pratique psychanalytique nous a permis de comprendre que, derrière des situations allégoriquement représentées, quelque chose d'autre était symboliquement inclus. C'était une représentation de ce qui est ressenti tel qu'il découle pour chacun des conditions propres de son corps, tel que chacun en porte l'image dans son inconscient comme substrat symbolique de son existence, et indépendamment de son actualisation dans une expression dynamique.

Le corps matériel, lieu du sujet conscient, à tout instant le spatialise et le temporalise. *L'image du corps, au contraire, est hors lieu et hors temps, pur imaginaire* et expression des investissements de la libido.

Bien qu'il y ait dans les mimiques une influence de l'image du corps sur le corps lui-même, et visible par autrui (ce qui peut devenir un langage conscient, comme chez les acteurs professionnels), je ne parle ici que des représentations culturelles, dessins, modelages faits à l'aide d'*autre matière* première que le corps propre. Toute idée mobilise des affects inconscients et, pour exprimer l'idée, les affects mobilisés se projettent dans des formes qui, nées de notre imaginaire, se communiquent à l'imaginaire d'un autre humain par le truchement de l'image du corps qui y est inconsciemment impliquée. Toute représentation de telle chose, tel être, telle créature, telle situation, telle idée que nous reconnaissons comme conforme, c'est-à-dire atteignant son but évocateur ou représentatif pour nous-mêmes et pour autrui, est l'image de l'une des images que nous pouvons nous en faire, vêtue (ou contaminée) de nos sensations par rapport à cette chose, cet être, cette créature, cette idée.

L'image du corps inconsciente est une synthèse vivante, à tout moment actuelle, de nos expériences émotionnelles répétitivement vécues à travers les sensations érogènes électives, archaïques ou actuelles de notre corps; un émoi évocateur actuel oriente le choix inconscient des associations émotionnelles sous-

---

[1]. C'est-à-dire qu'on retrouve ou non dans le dessin ou le modelage les formes du corps humain. Cf. plus loin.

jacentes auxquelles il permet d'affleurer. L'image du corps, après l'Œdipe seulement, est projetable dans la représentation humaine complète. Le Moi du sujet est alors définitivement lié à l'image spécifique humaine monosexuée, conforme à la physiologie du corps matériel. La représentation peut en être intègre, même si un accident ou une maladie survenue après quatre ans a rendu infirme le corps de la personne qui dessine (expérience avec de jeunes poliomyélitiques) : l'image du corps semble donc découler d'élaborations symboliques des rapports émotionnels avec les deux parents, et non des rapports sensoriels, en tant que tels, avec eux. Au contraire, un adulte physiquement sain, aux rapports émotionnels perturbés par une névrose, peut être incapable de relier la représentation d'une tête à la représentation d'un corps humain ou bien même de représenter une silhouette complète, en mouvement de marche par exemple. Il ne s'agit pas ici de la facture du dessin ou du modelage, il s'agit de l'impossibilité d'une représentation de mouvement du style le plus primitif qui soit.

Au demeurant, l'image du corps peut se projeter dans toutes les représentations, quelles qu'elles soient, et pas seulement dans des représentations humaines. C'est ainsi qu'un dessin d'objet, de végétal, d'animal, d'humain est à l'image à la fois de celui qui le dessine et de ce qu'il le voudrait, conforme à ce qu'il se permet d'en attendre. Un être humain ne peut pas, sans psychanalyse (et même après, car il lui reste toujours des résistances résiduelles), imaginer n'importe quoi, ni accepter que n'importe quoi soit représenté de n'importe quelle façon, pour en être satisfait, pour en dire : c'est bien cela (le représenté, je le répète, ne veut pas ici obligatoirement dire le dessin figuratif).

Toutes ces représentations sont symboliquement reliées aux émois structurants de la personne humaine à travers les sensations d'accomplissement valorisées au cours de l'évolution libidinale, laquelle confère la primauté à des zones érogènes électives (lieux du corps) et la déplace de lieux du corps en autres lieux du corps, au fur et à mesure de la croissance et de l'évolution de chacun dans le corps de son sexe et de l'attraction hors de soi par le sexe d'un autre corps [1].

[1]. C'est pourquoi l'image du corps n'est pas le « schéma » corporel, bien que le schéma corporel contribue à son élaboration.

De toutes ces représentations, il nous est apparu que certaines sont extrêmement précoces — dès que le développement musculo-nerveux permet à un enfant de tenir un crayon ou de manipuler de la pâte à modeler, il nous donne de celles-là l'expression visible. Mais ce qui est encore non exprimable graphiquement et plastiquement est, depuis longtemps, un langage intérieur.

Ces possibilités de représentation, une fois acquises, demeurent toute la vie du sujet durant, et se mettent, au fur et à mesure de l'évolution, au service du langage complexe que représente un dessin d'adulte. Certains adultes, qui ne savent plus dessiner, sont encore à même, comme en est la preuve la relation parlée des rêves et des fantasmes, d'imaginer et de décrire verbalement; ils savent rechercher chez les artistes la libération d'une expression médiatrice qu'ils avaient eux-mêmes possédée à l'âge de l'organisation infantile puis prépubertaire de la libido et qu'ils ont perdue avec la primauté de l'organisation génitale; ils savent enfin être émus par le spectacle du monde et, par l'intermédiaire de l'image inconsciente du corps, prennent contact avec tout ce qui, dans ce monde qui les entoure et dans les œuvres artistiques, prend, pour eux, un sens émotionnel.

C'est dans l'observation des dessins d'enfants, et par les correspondances flagrantes entre la clinique et leur dessin, qu'a pu se faire jour cette notion du corps de relation imaginé, depuis son ébauche jusqu'à son achèvement. La représentation graphique qu'on pourrait dire préconsciente et consciente est très postérieure à la symbolisation inconsciente non encore représentable par le sujet, laquelle est déjà contemporaine, semble-t-il, de la vie fœtale. Les représentations plastiques de l'image du corps fœtal n'apparaissent que vers trois ans, après l'acquisition de l'autonomie végétative et kinétique du corps de l'enfant vis-à-vis du corps de la mère. Les réactions cliniques psychosomatiques précoces sont éclairées quand on les comprend comme un langage dont le corps propre est le médiateur par rapport à une image du corps qu'infirment des perturbations intersystémiques. Dans les productions de certains psychotiques, on peut retrouver ces archaïques images à l'état isolé. Chez les enfants et les adultes, on les trouve, mais rarement isolées, et dans le contexte d'un transfert analytique, combinées à des représentations beaucoup plus évoluées au regard desquelles elles passent souvent inaperçues. Ce sont les associations données à propos de ces fragments de dessin ou de modelage qui permettent de les considérer comme des réminiscences de l'image du corps archaïque de l'époque fœtale et orale précocissime.

Beaucoup d'émotions dues au contact de l'homme avec la nature sont ainsi dues au vécu préhistorique inconscient du sujet et éveillent en lui la réactualisation d'une image du corps symbiotique des stades fœtal, olfactif, oral passif et anal passif.

L'image du corps en tant que corps humain n'apparaît que tardivement dans l'évolution libidinale : confirmant cette constatation clinique que l'enfant ne se sait fille ou garçon qu'à trois ans, et considère cette appartenance à la race humaine comme un cas particulier de son rapport à ses parents, ce qui n'empêche pas, dans la vie imaginaire, la superposition de son appartenance au monde des choses, des végétaux, des animaux. C'est avec la mise en place du complexe d'Œdipe que la magie substitutive des formes n'atteindra plus l'image du corps humain (représentatif du Moi) dans son symbolisme sexué. Le Moi Idéal (l'Idéal du Moi parfois) sera représenté dans des formes humaines; mais le Ça et le Surmoi resteront ambigus dans leurs représentations, l'imaginaire continuant de leur prêter des formes archaïques de l'image du corps.

Tout ce qui est du Ça, par nature ou par refoulement, est imaginé comme représentable dans les quatre éléments en tant que substrat cosmique; puis dans le monde minéral et végétal, appréhendé comme n'ayant pas d'intentionalité vis-à-vis des humains, bien qu'il puisse être destructeur ou clément, image désertique ou d'exubérance féconde, selon les émois organiques et le moment vécu par le sujet. Avec la pose de la situation œdipienne, les instances sont souvent représentées par des animaux (le CAT[1] utilise ce médiateur) et, avant sa résolution, elles peuvent être représentées par le gorille et la guenon, suivant le sexe du sujet.

Masse, rythme, intensité, vitesse sont les apanages de l'image la plus archaïque du corps vécu; ainsi pourrait-on voir, comme

---

1. Test à l'aide d'images d'animaux en situation.

représentant le Ça, les rythmes du tracé, les lignes abstraites, les rythmes de décharge, la force d'appui du trait, où vitesse et intensité jouent un rôle. L'affect s'exprime dans sa qualité par les couleurs et dans son intensité par les valeurs de couleurs.

Du Ça indifférencié, se différencie un pré-Moi en même temps que l'enfant reconnaît sa mère à ce qu'elle provoque chez lui la faim qu'elle apaise. C'est par les sensations du corps que se présentifie, en une dialectique interhumaine, le Moi d'abord hétéronome puis autonome.

C'est par l'observation et une très longue documentation que nous est apparu *l'existence d'une image du corps mémorisé vécu*, présentifiant le pré-Moi, puis le Moi, *ressentie comme double à tout moment : dans un ressenti passif et dans un ressenti actif*. Ces deux images, croisées comme la trame et la chaîne d'un tissu, toutes deux aussi indispensables à ce qui est ressenti par un sujet sain, peuvent être atteintes l'une ou l'autre par les barrages du Surmoi, peuvent être exaltées l'une ou l'autre par l'attraction de l'Idéal du Moi, peuvent être envahies par le Ça.

Il s'agit :

(1) d'une image du corps au repos, hors de toute tension, que nous appelons *image de base* pour chaque stade considéré, et où domine la notion de masse formelle : lieu de sécurité continue;

(2) d'une image qui lui est reliée, fluctuante comme les tensions, *image de fonctionnement*, image discontinue où domine la notion de zone érogène sous tension et à la recherche de l'accomplissement apaisant la tension.

L'image de base, s'il la trouve représentée dans un objet, peut être reconnue par le sujet dans une explosion narcissique de joie et d'exaltation au sens propre, qui se traduit par une mimique dilatée et sautante des mains ou du corps entier, une attraction violente à étreindre l'objet et le mettre au contact de la zone érogène actuellement investie : en bouche, entre les bras, entre les jambes (ainsi pour les ballons, les bâtons, les animaux en peluche, les poupées, les petites autos, etc.). Cette image et ses représentations sont liées à la fois au Moi, dans sa fonction de spatialisation narcissique, et au Moi Idéal.

L'image de fonctionnement est une représentation de zones érogènes actives d'émission ou de réception : de zones érogènes d'expression, comme telles perceptibles, et de zones érogènes d'impression, que lui seul perçoit; ce qui est ainsi représenté sont des émois d'agression ou des émois de passion. Elle peut être mise fantasmatiquement par l'enfant au service du Moi, dans une action créatrice, ou au service du Surmoi, dans une action inhibitrice.

Les *représentations des relations intrasystémiques* peuvent utiliser plusieurs images du corps basal et fonctionnel en situation. De même, les relations intersystémiques familiales, scolaires, sociales peuvent utiliser de nombreuses images du corps et des zones érogènes projetées selon les relations intrasystémiques, transférées sur les relations intersystémiques.

Revenons à l'étude de la *genèse des images du corps* dans les sensations précoces de faim apaisée par la mère. Les sensations d'appel à la complémentation digestive (orale) sont associées à des perceptions sensorielles répétées à chaque repas, qui deviendront pour l'enfant symboliques de son corps en situation de téter. L'absence de ces références est pour lui absence de bouche-à-téter. Ainsi tel bébé nouveau-né alimenté au sein, séparé de sa mère depuis trois jours, refusait ou plutôt ne désirait aucune nourriture, alors qu'il était affamé. Il en avait perdu le « réflexe » ou plutôt le comportement caractéristique postnatal de l'ouverture de la bouche à la recherche du sein. Ce « réflexe » (?) fut retrouvé par ce bébé grâce à l'approche d'un biberon entouré d'un linge de corps récemment porté par sa mère, biberon que le nourrisson affamé sut vider d'un trait. L'image de son corps digestif, réceptable à complémenter, était absente, parce que la complémentation spécifique de son cavum olfactif par l'odeur de sa mère n'avait pas été préalablement obtenue. Il fallait une réponse maternelle à la question posée au lieu de la zone érogène olfactive, pour que la question vitale de complémentation nutritive puisse se poser au lieu de la zone érogène digestive, retrouvée dans sa totalité d'issue (la bouche), de fonctionnement rythmique, et de contenant, l'estomac vide à remplir.

Le vécu de cet âge nous est appréciable par ses reliquats dans l'imaginaire. La représentation graphique et plastique nous en est donnée par les enfants plus grands qui, dans la situation de transfert analytique ou dans des situations d'abandon ou d'affamement, peuvent témoigner, inconscients qu'ils sont à leur égard, mais structurés qu'ils sont par elles, de leurs sensations corporelles archaïques.

Le rôle des yeux, des oreilles, du nez en tant que zones érogènes contemporaines de la zone orale n'a pas été assez étudié. Ils semblent liés au sens sécurisant ou insécurisant des satisfactions et des insatisfactions ressenties à ces zones érogènes ou dans la masse corporelle. Il en découlerait une notion continue de la valeur, à travers ses variations continuelles.

Il semble, selon des observations de l'abandonnique partiel ou total, devenu psychotique par relâchement ou rupture de la symbiose postnatale, que la fonction d'absorption digestive de l'enfant du stade oral précoce soit reliée à la perception discriminatoire olfactive de la mère, puis à sa perception auditive, tactile et à ses rythmes spécifiques kinétiques dans les soins de toilette et de portage, ainsi qu'à ses rythmes personnels dans l'apport de liquide nutritif.

Reprenons l'observation précédente. Après rupture de la dyade symbiotique visible mère-enfant, la zone érogène olfactive a été complémentée par l'odeur spécifique de la mère, bien que celle-ci fût absente. Cette odeur est alors symbole de la mère : par elle, la mère est présentifiée, par elle, la personne de la mère introjectée dans les tétées préalables est présente en ses effets créatifs. La complétude olfactive crée la présence imaginée des mamelles maternelles absentes, en même temps que du tube digestif affamé et sachant téter, qui manquaient aussi : l'image en était aliénée à l'enfant en l'absence du corps maternel.

Une hiérarchie temporo-spatiale, née des conditions de présentification symbolique de la mère, apparaît là; c'est une image de corps déjà compliquée, « prémoïque », « çaïque ». Un temps de latence suit la réplétion gastrique, avant que le nourrisson ne rentre dans le sommeil de la digestion. Aussitôt la réplétion accomplie, le nourrisson émet des sons du larynx, sorte de ronronnement que connaissent toutes les mères sous toutes les latitudes et que celles d'entre elles qui sont maternelles reprennent en écho à l'unisson, les associant à des propos cajoleurs.

Après le vase communiquant de corps à ventre, c'est celui de visage à visage. Pendant le même temps, l'enfant satisfait, sécurisé d'être porté, baigné de l'odeur et des sonorités vocales de sa mère, émet aussi, au pôle cloacal, le contenu excrémentiel. Le portage entraîne pour l'enfant des expériences tactiles qui restaurent l'existence externe de ses limites tégumentaires au même moment où le rectum éprouve la sensation du vide qu'entraîne le mouvement péristaltique du tube digestif. Ce dernier mouvement, autonome, unit les deux pôles du tube digestif l'un à l'autre par les voies internes, pendant que la personne de la mère, externe par sa masse, ses membres palpants et porteurs, unit la masse totale du corps de l'enfant dans une sensation tactile et de densité. A travers cette succession d'épreuves et de joies, ce battement pré-Moi absent / pré-Moi présent *dans des segments alternants de corporéité,* la dyade mère-enfant se présentifie répétitivement en vécu rythmique incorporé-décorporé, péristalté. La mouvance péristaltique interne, active, viscérale et muqueuse, est continue (côté enfant), et se rencontre avec des mouvances variables, discontinues, externes, cutanées et kinétiques passives (côté mère). Ce qui persiste des sensations, leur permanence, est dû aux issues et aux téguments. Les issues, qui ne peuvent fonctionner sans la présence d'autrui, deviennent des lieux du corps privilégiés, des lieux d'expression, signaux ou symboles suivant les agissements réactionnels de la mère et les émois réconfortants ou déconfortants dont elle accompagne inconsciemment le maternage.

Ainsi, les satisfactions organiques de l'enfant peuvent le combler ou le déposséder dans son image de corps, suivant les affects inconscients actuels de la mère. Le besoin ou le désir qu'elle a de son enfant pour se sentir entière peut le déposséder, l'enfant étant alors pour elle un substitut phallique ou le substitut d'une image ressentie comme mutilée, dans le cas où son conjoint ne satisfait plus la femme érotiquement ni émotionnellement. Quel que soit le sexe de l'enfant, ces émois inconscients le dépossèdent plus ou moins profondément de son image de corps en cours de constitution. La personne maternante, symbole de satisfaction substantielle, est alors en même temps symbole de décorporisation mutilante. La formule, spécifique à chaque relation entre tel enfant sexué et telle femme maternante, sert d'origine à la première image du corps du pré-Moi, dans ce qu'elle a d'absentéisé ou de fragile pour telle partie du corps; c'est elle qui aura, dans le déroulement du vécu, à prendre transitoirement une primauté émotionnelle. Cette fragilisation latente n'apparaîtra qu'à l'époque où le lieu du corps en question servira de support à l'image fonctionnelle érotisée.

Ces atteintes inconscientes à l'image du corps dans l'ébauche qui s'en fait aux stades oral et anal passifs orientent les réactions de défense de l'enfant, spécifiques aussi de cette étape précoce; elles s'exprimeront, s'il survit jusqu'à l'âge œdipien, en *termes œdipiens* d'angoisse, de viol ou de castration.

Au moment de la dyade mère-nourrisson, l'enfant se ressent comme ovale ou sphérique, turgescent ou flasque, tangent au corps de la mère, autre sphère ovoïde. Le climat de sa présence olfactive-auditive est ressenti comme pénétrant la masse corporelle de façon unifiante, par-delà les satisfactions de pénétration substantielle de la nourriture, la première sphère étant centrée par rapport à un seul pôle sommital, et l'autre, qui deviendra la masse céphalique, par le cavum et ses issues (nez, oreilles, bouche), représentables par un puis deux, puis trois centres d'échanges (et non pas cinq encore).

Plus tard, la maîtrise des muscles fins des extrémités permettra à l'enfant, à l'artiste parfois, de témoigner de tout cela par le dessin et le modelage techniques, qui seront eux-mêmes héritiers du reliquat — valorisé culturellement — de l'activité excrémentielle moïsée.

D'ores et déjà, par l'observation des petits, nous voyons ces extrémités distales, mains et pieds, fonctionner dans le style de mâchoires prenantes, et le corps tout entier exprimer sa recherche d'une réponse par le génie du mouvement rythmé, continu, dérivé

Fig. 1 — Traits primitifs droits et courbes dans leur combinaison figurative.

du mouvement péristaltique transposé dans les diverses parties, morcelées, du corps.

Les premières et plus précoces représentations graphiques du sentiment de vivre dans le corps sont des lignes fines, droites, tels de minces brins d'herbes dont le trait est appuyé au départ et soulevé ensuite, des sortes de virgules allongées, puis des allées et venues qui forment un gribouillage. La représentation du fonctionnement de l'intelligence (intégration perceptive) est une ligne entortillée sur elle-même dans un graphisme de spirale plus ou moins bien exécutée (figure 1a).

Puis ce sont des lignes délimitant des espaces ovalaires plus ou moins clos; l'intérieur est fait de larges mailles de ces lignes entrecroisées qui dépassent, comme de longs filaments, la limite de la surface, avec des centres d'intégration (figure 1b).

Le modelage se rapportant aux représentations nées à cette époque n'est qu'émiettement, avec étalement des morceaux. Tout cela ne constitue pas encore des images du corps mais des représentations fonctionnelles morcelées du pré-Moi, ou encore du Ça, en cours de différenciation. Ces représentations servent de base à des fantasmes aussitôt oubliés que pensés; l'enfant ne s'en reconnaît pas l'auteur, passé la minute où il les trace; ou, s'il s'en reconnaît l'auteur, il les déclare représenter d'autres images que celles qu'il avait annoncées pendant le moment où il les dessinait.

La première représentation modelée et imaginée du corps vivant, assumée par l'enfant, reconnue comme telle par la suite, c'est un long cylindre péristaltique (serpent à renflements), formé de morceaux accolés, image du corps digestif muqueux, avançant tant à travers la mère qu'à travers l'enfant, la nourriture étant ressentie comme sphérique avant d'être morcelée par association à la masse céphalique de la mère et au sein, et sphérique à nouveau après le passage dans le tube digestif et l'expulsion qui la rend à la mère. C'est la représentation du pré-Moi, c'est un dessin d'enfant qui parle en situation de deux pronoms : moi-toi (figure 2).

Fig. 2. — Premières représentations modelées
de l'image du corps digestif fonctionnel.

AU JEU DU DÉSIR

Le *pré-Moi Idéal*, à cet âge de la dyade, est représenté *par la forme figée d'une boule dotée d'une queue apicale. Cette hiérogamie, promue à la pérennité par l'imaginaire, sera la première représentation de l'être humain* : dans le graphisme, cercle avec une queue; dans le modelage, cerise, bilboquet, champignon; la dynamique de l'image inscrite dans ce modelage est représentée par la torsion « esthétique » du pseudopode sur la masse (figure 3).

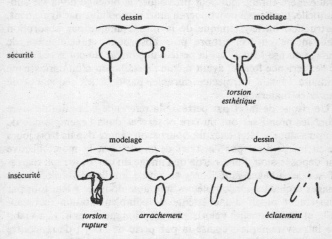

Fig. 3. — Premières représentations de la « prépersonne » et ses expériences libidinales médiatisées par l'image du corps-dyade mère-enfant digestive.

Le *pré-Surmoi*, héritier de l'angoisse de perte de la mère olfactive, après celle de la mère placentaire à qui le cordon ombilical a été abandonné, se représente par un arracheur, séparant les deux parties complémentaires : comme mâchoire, griffe, couteau, ciseau. La partie sphérique, sécurité de base de l'hémi-dyade qu'est l'enfant, pourrait éclater par déchirement (comme les membranes amniotiques), la partie caudale disparaître par engloutissement ou morcellement comme le bol alimentaire ou le bol fécal. L'agent de cette angoisse est magique : poison, fantôme, etc., agent pénétrant visible ou invisible, représenté par un émoi, une sensation (le vertige par exemple) ou par son effet, l'arrêt de quelque chose qui était ressenti comme vie ou condition du vivre; c'est-à-dire l'irruption du *non-supportable*.

L'*idéal du pré-Moi* est la toute-puissance dans la toute-sécurité; il est représentable par l'étalement sans limite, le remplissage des surfaces, l'encastrement, la belle maison, le beau bateau. C'est pourquoi l'épreuve prolongée d'un besoin insatisfait de retrouver la dyade mère-enfant, qui peut provoquer le blocage de la vie substantielle, peut aussi provoquer la mort symbolique par avalement, destruction intrasystémique de la masse unique par absorption d'elle-même en son propre pôle absorbant, et éclatement de l'image du pré-Moi. C'est la perte d'une image du corps résiduelle de l'expérience fœtale, avant même l'installation d'un narcissisme primaire (dyade introjectée durable, par-delà les séquences de l'absence maternelle).

Ce risque de mort par perte de la référence à la faim de vivre (dont les prémisses ont pu être observées dans l'exemple cité de l'impuissance à téter chez un nourrisson séparé depuis trois jours de sa mère) n'est pas l'instinct de mort; c'est la mort effective par dépossession d'une partie de l'image du corps; le repli régressif sur les images antérieures se révèle inutile et stérile, et ces images archaïques incomplétées sont abandonnées à leur tour par épuisement passif d'une attente de complémentation (substantielle et émotionnelle) valorisante, trop longue à venir. (La viabilité intrasystémique s'épuise là par perte de l'objet de rencontre intersystémique.)

Tout contraire est le fruit d'expériences de rassasiements réguliers. Les zones érogènes sont turgescentes, d'être satisfaites aux rythmes qui conviennent (ces rythmes sont spécifiques pour chaque dyade mère-enfant et c'est en ce sens, par rapport à une symbolique des rythmes plus ou moins bien accordés mais compatibles avec la santé de l'enfant, que le *Surmoi de la mère* informe le fonctionnement biologique de son fœtus puis de son nourrisson).

La certitude continûment répétée de la dyade reformée pendant l'apaisement substantiel amène l'enfant, cette hémi-dyade, à introjecter l'autre et à se prendre dès lors pour objet pérenne d'une présence de l'autre mémorisé. Mais cet objet, ce pré-Moi, assujetti au corps seul, et limité par les téguments et la densité de masse, referme le système et amène l'angoisse surmoïque déjà citée (avalement du pré-Moi, image de base, par ses propres zones érogènes, images dynamiques de fonctionnement).

L'avidité de contact avec la mère par les voies sensorielles, avant, pendant et après la tétée, pendant la période qui sépare la réplétion digestive du sommeil, augmente de jour en jour. Ces zones érogènes d'accompagnement ont appris à rester sous tension, pour survivre à l'éloignement ou à l'absence de la voix et de la présence corporelle de la mère qui suit les repas.

Un nourrisson que sa mère ne rejette pas par des cris ou des brusqueries kinétiques lorsqu'il exprime sa souffrance ou sa joie développe un second registre, celui du vase communicant des sensations émotionnelles vocalisées et mimiquées en écho aux modulations de paroles de la mère, à ses cajoleries, à l'expression de son visage. Il jase *beau,* il se porte *bien*. Il exprime par un prélangage l'existence du « *bon* à être », par-delà les satisfactions et les menues insatisfactions substantielles. Ces émotions peuvent combler les absences momentanées du corps tumescent qu'apportent les inévitables épreuves de dérythmage, de dysfonctionnement substantiel dans *la dyade entre mère-nourriture-excrément (subjective) et mère-support de l'enfant (objective)* au stade des sensations digestives voluptueuses. Il se crée ainsi une deuxième dyade, de communication non substantielle, qui est associée à la première, mais qui peut en être indépendante. *C'est l'enfantement du Moi intuitif* par le pré-Moi que féconde l'amour ressenti dans le maternage. *Le narcissisme s'est déplacé du substantiel (charnel) sur l'émotionnel* qui devient parfois le plus important et qu'un mot exprime : « beau ou pas beau ».

L'introjection de la dyade émotionnelle, associée à de nombreuses sensations gustatives, tactiles, auditives, visuelles, kinétiques, ouvre à l'enfant le registre capital du *narcissisme secondaire :* grâce auquel l'attitude éducative de la personne maternante pourra apporter une sécurité d'amour, par-delà la temporisation des satisfactions charnelles. Il s'agit d'une élaboration symbolique, éthique — bon, beau/mauvais, laid — du corps propre hiérarchisé par le visage de la mère. A partir de là, tous les obstacles à un apaisement substantiel, venus des conditions matérielles et des limites du corps, sont ressentis comme dangereux, dès lors qu'il manque au déplaisir charnel la compensation de l'apaisement émotionnel apporté par une mère câline à son bébé souffrant et esseulé. La dyade substantielle narcissique associée à l'apaisement des besoins (pré-Moi Idéal) peut se dissocier ou se briser, entraînant le même désastre pour la dyade de communication au stade du prélangage, associée au désir, dyade dont la pré-pensée narcissique se constituait pendant les absences momentanées du support maternel.

Revenons à la représentation graphique et plastique des relations mère-enfant, que nous avons laissée à la forme cercle avec un trait perpendiculaire excentré : à la boule avec une queue.

A cette étape de représentation, fait suite celle des deux boules (en modelage, du ∞ en dessin). Il semble qu'il s'agisse là de la représentation du narcissisme primaire. Une des boules est associée à la masse abdominale, fessièrement, cloacalement intéressante dans le contact avec la mère, dont les « palpes » tégumentaires et la bouche muqueuse ainsi que les seins délimitent les zones d'existence (figure 4).

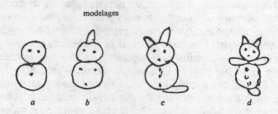

Fig. 4. — Le narcissisme primaire-image du corps de la dialectique orale structurante, articulation de turgescences sphériques et phalliques.

On assiste alors à l'apparition de points d'intérêt : les issues du visage, un point ou un trou étant dessiné au centre, puis deux côte à côte, pour la boule céphalique; et un trou central pour la boule abdominale. Puis trois points ou trois trous représentent les sens, deux yeux, un cavum. A ce moment aussi, le trou ombilical fait place à deux puis trois trous verticaux; la masse sombre des cheveux et l'observation des oreilles poussent l'enfant à doter le personnage d'un couvre-chef s'il représente un bonhomme, d'oreilles s'il représente un animal (le plus souvent un chat).

Le bâton qui avait laissé sa place à la seconde boule s'est déplacé et sert, multiplié, à représenter les membres, quatre d'abord chez les deux sexes, puis cinq surtout chez le garçon, dont le pôle génital commence à se faire sentir narcissiquement et est représenté en tant que membre à fonction et valeur particulière.

La notion de Moi animal au service d'un Moi Idéal humain est advenue, bien que la notion cognitive réfléchie de l'appartenance à un sexe ne soit pas apparue encore : le père et la mère étant cognitivement pour l'enfant des êtres familiers complémentaires de sa vie fonctionnelle mais non des corporéités sexuées. La représentation des membres se fait primitivement comme celle de palpes manducants dentés, pointus ou troués à leur extrémité, avant d'être comme des fleurs à deux, trois puis cinq pétales, représentant les cinq doigts parmi lesquels l'opposant n'a pas encore sa représentation. Les membres sont ce qui atteint la mère substantiellement avec des sensations distales du corps de l'enfant, et tangentielles de celui de la mère; ils sont associés à la nourriture aussi bien pour les membres supérieurs que pour les membres inférieurs, puis subissent une discrimination expérimentale, les membres inférieurs étant associés à la fonction excrémentielle. Les membres, parce qu'ils ne se séparent pas du corps par morcellement, ne sont pas consommables, ils se différencient du bol alimentaire et du bol fécal. Ni les mains et avant-bras servant à manger ni les membres inférieurs servant à évacuer ne disparaissent avec le nettoyage. Donc, ils ne sont pas sécables ni consommables.

Il faut attendre l'âge de la perception comparative de la forme du sexe, pour que l'archaïque fantasme de consommation ou de partition du corps en association au digestif surmoïsé par la mère érotisée comme bonne bouche (qui sait choisir le bon à manger) ou méchante bouche (qui déchire et mord le mauvais), pour que le loup soit censé croquer les mitaines et tout ce qui leur ressemble, quand il agit « pas beau » (c'est-à-dire pas valorisé bonne bouche pour les yeux de maman).

Quand la notion de sexe apparaît implicitement, sinon explicitement, l'illustration en est aussitôt visible, en modelage comme en dessin; *les mâles ont une canne ou une pipe et les filles ont un sac, parfois un ballon* (figure 5).

Fig. 5. — Images du corps pré-œdipien narcissique, génitalisé. La personne est représentée par la verticalité de l'axe du visage en continuité avec la verticalité de l'axe du corps symétrique. L'image du corps prégénitale est représentée par des animaux.

Quant à la représentation de la dyade émotionnelle, elle est liée aux couleurs et à l'esthétique. « Ce petit garçon n'a pas de chance, disait un garçon de vingt-quatre mois en voyant et entendant une mégère hurlant sur son rejeton qui était tombé, il a une maman laide, elle est rouge. » L'harmonie apaisante des tensions intersystémiques et intrasystémiques mère-enfant s'exprimait, pour lui, dans le « bleu » dont il qualifiait les femmes jolies [1].

C'est à partir de l'investissement kinétique confirmé que le Moi de l'enfant est confondu avec le corps le plus en situation dynamique qu'il connaisse, dynamique et en cours d'accomplissement érotique sadique-anal, sublimé ou non (cueillant des fleurs, des fruits, allant au marché, allant se promener). L'identification à la mère par introjection du comportement de celle-ci a permis au Moi de s'investir en tant qu'objet de par lui-même, dans sa structure (qui graphiquement et plastiquement est représentée comme bateau, maison, meubles) et dans son fonctionnement autonome (animal, objet mécanique, train, auto, avion).

L'enfant qui parlait de lui-même à la troisième personne, ne faisant toujours fatalement que ce que maman disait de faire

---

1. Quelle que soit la couleur de leur vêtement.

ou ce qu'elle faisait, cet enfant dit « non », en même temps qu'il parle de sa personne avec le pronom « moi » suivi d'un verbe : « Moi veux ci, moi veux ça[1]. » Il identifie son unité, ressentie comme autonome et agissante, à l'excrément qui se détache du pôle cloacal. Il se détache de la fatalité d'acquiescement, découvre la liberté du « non ». Cette rupture sthénique est un accomplissement qui, s'il vient du fait d'un développement de l'enfant accepté par la mère (et non de ce qu'elle le rejette ou le subit avec résignation), porte les fruits de l'avènement du pronom « je », lequel reste acquis même si le corps nouvellement autonome est alors rejeté par la mère ou s'éloigne d'elle. C'est au cours de la période de maturation de cet accomplissement de l'autonomie kinétique qu'il y a sensibilité à la séparation d'avec la mère et que, si une séparation se produit entre la mère et l'enfant, elle constituera un *traumatisme* psychophysiologique. Ce *Moi nouveau* parle de lui à la première personne, soutenu par un Moi Idéal conforme à l'espèce et projeté dans l'image du corps d'un aîné de même sexe, imaginairement solidaire du parent de ce sexe, qui, jusqu'à l'Œdipe, se confond avec l'Idéal du Moi. Il ne peut encore s'assumer sujet dans des conduites hiérarchisantes, si, à la suite du rejet narcissiquement ressenti par les adultes en présence du « non » exprimé par l'enfant, la masse volumétrique des adultes est en proie à des sensations de dépression, qu'ils miment directement ou indirectement par des agressions de camouflage. La dépression de l'adulte est ressentie et imaginée dans le corps de l'enfant, par contamination en miroir, comme une perte de turgescence de la sphère céphalique ou de la sphère abdominale, une perte de la turgescence phallique des membres squelettiques et aussi du sexe (autant chez la fille que chez le garçon), contaminant dangereusement de dévitalisation le corps de l'enfant (le Moi Idéal castrateur oral hérite des images du Surmoi oral à fonction sécante et avalante, qui se trouve renforcé, inhibant un Moi Idéal anal d'acceptation du détachement). Le Moi nouvellement promu à la maîtrise de la kinésie, au

---

[1]. Ce dit Moi, constitué en référence à l'autre, dit Toi, est accolé au verbe à la 2e personne et non, comme on pourrait le croire, à la 3e (en français auditivement confondues) ou à la 1re. Il arrive aussi que ce Moi s'accole au verbe à l'infinitif.

service de l'identification à une personne active, risque alors de se détourner de l'Idéal du Moi anal pour retourner à un pré-Moi sans hiérarchie. La conquête de l'autonomie réussie est représentée dans une image du corps où la hiérarchisation entre la masse céphalique (avec sa face) devenue inséparable de la masse ventrale prolongée de ses membres est soutenue par un phallisme agressif oral couronnant la tête (couronne, képi ou chapeau pointu). Les membres sont représentés comme porteurs de symboles sexuels camouflés en objets utiles, en vertu d'un phallisme agressif, anal et oral (fourches, pelles, haches, fusils, pistolets, couteaux).

Le *rôle de soutien du Moi Idéal,* lié normalement à la turgescence des images du corps basal et du corps de fonctionnement kinétique et sexuel, est rempli par le comportement sthénique et émotionnellement complémentaire entre eux des adultes père et mère. L'enfant les ressent, au début, comme une dyade bicéphalique, puis bicorporéisée, puis comme une association complémentaire et articulée de puissances, qu'il représente sous la forme mythique du roi et de la reine dans ses dessins, modelages et fantasmes.

Les parents permettent, dans la plupart des cas (s'ils laissent l'enfant *dire* « non » alors qu'il *agit* « oui » dans son identification à la personne de son sexe, Moi Idéal), que soit conquise l'autonomie, dans la pleine conscience qu'a alors l'enfant de ses formes corporelles et de ses localisations (sensorielles) érotiques.

La hiérarchie éthique, héritée du narcissisme secondaire, vise à atteindre le Moi Idéal sexué, à l'aide des interdits du Surmoi oral et anal, interdits mis au service d'un Idéal du Moi sexué. Les interdits surmoïques sont vécus comme images de dangers (chutes, écrasements, bâtons, fouets, armes), qui inhibent le fonctionnement érotique de l'image du corps associée au Moi. Ces inhibitions sont sécurisantes et temporaires, elles permettent une accumulation de tension dans une prudence de comportement qui renforce une image de base en sécurité. Ce qui préserve l'enfant de toute névrose phobique. Cette accumulation d'énergie permet à l'enfant d'atteindre à la primauté de la zone érogène génitale, qui le fait s'engager, malgré l'angoisse de castration et à cause d'elle, dans la situation œdipienne. Le Moi génital est souvent représenté comme animalisé — le centaure enlevant une femme —, tandis que le Moi Idéal a forme humaine — Apollon (c'est le fronton du temple d'Olympie); le pré-Moi anal-urétral est représenté en bandit, tandis que le Moi Idéal anal-urétral l'est en gendarme : l'Indien et le cow-boy sont ici une autre version; le Ça est représenté en singe anthropoïde ou en guenon — suivant le sexe —, en mammifère non verticalisé dangereux, en climat géographique inhospitalier, volcan, fleuve. L'image du corps basale, à tout âge, est représentée par la maison, le bateau, l'auto; parfois, les caractéristiques du visage s'y retrouvent transposées : preuve d'une présentification du Moi Idéal sous-jacent à toute structure médiatrice d'échanges du sujet avec le monde ambiant.

Il s'agit ici d'un travail seulement ébauché concernant l'image du corps. Je ne peux approfondir davantage dans le présent cadre; mais j'ai pensé que quelques exemples feraient comprendre l'utilité de cette étude dans son application clinique.

I. Un enfant voit un pot de confiture, qu'il désire. L'envie le pousse à avancer la main. La notion de ce qui est défendu par la mère survient, et l'enfant met ses mains derrière son dos; comme pour éviter la blessure narcissique (par introjection) que ses mains encourraient du fait des mains plus fortes de sa mère. Dans cet exemple, on voit, illustrée par un geste, l'image que l'enfant a de son corps comme Moi attiré par l'objet de désir (la confiture gratifiante), objet pour le Moi Idéal du bon à être mangé. Mais la mère, Idéal du Moi, est pensée et le Surmoi joue. L'enfant temporise son désir; il aura plus tard de la confiture dans des conditions socialisées.

Le Surmoi peut être contondant, castrant, brûlant, comme dans l'exemple de cette ritournelle qui plaît aux enfants : « Chat vit rôt, rôt tenta chat, chat mit patte à rôt, rôt brûla patte à chat. » On voit là une fonction inhibitrice, liée à ce que l'objet de désir est défendu par son appartenance à l'adulte Moi Idéal.

II. Un garçon de trois ans joue seul, à se promener déguisé en guerrier — képi, ceinturon, épée (conforme au Moi Idéal soutenu par un Idéal du Moi anal et génital encore homosexuel). Il se dit soldat du général de Gaulle (nous sommes en 1946, après la libération de Paris à laquelle il a assisté). Ce même enfant parle à autrui, exhibant symboliquement ses mictions sthéniques dont la trajectoire, assure-t-il, va très loin, et il les qualifie de « pipi du général de Gaulle ». Remarquons que le Surmoi joue, conformément à l'Idéal du Moi qui exclut la valorisation de l'excrémentiel en soi, et que l'enfant ne s'exhibe pas en fait dans l'acte d'uriner. L'acte d'excrétion n'a plus aucun intérêt lié à une exhibition devant des adultes, comme c'était le cas chez l'enfant plus jeune, l'investissement anal du corps propre n'étant plus conforme au Moi Idéal du stade anal. L'acte narcissisant pour le Moi va obligatoirement dans le sens de l'identification aux adultes (de l'allant-devenant génital). Le Surmoi, dans une telle économie, fonctionne pour cacher l'acte en ce qu'il a d'excrémentiel et, contradictoirement, pour le verbaliser avec fierté en ce qu'il a d'honorable, en identification avec l'adulte génital tel que le suppose l'enfant.

Cet enfant, donc, ainsi situé dans son économie intrasystémique (comme dirait Lagache), est témoin, après un échange téléphonique, d'un émoi dépressif et penaud de sa mère qui a commis une faute mondaine, l'oubli d'une invitation. Le visage de la mère s'est assombri. L'enfant ne paraissait pourtant guère attentif à sa mère, absorbé qu'il était dans son jeu. L'enfant s'inquiète, vient tourner autour d'elle, la regardant à la dérobée. Son visage se « mimétise » sur celui de sa mère, puis il lui parle, demande la cause du changement. La mère commence par l'expédier : « Il n'y a rien. — Mais si, tu fais la figure un peu... — Un peu quoi ? — *Un peu pas contente de toi.* — Oui », répond la mère, et elle explique l'échange téléphonique, les amis qui les ont attendus la veille à dîner, elle et papa... « Que va dire papa, demande l'enfant à sa mère ? — Il sera fâché contre moi, répond-elle, et il aura raison. » A ces mots, l'enfant part, puis revient, le visage dur, grave, sthéniquement agressif, raidi dans sa posture verticale, l'air persécuté, et dit, jetant aux pieds de sa mère tous ses attributs de panoplie : « Eh bien, si tu n'es pas contente de toi et si papa est fâché avec toi, je ne serai jamais plus soldat du général, je serai toujours méchant, j'aurai pas de fusil, pas de ceinturon, pas de casque, pas de drapeau, pas de sabre, *je serai un rien.* »

Le Surmoi est lié aux expériences antérieures : à une image du corps où l'identification à la mère jouait encore, avant la période du *non* exprimant le refus d'être comme les femmes, avant le *oui* au Moi Idéal (être fort comme les libérateurs) avec qui le père, mâle et chef de famille, est confondu, c'est-à-dire à un Moi Idéal soutenu par l'attraction de l'Idéal du Moi (à cet âge, c'est : devenir grand comme papa pour épouser maman, en avoir des enfants). Mais, devant une épreuve ressentie comme narcissiquement blessante pour la mère, l'enfant se sent « contaminé » par la dévalorisation de celle-ci. Cette contamination se traduit, avant toute réflexion pour s'en défendre, par le mimétisme du visage. Il faut rejeter la mère châtrée comme papa la rejette; mais, au lieu de rester paré des attributs de la virilité, l'enfant s'en dépare et les rejette par terre comme excrémentiellement. Le Moi, dont l'autonomie est fragile encore, réobéit à l'ancienne mère castrante, Surmoi Idéal du Moi rétrograde qui porte des fruits qu'on pourrait dire décréatifs : « Je serai un rien. »

Les débris de panoplie restent à terre. La mère n'a manifesté ni désolation, ni colère; elle a seulement dit que ce n'était pas cet attirail de soldat à terre qui pourrait changer ce qu'elle sentait et qu'elle ne dirait pas le contraire pour lui faire plaisir. L'enfant s'éloigne, muet, buté, grave.

Quelques minutes passent. L'enfant réfléchit silencieusement. Il revient : « Dis, après que papa aura grondé et que tu auras envoyé des fleurs, tu seras encore contente de toi? — Bien sûr. — Alors papa dira encore que tu es une bonne femme? — Mais oui. — Et tu riras encore? — Mais oui. — Alors je suis encore un soldat du général de Gaulle », et il repart dans son jeu dynamique. La personne en devenir a repris sa sthénie hiérarchisée; l'épreuve intersystémique qui avait ébranlé l'économie intrasystémique a été dépassée — même si la mère suit ses propres rythmes, ses émois et continue sa mine déconfite, le fils sait que l'ébranlement du couple n'est pas en jeu. La sécurité est revenue. La personne est en chemin, jusqu'à la résolution œdipienne.

C'est après cette dernière crise, après la résolution œdipienne, qu'on peut parler de la topique telle qu'elle a classiquement été élaborée par Freud et que l'a explicitée le docteur Lagache.

L'*image du corps* est alors définitivement liée à la spécificité humaine monosexuée et conforme à la physiologie corporelle de tous les humains du même sexe. Le Moi ne peut pas s'identifier pour ses comportements sociaux à un autre corps que le sien propre, alors qu'il peut, dans sa relation narcissique à lui-même, s'imaginer conforme à toutes les étapes antérieurement expérimentées et à toutes les représentations introjectives ou projectives imaginables.

Le *Moi Idéal* est imaginé en un corps prêt à être génitalement attiré par toutes les personnes de l'autre sexe esthétiquement valables, à l'exception de la mère.

L'*Idéal du Moi* est lié à la réussite d'une fécondité engagée, charnelle, affective et *sociale,* dans la dignité des échanges éthiques interhumains. Il est représenté allégoriquement dans une image idéalisée, aux attributs glorieux, rayonnant, parant la corporéité humaine.

Qu'est devenu le *Surmoi?* Après l'Œdipe, il est la conscience morale, aussi inséparable du sujet que son propre corps; c'est le sentiment de sa responsabilité lui barrant, par sentiment (sain) de culpabilité, tout ce dont, s'identifiant à ses amis et à ses éventuels descendants, il n'aurait pas à se féliciter; et qui ferait qu'identifiant ses ascendants et ses parents à lui-même il n'aurait pas le sentiment de les honorer.

En tant qu'héritier des Surmoi des stades précédents, le Surmoi génital intervient en rendant le Moi honteux de ses actes comme d'une incontinence lorsque le Moi enfreint ses barrières. Si le Surmoi est authentiquement au service de la hiérarchie génitale, son image inhibitrice n'apparaît que dans les situations articulées à des comportements œdipiens théoriquement dépassés et pourtant encore capables d'entrer en résonance.

Néanmoins, le Surmoi continue toute la vie son rôle inhibiteur sous les auspices du juge, du gendarme, des lois sociales, du qu'en-dira-t-on.

Le Moi Idéal, nous le verrons animer le commerce, toutes les activités culturelles, grâce auxquelles l'individu s'apporte des éléments de complémentation émotionnelle sécurisante en situation de groupe.

L'Idéal du Moi est à jamais, comme son nom l'indique, inatteignable, car le Moi s'aperçoit qu'il n'est pas aussi comblé que sa corporéité. Cela, lié au Moi dans et avec ce corps, lui fait désirer l'au-delà du Moi dans un accomplissement mortifère de l'image basale mis au profit d'une sensation d'exister plus valablement narcissique, et dans une image de fonctionnement qui le conduirait au-delà du corps propre et de ses appels vains à l'objet qui le complémenterait à jamais.

Cette ébauche d'étude de l'image du corps liée aux données de la personnologie freudienne me paraît devoir susciter d'autres recherches. La conclusion qu'on en peut déjà tirer dans la pratique permet de comprendre et de verbaliser des situations sans solution thérapeutique possible encore : je veux parler des désordres psychosomatiques, des états psychotiques, des désordres de l'intégration sociale, des pervers et des délinquants intellectuellement et physiquement bien portants.

5. La dynamique des pulsions et les réactions dites de jalousie à la naissance d'un puîné *

OBSERVATION DE JEAN

Jean (qui se dit Titi[1]) a vingt et un mois. Un petit frère (ou une petite sœur) va naître. Chaque fois que la maman s'occupe de la layette, Jean, comme par hasard, s'empare des objets et les sème dans la pièce, où il les piétine. Quand sa mère s'occupe de ses vêtements à lui, cela n'arrive jamais. Jean est préparé : la petite sœur qui va venir l'aime beaucoup, peut-être va-t-elle lui apporter un cadeau : « Oui, un gros manion (camion) avette une potte, ouvir et fémer la potte. » La petite sœur est un petit frère, mais il a apporté dans son berceau le gros camion avec une porte. Joie sans mélange. Jean, attendri, prend le bébé dans ses bras, s'assoit près de sa mère et fait fête au nouveau-né, le touchant partout avec son index, sur le nez, les oreilles, la bouche et disant : « Bébé a un nez, Bébé a une bouche, etc. » Il se promène avec un bébé en celluloïd qu'il n'a jamais regardé jusque-là et ne le quitte pas.

Le soir, Jean n'est pas bien. Lui qui, d'habitude, aime s'occuper seul et courir partout dans la maison, veut être pris dans les bras, et surtout pas assis, mais couché; si on l'assoit ou si on le met sur ses jambes, il s'affaisse en pleurant, et dit d'un ton monotone : « Titi peut pas marcher, Titi est malheureux. » On ne peut rien lui tirer d'autre. Il n'entend visiblement rien, il est fermé psy-

1. De Fisti, surnom affectueux donné par son père.
* Paru dans *Psyché*, n°s 7, 9 et 10, Paris, 1947 (épuisé; version revue et corrigée).

chologiquement à tout et à tout le monde, très rouge, sans fièvre. Il a les yeux fermés, porte les mains à ses oreilles et à sa tête comme quelqu'un qui souffre. Le ton monotone est remplacé par des hurlements d'angoisse si on veut le coucher. Comme il finit tout de même par s'endormir dans les bras, on le met au lit où il dort d'un bon sommeil.

Le lendemain matin, il a un comportement très positif envers son petit frère et son bébé en celluloïd qu'il met dans le berceau ou traîne avec lui partout; il se montre enjoué, vif, câlin, attentif aux histoires comme à l'habitude. Il reste tout le temps autour du lit de sa mère. Le soir, il n'y a rien de particulier à signaler.

Troisième jour : il assiste à la première tétée. En voyant sa mère donner le sein, il s'immobilise, devient pourpre, violacé, se recroqueville un peu, les yeux exorbités, muet d'émotion. Après une pause, la gorge serrée, il dit : « Non, pas manger maman », avec une voix angoissée.

— Mais non, dit la mère, il va boire du lait à la poitrine de maman. Quand tu étais petit, tu l'as fait aussi.

La garde et la mère s'exercent à faire téter le nouveau-né.

— Viens, en veux-tu, toi aussi?

Il s'approche, ébauche le geste de se pencher sur le sein et, tout à coup, se sauve, comme pris de panique, à la cuisine, où il essaie, en bégayant, d'expliquer à la bonne ce qui s'est passé. Celle-ci, le voyant aussi exalté et mécontent, saisi d'un bégaiement insolite, le prend dans ses bras et le console sans savoir au juste ce qu'il a. Au bout de quelques minutes, l'enfant calmé semble avoir oublié l'incident; il ne bégaie plus. Le reste de la journée est excellent. Mais Jean ne regarde plus son bébé en celluloïd, qu'il a mis en dessous du tas des jouets.

Le quatrième jour, même heure que la veille, Jean est à nouveau là, près de sa mère (depuis hier, il n'a pas eu l'occasion d'assister à une tétée). Il regarde d'abord et, voyant le bébé s'approcher du sein, il se met à rougir, détourne ostensiblement la tête et quitte la chambre rapidement sans rien dire, comme s'il avait un torticolis. Il va à la cuisine pour se réfugier dans les bras de la bonne qui ne le questionne pas, se contentant de le câliner. Il parle en bégayant pendant un bon moment, puis le bégaiement cesse. Ensuite la journée est bonne, sauf qu'il fait des difficultés pour sortir, alors que, généralement, il aime beaucoup cela : une fois dehors, il demande à être pris dans les bras, puis refuse de rentrer, s'asseyant par terre. Si la personne qui est avec lui attend sans le gronder, l'opposition cède et, après quelques minutes, il se relève de lui-même aussi enjoué qu'auparavant. Bref, il fait de légers « caprices » auxquels, jusque-là, il n'était pas sujet. On dirait comme un barrage intérieur.

Le matin du cinquième jour, toujours à la même heure, la garde entre avec le bébé pour la tétée. Jean se sauve immédiatement de la chambre comme s'il y avait le feu, court vers la bonne, bégaie et, cette fois, son bégaiement ne cède pas. On ne lui en fait pas reproche. Il se bute parfois, de ne pouvoir sortir les mots qu'il veut, et abandonne, ou se met en colère contre lui-même, ou contre l'adulte qui n'attend pas que la phrase sorte de sa bouche et lui donne ce qu'il semble demander. Il refuse l'objet donné ou le jette à terre, jusqu'à ce que la phrase soit dite, acceptant seulement alors qu'on y réponde. Parfois, il mime pour aller plus vite ou il va chercher sa timbale et l'apporte : cela pour dire qu'il veut boire. Quelquefois encore, les gestes qui doivent l'aider à passer le barrage du bégaiement sont : fermer les yeux, fléchir le tronc sur le bassin, replier un membre inférieur et remuer les bras de haut en bas, coudes pliés et poings fermés.

Les jours passent. Vis-à-vis de son frère, Jean est, en quelque sorte, devenu neutre. Le camion apporté par le frère est à l'honneur, il faut le mettre sur le lit de maman. Jean ouvre la portière, dit qu'il se met dedans, referme et fait le geste d'être au volant en s'écriant : « Attention poules, attention dames. » Il répète souvent que c'est le petit frère qui a donné le « gros manion ». Il ne bégaie jamais en parlant seul ou même de son camion. Aux visiteurs qui viennent, il apporte son camion, les tire par la main jusqu'à la porte de la chambre où se trouve le bébé et leur dit : « là »; ou bien il les conduit au berceau, si la porte est ouverte, mais n'y reste pas. Il regarde les gens qui regardent le bébé, sourit de les voir sourire, mais ne regarde pas le bébé lui-même. Invité par eux à le faire ou à parler de son frère, il trouve, comme par hasard, autre chose à faire. Si la garde retire le bébé de son petit lit, il va alors regarder la place vide, attentivement, met son camion dans le lit du petit frère, essaie d'y grimper tout seul. N'y arrivant pas, il demande à un adulte, en montrant le lit : « Titi dedans, pou manion », ce qui semble signifier : pour prendre le camion. Si on lui rend son camion, il le remet dans le lit et recommence le manège. Il veut être mis dans le lit du bébé, avec son camion. On l'y met, mais, dès qu'il se sent posé dans le lit, immédiatement, comme si le lit brûlait, il dit, effrayé : « Non, non, pas Titi dedans », reprend son camion et s'en va.

Avec les adultes, il est resté semblable à lui-même, toujours très attaché à sa mère, à la bonne qu'il connaît depuis sa naissance, positif comme avant, sans plus, à l'égard de son père et du médecin qui lui fait quitter la chambre de sa mère chaque fois qu'il vient. Il ne cherche pas à nuire à son frère. Il est heureux que les autres s'occupent du petit. Il appelle un adulte si le bébé pleure, pour qu'on aille le consoler, mais il évite tout contact direct. C'est seulement avec la promeneuse qu'il y a du tirage; elle cherche à le raisonner s'il ne veut pas sortir, s'il s'arrête dans la rue, s'il ne veut pas revenir à la maison ou s'il ne veut pas manger. Devant ses réactions d'inhibition, de stoppage ou de négativisme, elle essaie en fait de se fâcher, de vaincre par la force. L'enfant cède en hurlant et l'atmosphère est brouillée pour des heures. Si l'adulte tolère et attend sans insister et sans gronder, l'opposition dure peu. L'enfant décide d'en sortir dans un élan qui semble le libérer : « Titi va sortir » ou « Oui, Titi va voir maman », avec un air convaincu et heureux.

Depuis la naissance du frère, son appétit, qui était régulier et très léger, bien qu'il soit un bel enfant musclé, devient capricieux et irrégulier; certains jours nul, d'autres assez bon. Mais, là aussi, après avoir demandé quelque chose, il n'en veut plus. Si on insiste, en le distrayant par une histoire, il avale un certain temps puis vomit. Le biberon est le seul mode d'alimentation qu'il mendie et comme son petit frère (la mère n'a pas assez de lait) : il ne veut pas le boire seul mais dans les bras, passivement, les yeux vagues, avec un air de profonde béatitude. Après, il manifeste une grande reconnaissance joyeuse et fière. « Titi a pris biberon comme Guicha. »

Régulier dans ses évacuations intestinales, il était propre depuis l'âge d'un an, sans dressage particulier. Il devient irrégulier dans ses heures d'évacuation et, de ce fait, salit ses culottes; non seulement il semble ne pas s'apercevoir de son besoin d'évacuer caca mais, pour pipi aussi — qu'il demandait généralement, avec seulement parfois quelques oublis —, il n'a plus aucun contrôle. Les remarques qu'on lui fait ne l'étonnent pas. Il répond : « Oui, faut demander pipi », d'un air convaincu, mais il recommence à s'oublier. Au bout de quelques jours seulement, Jean, tout en restant irrégulier dans les heures d'évacuation intestinale, se met à demander à faire caca, ou plutôt demande « pipi » pour caca. Mais le pipi-culotte durera, avec quelques éclipses, pendant plusieurs mois. Parfois, deux ou trois fois de suite, il se mouillera quelques minutes seulement après avoir vidé sa vessie; d'autres jours, il sera propre et continent pendant toute la journée.

Bref, trois semaines après la naissance de son frère surnommé Gricha, Jean semble heureux mais bégaye fortement. La présence de son frère ne lui déplaît pas, et même il y porte un certain intérêt positif par personnes interposées. Il sait toujours ce que le petit frère fait et en avertit les uns et les autres. Si la mère s'occupe du bébé, il veut l'aider, lui apporter les objets nécessaires à la toilette. Un jour, un incident survient qui aurait pu nuire au bébé : Jean, comme il aime, pose son camion dans le lit assez creux du frère et le camion tombe sur le visage du bébé qui, bien qu'il n'en soit pas écorché, se met à crier. La maman, que Jean est venu appeler, prend le bébé, le câline et, de l'autre bras, cajole aussi le grand, expliquant que le petit frère est très content que Jean lui prête son camion, mais est trop petit pour faire autre chose que crier pour le dire. Jean répond alors : « A pas bobo? », ayant compris qu'il a fait du mal au petit.

— Peut-être aussi il a un peu bobo. C'est un gros camion, pour les grands, ça peut faire mal aux petits.

Une fois le bébé calmé et remis dans son berceau, il n'y aura plus jamais d'incident dangereux et les objets apportés au petit frère seront toujours mis au pied du berceau.

Le tournant décisif dans les rapports entre Jean et son petit frère survient le vingt et unième jour après la naissance : le vingtième jour, comme la maman entre avec Jean dans sa chambre pour le coucher, il la tire d'un air de conspirateur un peu craintif et lui dit :

— Egâde quoi Titi a fait.

Il lui montre alors, en soulevant la couverture du lit de la bonne qui couche dans la même chambre que lui, le bébé en celluloïd. La maman :

— Qu'est-ce que c'est?

— C'est une bonne fâce pour Amone (c'est une bonne farce pour Simone).

Et du même air de conspirateur, il recouvre la poupée, rit d'un gros rire de ventre et se couche. « Qu'est-ce qu'elle va dire? » se demande-t-il à lui-même, et il rit, en étouffant son rire, content de voir que maman rit.

— Il faut pas lui dire.

Maman promet. Puis au moment où elle le quitte, Jean demande à se relever et va reprendre le bébé de celluloïd, l'ôte de sa cachette, recouvre le lit de Simone et se couche en abandonnant son idée.

— Bonsoir maman.

Le lendemain soir, vingt et unième jour, à la même heure que la veille, juste avant de se coucher, Jean tire sa mère par la main, l'amène devant le lit de Simone où il a remis le bébé en celluloïd, mais cette fois sans le recouvrir. Il rit de nouveau de sa bonne idée. La maman ne comprend guère, mais se met à l'unisson. Alors Jean tire sa mère par sa main qu'il tient bien serrée et dit :

— On va voir ce qu'elle va dire.

Il ne veut pas que sa mère le lâche et il va dans la cuisine dire en bégayant très fortement, d'un air à la fois peureux et réjoui :

— Amone, viens voir.

La bonne dit :

— Quoi?

— Viens voir.

Elle obéit à Jean. Jean l'amène devant son lit, en tenant toujours la main de sa mère; visiblement, il a un peu peur de ce qui va se passer. Simone voit le bébé en celluloïd dans son lit. Elle dit :

— Oh, qu'est-ce que c'est que ça?

d'un air étonné et pas content qui réjouit Jean.

— C'est, c'est..., c'est Gui, Gui, Guicha, Guicha.

— Oh! fait Simone d'un air réprobatif.
— Guicha a pris a place amone.
— Qu'est-ce qui faut faire? demande-t-elle.
Il répond d'une traite :
— Faut l'envoyer balader.
La bonne regarde la maman. La maman dit :
— Mais oui, Jean a raison.

Alors Simone s'empare du bébé en celluloïd et le lance par terre. Aussitôt Jean lâche sa mère, se précipite sur la poupée, la lance dans un coin, la reprend, la boxe, lui donne des coups de pied en riant à gorge déployée, d'un énorme rire gras. Un vrai lynchage sadique. Maman et Simone rient, assez étonnées, puis laissent Jean à son réglage de comptes, s'occupant à refaire le lit de Simone que Jean avait un peu défait. Quel n'est pas leur étonnement à toutes deux de voir, cinq minutes après, Jean ramasser le bébé en celluloïd qui, tout à l'heure, était l'objet de sa hargne sadique, et se mettre à le bercer maternellement dans ses bras, en se promenant dans la pièce de long en large :

— Dodo, *mon bon* petit Guicha, dodo, *mon bon* petit Guicha, dodo!

Le bégaiement a disparu. Jean se couche content et ne reparle de rien.

Le lendemain, toujours pas de bégaiement : sa disparition est définitive. De ce jour, le petit frère prendra un réel intérêt aux yeux de Jean qui deviendra tout à fait un grand frère. Son vocabulaire s'étendra très rapidement, en deux semaines, et les amis qui, entre-temps, ne l'auront pas vu seront frappés par la transformation et l'épanouissement survenus chez Jean, qui a alors vingt-deux mois.

D'habitude, nous observons des enfants déjà malades, qui réagissent à une éducation correctrice que les parents ont cru devoir adopter en face de leurs comportements. Nous avons donc devant nous des cas compliqués. Pour moi, j'avais eu la chance d'être psychanalysée avant d'être mère.

Avec Jean, j'ai ouvert les yeux, des yeux sans idées préconçues, et je n'ai pas essayé de lui faire camoufler ses réactions : je les ai observées mais je ne l'en ai jamais blâmé. Et j'ai beaucoup appris.

OBSERVATION DE ROBERT

A deux mois de là, de cette abréaction et de cette liquidation du conflit de Jean après la naissance de son frère, on m'amène un garçon de deux ans présentant des troubles de caractère violents, une agressivité dangereuse à l'égard d'un petit frère de trois mois. Exactement les âges respectifs de mes deux fils. Mais Robert a déjà vécu trois mois dans le conflit, compliqué par les réactions éducatives de l'entourage : « Tu es méchant, il est si petit. C'est laid d'être jaloux, ça fait de la peine à maman. » Bref, tout l'arsenal des punitions, des privations, etc., la mère évitant de prendre le bébé devant son frère à cause des grosses réactions d'agressivité que cela déclenchait (bris d'objets, coups de pied à la mère et, dès qu'elle détourne les yeux, coups au nouveau-né, pinçons, tirage de cheveux, essai de le noyer dans la baignoire, d'enfoncer des ciseaux dans ses yeux). Donc, depuis peu, Robert perd tout ce qu'il a acquis, devient de plus en plus sot, alors qu'avant la naissance du petit c'était un enfant précoce. Pâlot, parlant tout bas devant moi pour accaparer sa mère et qu'elle ne parle pas à la doctoresse, il perd aussi l'appétit, fait pipi et caca dans sa culotte.

Je ne prends pas cet enfant en traitement psychanalytique, mais décide de conseiller à la mère un comportement qui devrait permettre à l'enfant d'abréagir. Je me dis : si l'hypothèse que j'ai du conflit de jalousie est exacte, voici l'occasion de la vérifier.

Je dis à la mère de changer complètement d'attitude (un oncle psychanalysé que je ne connaissais pas, qui avait conseillé à la mère de venir me consulter, acceptait de l'aider) : Robert n'est pas méchant, il souffre. Je lui recommande, dès qu'elle verra un geste agressif de Robert à l'égard d'un objet appartenant à son frère, de donner, au lieu de le blâmer, la parole au « négatif ». Qu'elle dise, par exemple : « Les affaires de Pierrot traînent partout. » Si les gens complimentent le bébé, qu'elle dise à la cantonade : « Pierrot, Pierrot, toujours lui qu'on admire. Et pourtant il n'est bon à rien, qu'à dormir, manger et salir ses couches.

Ce que les gens sont bêtes, comme si un bébé c'était si intéressant. » Quand Robert se mettra un moment en opposition avec quelqu'un, qu'elle ne le prenne pas de front, mais le laisse vivre sa réaction, sans émettre de jugement sur sa méchanceté, qu'elle laisse entendre simplement : « Ce pauvre Robert, ce n'est pas étonnant. Depuis que Pierrot est là, la vie est tout à l'envers, rien n'est plus comme avant, alors c'est forcé qu'il ne sache plus quoi faire. » Qu'elle n'évite surtout pas de donner ses soins au bébé devant Robert, comme elle s'ingéniait à le faire, pour ne pas éveiller la jalousie de l'aîné. Au contraire — et c'est cela qui me paraît le plus important dans cette thérapeutique psychologique —, qu'elle fasse des gestes maternels vis-à-vis du bébé, en le langeant, lui donnant le biberon *tout en émettant à son propos des jugements défavorables* sur un ton très gentil, chaque fois que Robert sera présent. Cela ne peut pas faire de mal au bébé et cela peut faire beaucoup de bien à Robert. Par exemple, si elle câline le nourrisson, qu'elle dise : « Ce que c'est bête, les mamans, d'aimer des petits bons à rien comme Pierrot. Il faut être une maman pour aimer ces petits paquets qui ne sont bons à rien qu'à crier, manger et faire pipi, caca. »

Devant ces recommandations, la mère est un peu affolée et me dit : « Il me semble que, si je donne raison à Robert, il va tout simplement tuer son petit frère, au point où il en est maintenant. » J'explique qu'il ne s'agit pas de donner raison à ses actes, mais de lui faire comprendre, par des paroles, les mobiles qui l'animent : de mettre des mots justes sur sa souffrance. Je conseille qu'on tente l'essai au moins deux ou trois jours. En cas d'échec, il n'y aurait pas d'autre solution que de séparer Robert du lieu familial et de le psychanalyser dans des conditions très défavorables à cet âge. J'espère que l'enfant redeviendra positif vis-à-vis des adultes et surtout de sa mère, et qu'il retrouvera dès lors sommeil, appétit et rythme digestif.

Je propose que, sans lui en faire cadeau, et sans qu'il voie qu'on l'apporte, on laisse dans un coin de la maison traîner une poupée, genre bébé, incassable, un « baigneur » de trente à trente-cinq centimètres, en prenant garde d'attirer son attention dessus, et qu'on ne s'occupe pas de ce qu'il en fera. Je préviens qu'il pourrait se faire que l'enfant ait besoin d'un objet de transfert en forme d'être humain, pour se débarrasser sur lui de son besoin de faire du mal à son frère.

Le résultat dépasse toutes nos espérances. Au bout de trois jours, la mère me téléphone qu'il y a une considérable amélioration dans l'état de Robert, une détente apparente et une reprise de santé. Au début, le changement d'attitude de sa mère le stupéfait et le laisse complètement désemparé au milieu d'une réaction d'opposition. Puis, son comportement devient neutre vis-à-vis du petit frère. Enfin, entendant sa mère tenir des propos agressifs ou dépréciatifs sur le bébé, il commence à la contrer : « Mais non, ce n'est pas vrai qu'il est bon à rien, il est très mignon. » La mère me demande que répondre. Je lui conseille de ne pas abonder dans son sens, de ne pas acquiescer non plus, mais de dire : « Tu trouves, eh bien, tu es un bon grand frère. » En huit jours, les rôles sont renversés. C'est Robert qui défend son frère et reproche à la mère ses dires méchants.

Robert va faire un bond en avant dans son évolution, en quelques mois. Quand je le revois, il s'est complètement transformé, adore son frère et tous les petits en général, et la mère lui confie le bébé en toute sécurité. Comme pour mon fils, le vocabulaire s'est développé et, comme chez lui aussi, les notions d'hier et demain, d'avant et après ont pris leur sens. Le futur est apparu dans leur langage, suivi bientôt par le « je ».

Avant la naissance de Jean, par ma formation psychanalytique, je savais que l'enfant réagit agressivement vis-à-vis du nouveau-venu et exprime sa réaction par ce renversement : « C'est lui qui est méchant et qui ne m'aime pas. » Je trouvais donc saines les réactions agressives prénatales et parais au mauvais effet de la naissance avec le cadeau apporté par le nouveau-né, cadeau choisi et attendu par Jean. Tout se passa donc dans les meilleures conditions. Et Jean accueillit magnifiquement son frère. Il y avait d'une part ce don du camion qui lui permettait des fantaisies imaginatives de puissance dynamique, d'autre part, l'identification aux adultes qui accueillaient aussi le nouveau-né avec joie.

Le bébé en celluloïd, c'était à mon sens son enfant, comme maman avait son enfant. Ensuite, j'ai assisté à tout ce que je relate plus haut sans comprendre. Je ressentais la souffrance psychologique que tout cela traduisait, mais je saisissais bien qu'il y avait un sens et une nécessité intérieure à tout cela. Ne sachant comment l'aider, je m'efforçais de ne pas lui nuire. J'espérais que le bégaiement passerait un jour et je n'écartais pas l'éventualité d'une psychanalyse ultérieure à cet effet. L'épisode libérateur du lynchage du baigneur en celluloïd baptisé pour l'occasion du prénom du frère, après que Jean en eut fait prendre la responsabilité complice à la bonne et à la mère, s'expliquait à mes yeux par la charge d'agressivité refoulée. C'était de la jalousie — j'entendais par là la rivalité vis-à-vis de la mère. C'était le détrônement ressenti — un « il a pris ta place » — qui expliquait à mes yeux l'agressivité.

Cette compréhension, ou plutôt cette interprétation des choses que maintenant je crois fausse, ou tout au moins très partielle, m'a permis cependant, en face du cas grave de Robert, de conseiller un comportement libérateur. Robert « mimait » le négatif, mais il en était blâmé, et cela depuis le début. Puisqu'il était normal qu'il eût des sentiments hostiles, pensais-je, mieux valait les lui permettre : leur extériorisation serait moins dangereuse s'il n'était pas obligé de lutter contre un sentiment de culpabilité inculqué par les adultes. Les instincts agressifs ne peuvent pas se transformer, mais seulement se concentrer quand ils ne s'expriment pas. Mieux valait éviter leur refoulement et rompre le cercle vicieux dans lequel, faute de voir admettre leur légitimité, Robert se détruisait lui-même. La guérison rapide de Robert me parut être la preuve de la justesse de mon interprétation. Mais ces deux observations me posaient encore de nombreux problèmes.

Quel mécanisme a donc joué pour que Jean, comme Robert, ait montré tant d'agressivité contre les objets appartenant au bébé (agressivité manifestée précocement, avant la naissance du second, chez Jean; puis neutralisée et absolument inapparente en tant que telle jusqu'au jour du lynchage)? Quel mécanisme a joué dans la perte des acquisitions, le dérèglement profond de l'appétit et des évacuations, la perte de la sensibilité sphinctérienne? Quel mécanisme a joué dans les accès d'opposition passive aux rythmes de vie habituelle (par les caprices)? Comment se fait-il que, sitôt le lynchage perpétré sur l'objet baptisé frère, Jean ait montré envers cet objet une tendresse si attentive, et l'ait ensuite également manifestée envers l'enfant vivant, et cela définitivement, en même temps que son bégaiement, au cours de cette scène, disparaissait complètement? Comment se faisait-il que Robert, que l'on croyait égoïste, sinon pervers, et qui constituait un danger réel pour son frère, soit devenu, après justification verbalisée de ses émois agressifs par sa mère, généreux et fraternel non seulement avec son frère, mais aussi avec tous les enfants, se montrant alors un enfant très doué? Autant de problèmes auxquels je crois, à présent, pouvoir répondre.

J'en étais là de mes réflexions quand l'occasion s'offrit d'observer le comportement de Gricha, mon second fils, à la naissance de sa sœur, à peu près à l'âge qu'avait Jean à sa naissance. Comme leurs deux tempéraments étaient tout à fait différents, des réactions semblables sur le fond se traduisirent par d'autres moyens. C'est d'avoir vu vivre de tout près ces deux enfants, et de les avoir vu triompher du même travail d'adaptation, qui m'a permis de saisir, du moins je le crois, le jeu des forces psychiques et instinctives très intriquées que traduit le comportement de l'enfant dit « jaloux ».

OBSERVATION DE GRICHA À VINGT MOIS

La famille Dolto attend un troisième enfant. On espère une petite sœur. Gricha n'en parle jamais. Il parle mal, c'est plutôt les jeux moteurs et rythmés, les chansons, les animaux, la nourriture qui accaparent son attention. Il s'intéresse aux escargots, pour les écraser, et aux dadas [1], dont la vue exalte tout son être. Un matin du mois d'août, la petite sœur naît, Gricha vient voir sa maman. Il sait bien ce qui s'est passé, mais ne semble y prêter aucune attention. Il se couche près de sa mère, les yeux dans le vague, se blottit contre elle. Ce comportement est absolument nouveau pour lui : depuis plus de six mois Gricha ne se fait jamais câliner plus de dix secondes, il préfère danser, courir, rire, jouer. Se blottir passivement comme un poussin au regard perdu est donc sa première réaction. Le berceau de Katinka est dans le

---

1. Chevaux.

coin de la chambre de maman. Maman en parle à Gricha et lui dit que la petite sœur a apporté un cadeau pour lui. Pas de réaction. Il ne regarde pas une fois dans cette direction. Il ne va pas voir le bébé. Il rêve. Maman fait apporter le cadeau, une auto. Il est content, sans plus. Il la prend, dit « to hou », auto rouge, et l'observe à peine. On n'insiste pas. Dans les bras de la bonne qui veut voir la sœur, il est amené près du berceau. Regarde-t-il? Il n'a aucune réaction. Il serre l'auto rouge. Dans la chambre de maman, Gricha se comporte comme un personnage de film au ralenti.

Cette inattention manifeste à l'égard de sa sœur continue, quand bien même, comme d'habitude, il imite son frère qui, lui, se montre tout à fait positif. Le jour même où la sœur naît, Gricha fait caca dans son lit pendant sa sieste, accident qui n'est pas arrivé depuis un an. Il s'en montre très humilié, honteux, alors que, chose importante, il ne lui est pas fait le moindre reproche. Quand il se réveille, le lendemain matin, on découvre, comme après la sieste de la veille, un gros caca dans son lit et, dépité, pas content, il le montre à Henriette, la bonne, qu'il aime et dont il est aimé. Celle-ci constate les faits avec lui et, sans le gronder, vient m'en avertir en portant Gricha dans les bras. Je ne le gronde pas et il se précipite vers moi, se blottissant à mes côtés dans le lit, le regard rêveur, ne parlant pas du bébé Ka qui, justement, n'est pas encore dans ma chambre. Puis, son père entrant dans la pièce, Gricha ne bouge pas, fait comme s'il ne nous entendait pas parler. C'est alors qu'Henriette revient le chercher pour son petit déjeuner et le voit près de moi. Elle dit :

— Mais comme il est calme! C'est pas possible, c'est pas lui.
— Si, répond maman, c'est bien Gricha, mais c'est un Gricha malheureux à cause de Katinka.

Alors Gricha tourne les yeux vers moi et dit une phrase que je ne comprendrai que le lendemain matin quand, au réveil, il la répétera à propos de son gros caca dans son lit; une phrase que, sur le moment, j'ai prise pour un vœu en forme de dénégation de la naissance de sa sœur : « A pas bébé Ka. »

Le lendemain, le même incident du lit se reproduit (j'avais refusé qu'on le garnisse de couches, tant à cause de la chaleur du mois d'août que pour ne pas faire régresser l'enfant). Ce troisième matin donc, sa maman va le lever au réveil, et c'est à elle qu'il communique son dépit en montrant son caca : « Pourquoi a pas bébé Ka Guicha? » (Pourquoi Gricha n'a-t-il pas fait un bébé comme maman?)

Je console Gricha comme je peux. Je lui dis que les bébés ne sont pas des cacas, que lui-même est né comme Katinka, qu'il était un beau petit bébé, pas un caca. Que les cacas c'est toujours pareil, ça grandit pas, ça mange pas, je raconte n'importe quoi en discours enjoué accompagnant la toilette. La journée ainsi commencée avec une maman debout comme avant se passe très bien. Gricha retrouve sa voix et sa vivacité, même dans ma chambre, et il ne remontera plus sur mon lit où pourtant, par moments, je me repose.

Ces trois premières nuits, il avait dormi beaucoup plus longtemps que d'ordinaire; le quatrième jour, il reprend son rythme normal. Lui qui avait déjà bon appétit se met à manger sans arrêt, et engloutit des monceaux de fromage blanc (dénommé par lui « ama bian »). Il s'endort à chaque bouchée, ne se réveille que pour engloutir à nouveau et se rendort aussitôt (il mange tout seul) : le spectacle est comique. Il a aussi depuis la naissance de sa sœur une grande avidité motrice, monte seul et cherche à descendre un escalier de pierre en colimaçon sans rampe qui conduit à la chambre de la garde, où se trouve le berceau de Katinka, sa sœur. On l'entend qui fait son ascension seul et se parle à lui-même : « Bébé Ka, Bébé Ka. » Arrivé en haut, il gratte à la porte et dit : « Là bébé Ka. » Mais si on lui ouvre la porte et qu'il entre, c'est pour aller vers la garde, non vers le berceau. Si elle dit : « Katinka dort », il parle à mi-voix et l'air intéressé : « Bébé Ka dodo! » Puis il s'en va répéter à tout le monde : « Bébé Ka dodo! » Il aime tirer les gens vers la chambre : « Là bébé Ka », et regarde en souriant leur figure quand ils contemplent le bébé, mais lui-même ne le regarde pas (exactement comme faisait Jean). Vers le quatrième jour, il demande à boire au biberon (il s'est sevré du biberon beaucoup plus tôt que son frère ne l'avait fait; depuis l'âge de dix mois il l'a totalement refusé). Il ne sait plus téter, ce qui le vexe beaucoup. Il est furieux contre la tétine, il faut l'ôter; il boit directement au goulot. Il redemandera néanmoins le biberon trois ou quatre fois dans les quinze premiers

jours, pour y renoncer, faute de savoir téter. Il annonce fier à son frère :
— Mâ pi bibon (moi, j'ai pris biberon).
Il vient le montrer à sa mère, après avoir fait remettre la tétine sur la bouteille vidée, visiblement fier de son exploit.

Vers le cinquième jour, il se met à s'intéresser au change du bébé, surtout aux selles qu'il appelle « tata bian ». « Ka tata bian » (Katinka fait un caca blanc), annonce-t-il à tout le monde; et un cheval de trait théoriquement blanc auquel il va dire bonjour constamment devient « beau dada bian ». Il aime courir en sautillant, en s'écriant : « Ma beau dada bian », ce qui veut dire : le cheval est beau, couleur du caca de Katinka, moi je suis beau comme le cheval couleur du caca de Katinka, couleur « bien ». Il faut dire que les selles du bébé sont le sujet de conversation de l'accoucheur, de la garde, des grands-parents. C'est l'été et la maman n'a pas assez de lait, l'enfant est mise au lait de vache. A-t-elle de belles selles? Elle va *bien,* elle a de belles selles. Ce sont les phrases que Gricha entend dire. Première déclaration positive qu'il fait, en touchant le derrière de sa sœur vers le huitième jour :
— Beau potin Ka (Katinka a un beau popotin).
Jugement qu'il va annoncer à sa mère, d'un air satisfait : « beau tata bian » « è bian, est bian, beau tata bian » (c'est bien, c'est bien, beau caca blanc). La garde est très gentille et maternelle avec Gricha chaque fois qu'il monte l'escalier et va gratter à sa porte. Elle ne fait jamais de comparaison entre lui et sa sœur.

Le dixième jour, à table, engouffrant son fromage blanc (ama bian) pendant que la garde a quitté le repas pour aller s'occuper du bébé qui criait, Gricha dit, la bouche pleine, d'un air rêveur :
— Mâ aime baseille (moi j'aime mademoiselle).

Ce même jour, ou le lendemain, la garde donne le biberon dans un coin de la chambre où je suis couchée. Gricha est assis près de mon lit et surveille la scène du biberon. Tout à coup, il se lève et avance en faisant :
— Hou, hou, michant iou (hou, hou, je suis le méchant loup). Comme pour faire peur au bébé. Le bébé ne bronche pas et continue son biberon. Gricha recommence sa mimique agressive, et regarde la réaction sur le visage de la garde. Elle répond à ce regard, très adroitement :

— La petite sœur sait que son grand frère est fort comme un loup, mais il n'est pas méchant pour de vrai. Elle n'a pas peur, elle est fière.

Alors Gricha bombe le torse, marche à grands pas dans la chambre, puis se rapproche de sa sœur et veut tenir le biberon pour le lui donner. Son visage est illuminé, et la garde le laisse faire.

— Tinka bâ (Katinka boit). Mâ est grand (moi je suis grand).

Mais c'est sa mère qu'il regarde en tenant le biberon à distance et avec la main gauche, lui qui n'est pas gaucher : il joue un personnage.

L'incident du loup n'est pourtant pas terminé. Le lendemain matin à la même heure, les mêmes participants se retrouvent dans la chambre. Dès que la garde s'installe pour le biberon, Gricha rôde dans la pièce, va vers elle, repart, puis brusquement, comme la veille, joue le loup en s'approchant tout près du bébé.

La femme me regarde, nous sourions. Gricha nous a-t-il vues? Le bébé ne bronche pas, occupé à téter, le bras gauche étendu avec les doigts écartés hors des genoux de la garde. Alors, plus vite qu'il ne faut de temps pour le dire et sans un mot d'alerte ludique, Gricha mord au sang l'index du bébé. Katinka hurle, le biberon tombe, Gricha, épouvanté, recule. Regard en dessous, front baissé, il guette le bébé, la garde et la maman là-bas dans son lit; maman se lève immédiatement, alarmée, et court vers le bébé. La garde, trop surprise, ne dit mot : bébé suffoque en hurlant. Je regarde le petit doigt bleui de Katinka, les marques des dents très profondes : ça saigne un peu mais il n'y a pas trop de mal. Je me retourne vers Gricha qui fait la lippe, collé entre le mur et le berceau, je vais vers lui et l'embrasse. Je le ramène près du bébé et dis à la garde comme à lui :

— Gricha est un grand garçon très, très fort, il a des dents qui mordent très, très fort. Katinka, elle, n'a pas de dents.

Pendant ce temps, le bébé s'est calmé et, bercé par la garde, des larmes au coin des yeux, retète avidement son biberon.

Gricha est tout « chose », il me regarde, triste, il regarde la garde qu'il aime bien; la maman lui dit de regarder la main de sa petite sœur. Il dit :

— A pleur? A bobo Bébé Ka?

Et il refait la lippe, comme pour pleurer lui-même.
Je réponds :
— Oui, la petite sœur a très bobo. Gricha est très fort et très grand, elle est toute petite, toute petite. Katinka aime Gricha.
— Oh méchant hou! fait alors Gricha d'un air convaincu.
Et moi :
— Oui, très méchant loup, heureusement qu'il est parti!
Puis m'adressant au bébé :
— C'est fini, Katinka, il est parti le méchant loup, Gricha est un grand frère fort, il a chassé le loup!

Comme la veille où, rasséréné après le dire réconciliateur de la garde, il avait voulu mimer l'acte de donner le biberon, il se rapproche du bébé et s'attendrit sur le bobo de la main.
— A pu bobo? s'inquiète-t-il.
— Non, dit la garde, c'est juste un peu marqué.
— Guicha gand fère.
— Oui, dit la garde.
— Guicha donner bibon.
— Oui.

Il se place près de la garde et, l'air très attentif, tient le biberon de sa main droite en regardant bien le visage qui tète. Ensuite, pendant la toilette de bébé, il arpente la pièce à très grands pas, les mains derrière le dos (comme il voit son grand-père faire parfois), le torse bombé, la tête haute et, ravi, il déclare :
— Guicha est fort, Guicha gand fère, Guicha donné bibon *Katinka*.

L'appelant non plus « bébé Ka », ni « Tinka », mais du prénom à trois syllabes que toute la famille donne à la petite sœur. Quand son père revient à l'heure du déjeuner avec le grand frère Jean, Gricha va vers lui, très animé, et jargonne l'événement du matin avec animation. Le père n'y comprend rien, bien sûr, mais le grand frère saisit très bien l'histoire et la traduit au père :
— Il raconte que le loup a mordu Katinka, qu'elle a pleuré et qu'il a chassé le loup.
— Ah, dit papa, c'est très bien. Je ne veux pas que le loup mange ma Katinka.

Et il embrasse Gricha, ravi, qui le tire par la main vers la maman en se mettant à claironner :

— Papa content, hou pati. Michant hou!

Reste que ni maman, ni papa, ni la garde n'étaient vraiment rassurés! Ils avaient tort : car, de ce jour, Gricha devint le plus doux et le plus secourable des frères pour sa petite sœur.

De ce jour aussi date la régulation retrouvée de ses sphincters. Outre la selle dans le lit le matin, disparue le quatrième jour, le dérèglement du pipi et du caca dans la journée aura duré moins de huit jours. Tout va bien. Gricha redevient très gai, très entreprenant, acrobatique, joueur; son vocabulaire se développe de façon spectaculaire. Il ne se prend plus pour un loup mais caracole souvent, en s'identifiant au cheval blanc qui paît dans la prairie voisine, cela de préférence quand la famille, assemblée autour de la petite sœur, fait des oh! et des ah! en regardant ses premiers sourires. Alors, on admire le beau cheval blanc et Gricha, tout content, vient se joindre à papa et maman et dire son mot au bébé, en en tournant le visage vers lui :

— Agâde Katinka Guicha gand fère beau dada bian.

Et la maman traduit l'admiration de la petite sœur, à la grande joie de son frère. Le plaisir de Gricha, c'est de partir avec son grand-père ou son père, main dans la main, pour aller voir le vrai cheval blanc qui broute, va, vient, crotte et court dans la prairie.

Outre le cheval blanc, Gricha a deux autres distractions : il va, à la maison voisine, voir les cochons dans leur étable, spectacle qui le fascine et l'effraie un peu à la fois; et puis, mais hélas seulement les jours humides, il part dénicher des escargots. Il les met en colonne par deux, se place devant eux et, d'une voix de commandement, s'écrie :

— Un! deux! câgots. Guicha géral câgots, un! deux!

Il avance martialement, se retourne et écrase ceux qui sont sortis du rang, se contentant de gronder les autres. Inutile de dire que la troupe n'avance pas vite et bientôt le « géral » a écrasé tous les troupiers.

Il n'est certainement pas inutile de dire que ce mot de « câgot », qui signifie pour Gricha escargot, a été très valorisé pour lui par une jeune fille qui m'aidait et qui est partie peu de temps après ces vacances où la petite sœur est née. Elle nommait « escargot » le pénis des petits garçons que Jean et Gricha, eux, appe-

laient leur kékette, riant entre eux de ce que Paulette appelait la kékette escargot. Gricha lui disait :
— Non Paulette, pipi kékette, pas câgot.

Notons que Gricha n'a absolument pas parlé de l'absence de pénis de sa sœur. (Il a vingt et un mois à sa naissance.) C'est Jean, qui a trois ans et demi, qui en a parlé, connaissant fort bien depuis longtemps la différence sexuelle. C'est lui qui, à deux ans et demi, au jardin d'enfants, alors qu'une petite amie lui avait demandé de faire pipi devant elle, avait très galamment satisfait sa curiosité et eu la surprise de voir la petite Agnès, d'abord admirative, prise de désespoir, s'exclamer : « Mais moi je n'en ai pas, dis, quand elle poussera ? » Jean aurait alors répondu à la petite fille, en l'embrassant avec tendresse : « Tu sais, c'est parce que tu n'en as pas que je t'aime, toutes les filles sont pareilles, c'est papa qui me l'a dit. Les papas en ont, et pas les mamans, c'est des filles. » Je tenais cette histoire, déjà ancienne de presque un an, de la jardinière d'enfants de Jean. N'empêche que, les jours qui suivirent la naissance de Katinka, Jean, assistant à la toilette de sa sœur avant la chute du cordon, vint me dire :
— Tu sais, ma petite sœur à moi, elle a une kékette!
— Ah, pas possible! dit la maman amusée que j'étais.
— Oui, oui, je l'ai vue! Elle est au milieu de son ventre, là où moi j'ai un trou. Si, si, maman, je t'assure, Katinka elle a une kékette! Je sais bien que les filles n'en ont pas, mais Katinka, elle, en a une!

C'est le papa docteur qui lui a expliqué les choses, le lendemain matin, à la toilette. L'histoire du cordon et du placenta l'a beaucoup ému.

A moi, sa mère, il a apporté un beau petit galet rond choisi sur la plage, que je devais garder sur mon ventre pour guérir ma poche à bébé, et il caressait l'abdomen emmailloté de sa petite sœur pour aider à la chute du cordon annoncée par le père, un peu déçu néanmoins que sa sœur « à lui » ne fasse pas exception à la loi naturelle. Au premier bain de sa sœur, il a voulu voir de ses yeux l'ombilic tout nouvellement cicatrisé, avec un regard complice à son père.

Mais revenons à Gricha, qui a souffert dans son cœur et dans sa chair de la naissance de sa sœur, et qui est en train de surmonter l'épreuve. Le vingt et unième jour de Katinka, survient un petit événement familial : on va baigner le bébé. Autour du baquet installé sur une table, la garde, le papa, la maman, Jean le frère de trois ans, la grand-mère, le grand-père et la bonne, dont Gricha est le préféré et le restera d'ailleurs. Gricha, dans les bras d'Henriette, veut voir aussi. Dès que le bébé est dans l'eau, tout le monde rit, s'extasie d'admiration attendrie : vous voyez la scène d'ici... Gricha, lui, l'air ennuyé, se détourne ostensiblement du spectacle et, comme s'il avait le torticolis [1], refuse de tourner la tête vers moi qui l'appelle :

— Non, a pas (non, je ne veux pas).

Il montre la porte et dit :

— Mâayé (moi m'en aller).

Mais la bonne ne veut pas; Henriette, son Henriette, s'exclame :

— Regarde donc comme elle est mignonne, la petite sœur, regarde comme elle est belle!

Gricha, toujours dans ses bras, se met alors à ruer, crie, lui tape dessus de toutes ses forces :

— Non, mâ pas gâdé, a pas bel, a pas bel Tinka [2] (je ne veux pas regarder, elle n'est pas belle).

S'ensuit un caprice d'une violence extrême. La nuit suivante, il fait à nouveau caca dans son lit, comme les premiers jours. Cet accident, heureusement, sera le dernier, il n'aura pas de suite.

A partir du moment où Gricha commence à s'intéresser à sa petite sœur de façon positive, à l'instar de son frère et des adultes, il apporte tous les objets qu'il associe à elle dans son berceau : boîtes de lait, de poudre, brosse, peigne, etc., tout pardessus bord, sur la tête du bébé aussi bien. Il veut que chacun ait avec lui ce qui lui appartient. Sa sœur a un mois. Gricha semble l'avoir adoptée sans gêne et jumelle son comportement sur celui de son frère aîné, quoi que celui-ci fasse.

La rentrée scolaire arrive. Jean va à l'école, au grand désespoir de Gricha. Prostration et réactions d'opposition alternent pendant trois jours. Il veut aller à l'école lui aussi. La maîtresse de Jean ne peut pas le prendre, il est trop jeune. Il demande un

---

1. A rapprocher de la mimique de Jean lors de la première tétée de Gricha, au sein de sa mère.
2. Elle avait d'abord été Ka, puis Katinka, mais, dans sa colère, elle devenait Tinka.

matin, à son réveil, à être langé comme la petite sœur et recouché dans son lit, et cela plusieurs jours de suite. Je cède. A ma grande surprise, il est très heureux de se trouver ainsi, agite bras et jambes comme fait un nourrisson, affectant la mimique d'un débile mental, la langue un peu sortie et l'air niais. Il dit, très fier de lui :
— Mâ to tati (moi comme Katy).

Il désire que je reste près de lui, moi seulement et personne d'autre, ce qui n'est pas possible. Je lui fais remarquer que je ne reste pas non plus près du berceau de la petite sœur. Je lui promets de venir le voir entre mes rendez-vous. Il est 9 h 1/2. Il préfère demeurer ainsi près d'une heure. Après quoi, on me dit qu'il m'appelle. J'arrive. Il dit sur un ton monotone, en mélopée scandée [1] : « Maman, maman », d'une voix sans couleur; il est passivement heureux de me voir, de se faire câliner. Je lui propose de sortir de son lit, il refuse. Comme je ne puis rester plus de quelques minutes, je lui offre un livre d'images qu'il refuse. Même manège. Il m'appelle encore au bout d'une demi-heure, sur le même ton. Il s'ennuie certainement, j'y vais. Il est 10 h 1/2. Il parle très mal, je comprends à grand-peine qu'il demande un biberon. Je le lui donne, lui offre gaiement de le lever. Il refuse, et reprend sa position couchée, le siège toujours langé comme un très jeune enfant. Ainsi jusqu'à 11 h 1/2. A 11 h 1/2, je le trouve ressemblant encore plus à un nourrisson, il émet des monosyllabes. Il pleure, il est mouillé. Si je l'assois dans son lit, il dit :
— Peux pas.
et retombe.
— Mâ tati (je suis Katy).

Je décide alors de venir à son aide, sinon il s'enlisera dans une régression qui, maintenant, ne le rend plus fier (comme au début), mais lui pèse de par l'état d'impuissance où il est tombé. Je le câline, en l'embrassant dans son lit, en disant « ma bonne petite Katinka ». Il est béat de nouveau. Je me redresse, me dirige vers la porte et, revenant d'un air enjoué, faisant mine de ne pas le voir, et le palpant :

---

1. Une mélopée à deux temps. D'après les analyses d'adultes et les observations d'enfants, le rythme est en accord avec des pulsions intérieures.

— Où est-il, mon grand garçon? Je vois bien Katinka, mais où est Gricha? Où est mon grand Gricha?

Alors, illuminé, ayant retrouvé tout son dynamisme, il saute debout dans son lit :

— Vala mâ (voilà moi).

Je lui tends les bras. Il s'y précipite, plein d'exubérance. Je continue le jeu en disant :

— Quelle coquine, cette petite sœur. Allez, va dans ton berceau, laisse le lit de Gricha. Tu es trop petite pour être dans ce grand lit.

Et Gricha rit de bon cœur. La suite de la journée a montré que, pendant cette matinée de régression et d'identification à la petite, dont il s'était libéré ensuite, il avait fait un bond en avant dans son évolution. Cependant, cette matinée avait laissé sa trace dans un léger bégaiement.

A partir de ce jour, il s'occupe très bien seul pendant que son frère est à l'école, aime aider au ménage; de ce jour date aussi son goût vif pour les livres d'images, jusque-là ignorés. Et — fait d'importance —, il découvre le fameux bébé de celluloïd qui avait servi à son frère lors de sa naissance à lui et qui était, depuis ce temps, resté plus ou moins relégué dans un coin. Dès que la petite était hors de son berceau, Gricha allait y mettre « son bébé », le recouvrait et, apportant une chaise, berçait le bébé en chantant. Quand on ramenait la sœur, le bébé en celluloïd perdait une part d'intérêt pour lui et c'était la sœur qu'il berçait, avec ou sans le poupon de celluloïd, qu'il appelait « mon bébé » ou le « petit Guicha ». Lui-même, disait-il, en montrant son ventre, il était le « grand Guicha ». (Le bébé n'était pas surnommé Katinka.) Cet alias-grand-Guicha devait s'identifier en tous ses propos, faits et gestes, à Jean. Son agressivité amoureuse à l'égard du grand frère était très nette, et celui-ci parfois protestait à haute voix :

— Oh! mais Guicha, laisse-moi vivre, je ne peux plus rien faire. Tu prends tout ça avec quoi je joue et tu ne joues pas avec!

C'était vrai. Si le frère aîné cédait, Gricha, satisfait une seconde, souffrait immédiatement car Jean s'occupait d'autre chose et c'était cela alors qui tentait Gricha.

Le bégaiement léger de Gricha tenait toujours lorsque la petite sœur avait cinq mois. J'eus à ce moment l'occasion d'être constamment avec mes enfants, une coqueluche des trois ayant fait conseiller un séjour au grand air. La rivalité de Gricha vis-à-vis de Jean restait telle que je l'ai décrite. Les deux grands étaient tout le temps ensemble. Cela amenait parfois des scènes comiques. Le matin, le tub! Gricha se précipitait pour être le premier, sa situation familiale de second lui donnant envie d'être le premier dans toutes les activités qu'on a à tour de rôle. Au bout de quelques jours, voyant que Jean ne rivalisait pas pour cette place de premier, il voulut attendre comme Jean faisait. Alors, je décidai de commencer par Jean. Désespoir de Gricha. Si Jean était le premier, il voulait l'être, et si Jean était le second, il voulait l'être aussi. Si bien que, pour sortir de l'obstruction qu'il créait et qui nous faisait rire, on décida de ne plus parler de tours de rôle : premier, deuxième, mais avant et après, ces deux qualificatifs dans le temps ne lui semblant pas comporter de supériorité ni d'infériorité. Système à retenir en passant et qui fut inventé par Gricha lui-même. (Premier, deuxième, c'est absolu. Avant, après, c'est relatif.)

Il n'y avait plus de problème vis-à-vis de la petite sœur. Elle était définitivement adoptée; s'occuper d'elle, s'intéresser à elle, était très amusant et ne suscitait plus de tentation de régression. Mais le problème restait la rivalité avec Jean. Par cette vie constante à deux, Gricha faisait de gros progrès par identification à Jean, mais aussi bégayait de plus en plus. Jean faisait des choses risquées, montait sur des balustrades, portait le lait, se tenait debout en marche dans la petite poussette à deux places, escaladait des rochers. Gricha essayait de l'imiter. Si Jean, par prudence (?), voulait s'y opposer, Gricha criait de rage ou pleurait de désespoir. On appelait maman. Je disais que Gricha avait bien le droit de faire comme Jean, s'il le pouvait. Mais le pauvre Gricha, après des débuts excitants qui le mettaient en sensation de danger, appelait au secours et renonçait. Ce renoncement imposé par la réalité à un besoin inconscient de compensation était très dur et chaque échec de cette sorte le rendait plus bègue. Il refusait d'être consolé. Par ces incidents qui plaçaient le groupe dans l'obligation de remarquer son comportement bruyant, désespéré, rageur, donc de le reconnaître (et qui, en même temps, tendaient à frustrer la mère de son pouvoir de le consoler), ce qu'il cherchait, c'était, d'une part, à dépenser son énergie sous forme agressive et, d'autre part, à compenser une frustration d'échec. Bref, la situation était difficile.

Un soir, Gricha fut presque muet de bégaiement, à tel point que je me demandais si cela pouvait être pire. Il eut deux réactions de compensation et d'agressivité réunies sur le plan digestif, qui échouèrent. Visiblement, il cherchait à faire éclater une scène libératrice, mais avec des sentiments de culpabilité qui auraient fait échouer la libération attendue. Depuis quelques jours, m'ayant entendu dire à la bonne que nous étions « juste de sucre » pour la fin de notre villégiature [1], il avait commencé à vouloir manger du sucre au petit déjeuner; et, comme je lui résistais doucement, il boudait un peu plus chaque fois. Nous en étions là le soir du fort bégaiement. Le lendemain, au petit déjeuner, Gricha se met deux sucres comme d'habitude et m'en demande un autre. Je le lui permets.

— Un autre.
— Goûte d'abord, si tu en veux, on verra.

Sans goûter et parti dans son attaque, il commence à pleurer, puis à rager, puis à repleurer, en vaincu désespéré. Je me décide et lui dis :

— Bon, eh bien, si tu penses que ce sera meilleur, prends tout ce qu'il faut pour que le café au lait soit bon.

Il prend un, puis deux, puis trois, puis quatre, puis cinq sucres, et les met dans son bol tous à la fois. Il en reprend un en me regardant. Je ne m'occupe pas de lui. Jean et la bonne font comme moi. Il tourne son café en en renversant la moitié, le goûte :

— Il est bon, déclare-t-il, très bon.

Je dis alors :

— Pauvre Gricha que sa mauvaise maman prive toujours. Aujourd'hui, Gricha est content, il a un bon café et tant pis pour les autres.

Mais Gricha n'est pas content. Il n'a pas pu créer l'incident

---

1. Début 1947, on était encore dans une époque de restrictions et de tickets d'alimentation.

et le café écœurant est laissé à peine goûté, sans mot dire. Au repas de midi, Gricha s'assoit à la place de sa mère. Je le laisse faire, mais ne prends pas sa place, je me place à un endroit jusque-là inoccupé. Pas d'incident. Le soir, il s'assoit à sa place habituelle, mais a le visage sombre. Il repousse sa soupe.

— Tu n'en veux pas?
— Non.

Je la lui ôte. Arrive le plat suivant :
— A pas faim.

Je ne lui en donne pas. Tout d'un coup :
— Mâ veux de la soupe.

Hélas, il n'y en a plus, mais le reste du repas est disponible (à noter qu'habituellement, Gricha, comme bien des enfants, ne raffole pas de la soupe). Alors, débordement du caprice : rage, coups de pied sous la table. Je l'emmène dans la pièce à côté; il donne de retentissants coups de pied dans la porte. Je lui rouvre la porte et je reviens à table. Il n'ose pas y revenir. Je dis à la cantonade :

— Il n'y a plus de soupe, mais il y a encore à manger. Je permets à Gricha de revenir s'il laisse le gorille qui n'avait plus faim et tapait partout dans la chambre.

Gricha, qui a faim, profite de l'invite, après une petite hésitation, et vient se remettre à table. Aucune sanction. Mais après le dîner, je prends Gricha près de moi.

— Tu as été malheureux, mon bon garçon, parce que le gorille dit à Gricha que maman n'aime pas Gricha, que maman aime Jean. Le gorille dit : Jean est méchant et maman est méchante; Pauvre Gricha malheureux. C'est vrai, Jean a de la chance d'être grand.

Gricha s'apitoie aux larmes sur lui-même. Je continue :

— Maman a été petite et elle a grandi. Papa aussi. Tous les grands sont petits avant. Les gorilles sont bêtes. Ils croient qu'ils sont malins parce qu'ils sont forts. Le gorille qui ne dit que des choses méchantes, est-ce qu'il est fort?

— Oh oui! répond Gricha.

— Il faut que tu sois fort aussi, lui dis-je. Montre-moi comment tu vas lui faire panpan. (Il me frappe un peu.) Plus fort, plus fort!

AU JEU DU DÉSIR

On joue et c'est maman le gorille. Je dis : « Aïe, aïe! » avec une voix contrefaite et en même temps je félicite Gricha avec ma voix naturelle. Je dis : « Vas-y plus fort. » Gricha rit très fort. Jean n'est pas content que Gricha me frappe. Il veut s'interposer. Je dis : « Non, Jean, c'est le gorille de Gricha. Il s'est caché dans maman », et je ris en frappant Jean à mon tour. Gricha est en joie. Arrive la bonne qui entre, elle aussi, dans le jeu. Je suggère que le gorille s'est sauvé de moi; il est dans un rideau, puis dans les vêtements de Jean qui sont lynchés, et je laisse le jeu continuer entre les enfants. Quand ils sont fatigués de rire et de taper partout, je fais une petite voix déguisée en voix de gorille *(sic)* :

— Mais moi, je veux tout pour moi, rien pour Jean, rien pour Gricha, rien pour Katy, rien pour personne.

Je reprends ma voix normale et je réponds :

— Mais oui, gorille, tu vas avoir les panpans pour tout le monde.

Les enfants viennent me retaper dessus en riant. On s'arrête, essoufflé. Gricha ne bégaie presque plus. Il est rouge de plaisir et détendu.

Le lendemain, un petit garçon plus âgé que Jean d'un an joue avec les deux enfants et, cette fois, c'est Jean qui, juste retour des choses, est diminué par rapport au petit ami. Celui-ci, enfant unique, adopte Gricha — ou bien est-ce l'inverse qui se produit? Gricha est tout heureux. C'est peut-être la prise de conscience pour lui d'une vue plus juste de Jean. Sa supériorité n'est plus absolue, Serge est plus capable que Jean dans nombre d'épreuves musculaires, entre autres la balançoire. Gricha voit que Jean ne prend ombrage ni de cette supériorité de son ami prestigieux — au contraire, il l'admire —, ni de l'amitié de Gricha pour lui. Et, de cette journée à trois, Gricha revient définitivement et complètement guéri de son bégaiement. Il a gagné du jour au lendemain l'usage courant du passé simple, de l'imparfait, du futur simple et du futur de l'auxiliaire aller.

ÉTUDE PSYCHANALYTIQUE DE CES OBSERVATIONS
ÉLABORATION D'UNE HYPOTHÈSE NOUVELLE

De ces trois observations d'enfants ayant manifesté ce qu'on appelle grossièrement de la jalousie et du dépit, la seconde, celle de Robert, nous montre un cas devenu pathologique du fait de l'interventionnisme des adultes, qui voulaient à tort imposer à l'aîné un comportement social d'amour positif, avant d'avoir permis à sa personnalité d'intégrer, sans danger pour son équilibre, la notion affective de frère. Par ailleurs, quand on rapproche les deux observations de Jean et de Gricha (mis à part ce qui concerne, pour celui-ci, la question de la différence des sexes), on y remarque des ressemblances de réaction profondes, en même temps que des différences dans l'intensité et la rapidité du processus.

On a surtout mis l'accent jusqu'à présent sur la jalousie due à la frustration vis-à-vis de la mère. L'aîné, se sentant détrôné, n'accepterait pas un suivant, qu'il considérerait comme un intrus indésirable. Bien sûr, ce sentiment peut jouer; mais peut-être pas sans médiation. D'autre part, j'ai vu des cas où l'enfant n'était nullement détrôné, parce que de toute façon, la mère s'occupait peu de ses enfants : l'aîné restait avec sa bonne bien à lui, pendant que le nouveau-né était remis à la charge d'une infirmière. Or, les réactions étaient du même ordre. On dit aussi que le dépit de ne pas trouver un compagnon de jeu de son âge explique le comportement de l'aîné envers le plus petit. Cela n'est pas exact : l'enfant sait très bien, par instinct, que le bébé naît tout petit, il ne s'attend pas à autre chose (même dans les cas où l'adulte lui a faussé les idées). Mais l'idée d'un bébé, ou sa représentation imagée (visuelle, sonore, tactile, etc.), et le *fait* expérimental, actuel, de sa présence réelle, vivante, charnelle dans l'espace de la vie quotidienne, sont deux choses totalement différentes.

Repartons plutôt de la découverte de Freud : que la libido est liée au principe du plaisir; tout semble se passer comme si chaque être humain, dès le jour de sa conception, était déterminé à l'*épanouissement* de ses virtualités génétiques, c'est-à-dire comme si l'ensemble de ses forces attractives et répulsives visait continuellement — sens même de l'épanouissement — leur *détente*. En chacun de nous, une sensation de bien-être, de plaisir biologique (physiologique et psychologique), serait liée au fait d'exister et de nous sentir agir d'une façon favorable à l'épanouissement de notre existence, tandis que, symétriquement, un malaise et un déplaisir naturel se manifesteraient lorsque nous ressentons que nos actions sont en opposition avec les lois naturelles de la vie, de la croissance, du développement, de la fécondité. Faisons avec Freud un pas de plus : c'est dans ce qui est ressenti comme bien-être biopsychologique propre et inconscient que s'enracine le narcissisme primaire. « *Sens libidinal* » inconscient, instinctif, ineffable qui marque pour chaque être vivant ce qui est conforme à son évolution autonome selon son capital génétique. Comparable à ce qu'est, dans son ordre, l'intelligence de la plante dans le germe fécondé, poussant celui-ci à la réalisation du cycle complet : croissance, maturité, fécondité, vieillissement, mort (on pourrait dire : « le sens de l'allant-devenant dans le génie de son sexe [1] »). Tout ce qui, venant de l'intérieur ou de l'extérieur, serait conforme à ce sens serait ressenti comme biodynamique, désirable; tout ce qui serait étranger à ce sens sans s'y opposer serait ressenti comme biostatique, neutre sans agrément; tout ce qui tendrait à s'opposer à ce sens serait éprouvé comme poussant à l'involution et déclencherait chez le sujet, luttant alors pour sa vie, une agressivité défensive, dirigée contre l'agent de l'involution. Ce dernier processus serait de nature à mobiliser toutes les forces instinctuelles, au point de pouvoir entraîner le dépérissement, la stérilité, la mort : la mort en question ici n'étant pas la mort « appelée », telle celle qui apaise les instincts de mort après accomplissement du désir, mais la mort comme conséquence d'une utilisation totale des forces disponibles, jusqu'à épuisement de l'énergie libidinale, mise en l'occurrence au service de la protection narcissique.

Or un processus psychologique primitif fait que l'être humain

---

[1]. Jusqu'à la mort.

s'*identifie* à son entourage. Le premier type d'amour, c'est l'amour-identification : être, avoir, faire comme l'adulte tutélaire et modèle; ce qui conduit à son introjection. Jusqu'à la naissance d'un plus jeune, l'enfant n'a jamais eu à sentir en lui, dans le périmètre de son territoire-sécurité, le malaise de devoir s'ouvrir à la perception d'une autre forme humaine *moins évoluée* que lui. Aussi, s'identifier à un objet d'attention et d'amour n'a-t-il jamais encore été ressenti par lui comme une entrave biodynamique. Et, dans la mesure où les adultes n'ont pas gêné son expression dans le monde digestif ou moteur, il n'a jamais éprouvé de conflit entre son attitude positive à leur égard et la sensation de ce qui est pour lui bien-être évolutif comme « allant-devenant dans le génie sexué de sa croissance ».

Quand apparaît pour la première fois dans le champ de son affectivité un plus jeune que lui et qu'il se montre positif à son égard (voir Jean au début), cette prise de contact entraîne nécessairement une identification ou plutôt un mouvement intérieur, une tentation de participation; celle-ci va nécessairement se sublimer dans le mode libidinal de l'aimance orale, mode morcelant d'incorporation-introjection qui, s'il s'agit d'adultes, soutient le narcissisme dans le sens de la progression, mais conduit ici l'aîné à une identification perçue comme un danger d'involution. Le sens libidinal biodynamique, à être ainsi contrarié, déclenche immédiatement un mécanisme de défense qui, à l'état pur, les adultes n'intervenant pas, n'est pas agressif mais neutre, et constitue un essai pour ignorer le danger en évitant regard et intérêt pour cette intrusion énigmatique.

Cela expliquerait les yeux dans le vague de Gricha, ses oreilles qui n'entendaient pas, son blottissement près de la mère dans une attitude sidérée et absente, le dérèglement des rythmes digestifs (le sens péristaltique du fonctionnement digestif peut être inversé, avec apparition de vomissements; ou c'est le rythme seul qui peut en être modifié, avec inappétence ou boulimie, constipation ou diarrhée).

De même, c'est la dose d'attention positive donnée dès l'abord par Jean au bébé, consécutive à l'identification de Jean aux comportements des adultes (et surtout de la mère) vis-à-vis du bébé, qui aurait provoqué chez lui une régression involutive violente, une perte du tonus musculaire, un état subdélirant de confusion mentale, un refus douloureux de voir, de penser et d'entendre (douloureux de par la force destinée à neutraliser, aux lieux mêmes de leur pénétration, des émois à effet mimétique involutif). Cette neutralisation (ou « scotomisation »), ce blocage des sens qui vise à les rendre imperméables à ce qui serait nuisible pour le sujet, me paraît s'objectiver parfaitement dans un trait : l'enfant aîné évite de regarder le bébé réel, sans pour cela s'en désintéresser en pensée. Le plaisir visible, la curiosité allumée sur le visage de l'aîné lorsque, en regardant les adultes, il peut s'identifier à eux dans *leur* attention au bébé, prouve bien que ce n'est pas l'idée du bébé qui est néfaste, mais la perception directe, visuelle, auditive, tactile de sa réalité charnelle; bref, la fusion de l'image réelle du bébé, représenté comme incapable de certains mouvements, avec l'image inconsciente du corps du grand enfant, capable, lui, de ces mouvements, et ce tant pour son image de lui-même statique, continent, qui se tient debout, que pour son image fonctionnelle dynamique, kinétiquement maîtresse de l'espace. Or, c'est cette même image inconsciente du corps qui, liée aux phonèmes du nom, présentifie pour l'enfant son narcissisme d'« allant-devenant dans le génie de son sexe ».

L'enfant subit ici pour la première fois l'épreuve de la tentation déstructurante. S'identifier à tous les humains de son entourage a toujours été un plaisir, il se lance dans cette expérience sans crainte. Et voici — ô surprise! — que le jeu est dangereux [1]. L'enfant se sent fasciné, capté, rapté par une image involuée de lui qui le dévore et le dissocie de son image du corps, lui faisant perdre ses acquisitions et même son « sentir » (son sensorium, aurait dit Pichon); il « s'oublie », il « s'étrange », et ces premiers symptômes sont le signe qu'une défense vitale narcissique, d'un compromis douloureusement supporté entre les pulsions de vie actives, dont toutes les perceptions sensorielles qu'elles investissent

---

1. Remarquons qu'un bébé dont le corps est en cours de fonctionnement, en train de téter, de déféquer, est *regardable* par l'aîné avec moins de danger. C'est une image polairement et érogènement dynamique; c'est justement pourquoi l'enfant déjà continent et capable de manger seul devient incontinent et retourne souvent à un style de nourrissage dépassé. Ce mimétisme est ici valorisé à ses yeux (inconsciemment) — puisque l'enfant est valeur pour les parents.

se ferment au danger, et les pulsions de mort qui viennent au secours des pulsions de vie passives, pour renforcer l'inertie de l'image inconsciente du corps. Reste alors comme un roc ultime la chose du corps propre qu'il faut absolument préserver d'une jouissance involutive, laquelle risquerait d'entraîner l'enfant dans le masochisme.

Que se passe-t-il dès lors de commun chez ces trois enfants, dans le comportement réactionnel que nous montrent nos observations types?

L'enfant en danger biopsychologique est malheureux dans la mesure même où il aime de la façon qui fut jusque-là sienne, c'est-à-dire dans l'absolu. Si aimer, c'est désirer « être l'autre » ou l'« avoir pour soi » ou encore « faire comme lui », la rencontre du nouveau-né entraîne sur le plan des résonances vitales immédiates une absurdité biologique, un contresens en regard de l'évolution. Plusieurs conséquences en découlent, qui traduisent toutes la lutte pour le droit de vivre, peut-être larvairement, mais du moins en refusant une introjection qui est ressentie comme dissolvante, déstructurante, désimageante, stérilisante. Il y a à la fois défense passive et défense active — mais les manifestations de ces deux types de protection sont toujours mal interprétées par l'adulte qu'elles rendent anxieux. L'adulte donne une signification intentionnelle d'ordre moral à des réactions d'hostilité qui sont pourtant saines tant que la dissociation n'a pas été comprise, c'est-à-dire tant que les pulsions en jeu n'ont pas été sublimées et symbolisées par le sujet qui comprend alors que « aimer » et « s'identifier à » ne sont pas fatalement synonymes. Être positif dans le contact affectif *sans* cependant être en danger de perte énergétique, voilà le problème à résoudre, et qui ne le sera d'ailleurs qu'après l'Œdipe, et encore non en totalité [1]. Cette étape structurante, dite de la jalousie, est inévitable, elle est le signe de l'intelligence de l'enfant face à une expérience nouvelle. Suivant les enfants, elle est plus ou moins spectaculaire. On peut affirmer que, plus elle est vécue avec intensité (sans entraîner des réactions perturbatrices de la part des adultes), plus on assiste ensuite à

---

1. Remarquons que ce problème est le ferment fondamental des rivalités dynamiques individuelles, groupales, et sans doute aussi collectives; telle la lutte des classes.

l'éclosion d'une personnalité puissante et douée d'adaptabilité. Pendant cette période, l'enfant a besoin d'une compréhension affectueuse et discrète; il faut surtout que les adultes ne modifient en rien leur comportement vis-à-vis du bébé, quand bien même ce comportement fait souffrir le grand enfant, car il soutient aussi la différence structurante dudit enfant avec l'adulte qui donne ainsi à contempler une image d'être humain achevée, hors des dangers de l'involution.

Cette association ou ce clivage entre l'amour et l'identification-introjection se fait d'ailleurs de soi-même, après un temps plus ou moins long de perturbation caractérielle et psychosomatique. Et, si l'enfant est assisté, compris, aimé au cours de son processus régulateur autonome, le bilan n'est que positif, après une phase où le comportement caractériel, sensoriel et moteur traduit un cheminement malaisé entre Charybde et Scylla. Charybde : l'identification à la mère nourrice, qui fait sentir à l'aîné des émois révoltants pour sa nature (choc et bégaiement de Jean devant le fait, antiphysiologique pour un enfant, et plus encore pour un garçon de se sentir mangé comme sa mère l'est par le bébé; chez Gricha, honte d'essayer en vain d'accoucher d'un bébé dans son lit, en déféquant au réveil, comme tout le porte à croire que sa maman a fait pour donner naissance à Katinka). Scylla : identification au nourrisson, avec la régression involutive que cette identification entraîne (ébranlement du tabou de l'anthropophagie, tabou qui, par la médiation de la morsure symbolique castrante, est le fruit du sevrage dans le pré-Surmoi). L'enfant repousse passivement et activement ce qui vient de l'un et de l'autre en attendant que, sa croissance aidant, la tension biopsychologique lui permette de résoudre le dilemme. Il en découle, dans les cas favorables, la libération de l'autonomie du comportement, avec son corollaire fonctionnel : le sens du relatif, correction de cet absolu dans lequel l'enfant vivait jusque-là.

Cette mutation libidinale constitue l'ébauche de la sublimation des pulsions érotiques orales et anales. On voit très bien chez les trois enfants l'acquisition de l'aisance dans une situation à trois[1] (socialement, dialectiquement, grammaticalement), en

---

[1]. Il ne s'agit pas encore de la situation à trois personnes, qui caractérisera la situation œdipienne; il s'agit d'une situation à trois centres distincts de pulsions orales et

remplacement d'une situation à deux. Et si arrive cette aisance dans la situation à trois, en remplacement de la situation à deux, le sens de la famille et de la société est né pour le sujet. Ce fut typique pour Robert et pour Jean. Quand on n'est pas tenu intérieurement de penser, d'agir, de vivre, de parler comme les autres avec lesquels on coopère, on peut avoir des rapports sociaux positifs sans ambivalence. On peut n'avoir encore eu aucun rapport affectif avec des êtres humains plus âgés ou plus jeunes que soi et, s'ils viennent à soi, ne pas craindre leur approche. Les rapports sociaux sont alors commandés par le besoin qu'on a de vivre et d'agir, c'est-à-dire d'échanger paroles, gestes, objets partiels, en vue de ses lois internes d'évolution. Il y a coopération à deux, coopération à trois ou à plusieurs. Le refus agressif *a priori* des autres disparaît, parce qu'il n'est plus nécessaire de défendre l'intégrité de l'image du corps. Chacun se sent fort de sa propre force et va dans le sens qu'il ressent comme sain pour lui-même. Que les autres empruntent des voies différentes ou les mêmes, c'est leur affaire. Le sujet se sent libre et laisse les autres libres. C'est tout cela que permet d'acquérir l'épreuve biopsychique qu'est pour chacun de nous l'émoi d'amour pour un plus petit, un moins évolué, un moins doué, un moins puissant que nous et, par extension, un différent, en taille, en forme, en dynamique, en désirs.

Cette épreuve est nécessaire pour l'assomption de la notion d'« autre », et tout être humain la rencontre tôt ou tard sur sa route. La venue d'un puîné permet de la vivre tôt et d'en sortir libéré du besoin d'absolu dans les rapports sociaux. Il ne tient qu'au milieu éducatif de laisser l'enfant accéder à cette libération intérieure, à l'autonomie de son comportement.

L'un des intérêts de cette hypothèse est qu'elle permet de comprendre les relations entre narcissisme et sens social. Si Robert prenait la direction de la perversion ou d'une névrose narcissique grave, c'est que la perturbation de sa confiance à l'endroit des

---

anales soumises à leur ordre propre de désir dans le choix de l'objet partiel transitoire, nécessaire à l'accomplissement libidinal. (Si l'objet partiel est assimilable après consommation-morcellement, apportant par son addition au corps entretien de la vie, c'est l'objet oral. Si l'objet partiel est non assimilable ou inutile, ou de trop pour le garder en soi ou autour de soi, donc à expulser ou à rejeter hors de son espace, c'est l'objet anal.)

adultes parentaux avait sapé les bases des composantes majeures de l'Œdipe, qui ne pouvait plus se poser. L'angoisse de castration — devenue angoisse de mutilation et d'involution — jouait sur le narcissisme primaire sans relation à l'Œdipe, c'est-à-dire à la valorisation génitale du père et de la mère. Et pourtant, tout près encore de l'origine des troubles, de simples mesures psychologiques ont pu le sauver. Plus tard, il eût fallu un traitement psychanalytique long.

CONSÉQUENCES ULTÉRIEURES DE LA JALOUSIE À LA NAISSANCE DU PUÎNÉ SON INTERFÉRENCE DANS L'ŒDIPE

En clinique infantile, nous constatons que tous les enfants dits normaux représentent, ou ont présenté — si l'entourage peut se rappeler les faits —, des symptômes caractériels ou psychosomatiques plus ou moins graves, en coïncidence (mais, le plus souvent, les symptômes sont jugés sans relation avec l'événement) avec la naissance d'un puîné; et ces réactions sont toujours de l'ordre de celles qui sont décrites ici.

L'absence totale de réaction négative apparente est tout aussi grave, sinon plus, que les grosses perturbations spectaculaires. Elle est toujours le signe d'une annulation émotionnelle qui marque un début de réaction obsessionnelle ou même un début de réaction de dissociation.

En clinique pédopsychiatrique et psychiatrique, on constate, si l'on approfondit l'anamnèse, que, dans la plupart des névroses, les premières décompensations chroniques sont apparues quelques mois après la première « occasion » de jalousie à l'égard d'un enfant plus jeune, faisant intrusion dans le trio formé par le père, la mère et l'enfant, c'est-à-dire dans le premier noyau de structuration. Cette jalousie, très souvent, ne s'est pas manifestée, ou s'est manifestée en inversion, c'est-à-dire en attitude spectaculairement positive qui, hélas, ravit les parents. C'est au moment du sevrage, de la marche ou de l'acquisition de la parole (intelligence manifestée) du puîné — en apparence aimé — que se manifestera la névrose de l'aîné : jalousie ignorée qui éclate en détresse, en haine, en souffrance, en échec : par exemple quand le petit entre à la même école que l'aîné, ou quand le jeune a un succès social ou amoureux.

Dans les réactions de jalousie dont nous avons parlé ici, nous n'avons pas vu en clair le rôle de la jalousie vis-à-vis du puîné dans une structuration œdipienne en voie d'élaboration. C'est que, dans les observations citées, aucun des enfants n'avait atteint l'âge de trois ans. Il faut savoir, nous le constatons quotidiennement, que tout être vivant (à plus forte raison humain) valorisé par la mère, le père et d'autres adultes, surtout les adultes du même sexe, prend valeur aux yeux de l'aîné d'objet de désir libidinal pour l'adulte modèle en question (support de l'image idéale de soi pour l'enfant). L'enfant interprète ce désir de l'adulte à partir du stade libidinal où lui-même se trouve effectivement mêlé au désir du stade suivant dont il a intuitivement la notion (sens libidinal de ce que le désir vise l'inatteignable phallus symbolique). Ce désir est donc en rapport pour lui avec l'érotisme oral et anal : le bébé est un bel aliment, le bébé est un bel excrément, le bébé est un précieux fétiche de l'objet complémentaire du désir, tel que l'enfant se le représente actuellement.

Si pour l'adulte le bébé, par sa présence, est source de joie et de plénitude affective (par sublimation émotionnelle de la libido orale), le bébé est le modèle à aimer proposé à l'aîné. Lui, l'adulte, modèle de l'aimant, guide du bien-vivre, chérit cette insolite créature sans dents, qui ne parle pas. Je *dois* donc, moi aussi, l'aimer, se dit l'aîné.

Or, jusqu'à l'apparition de ce bébé dans le couple parental, et dans la famille, le rival aimé était toujours un plus grand frère ou sœur, ou un adulte; et, dans les cas de parents sexuellement sains, c'était l'adulte parental de sexe complémentaire. Bref, le couplage désirable était un couplage d'adultes, l'enfant s'identifiant avec la scène primitive dont il est le fruit vivant. Ce couplage génito-génital d'adultes de sexes complémentaires, dont l'enfant a de tout temps l'intuition en son for intérieur et qu'il aime à métaphoriser dans le geste bien connu de rapprocher du sien les deux visages de ses parents en ses moments de tendresse, ce couplage soutient « pour lui » son désir d'allant-devenant adulte à leur image et l'aimance élective pour papa-maman, indissociable biopsychiquement et de sa source libidinale et de sa cohésion narcissique.

Avec l'apparition du puîné, la réalité libidinale, l'attraction réciproque des adultes du couple parental, peut être détrônée par l'importance que prend, pour les parents, par la joie, l'angoisse ou les perturbations qu'elle apporte, la nouvelle naissance; de ce bébé dont l'image involuée est parfois, si le nouveau-né est une fille et que le précédent est un garçon, de surcroît mutilée dans l'optique de l'enfant, qui infère de sa nudité contemplée le danger de mutilation sexuelle (interprétée selon des critères d'accomplissement et de frustration du désir oral ou anal, ou de frustration concernant le plaisir ou la zone érogène elle-même en danger, toujours selon les fantasmes de ces stades archaïques). Autrement dit, c'est la valeur même du sexe qui paraît négligeable, si elle n'est pas maintenue par ce que l'enfant intuitionne du désir réciproque des parents demeurés des amants.

CONCLUSION

La naissance d'un puîné (quelle que soit la façon dont elle a été préparée) survient comme un orage soudain dans le ciel serein où le père et la mère, alias soleil et terre, servaient de repères interrelationnels à la verticalité axiale du monde animé et inanimé, où l'enfant se connaissait sécurisé dans son image du corps.

C'est pourtant grâce à cet événement, la naissance du puîné, que l'enfant immédiatement aîné, normalement plus ou moins longtemps perturbé, va pouvoir, de par le bouleversement même qu'a entraîné cette naissance, surmonter le danger d'une aimance érotique et d'un fétichisme qui guette les êtres humains.

L'appartenance au monde des relations humaines permet de surmonter l'épreuve fantasmatique en intégrant la leçon du risque, ce que traduit la brusque éclosion de la syntaxe grammaticale du passé et de l'avenir, des pronoms relatifs, des propositions subordonnées, du vocabulaire, de la mémoire (trait nodal du Moi, leurre non plus spatial mais temporel du narcissisme spécifique de chaque être humain).

La clinique pédopsychiatrique nous enseigne enfin que cet orage peut se muter en cataclysme lorsque les saines réactions d'adaptation de l'enfant à la naissance d'un puîné réveillent angoisse, blâme et rejet réel de la part des adultes, ces mêmes adultes dont dépend la structure nécessairement et momentanément ébranlée.

Ce cataclysme, c'est dans des termes forcément œdipiens qu'on le saisira chez l'adulte et le grand enfant, alors que c'est dans les prémisses de l'Œdipe qu'il provoquera *a posteriori* la dévalorisation éthique de la dialectique génitale.

Nous terminerons en en appelant à l'expérience humaine et clinique de tous ceux qui nous lisent, en les engageant à réfléchir sur les particularités caractérielles, pour ne pas dire la névrose de caractère, des enfants « uniques », élevés sans avoir à rivaliser avec un puîné et sans avoir à faire face à l'agressivité jalouse mais formatrice d'un proche aîné : on décèle toujours chez ceux-là les traces d'une souffrance latente de jalousie, non surmontée, intriquée oralement et analement dans leur génitalité.

6. Cure psychanalytique à l'aide de la poupée-fleur *

PREMIÈRE OBSERVATION

On m'amène une fillette de cinq ans et demi, Bernadette, qui présente une apparence de grand retard mental : elle fabule continuellement et ses associations verbales font penser à la schizophrénie; cependant, il existe un contact affectif, de type agressif (toujours négatif), surtout à l'égard de sa mère.

L'enfant, longue et mince, garde la tête penchée (torticolis congénital (?)); elle présente un strabisme interne bilatéral, séquelle d'hémiplégie dite obstétricale (?), son bras gauche est replié, main gauche sur l'avant-bras, sa jambe gauche est un peu traînante. Elle parle d'une voix monocorde (sans modulations), criant comme si elle était sourde, la bouche crispée dans un sourire stéréotypé, et les propos qu'elle tient sur ce ton glapissant montrent une absence totale de sens critique et d'adaptation à la vie sociale. L'enfant est atteinte d'anorexie dite mentale, elle refuse de manger; lorsqu'on la force ou qu'elle-même se force à avaler de la nourriture, celle-ci est, en général, partiellement vomie, soit immédiatement, soit un quart d'heure ou une demi-heure après.

Bernadette, qui est née à terme, a manifesté dès sa naissance un refus de téter ou de boire à la cuiller; lorsque à cinq jours, on essaya de vaincre ce refus, l'enfant se mit à vomir du sang : « Elle faisait aussi du sang par l'anus », me dit la mère. Les vomisse-

* *Revue française de psychanalyse*, n° 1, 1949.

ments de sang durèrent une dizaine de jours, l'enfant n'étant alimentée que par goutte-à-goutte rectal de sérum glucosé et injections sous-cutanées de sérum de Quinton. Elle fut traitée par des frictions mercurielles. Au bout de dix jours, quelques cuillerées de lait coupé d'eau qu'on augmenta progressivement purent être gardées, mais elle s'alimentait encore mal.

A deux mois et demi, le bébé commença à bien pousser, mais sans reprendre son poids de naissance; de trois à sept mois, elle parut bien portante, sage et avancée. Puis, à sept mois, on remarqua qu'elle ne se servait ni de sa main gauche ni de sa jambe gauche. Il sembla alors aux parents que, jusque-là, le bébé gigotait des deux bras et des deux jambes. On constata également un strabisme bilatéral interne. On la mit au sulfarsénol. On ne trouva aucun signe de laboratoire dans le sang ni des parents ni de l'enfant. Elle perça ses premières dents à *six mois*. A sept mois, on lui donna des bouillies; elle présenta alors des spasmes du pylore et vomit tout ce qui ressemblait à de la bouillie épaisse (purée, compote de pommes, etc.). L'alimentation recommençait à être difficile.

A *dix mois,* elle se mit à parler. A *un an,* à marcher, mais en titubant, et la marche s'établit extrêmement difficilement. L'enfant eut des crises de vomissements attribuées par les médecins tantôt à des spasmes pyloriques, tantôt à des crises acétonémiques caractérisées. *D'un an à dix-huit mois,* l'alimentation et les progrès furent relativement satisfaisants compte tenu de ces difficultés; puis, à l'âge de *dix-huit mois,* l'enfant passa quinze jours en refusant toute nourriture et toute boisson. Ces quinze jours furent très angoissants pour la famille et pour l'enfant, qui voulait manger et pleurait de ne *pouvoir* le faire. Au bout de quinze jours, dans un état de dénutrition inquiétant, l'enfant vomit un bouchon de pâte crue qu'elle avait dû vraisemblablement avaler sans témoin à la cuisine. Vers cette époque, elle fit une crise de nerfs à l'occasion de la visite d'un médecin venu la voir à moto, crise avec spasmes de la glotte et menace d'asphyxie. Pendant longtemps, l'enfant garda de là une véritable terreur du bruit de la moto et fit, chaque fois qu'elle en entendait une, et même au lit, des crises d'angoisse panique. Comme elle avait une très mauvaise vue du fait de son strabisme, c'est à cette vue déficiente qu'on attribua ses nombreuses angoisses (par exemple terreur de monter un escalier, de dormir dans le noir, de lâcher sa mère, à laquelle, pourtant, elle reprochait sans cesse d'être méchante).

Actuellement, c'est, dans ses jeux, une enfant de type paranoïaque, qui punit toujours ses poupées. Outre sa mère, vivent à la maison une bonne avec qui elle se montre très difficile et une sœur de vingt ans qu'elle dit « détester » et dont elle est jalouse. Elle aime bien, me dit-on, son père, qu'elle traite en camarade, et aime également beaucoup la société d'un petit garçon de son âge, Bertrand, qui habite l'immeuble et qu'elle appelle son frère, en l'identifiant à son père. Ces deux personnages sont, pour elle, confondus dans un même amour possessif et sadique.

Devant ce tableau, où je vois dominer l'organicité, et ce dès la naissance, il ne me vient pas à l'esprit (n'ayant encore en psychanalyse d'enfants qu'une expérience modeste) qu'un traitement psychanalytique puisse être de quelque secours; mais la mère, qui a fait une psychanalyse il y a plus de dix ans et entendu dire qu'aux États-Unis on traite certains enfants arriérés par la psychanalyse, insiste pour que je rencontre l'enfant au moins pendant quelques séances.

Lorsque je vois Bernadette pour cette première fois, nous sommes le 18 novembre 1946. Elle est avec sa mère; je n'ai pas de contact seule à seule avec elle. Là-dessus, mes propres enfants contractent la coqueluche et comme Bernadette ne l'a pas eue, tout projet de traitement doit être remis. Au moment où je pourrais la reprendre, l'enfant part, comme tous les hivers, dans le Midi. Sa mère me donne des nouvelles : « État de santé de Bernadette stationnaire, un essai de la mettre dans un jardin d'enfants a été tenté, l'enfant y est difficilement supportée, elle ne prend part à aucun exercice ni jeu collectif, elle est incapable de s'intégrer au point de vue moteur, autant qu'au point de vue caractériel. »

Le 28 mars 1947, deuxième séance, la première où je vois l'enfant seule. Elle ne paraît pas attacher d'importance à ma personne mais se parle à elle-même en un monologue glapissant, sur le mode que j'ai décrit plus haut. Elle dessine un sapin tout à fait abstrait (elle dit « sapiner[1] » au lieu de dessiner) : un triangle rouge et jaune, qui n'a de vert que les contours; elle dessine des formes qu'elle appelle des maisons, au milieu desquelles elle met des « boules qui éclatent les maisons ». Elle fabule sur « ses trois filles, ses deux bébés qui toujours chosent dans la bouche, cassent la bouche ou le ventre ». La mère doit s'absenter, j'en parle à Bernadette; elle semble enchantée du départ de sa mère, très contente à la perspective d'un désir ainsi fantasmé : « papa toute seule ». Quel sens donner à ce syntagme? On voit là l'expression de son désir d'être fille avec son père pour elle seule. Son corps de fille est vécu par elle comme siège de zone érogène orale et tube digestif confondus avec le corps de la mère qui, partie, absentéise son besoin et son désir de manger, mettant en danger le vivre, pourrait-on dire, somatique; le désir sexuel génital féminin s'associe à l'homme sous le nom du père avec son sexe, dans la représentation qu'elle a de sa propre personne, comme si grâce à la présence de son père sans la mère elle possédait les deux sexes. Elle fait alors elle-même une coqueluchette peu grave avec toux coqueluchoïde, sans les crachats caractéristiques, mais qui l'oblige à suspendre ses sorties et donc ses séances chez moi. Dès le départ de sa mère, Bernadette fait une crise d'angoisse telle qu'elle ne peut plus manger quoi que ce soit sans vomir immédiatement. Son père a l'idée de lui faire griffonner une soi-disant « lettre » à sa mère et aussitôt l'enfant peut manger. Dès que l'enfant manifeste de l'angoisse à manger, d'elle-même elle « écrit » à sa mère et l'angoisse cède, permettant l'alimentation.

Un jour, la mère téléphone de l'étranger où elle avait dû se déplacer; immédiatement, Bernadette se met à cracher de façon compulsionnelle.

Troisième séance, le 11 mai. Bernadette ne tousse plus, elle a repris ses séances. Ce jour-là, je note : bon état, craint le retour de sa mère : « Quand maman n'est pas là, je mange mieux. »

---

[1]. C'est une des formes du langage dit schizophrénique : les substantifs sont déclinés comme des verbes ce qui montre que, pour l'enfant, tout substantif inclut une dynamique.

Quatrième séance, le 20 mai. Il s'est produit un petit incident; la maman de son petit ami, pour une histoire entre bonnes, se brouille avec les parents de Bernadette et s'oppose à ce que le petit garçon et elle se revoient. On craint un fort traumatisme, mais Bernadette vient chez moi. A l'école, où on a consenti à la reprendre, elle ne se fait pas d'ami, ne suit pas le rythme des autres; mais elle aime y aller, et elle devient beaucoup plus gentille avec son père.

2 juin, cinquième séance. Elle semble en bon état. La mère est revenue. Bernadette exprime beaucoup de sentiments négatifs à son égard : « Maman veut pas que je mange, elle veut voir dans mon cardiaque, elle est méchante, elle veut toujours fouiller dans mon cœur, mais c'est pas moi qui dis ça, c'est la guenon qui dit ça. » L'enfant a dû entendre parler de cardia à propos de ses spasmes digestifs et elle fait des associations verbales entre cardia, cardiaque, cœur, ventre et maison : « les boules dangereuses qui éclatent les maisons ». En montrant sa poitrine, elle dit : « On fait éclater tout ça, pour voir dans le cœur, c'est pour soigner. » Elle forge toute une fabulation sur la reproduction sexuée à propos des feuilles de sapin qu'on plante dans la terre et qui poussent. Entre autres propos schizoïdiques que je ne saurais rapporter tous, elle dit : « Si je meurs, j'irai vivre dans ma fille. » Elle exprime en fin de séance beaucoup de choses négatives sur sa bonne : « Méchante, faut la tuer. »

Arrêt du traitement pendant les grandes vacances.

Sixième séance, le 14 octobre. L'enfant revient, elle a passé un meilleur été, dit la mère, elle est moins difficile en société. Elle a toujours le même aspect très anormal; sa voix criarde et monotone et ses fabulations avec moi et avec son entourage restent inchangées. Elle reproche à son père de ne pas l'écouter, en ces termes : « Ne te lune pas. » Elle a repris l'école, où on veut bien l'accepter à condition qu'elle ne vienne qu'une partie du temps et qu'elle ne prenne part ni aux jeux collectifs, ni aux séances de travaux manuels (école de type actif). Avec moi, elle fabule sans arrêt et donne l'impression d'être de plus en plus schizophrénique. Elle est jalouse, mais de façon adaptée : les seuls propos qu'elle exprime avec une syntaxe compréhensible sont des propos vindicatifs à l'égard, entre autres, d'un de mes enfants dont elle entend les pleurs, ou à l'égard des enfants qui jouent dans une cour de récréation qu'on peut voir de mes fenêtres.

Je décide de séances à quinzaine, seul rythme compatible avec les possibilités familiales.

Septième séance, le 20 octobre. Un jour, elle avait parlé de la « guenon » qui disait tant de choses méchantes sur sa mère. Cette fois, la guenon, qui est une fille, semble avoir une existence hallucinatoire. Cette fille-guenon est très méchante et elle n'est tellement méchante avec l'enfant que parce qu'elle l'aime énormément; elle aime tellement Bernadette qu'elle veut entrer en elle. Elle veut profiter du moment où Bernadette mange pour être mangée en même temps que les choses et, si Bernadette mange la guenon, elle deviendra guenon. Bernadette m'a rencontrée en entrant dans mon immeuble et elle est furieuse de constater que j'existe « pour de vrai ». « Si la doctoresse existe, c'est que la guenon existe »; car lorsque Bernadette rentre chez elle, je tiens dans ses fabulations autant de place que la guenon. Quand elle a fini de manger, sa mère l'aperçoit se frappant sur l'estomac à grands coups de poing : elle tape sur la guenon pour la faire sortir. Elle n'est désormais occupée que par ses fabulations; ses poupées et ses animaux n'ont plus d'intérêt pour elle. (Quand elle est arrivée chez moi, elle détestait ses poupées et ses jouets, mais dormait avec un ours et un chat en peluche.) Les *dessins* qu'elle me fait représentent tous des formes abstraites, ornées de lettres et de chiffres érotisés : certains sont méchants ou laids; depuis le sapin du premier jour, les végétaux n'apparaissent plus dans ses dessins, non plus que les représentations d'animaux, ni les représentations de constructions. A l'école, où l'on commence l'apprentissage des lettres, elle devient méchante, et se montre plus inadaptée que l'an dernier.

Devant ce comportement tout à fait *narcissique,* où l'affectivité est marquée uniquement du signe négatif, je suis frappée de l'allure paranoïaque, autistique et anxieuse que prend le caractère de l'enfant. C'est là que j'ai l'idée de donner à l'enfant une poupée-fleur. Voici comment elle me vient.

Au cours de mon expérience analytique, tant avec les adultes qu'avec les enfants, j'ai pu remarquer à propos du dessin libre qui, en séance avec moi, vient constamment soutenir la clinique, que l'intérêt porté aux fleurs et l'identification à une fleur, plus spécialement à la *marguerite,* accompagnent toujours le *tableau clinique du narcissisme.*

J'ai constaté à propos des enfants anorexiques (et j'ai pu faire la même remarque à propos des *rêves* de deux adultes) qu'ils donnent tous, dans leurs dessins libres, des images de fleurs ou de plantes dont les tiges présentent à un niveau quelconque une solution de continuité avec le sol ou le récipient nourricier et que, lorsque je demande au sujet à quelle place il se serait situé dans le dessin s'il s'y était représenté, il se projette en la fleur à la tige coupée. Chez les grandes fillettes ou les femmes narcissiques, les fleurs coupées ornées de nœuds priment toute autre projection, dans le dessin libre ou dans les tableaux qu'elles disent préférer.

Lorsque la maman me dit devant Bernadette que celle-ci n'aime plus ni ses animaux ni ses poupées, j'ai l'idée de répondre : mais peut-être Bernadette voudrait-elle une poupée-fleur? A cet instant, Bernadette saute de joie et dit, au plus fort de l'excitation heureuse : « Oui, oui, une poupée-fleur, oui, oui... » « Qu'est-ce que c'est? » demande la mère; et moi : « Je ne sais pas, mais on dirait que c'est cela qu'elle aimerait. »

Le narcissisme des enfants à type de libido masculine (garçon ou fille à complexe de virilité) préfère se projeter dans des fleurs phalliques (lis, jonquille, muguet). Les roses, les anémones conviennent à la projection de soi dans le cas d'une libido narcissique de type féminin; quant aux marguerites, elles sont les premières représentations florales de tous les enfants, filles ou garçons. Elles semblent symboliser la libido d'un sujet qui n'a pas encore pris conscience de son type de génitalité (ou qui en refoule la prise de conscience). J'invitai donc la mère à confectionner une poupée qui, au lieu d'avoir le visage, les bras et les jambes couleur chair, serait entièrement recouverte de tissu vert, jusques et y compris le volume figurant la tête, au demeurant sans visage, et qui serait couronné d'une marguerite artificielle; cette poupée serait habillée de vêtements évoquant aussi bien le garçon que la fille, par exemple : tissu bleu et rose, culotte et jupette à la fois, et de même tissu.

Huitième séance, 4 novembre. Bernadette revient avec sa poupée-fleur à corolle de marguerite, qu'elle appelle « Rosine » : donc en la féminisant. Elle me dit, à moi cette fois et sans plus parler à la cantonade, mais toujours de sa voix criarde, sans modulations, que cette poupée est horrible, méchante, et me raconte que depuis qu'elle est arrivée à la maison, c'est un enfer. Rosine, poursuit-elle, s'amuse à battre les poupées humaines et les poupées animaux. La poupée qu'elle déteste le plus est Marie-Christine, son souffre-douleur (l'enfant elle-même porte un nom composé dont le premier est Marie, Bernadette n'étant que le nom que je lui donne pour la publication de son cas). Bernadette a donc projeté toute son attitude caractérielle négative sur cette poupée-fleur et, dès lors, elle peut parler.

Je demande :
— Sais-tu pourquoi elle est méchante?
— C'est à cause d'un homme qui avait un bâton et qui lui a donné de mauvaises idées : un drôle d'homme qui avait l'air d'une lune.

(Lune et bâton : derrière et pénis, un siège de garçon? ou une sphère morcelable, tel l'archaïque sein maternel, et un pénis dangereux; symboles de mère et de père, tous deux phalliques?)

On se rappelle qu'elle disait à son père : « Ne te lune pas. » Cet homme est donc le père. En prêtant ses fantasmes à sa poupée, dont elle me relate le discours, elle peut donner libre cours à des propos scatologiques, agressifs et grossiers.

Nous parlons de cette poupée-fleur :
— Est-ce seulement cet homme-là, qui lui a donné de mauvaises idées?

Alors Bernadette se penche vers moi et, à voix basse, à l'oreille, — c'est la première fois que je l'entends parler tout bas — elle me chuchote :
— Être méchante pour elle, ça s'appelle être gentille, parce qu'elle a un bras et une jambe qui ne marchent pas.

Je continue à lui parler, moi, d'une voix normale, et je dis :
— Comment se fait-il que cela la rende méchante?

Bernadette me répond tout bas, à l'oreille :
— Je te dis que c'est sa façon d'être gentille, de faire du mal aux autres. Elle n'est pas méchante, elle est malade, tu vas la soigner.

Bernadette repart toute contente d'avoir laissé sa poupée à la doctoresse qui va la soigner.

Neuvième séance, 16 novembre. Elle arrive avec un ours en peluche qu'elle a déguisé en poupée humaine. Elle s'occupe beaucoup de son « enfant », lui ôte son manteau pour qu'il n'ait pas trop chaud, l'installe sur un coin du divan. La mère a eu le temps de me dire, entre deux portes (l'enfant s'est précipitée d'un élan vers mon bureau), que depuis quinze jours Bernadette est transformée au point de vue caractère et, ajoute-t-elle, « la transformation date du lendemain du jour où Bernadette a été en possession de sa poupée-fleur et, surtout, du moment où elle a laissé celle-ci chez vous en traitement. Cette fois-là, en rentrant, Bernadette a rangé tous ses joujoux et négligeant un peu (sans agressivité) ses poupées humaines, elle s'est montrée très attentive à ses animaux en peluche ».

Au début de la séance, Bernadette s'installe à la table et elle dessine en vert, cette fois (et pour la première fois me disant qu'elle aime beaucoup cette couleur), trois marguerites qu'elle appelle Papa, Maman et Bernadette, et dont elle dit qu'« elles s'aiment toutes les trois ».

— Comment va ma poupée-fleur? me demande-t-elle tout à coup.

— Tu sais, je l'ai soignée tous les jours, mais il n'y a qu'une maman pour connaître son enfant. C'est toi qui vas me dire comment tu la trouves.

Et je lui sors du placard sa Rosine. J'assiste alors à toute une scène mimée. L'enfant parle bas à sa poupée, la met à son oreille pour écouter ce qu'elle répond, puis la fait danser sur la table, et tout d'un coup, avec une voix modulée que je ne lui connaissais pas et que je ne lui avais jamais entendue, me dit :

— Elle est guérie, son bras et sa jambe marchent très bien, tu l'as très bien soignée.

Elle dépose sa poupée-fleur à côté de son ours, sur le divan, et revient s'entretenir avec moi. Elle me montre sa main parétique toujours un peu en griffe et ajoute :

— C'est une fille de loup, alors pour aimer il faut qu'elle griffe et, comme elle t'aime beaucoup, la fille de loup, elle va te montrer comme elle est forte.

Et elle se met à entrer ses ongles dans la peau de ma main, en disant :

— N'aie pas peur, il faut qu'elle voie du sang parce qu'elle t'aime.

La voix reste modulée et le restera définitivement.

Quand Bernadette voit les marques de ses ongles dans ma peau, elle est satisfaite et, pour qu'il y ait du sang, elle continue :

— Est-ce que cela te fait mal?

— Oui, un peu, mais je sais qu'elle m'aime.

Alors, avec sa main droite, Bernadette caresse ma main marquée par les ongles de sa main gauche.

— Celle-là c'est une fille d'humaine, dit-elle en me parlant de sa main droite, elle n'aime jamais, jamais en faisant du mal.

Dixième séance, 10 décembre. Très bons résultats scolaires, amélioration très nette au point de vue moteur. L'enfant peut prendre part aux activités motrices et collectives sans perturber la classe et sans qu'on se moque d'elle. Elle fait d'elle-même des exercices constants avec sa main et sa jambe gauches. Elle se montre très négative contre mon dernier enfant (elle sait par ses parents que j'ai des enfants, elle ne les a jamais vus, mais elle entend courir et crier, jouer dans la maison, et la voix d'une enfant de dix-huit mois, la plus jeune).

— J'aime mieux mon lapin que ton sale mioche! Tu ne trouves pas qu'il est moche?

— Une maman ne voit jamais les défauts de son enfant; mais maintenant que tu me l'as dit, peut-être as-tu raison.

Elle, alors :

— Voilà mon enfant que j'aime.

Et elle dessine un lapin. Et de ce lapin, symbole neutre de sensibilité craintive, elle fait une carcasse à tête de chat, symbole de sensibilité féminine.

Unzième séance, 8 janvier. Elle dessine une forme, dont elle dit :

— C'est un loup-ange, c'est un homme à l'envers, c'est un bel arbre, c'est un ange des anges.

J'essaie de lui faire faire une rêverie, où elle s'imaginerait suivre ce loup-ange. Il n'y a pas moyen. Je lui dis :

— Alors, peut-être, imagine que tu vas dans l'eau », thème fantasmatique destiné à explorer les affects du stade oral, et peut-être à déclencher une catharsis par l'onirisme.

Bernadette adhère immédiatement à ce mode de travail :

— Oui, oui, oui! Voilà! Je suis dans l'eau, et il y a un gros poisson qui a avalé sa queue.

Elle rencontre un autre poisson, énorme, qui « change » le premier, car ce premier est trop malheureux. Le poisson bienfaiteur fait cadeau à Bernadette, dans son imagination, d'une boîte contenant une belle poupée. Elle termine en disant d'un ton de regret :

— C'est malheureux que ce soit un poisson, parce que c'est du pas vrai, et j'aurai jamais cette poupée-là qu'il m'a donnée.

On voit là pour la première fois Bernadette faire la différence entre un fantasme et la réalité.

Douzième séance. Elle tient de nombreux propos agressifs contre sa sœur, une grande jeune fille de vingt ans. En même temps, l'enfant fait des découpages aux formes anguleuses et mime le piquage, l'écrasement, tout en parlant. Les animaux figurés par ses découpages, du moins elle le dit, sont tantôt des bêtes sauvages, tantôt sa sœur. Elle veut que « ça vive » et elle essaye de les faire tenir debout. Et si « ça vit, on peut les faire mourir alors, les images vivantes ». « C'est fait pour être coupé », puisque, en effet, c'est du papier. Ensuite, avec de la terre à modeler, elle fait des billes qu'elle appelle des « pipis ». Moi :

— Ah, combien as-tu de billes?

Elle :

— Un près du pipi, deux près du cœur (en me montrant les deux mamelons sous ses vêtements). Je les aime beaucoup, mes pipis, et eux ils m'aiment beaucoup aussi.

Et elle ajoute trois billes à chacun des animaux découpés ou dessinés.

Treizième séance, 28 février. Débute alors une série de séances que je pourrais dire purement schizophréniques. Pas un moment l'enfant ne tient des propos logiquement sensés. Elle semble très à son aise, sans affectation de confiance, sans minauderies. Je ne donne que quelques exemples, pris à travers le contenu extrêmement riche des propos, et des gestes qui les accompagnent. Je me borne à écouter et à regarder, sans mot dire.

Elle dessine :

— Tiens, ça c'est une chaise bleue, il ne faut pas la manger, car si on mange tout craque.

Elle dessine un soleil marron. C'est un petit garçon qui vient après elle en traitement, et dont elle est jalouse.

— Ce sale mioche, tu devrais bien jamais le revoir!

Elle parle de quelque chose qu'elle appelle « attrape-souris ». A ce moment-là, elle touche son estomac. Je pense que c'est de l'estomac qu'elle me parle, et je ne dis rien. Elle dessine des 8 horizontaux, plein les pages, dessins que j'ai toujours vus accompagner les états obsessionnels. Puis des lignes, qui s'enchevêtrent de telle sorte qu'on ne peut voir où en sont ni le commencement ni la fin. Devant tous ces graphiques non figuratifs, elle associe des propos d'agressivité orale, dévoratrice, qui tuent. Aujourd'hui, elle ne m'a dit ni bonjour ni au revoir, et la seule phrase qui m'a été adressée concerne le « sale mioche », le petit client qui la suivait. Nous sommes muettement en excellents rapports.

Quatorzième séance, 13 mars. Bernadette arrive gaie, en train, et commence à fabuler à propos de la guenon qui habite en elle.

— La guenon veut cracher, pas moi. Mais c'est elle qui m'oblige. J'ai un rouleau dedans de la tête.

Elle se met à psalmodier avec des expressions souriantes et douces, à la manière d'Ophélie. Elle chantonne ainsi, et voici certaines de ses phrases : « Il est fini le vilain sortilège... », modulé très joliment, avec de nombreuses variations. Elle chante : « L'arbre est réparé, le soleil est revenu... », modulant encore, puis me dit, de sa voix normale : « Je vais te le dessiner. » Elle dessine un arbre dont le tronc est raccommodé : « Tu vois, c'est la petite fille sauvée par son père, c'est la petite fille du loup. Tu te rappelles, la petite fille du loup? Son papa est venu la sauver. » Elle dessine une grande fleur jaune. Elle dit : « C'est moi, la fleur jaune. » Et, avant de partir, elle met du poil à gratter (elle mime de mettre du poil à gratter) dans la fleur, en riant beaucoup.

(C'est une séance où, comme pour la précédente, je ne dis mot; j'assiste attentivement, en accord tacite.)

Le père et la mère, venus la chercher, me demandent d'espacer les séances. Bernadette est d'accord. Je donne rendez-vous dans un mois.

Quinzième séance, 16 avril. Entre la quatorzième et la quinzième séance s'est produit à la maison un grand événement, à la fois délirant et cathartique. C'est hors de la présence de l'enfant que les parents m'en font le récit.

Bernadette avait voulu que ses parents et sa bonne assistent à une cérémonie qu'elle avait entièrement préparée. Elle était dans une très grande excitation et, devant cet état et son expression égarée, les parents avaient obtempéré. Bernadette avait installé toutes ses poupées et ses animaux en hémicycle, comme des spectateurs, aux pieds des grandes personnes, pour lesquelles elle avait apporté des sièges. Elle avait mis au centre, en jugement, la guenon, une petite figurine de son arche de Noé, objet de sa haine, bouc émissaire tenu pour responsable de son empêchement à manger et à vivre. Bernadette s'était alors livrée à une sorte de danse du scalp assez impressionnante, aux dires des parents, retrouvant les gestes des primitifs dans leurs cérémonies magiques, dansant tout autour de la guenon avec des mouvements plongeants, feignant de fondre sur elle, jusqu'au moment où, à coups de pied, elle détruisit la figurine et, me dit la mère, en se servant autant de sa mauvaise jambe que de la bonne. Cependant, elle n'arrivait pas à la détruire complètement. Exacerbée qu'elle était par l'échec, elle se mit alors dans un état nerveux inquiétant et supplia son père de l'aider. Celui-ci, après une petite hésitation, pulvérisa en quelques coups de marteau le petit objet, mélange de plomb et de plâtre. Cette « cérémonie » se situait vers 10 heures du soir. Dès qu'elle eut perpétré la destruction de la guenon, Bernadette fut transformée, immédiatement apaisée, il se fit en elle un complet revirement nerveux. D'excitée et tremblante de tension qu'elle était, surtout au moment où elle craignait que le père n'arrive pas à détruire complètement la figurine, elle devint totalement calme et souriante. Elle passa une excellente nuit, après avoir mis son singe, l'autre figurine du zoo, sous deux arbres (ce zoo était, en fait, une arche de Noé composée de couples d'animaux). Elle dit alors que le singe pourrait maintenant enfin se reposer, entouré des autres animaux pacifiques de l'arche, en attendant que son père achète une guenon blanche qui, elle, serait une bonne femelle (la guenon lynchée était, comme le singe, de teinte marron, avec des mamelles claires).

La séance, ce jour-là, est encore d'allure schizophrénique. Des bribes de l'histoire de lynchage me sont racontées, que je n'aurais pas comprises si les parents ne m'avaient fait le récit du psychodrame. Ces propos sont entrecoupés de mélopées, de gestes agressifs avec les ciseaux, le papier, les crayons; et d'une exultation criarde de triomphe, tout cela étant suivi d'une détente qui ramène le calme.

— Au revoir, madame Dolto.
— Au revoir, Bernadette.
— A la prochaine fois!
— Oui, à la prochaine fois.

Seizième séance, 24 avril. Un mois s'est écoulé. En dehors des séances de psychothérapie, l'état clinique de Bernadette est, aux dires des parents, parfait. Elle fait des progrès d'adaptation sociale tels qu'à l'école on ne ferait plus de différence entre elle et les autres enfants. Elle circule seule dans les rues, la maîtresse lui a même confié des petits pour leur faire traverser la rue, très passante, sur le trajet qui les ramène chez eux, et la vie à la maison semble se dérouler sans aucun conflit. Depuis le lynchage de la guenon, l'anorexie a complètement disparu.

Cette seizième séance est consacrée à la fabrication de quantité d'objets en terre à modeler, tous en forme de cylindre allongé, phallique. Bernadette me dit que personne ne doit y toucher. Quiconque le ferait mourrait immédiatement. Elle a utilisé toute ma réserve de pâte à modeler « pour que personne d'autre ne puisse rien faire après elle », et elle est visiblement convaincue de la puissance destructrice de ces objets pour tout autre qu'elle-même. Elle cherche une place dans un placard qui se trouve là pour les y ranger elle-même, afin que moi, en les y posant, je ne risque pas d'être tuée, car si je les touche, moi aussi je serais tuée.

Dix-septième séance, 20 mai. Bernadette entre et va au placard pour retrouver ses objets, qui n'y sont plus. La pâte à modeler est dans la boîte habituelle [1]. En la trouvant, elle ne pose aucune question et, en contradiction flagrante avec la réalité, déclare :

— C'est très bien que personne n'ait touché à tout ce que j'avais fait.

Ce jour-là, elle couvre entièrement la table de formes toutes qualifiées de « sac ». Il y aura une vingtaine d'objets concaves, plus ou moins creux et plus ou moins hémisphériques, du type bols, paniers, cuvettes, etc. Elle utilise la totalité de la pâte à modeler et me dit que ces objets faits par elle pourraient me tuer, moi et les femmes. Elle me dit :

— Fais bien attention à tout ce que je fais, parce que tout ce que je fais est magique, sauf la dernière chose, mais je ne te la dirai pas, celle-là. Celle-là sera vraie.

Chacun des objets est entouré par elle d'une petite ficelle tournée en forme d'anse, ficelle qu'elle m'a demandée et que je lui ai donnée. Le dernier objet qu'elle me fait est très nettement un tombeau, une pierre tombale surmontée d'une croix et, sous cette pierre tombale, elle enferme une petite forme phallique qu'elle appelle épée. Elle ne me dit pas un mot et, avant de partir, dessine un revolver vert et bleu et me dit :

— Ça, c'est pas dangereux pour toi, et pis c'est qu'une image, c'est pas du vrai !

Dix-huitième et dernière séance, 20 juin. Bernadette vient avec une femme âgée, qui demande à me parler. Croyant que cette

---

[1]. Je ne garde pas les objets fabriqués par les enfants. Lorsqu'ils me posent la question, je dis : « On est à aujourd'hui, ce que tu as fait la dernière fois ce n'est pas ce que tu as à faire aujourd'hui. Nous allons voir, tu ne sais pas non plus. »

femme, qui l'accompagne souvent, avait une commission à me faire de la part des parents, je l'écoute, dans le salon d'attente. Pendant ce temps, Bernadette file dans mon bureau. La femme me dit, en s'excusant beaucoup d'avoir osé demander à me parler, et en pleurant d'émotion, que Bernadette est pour elle un vrai miracle, que cette petite fille, elle l'a vue naître, c'était une pauvre petite malheureuse que tout le monde avait crue anormale pour la vie, et que maintenant c'est la plus charmante, la plus pleine de cœur et la plus intelligente des petites filles.

En effet, Bernadette va très bien. Son attachement pour moi n'a rien d'apparent, elle ne parle plus jamais de moi. Cela, je l'ai su par la mère au téléphone. Elle est venue à sa séance mensuelle volontiers puisque le rendez-vous était pris. C'est pour me dire merci et me raconter en babillant, comme une petite fille qui n'aurait jamais été malade, les petites histoires de l'école : « et pis tu sais, maintenant je vais très bien ».

A l'heure actuelle, quatre ans après, la guérison s'est maintenue, et l'enfant se développe, dit-on, tout à fait normalement, suit la classe de son âge et va même au cours de gymnastique. Il reste une toute petite traîne de la jambe quand elle court, que l'on voit à peine quand elle marche. Son bras gauche est maintenu contre elle, mais elle s'arrange pour tenir quelque chose avec, ce qu'elle ne faisait jamais autrefois, puisqu'elle faisait porter ses affaires par les personnes qui étaient avec elle.

Le cas que je viens de relater m'a beaucoup fait réfléchir. Il est visible, et cela a été d'ailleurs confirmé par l'entourage de l'enfant, que le moment-tournant de son comportement s'est situé la semaine où elle est entrée en possession de la poupée-fleur. D'après le récit des séances, il apparaît que cette poupée-fleur a été le support des affects narcissiques blessés de l'âge oral. L'agressivité orale, puis anale, retournée contre elle-même chez cette enfant infirme, atteinte de gros troubles somatiques du tube digestif, s'est projetée dans cette forme tout à la fois humaine et végétale. Ses propos extraordinaires (sa façon à elle d'être gentille, qui s'appelle être méchante pour les poupées animales et pour les poupées humaines) ont été pour moi une révélation. Devant les résultats obtenus avec cette enfant que je soignais en consultation privée chez moi, j'ai eu l'idée de me servir de la poupée-fleur à l'hôpital pour un autre cas, dont les symptômes s'exprimaient dans la zone des pulsions orales.

C'est le cas que je vais relater maintenant.

DEUXIÈME OBSERVATION

Le 10 octobre 1947, Nicole m'est amenée à la consultation de l'hôpital Trousseau. Elle nous est adressée par l'hôpital Henri-Roussel pour retard mental et mutisme. Nicole est une enfant de cinq ans et dix mois. Elle a été adoptée à l'âge de quatre ans, ainsi que son frère, de dix-huit mois plus jeune qu'elle, par un couple stérile, de très braves gens, niveau petit employé. Ses antécédents sont complètement inconnus. On a su seulement, au moment de l'adoption, que les deux enfants avaient été abandonnés dix-huit mois auparavant, alors que Nicole n'avait pas trois ans. La fratrie comporte un troisième bébé qu'aucun des deux n'a connu, car ils ont été tous deux placés en nourrice bien avant l'abandon complet. Ce troisième bébé, une petite sœur d'un an et demi à la date de cette première consultation à Trousseau, porte le même nom que ses frère et sœur; les parents adoptifs de Nicole et de son frère auraient été prêts à l'adopter aussi, mais l'œuvre d'adoption en avait déjà disposé du fait qu'à l'époque de sa naissance, suivie aussitôt d'abandon, on ne lui connaissait pas de frère et de sœur aînés.

Nicole et son frère, donc, avaient été confiés bien avant leur adoption à des parents nourriciers indignes, à la campagne. Ceux-ci, me dit-on, s'occupaient d'une dizaine d'autres enfants sans parents. Des plaintes des habitants du village ont attiré l'attention sur eux, d'abord en vain, puis, comme beaucoup de nourrissons mouraient, une enquête s'en est suivie, mais avec les lenteurs habituelles... avant que le couple ne fût écroué et les enfants repris par l'Assistance publique.

Nicole fut alors trouvée dans un état de dénutrition grave, couverte de vermine, à peine vêtue. Quant à son petit frère, il mangeait ses excréments et était accroché par une corde à la niche du chien, auquel il disputait sa pâtée. Les parents nourriciers indignes faisaient un trafic des cartes d'alimentation des enfants qui leur étaient confiés, buvaient et maltraitaient les petits. C'est après quelques semaines de récupération hâtive dans un hôpital que Nicole a été enfin confiée (ainsi que son frère) à ses parents adoptifs, qui me l'ont amenée.

Connaissant ce récent passé, les parents ne s'étaient pas étonnés, au moment de l'adoption (non plus que le médecin qui les suivait à la campagne), du mutisme des enfants, de leur regard anxieux, des habitudes pseudo-perverses qu'ils avaient, de ne pouvoir manger que par terre, avec les mains, ou en mettant directement la bouche par terre; et de boire sans gobelet, en lapant comme des animaux. Les deux enfants sont maintenant adoptés depuis dix-huit mois. C'est leur médecin qui les a adressés à Henri-Roussel, et c'est de là qu'une personne qui connaissait la consultation de Trousseau me les a envoyés.

La situation est la suivante : la petite fille ne dit qu'une syllabe par mot quand elle veut s'exprimer (le petit garçon, lui, ne parle pas du tout). Elle est extrêmement silencieuse, et joue sans le bruitage caractéristique des enfants. Elle est dissimulée et semble avoir une perversion de la soif (elle se cache pour boire, en lapant, l'huile de la machine à coudre de sa mère qu'elle répand par terre, l'urine, l'eau de vaisselle, l'eau de lessive, l'eau du ruisseau). Elle refuse de boire de l'eau propre, que ce soit dans un verre ou dans une jatte. Elle s'entend bien avec son père adoptif qu'elle aime câliner et avec son petit frère. Elle s'oppose passivement à tout ce qui vient de sa mère adoptive, refusant de l'imiter, de l'aider dans les soins ménagers, salissant ses culottes le jour, pipi et caca; depuis six mois, l'énurésie nocturne a cessé épisodiquement. Il est absolument impossible de la mettre au contact d'autres enfants. Elle se montre très méchante et, peut-être inconsciemment, en a blessé et brutalisé plusieurs.

Voici quelques exemples du comportement bizarre de l'enfant devant la souffrance :

Elle s'est, un jour, blessée au coude en jouant avec un autoskif (auto à rames). Pleine de sang, avec une plaie très profonde, l'enfant ne s'est pas plainte. C'est la mère qui l'a découverte dans cet état. Au cours des soins médicaux qui ont suivi, la blessure ayant nécessité quelques points de suture, l'enfant a continué à minauder avec cette expression que je lui vois encore aujourd'hui à la consultation : un sourire stéréotypé ne traduisant rien, si ce n'est de l'angoisse.

Une autre fois, elle a mis son pied dans la baignoire où l'eau bouillante venait d'être versée, avant que la maman rajoute l'eau froide. Bien qu'atteinte d'une brûlure du deuxième degré, dont la mère s'aperçut, l'enfant n'a manifesté aucune douleur et, dans son langage, a nié avoir mis le pied dans l'eau. Conduite chez le médecin, elle ne s'est pas plainte pendant les séances douloureuses de pansement non plus que les jours suivants. Enfin, une fois, elle a émis ce jugement, en parlant très clairement : « Ça fait mieux mal que le bras. »

Le jour de la consultation, aucun test n'est possible, ni avec la psychologue ni avec moi-même, tant le comportement de l'enfant est stéréotypé, minaudant et obtus.

Je pense à une grande débilité mentale. Lorsque je lui propose de faire des graphismes libres, elle trace de petits zigzags et des formes phalliques allongées ou quadrangulaires. Mais voici qu'à ma surprise elle semble chercher quelque chose... C'est une gomme qu'elle a aperçue sur mon bureau et qui n'est pourtant guère visible. Je la lui donne ; avec, elle efface le milieu de ses pages de graphismes, ne laissant que le haut et le bas de la page. Devant ce comportement, je pense qu'il s'agit bien davantage d'angoisse, chez cette enfant traumatisée, plutôt que de débilité vraie, et je me mets à lui parler comme si elle était tout à fait normale. Dès ce moment, Nicole a une mimique du visage extrêmement vivante. Je suggère à la maman, une fois seule avec elle, de ne plus rien exiger de la petite fille, ni preuve d'affection, ni effort d'adaptation à l'existence, comme on pourrait l'exiger d'une enfant de son âge, de ne plus lui demander de parler, de ne plus chercher à l'embrasser, mais de simplement la considérer comme une enfant très petite, qui saurait seulement marcher ; d'être toujours contente d'elle, quel que soit son négativisme apparent.

Je dis à la mère que je veux voir le père adoptif, et qu'il faudra absolument parler ouvertement aux enfants de cette adoption (aux dires de Nicole, elle les prenait tous deux pour ses vrais parents; quant à eux, ils désiraient plus que tout que les enfants ne connaissent pas leur adoption, qu'ils se croient leurs vrais enfants). Je parle un peu avec la mère, elle pleure à l'idée que ma conception est différente de la sienne, et elle craint que son mari ne veuille pas venir si c'est une condition que je pose pour m'occuper de l'enfant. Je dis : « Ce n'est pas une condition, je voudrais lui parler, nous parlerons ensemble, je pense qu'il faudra le faire un jour ou l'autre, nous verrons. Mais ramenez l'enfant, je ne le lui dirai pas avant que vous ne soyez tous les deux d'accord. » Nous parlons des possibilités de revenir. La mère avait pensé qu'on donnerait des médicaments. Je dis qu'il s'agit d'une psychothérapie, j'explique un peu ce que c'est. Ils habitent très loin de Paris et ne peuvent pas revenir souvent, mais elle essayera. Elle repart un peu rassérénée.

25 octobre. Quinze jours après, un test est possible, la maman étant présente pour traduire le langage de l'enfant, inintelligible pour d'autres que ses proches, et qui rappelle un langage de bébé d'environ dix-huit mois. Tous les mots sont écorchés, toutes les consonnes sont dites en dentales. Le test Binet-Simon, avec réponses ainsi traduites, donne six ans.

La maman m'apprend que, quand elle lui a parlé de la consultation, le père s'est montré compréhensif et que, sans attendre de me voir, les parents ont parlé ensemble devant les enfants de l'époque malheureuse où ils avaient cru qu'ils n'auraient jamais d'enfants, puis du jour où ils ont eu la joie d'apprendre qu'il y avait deux enfants sans parents à tel hôpital, qui leur seraient donnés s'ils voulaient bien les prendre. Les enfants, pendant que les parents parlaient, ne semblaient pas faire attention à ce qu'ils disaient. Quelques jours après, Nicole est venue se blottir contre sa mère, lui a ouvert son corsage, ce que la maman a laissé faire, étonnée, et s'est mise à la téter, ce qui a ému terriblement cette femme. Pendant que la petite restait ainsi blottie contre elle, elle lui a parlé de ce que, avec son mari, ils avaient dit, l'autre jour. Elle lui a parlé aussi de l'ancienne maman, des sœurs de l'hôpital, des dames gentilles, bref Nicole a renoué avec toute cette partie de son passé antérieur au placement chez les mauvais parents nourriciers dont « on ne parle pas, dit la mère, on ne saurait vraiment pas quoi leur dire », ainsi qu'avec la période de l'hôpital qui a précédé l'adoption.

Devant moi, à la consultation, Nicole minaude beaucoup, avec toujours le même sourire figé aux lèvres, un regard anxieux du côté de la porte [1]. La maman revient, comme c'était l'usage en fin de consultation de l'enfant, et je dis quelques mots, comme : « Nicole va mieux et peut-être elle aimerait essayer d'aller à l'école maternelle comme les autres petites filles. » Et je dis à la mère : « Continuez d'être tolérante, vous voyez que c'est bon pour elle. »

Troisième séance, 9 décembre. Six semaines ont passé. Stagnation complète. Les parents sont bien intentionnés mais peu compréhensifs. Une école maternelle, pressentie, refuse de prendre l'enfant parce qu'elle est trop inadaptée socialement. Nicole ayant dit un jour que son ancienne maman était méchante, les parents usent alors d'un leitmotiv de chantage : « Si tu ne deviens pas propre et gentille, tu y retourneras. »

Le petit frère, lui, est bien développé physiquement pour quatre ans. Il s'est bien adapté au cadre nouveau et à ses nouveaux parents, et on le donne constamment en exemple à sa sœur aînée. Il commence à parler, sans défaut de prononciation. Les deux enfants s'entendent très bien.

Nous sommes le 9 décembre, et j'ai pu constater avec Bernadette, chez moi, les résultats obtenus avec la poupée-fleur. Nicole me paraît être restée blessée de sa relation à la nourrice à l'âge oral, et je suggère devant elle que la mère lui fabrique une poupée-fleur dont je fais un croquis.

En entendant parler de ce signifiant, poupée-fleur, Nicole, comme l'avait fait Bernadette, saute de joie sur place.

Quatrième séance, 3 janvier. Environ trois semaines après. La transformation est complète depuis la poupée-fleur. Cependant, l'attitude de l'enfant déroute et inquiète gravement la mère.

---

1. A cette époque, je voyais l'enfant toujours une partie de la séance seule, même si j'avais vu la mère auparavant. Je pense que j'ai eu tort ce jour-là et je ne le ferais plus maintenant.

En effet, Nicole serre parfois sa poupée-fleur dans ses bras, la pressant compulsionnellement sur son cœur. A d'autres moments, elle la lance à la rue ou dans les cabinets. Elle a essayé de la lancer dans le feu. Elle a de longs conciliabules muets et chuchotés avec cette poupée, objet d'émois ambivalents et agressifs. Quand la maman constate des bêtises, Nicole abandonne les mensonges dénégatoires d'autrefois pour mettre en accusation la poupée-fleur, désormais seule responsable de tout ce que sa mère lui reproche. Devant la mère qui me raconte tout cela en présence de l'enfant, je répète les paroles entendues de la bouche de Bernadette :

— Bien sûr, madame, vous comprenez, la façon d'être gentille pour une poupée-fleur, ça s'appelle des bêtises pour les humains. On est fâché, et pourtant pour elle ce n'est pas mal. C'est parce qu'elle veut être gentille qu'elle fait des choses méchantes.

Nicole est absolument ravie de ce que je viens de dire. Elle acquiesce. Elle se tourne vers sa mère avec des gestes de confirmation de ce que je viens de dire, et ajoute, presque distinctement :

— Mais oui, c'est ça, je pouvais pas t'expliquer.

La mère est étonnée mais, comme elle est positive, elle est un peu prête à tout, quoique débordée par la situation.

Elle me précise encore que, depuis quinze jours, la poupée-fleur avait disparu, ce qui l'avait ennuyée car elle l'avait faite elle-même. Tout le monde — et apparemment Nicole elle-même — l'a crue alors perdue.

Comme le père et la mère adoptifs avaient acheté tout ce qu'ils pouvaient pour faire plaisir aux enfants, pendant tout ce temps, chose nouvelle pour elle, Nicole s'est intéressée à des animaux en peluche, à des poupées humaines. Et elle a été aussi attirée par les travaux domestiques, voulant faire comme sa mère.

Or, au moment de partir pour venir me voir, voilà qu'elle a demandé à sa mère de mettre l'échelle contre l'armoire pour aller y prendre la poupée-fleur qui était sur le dessus du meuble « parce que Mme Dolto sera contente de la voir et de la guérir tout à fait. Moi j'en voulais plus comme ça! ».

Elle a même dit à sa mère, en partant de chez elle, qu'elle me la donnerait, qu'elle me la laisserait; mais, au moment de quitter la consultation, elle est allée reprendre la poupée-fleur et l'a fait me dire au revoir.

Au cours de cette séance, les graphismes de Nicole montrent des progrès considérables. Ce sont des tableaux construits, des maisons construites, des couleurs bien appliquées.

Cinquième séance, 20 avril. Quatre mois ont passé. La mère n'a pas pu revenir : le voyage étant très coûteux, et Nicole, à son avis, allant bien, ça pouvait attendre. Progrès considérables, dit la mère. Elle m'apporte une petite valise pleine de sculptures en plastiline que Nicole a exécutées à la maison. J'avais, à la dernière séance, conseillé à la mère d'acheter de la pâte à modeler. Ces sculptures pourraient être attribuées à un enfant de dix à douze ans. Elles représentent toutes des animaux, et surtout des animaux sauvages vus au jardin zoologique. Nicole parle très bien. Elle a, par exemple, dit à l'infirmière : « Moi, je vais très bien. Et vous, madame, comment ça va ? » avec une parfaite diction.

Mais il s'est passé un petit drame. En même temps que Nicole a découvert les joies de la sculpture, elle s'est mise à sculpter ses excréments et à peindre avec eux les murs de la chambre d'enfants, ainsi que les pieds, le montant et le dossier de son lit et de celui de son frère. La mère, furieuse, offusquée, l'a d'abord punie en l'obligeant à rester au lit une heure. Puis, comme, pendant ce temps-là, elle a recommencé, plusieurs heures. Puis, cela ne servant encore à rien, l'enfant continuant les jours suivants à faire la même chose, la mère l'a exclue de la table familiale pour les repas, sous prétexte qu'elle sentait mauvais. Il semblait que, pour Nicole, ce que sa mère disait ou faisait n'avait aucun rapport avec son besoin de peindre avec ses excréments la chambre d'enfants. Ne sachant plus que faire et ne pouvant venir à Trousseau, la mère a décidé de la laisser en pyjama et couchée dans sa chambre pendant dix jours de suite. Elle reconnaît en même temps que chaque fois qu'elle est allée dans la chambre, Nicole était debout avec de quoi s'amuser et qu'elle-même, débordée par les événements, ne se fâchait pas mais était plutôt découragée.

Tout en racontant cela, la mère ne paraît pas agressive, et elle n'a pas dû se montrer bien méchante, à voir la bonne entente qu'il y a entre Nicole et elle pendant qu'elle raconte les faits. Mais Nicole ne peut pas renoncer à ses jeux excrémentiels et sa maman ne sait comment se tirer de cette impasse. Dès qu'elle lui met ses vêtements, l'enfant les souille d'excréments.

Il me semble alors que Nicole passe par la même phase qui s'était caractérisée pour Bernadette par une identification aux animaux, des affects négatifs étant supportés pour Bernadette par la guenon bouc émissaire. Je conseille donc à la mère de Nicole de lui faire une poupée animale, constituée d'un corps humain en étoffe marron ou grise, habillée d'un costume ni garçon ni fille, jupette et culotte, par exemple, en même tissu, avec, au lieu d'une tête humaine, une tête animale, au choix de l'enfant. L'idée m'en vient car, à ma consultation, Nicole a apporté dans ses bras un ours habillé mais sans tête, et la mère m'a dit que lorsque, chez elle, elle avait voulu lui recoudre la tête, Nicole l'a aussitôt arrachée, préférant l'animal sans sa tête. Cela m'a fait penser que le corps animal sans la tête correspondait à des instincts du stade anal, non maîtrisés, et qu'un corps d'allure humaine, mais à la tête animale, permettrait une projection cathartique des frustrations du stade anal subies par cet enfant.

De juin à novembre. De fait, au mois de juin, j'apprends par une lettre de la mère que, dès la fabrication de la poupée animale au corps humain et à tête de « lapine », choix fait par l'enfant, après qu'elle eut hésité entre lapin et chat (voir Bernadette), les jeux excrémentiels ont disparu. J'apprends aussi que l'enfant, qui a continué à sculpter la pâte à modeler, commence surtout à s'intéresser énormément aux besognes domestiques et a beaucoup progressé à l'école, qu'un essai à l'école dans une classe intermédiaire entre la maternelle et le cours préparatoire (le village n'ayant pas de vraie maternelle) a même réussi : la directrice, après une tentative de quelques jours, a dit à la mère que l'enfant lui paraissait tout à fait adaptée maintenant, et même d'une intelligence particulièrement vive, qu'elle était très adroite de ses mains par rapport aux autres enfants, que la maîtresse la trouvait amusante et attachante, et qu'elle était tout à fait admise par les autres enfants.

Un incident — je l'apprends toujours dans cette lettre de juin

— est pourtant encore intervenu qui a inquiété un moment les parents et la maîtresse : Nicole a refusé, un jour, de manger. Sa mère, après avoir, en vain, un peu insisté, a pensé à moi et aux épisodes antérieurs et décidé de laisser Nicole agir comme elle le voulait. Cela se passait en début de semaine. La journée s'est écoulée sans que Nicole veuille ni manger ni boire, mais elle est restée gaie, gentille, coopérante et est allée à l'école. Le soir, sa mère lui a dit :
— Tu devrais boire du lait, ou de l'eau.
Nicole a répondu :
— Pas encore.
Le lendemain, même manège. Nicole, à l'école, s'est montrée fatiguée, n'a pas voulu jouer à la récréation. Elle a dit à sa maîtresse :
— Maman m'a privée de manger jusqu'à samedi.
La maîtresse, qui connaissait les difficultés de Nicole, les quinze jours où elle était restée couchée par punition, l'épisode des jeux excrémentiels, ne s'en est étonnée qu'à demi. Les jours suivants, Nicole a continué à être très gentille, refusant toujours de manger, exigeant de venir à table, mais sans avoir de couvert. La mère, au bout de trois jours, a commencé à s'inquiéter. Nicole s'est assise à table, regardant manger son père surtout, mais aussi sa mère et son frère avec des yeux de loup et, selon les mots de la mère, une grande intensité et une grande fascination dans le regard. Elle a suivi la fourchette qui allait de l'assiette à la bouche, observant comment on mastiquait et comment disparaissaient les aliments. Sa mère, ignorant que Nicole avait parlé à la maîtresse, lui a proposé, à plusieurs reprises, de manger un peu, ou de boire :
— Tu vas être trop fatiguée, tu ne pourras plus aller à l'école.
Elle s'est heurtée toujours au refus de l'enfant.
Nicole, donc, refusait de manger mais allait à l'école. Quand elle revenait, la mère la trouvait assise ou couchée. Le jeudi, exténuée, elle a accepté, enfin, seule avec sa mère qui l'aida à le boire, parce qu'elle ne voulait pas le faire elle-même, un bol de café au lait le matin et à quatre heures ; et, avant de se coucher, elle a bu deux grands verres d'eau, et dit à sa mère :
— Samedi, je mangerai, ça sera fini.

« J'aurais aimé vous la ramener à Trousseau, mais ce n'était pas possible », m'écrit la mère. Nicole elle-même lui a déclaré : « C'est pas la peine de le dire à la doctoresse, il faut pas que je mange. »

Le vendredi soir, en quittant l'école, très fatiguée, elle a annoncé à la maîtresse, qui se demandait ce qui se passait :
— Demain je pourrai manger, maman me l'a dit.

Le samedi, Nicole affamée s'est remise bel et bien à manger, et cette fois sans plus reparler de l'incident.

A quelque temps de là, la mère a rencontré la maîtresse et celle-ci lui a parlé de ce « Maman ne veut pas que je mange jusqu'à samedi ». Avait-elle agi de la sorte pour faire mal juger sa mère adoptive ? m'a demandé la mère de Nicole. « Je ne crois pas, ai-je répondu, je pense que la maman qui ne voulait pas qu'elle mange n'était pas vous, c'était une idée de maman datant de sa période affamée chez les parents nourriciers. »

Quoi qu'il en soit, le samedi où elle s'est remise à manger, elle a dit à la maîtresse : « Ça y est, je peux manger maintenant », et elle a ajouté ces mots que la maîtresse a répétés à la mère sans comprendre ce qu'elle avait voulu dire : « Comme ça, l'embêtante, elle est morte, et elle m'embête plus maintenant. »

C'est depuis cet épisode que la guérison s'est avérée complète. Je n'ai pas eu de nouvelles jusqu'au mois de novembre 1948 où, à notre demande, on répond : « L'enfant va très bien, elle sait presque lire, tout va bien à la maison et en société et le petit frère suit la même voie. »

DISCUSSION DE CES DEUX PREMIÈRES OBSERVATIONS CONCERNANT L'UTILISATION DE LA POUPÉE-FLEUR EN PSYCHOTHÉRAPIE PSYCHANALYTIQUE [*]

J'ai donné dans le détail le protocole des deux premières cures au cours desquelles j'ai utilisé la poupée-fleur en tant qu'élément délibérément introduit dans le traitement psychanalytique pour être le support du transfert.

[*] *Revue française de psychanalyse*, n° 1, 1950 (revu et augmenté).

J'ai dit comment l'idée première de recourir à cet objet m'était venue, à propos du cas particulier de Bernadette. L'enchaînement des faits qui s'ensuivit me parut tellement remarquable, quant à la rapidité de l'évolution du traitement, que j'ai voulu expérimenter une seconde fois le même procédé dans le cas de Nicole, que je voyais à l'hôpital Trousseau, quoique la conduite de celle-ci fût en apparence diamétralement opposée à celle de Bernadette; mais ce cas me paraissait répondre à un diagnostic psychanalytique identique : comportement hystérique, procédant d'une blessure narcissique au stade oral, ayant empêché l'intégration des règles communes aux humains de notre société : règles qui supposent la sublimation des émois propres à ce stade, fondamental pour ce qui concerne la structuration du psychisme.

L'essai fut un nouveau succès dans le cas. L'étude comparée des deux observations m'a semblé digne d'être menée de très près.

Le cas de Bernadette. On peut distinguer deux phases.

Pour la première phase, tout se passe en séances; dans la seconde, le travail va se faire autant à la maison qu'aux séances.

Première remarque : Nous avons assisté en l'espace d'un instant (cet instant ayant été préparé par tout un travail avant que s'effectue le transfert sur la poupée-fleur, support qui, en l'occurrence, jouait le rôle d'objet auxiliaire de la doctoresse) à la *disparition de la phonation monocorde,* à la disparition de la mimique figée en sourire stéréotypé, et à celle de la posture de la tête en torticolis, posture que l'enfant avait présentée depuis la station debout et la marche. Toutes ces disparitions se sont avérées définitives. Quant à la voix, l'apparition de modulations et d'intonations a suivi la transformation, également de façon définitive.

Comment ce revirement s'est-il produit?

Reprenons l'observation. A la huitième séance, il y eut cet épisode de la voix chuchotée, avec la bouche de Bernadette à mon oreille. Ce chuchotement qui s'adressait à moi, mais qui fut à l'origine de sa transformation vocale avec toutes les autres personnes, avait été précédé d'un autre comportement, par lequel il semble que l'enfant ait parcouru la distance qui la séparait de l'accès libre au langage échangé. Bernadette, avant de me parler, non pas d'elle-même mais de cette insupportable méchante fille, avait d'abord véritablement scotomisé ma présence : l'être avec lequel elle a commencé à exprimer vraiment ce qu'elle ressentait a été cette poupée-fleur dite « méchante », ou plutôt, comme la suite le dira, elle-même projetée dans la poupée-fleur, au cours de la scène muette et mimée d'« échange » de bouche à corolle et de corolle à oreille. L'enfant traduisait des émois instinctuels d'agressivité, libérés grâce à la projection dans la poupée du sentiment de culpabilité. Ainsi, dans ce colloque avec elle-même *(un Moi auxiliaire la référant au Moi Idéal qu'est la mère, parlant au Moi côté Ça, ou plutôt au pré-Moi frustré),* elle s'est en quelque sorte pardonné à *elle-même* d'être le théâtre d'émois mal adaptés. Elle *m'*a ensuite exprimé, sans encore donner un son à sa voix, la relation de cause à effet qui existait entre son infirmité corporelle (intriquée pour elle à l'angoisse archaïque, en collusion avec l'angoisse primaire de castration, condition de toute fillette), et ses troubles d'adaptation à la société dans les conditions particulières qui étaient les siennes. Elle a pu aussi exprimer son sentiment de frustration par rapport aux autres fillettes, tant sur le plan de la vie végétative que sur ceux des vies motrice et affective : un sentiment qui avait entraîné une angoisse d'insécurité précoce dans les échanges vitaux sous tous leurs aspects, ainsi que des blessures narcissiques également précoces, sinon pour elle, du moins pour ses parents et les médecins anxieux.

Deuxième remarque : Après cette transformation, intervenue dans la sphère orale, nous avons assisté à la *disparition de l'habitus infirme,* de la maladresse spectaculaire des mouvements, de leur incoordination, de tous ces symptômes moteurs qui rendaient l'enfant inapte à la vie en collectivité, et en faisaient un spectacle pour les autres qui ne pouvaient pas ne pas la remarquer partout où elle passait.

Cependant, la faiblesse congénitale du côté gauche organiquement infirme, la parésie, l'atrophie légère, les troubles vasomoteurs demeuraient. *Seule l'attitude psychique affective de l'enfant à l'égard de son corps avait changé* et suffisait à transformer l'allure de son infirmité, non seulement d'un point de vue statique, mais aussi du point de vue des fonctions dynamiques; de sorte que l'enfant pouvait désormais s'intégrer à la communauté sociale et compenser par l'intelligence et l'adresse le handicap entraîné par cette infirmité anatomique qui grevait son existence en face des autres enfants.

Troisième remarque : Le comportement de Bernadette avec son entourage a changé dès le moment où elle a projeté sur la poupée-fleur bouc émissaire tout ce qui l'avait fait souffrir dans les expériences vécues. Elle a pu s'intéresser aux autres êtres (d'abord à son ours en peluche) d'une façon maternelle. Elle a cessé de détester tout le monde, comme elle disait, et comme elle faisait.

Quatrième remarque : Le type et l'évolution du transfert que l'enfant a vécu sur la poupée-fleur est très particulier. Je crois que l'objet végétal impose au sujet une attitude particulière, qui fait toute l'originalité et l'efficacité curative du procédé. Mais, ce qu'il faut aussi remarquer, c'est que la tête de la poupée n'a ni yeux, ni nez, ni bouche, pas d'issues de communication, et qu'elle n'a ni pieds, ni mains, ni devant, ni dos. Je crois que c'est extrêmement important si l'on pense que le nourrisson tout petit ne sait pas qu'il a un visage : le visage de ce qu'il ressent, c'est celui de sa mère. Ici aussi, il n'y a pas de visage. Une enfant qui déjà s'est vue dans le miroir est soutenue, en revanche, à ne pas projeter dans la poupée-fleur sa personne d'aujourd'hui : elle peut y projeter son ressenti tout à fait archaïque.

Bernadette a fait supporter à la poupée-fleur, par projection, toute la charge culpabilisante des méfaits dont a été victime son entourage. Elle était ainsi faite. Elle était le lieu de sensations pénibles venant d'une part de son état viscéral et moteur, d'autre part de son épreuve actuelle : angoisse de castration liée au complexe d'Œdipe. A tout cela, la poupée-fleur a « réagi » à la place de Bernadette, mais sur un mode exempt, quant à elle, de toute intentionnalité, sans aucune visée opposante ou négativiste. *« Sa façon à elle d'être gentille s'appelle pour les autres être méchante.* » Il semble que c'est cette impossibilité de projeter sur cet objet des actes délibérément bons ou mauvais, donc des intentions, une éthique donnée par la mère dès l'âge oral lorsqu'elle parlait à l'enfant, qui fait l'efficacité de la projection de soi sur une figure végétale humanisée. Je crois qu'on peut appeler *première étape* la phase de neutralisation du Surmoi, qui jusque-là bloquait l'expression, tant mimique que vocale, de l'enfant.

Cinquième remarque : Nous assistons ensuite, à la faveur de l'effacement du Surmoi, à la conquête de l'expression libre de celles des intentions motrices qui étaient jugées mauvaises par le Moi (en liaison avec le Moi Idéal, introjection des parents). Avant de trouver toute seule la solution dans la projection de soi sur un animal néfaste, Bernadette prend conscience de son *ambivalence,* je crois plus juste de dire : de la *dualité* qui existe en elle.

Alors que la main du côté infirme exprime son amour pour moi de façon sadique (griffer, mordre jusqu'au sang, « *c'est sa façon d'aimer* »), ébauche de désir cannibale et destructeur, du côté sain, la main droite traduit l'amour par tendresse et caresses.

Selon l'un ou l'autre côté du corps, parétique ou non, la saisie par la conscience du sujet (Bernadette) d'un même élan positif vers l'autre (moi en tant qu'objet, personne entière), d'un même émoi, va trouver une expression contradictoire, résultat de la confluence de deux processus contradictoires d'identification à l'objet aimé. Il s'ensuit que Bernadette appréhende à la fois son propre Moi et l'objet aimé sur le mode de la dualité éthique, ce qui va entraîner par choc en retour un conflit de sensations et de perceptions. L'enfant était au fait de tout cela et confrontée à des élans aux conséquences aussi mauvaises que bonnes (et parfois plus mauvaises que bonnes). Elle préférait ignorer la réalité, trop pénible, trop dangereuse pour le sentiment de son unité intérieure. Elle ressentait celle-ci comme infirmée par son hémiplégie. Bernadette reproduisait ainsi avec moi les traumatismes répétés des premiers jours de sa vie. L'expérience a montré que cette reviviscence lui a permis de libérer la libido restée fixée à ce stade. Non seulement le traumatisme de la naissance avait été violent, mais encore les premières pulsions vitales, téter, boire (vécues avec angoisse par les parents) avaient provoqué souffrance digestive et vomissements de sang. On peut comprendre qu'en Bernadette tout élan vers un mieux vivre, toute « envie » déclenchait une angoisse, liée à un sentiment de menace, de souffrance, de danger, de perte d'intégrité. Pour le nourrisson Bernadette, *vivre* avait été l'équivalent de *souffrir*. Ce qui lui en restait, c'était le sentiment que tout ce qui est vie est menace, que tout ce qui est bon, tentant, est empoisonné, et jusqu'à la mère elle-même : « Quand elle est là je suis pas bien, et quand elle est pas là, je suis encore pas bien. »

Pour Bernadette, se débarrasser de sa mère, de sa présence, liée dès l'origine aux expériences douloureuses de l'âge oral, c'était, par association, tenter de retrouver le droit de vivre tranquille, et de se débarrasser de la souffrance. Nous voyons là la source de l'attitude paranoïaque de Bernadette vis-à-vis de sa mère, de son attitude sans issue : car, parmi les adultes qui entouraient Bernadette, la mère et le père étaient les seuls à chercher à la comprendre et à l'aider, malgré les grandes difficultés que donnait l'enfant. Elle-même, Bernadette, aimait leurs personnes en tant que sujets, mais leur présence corporelle était associée à son corps qui souffrait. Bernadette devenait un sujet qui ne se sentait cohérent que dans un désir pervers (sans castration) du Moi, tel qu'il se projetait dans la guenon.

Sixième remarque : La poupée-fleur, en devenant le support de cette perversion, a, en grande partie, débarrassé Bernadette de la dimension négative de son ambivalence par rapport à sa vraie mère, et d'un contre-effet d'angoisse de culpabilité. *L'enfant se libère de son caractère paranoïaque par la projection dans des animaux :* la fille-loup, projection de l'objet partiel main gauche de son corps, côté infirme (neuvième séance), et la guenon, personnage fantasmé, représentant le Moi, frustré de n'être pas semblable aux autres humains.

Au tableau clinique d'enfant haineuse, despotique, cahotique, querelleuse, persécutée-persécutrice, jamais détendue, va succéder, à la suite de la perte d'intérêt pour la poupée-fleur bouc émissaire, une étape d'apaisement.

La seconde phase du traitement a été constituée, après le

désinvestissement de la poupée-fleur, par l'investissement positif des poupées animales, à l'exclusion d'une seule, image persécutrice qui était en réalité un personnage imaginaire, dont elle avait trouvé la représentation dans la petite figurine de son zoo-arche de Noé, le petit singe miniature marron qui avait des mamelles visibles, alors que l'autre singe miniature, l'époux de cette guenon, n'en avait pas.

Ce fut une phase absolument indépendante de toute intervention de ma part. J'ai compris cette étape comme nécessaire en tant qu'elle introduisait le support d'une projection pour les émois du stade anal. La guenon était le bouc émissaire des sentiments de culpabilité angoissants liés aux pulsions sexuelles de Bernadette, confusément consciente du point de départ de ces pulsions dans sa zone ano-uro-génitale [1]. Cette zone n'était-elle pas, elle aussi, le lieu d'une infériorité de forme, d'une « infirmité », et là par rapport au mâle (son père, « l'homme lune avec un bâton », et Bertrand, son petit camarade, étaient tous deux constamment assimilés l'un à l'autre dans les propos de l'enfant et, semble-t-il, confondus dans un même mode d'appréhension affective, tous deux étant perçus comme des garçons, possesseurs de pénis).

La guenon est d'abord, pour Bernadette, le support de ses émois agressifs à l'égard de la mère. Cette agressivité, attribuée à un être extérieur, est à rapprocher de celle attribuée à la main gauche du corps propre (neuvième séance). Elle est sadique par bonnes intentions. C'est parce qu'elle aime Bernadette que la guenon veut entrer dans elle par la bouche et, par sa présence, la transformer en femelle animale, la privant ainsi de tout avenir féminin humain (qui se construit, chez les petites filles, par complicité harmonieuse avec la mère et introjection et identification à elle).

Septième remarque : Après la survenue du fantasme de la guenon (quatorzième séance) qui a suivi des comportements maternants centrés sur le lapin et (treizième séance) le dire sur les trois billes, clitoris et mamelons, l'enfant semble traduire sa crainte que la guenon — symbole d'une attitude femelle ennemie

---

1. Dès la toute petite enfance de Bernadette, l'observation du siège de leur bébé angoissait les parents (émission de sang par l'anus).

des règles sociales — n'entre en elle-même en même temps que la nourriture, du fait de l'absorption affective (introjection des émois angoissés) de la mère dès les premiers jours de la vie de Bernadette. La guenon sert d'objet de projection du malaise de vivre qu'il faut fuir, ce malaise qui accompagnait tous les soins au corps, aussi bien à la sphère orale (au visage) qu'à la sphère anale (dans les langes). De fait, l'enfant se nourrit des émois qui accompagnent tous les soins donnés par la mère à son corps. Et dans ce qu'il ressent, toutes les satisfactions corporelles ou les souffrances qu'il éprouve seul avec lui-même, en son berceau, en l'absence de la mère, ont le visage, l'aspect apparent de la mère. Quand tout va bien pour le nouveau-né, la mère qui apaise sa faim et sa soif et qui est satisfaite des belles selles de son bébé est associée au plaisir de vivre au stade végétatif passif pour tout le corps, en même temps qu'au plaisir du fonctionnement des zones orale et anale.

La nourriture impossible, douloureuse et dangereuse, le sang dans les langes, ont ici transformé la mère et les personnes qui s'occupaient de Bernadette au cours de ses épreuves digestives (le docteur à la motocyclette y compris), en êtres déclencheurs d'angoisse, d'insécurité, donc d'émois négatifs, liés à leur présence dans la réalité. Au contraire, téléphoner à sa mère, lui écrire, était rassurant. La mère de l'étape orale avait été réanimée par la première phase de transfert positif sur l'objet végétal imaginaire quand j'avais dit : « peut-être veut-elle une poupée-fleur » et qu'elle avait sauté de joie : « oui, oui, oui, une poupée-fleur! » (exactement d'ailleurs comme plus tard Nicole). La matérialisation de cet objet imaginaire a permis de décharger sur lui, dans la réalité, l'angoisse de la dyade mère-nourrisson, puis de la désinvestir quand toute l'agressivité a été exprimée. J'ai cru comprendre que, dans l'étape projetée sur la guenon, il s'agissait du même processus, mais cette fois avec la mère archaïque de l'étape anale.

Dans le cas de Nicole, c'est *« Maman qui ne veut pas que je mange »*. En fait, pour Bernadette, la « Maman » n'est pas la maman de la réalité car, si cette maman-ci fait défaut, l'enfant peut encore moins manger que lorsque la mère est à la maison, et ne retrouve la possibilité relative d'apaiser sa grande faim qu'en la rendant présente dans ses fantasmes, en pensant à elle (la lettre pendant l'absence). Dans ce retour consolateur à la relation d'amour à l'objet tout entier parlant, la mère réelle, l'enfant peut affronter, subjectivement plus fort (en participant à la force rassurante de sa vraie mère, imaginée et à laquelle elle parle, donc présente en pensée, mais non pas dans l'espace du fait de la rémanence d'angoisse que sa présence apportait), le danger réel qui se cache dans la nourriture, articulé à la vie végétative-danger (mère-danger) de la petite enfance, dont son corps a conservé la mémoire.

Dès que la figurine à mamelles claires du singe en plâtre surnommé guenon, objet réel, a supporté la responsabilité coupable de l'investissement négatif de libido anale pour la mère, l'enfant a pu se sentir en droit (donc responsable mais non coupable) de lutter contre ses émois œdipiens avec une agressivité sadique anale, et contre le souvenir de la mère anxieuse de son siège, puis de ses anomalies motrices. Bernadette le faisait au nom de son Moi, déjà enrichi par l'agressivité orale remise à sa disposition depuis la poupée-fleur, et soutenu par son identification aux adultes et à son entourage qui l'aimait pour elle-même, au-delà de son infirmité.

Elle a pu ainsi retrouver l'amour tendre pour sa mère et la faculté de manger librement qui, physiologiquement, avait été un problème des premiers jours de la vie, sans doute lié à un traumatisme néo-natal (ou à une maladie neurologique vers la fin de la vie fœtale). Presque aussitôt, Bernadette a montré un comportement gestuel de fillette coopérante à la maison et de femme, en aidant des enfants à son école.

Huitième remarque : La nécessité de la cérémonie magique du *lynchage spectaculaire de la guenon* semble avoir été celle d'abréagir toute la libido anale investie dans le symptôme obsessionnel (l'anorexie), intriquée à la difficulté d'échanges sociaux narcissisants par impossibilité d'une motricité aisée à l'âge de la marche.

Au cours de cette cérémonie, tout ce qui représentait pour l'enfant la société, le monde réel (les parents, la bonne) et le monde fantasmatique (ses jouets, ses animaux, ses poupées) a participé : c'est-à-dire a partagé en spectateur, dans la scène psychodramatique de Bernadette, la responsabilité du jugement et de l'exécu-

AU JEU DU DÉSIR

tion infamante radicale. Ces spectateurs passifs étaient une force secourable, des témoins en accord avec Bernadette. Le père, en se décidant à agir et en cassant le fétiche du mal, lui a permis d'accomplir le meurtre de la partie négative anale qui était en elle et qui la rendait, contre le gré de l'autre partie, paranoïaque. De cette scène a surgi un Surmoi unifiant, fragile, mais sain, c'est-à-dire adapté aux exigences du Moi ainsi qu'à celles d'un Moi Idéal pré-œdipien encore, mais déjà génital et féminin, garant de la possibilité post-œdipienne d'un Idéal du Moi adapté à la société. L'écrasement définitif de la guenon marron méchante pour son bon singe de mari (marron lui aussi, mais bon, et on sait que Bernadette avait dessiné le soleil marron) était un acte sadique perpétré en coopération active avec le père. Cette aide nécessaire du père fut quelque chose comme un coït sur le plan des fantasmes sexuels de l'âge anal, par lequel était réduite à l'impuissance l'image néfaste de la femelle archaïque du bon singe, c'est-à-dire, je crois, la mère introjectée, projetée, fantasmée en tant que source du sentiment de culpabilité œdipienne. Or la mère qui dans la réalité était consentante, puisqu'elle assistait à la scène, compatissante et attentive à Bernadette, s'avérait ne pouvoir être confondue avec la mère fantasmatique.

Le fait indubitable, c'est que, à dater de cette scène de lynchage de la guenon si spécialement investie, Bernadette sort définitivement transformée et accepte les réalités sociales. Son adaptation sociale, deuxième étape du traitement, dont la première avait été la réadaptation de l'enfant à elle-même, est manifestement liée à cette destruction de la petite guenon marron sur laquelle elle a focalisé son fantasme de la guenon qui voudrait entrer en elle par la bouche; de la même façon, les changements dans la façon d'être et de s'exprimer (posture, mimiques, gestes, voix) avaient été liés à l'épisode de la poupée-fleur aimée puis désavouée, quoique jugée irresponsable. Enfin, a pu succéder, à cette projection de l'éthique et du narcissisme oral blessé, une totale « guérison par la doctoresse ».

Si j'ai relaté les propos de la vieille femme qui accompagnait Bernadette, c'est qu'ils exprimaient bien la rapidité de la transformation radicale de l'enfant pour son entourage familier.

Certains de ceux qui ont lu cette observation m'ont demandé : « *Et le strabisme,* qu'en est-il advenu ? »

Voici les faits : quand Bernadette est arrivée chez moi, elle était depuis six mois en traitement de rééducation par une méthode de gymnastique oculaire d'origine anglaise, et son strabisme interne, quoique très apparent pour moi, était aux dires de la mère très amélioré par rapport à ce qu'il avait été. Hélas, au sortir de la première visite chez moi, tout l'acquis de ces mois de rééducation était perdu. Avec les exercices prescrits repris par la mère, la « correction » se refaisait mal, et ne tenait pas. Après l'épisode de la poupée-fleur, le strabisme diminua beaucoup et, à la fin de 1948, peut-être les exercices aidant, l'enfant ne présentait plus qu'un léger strabisme monoculaire, à peine visible, et seulement aux moments de plus grande fatigue.

COMPARAISON ENTRE LES DEUX OBSERVATIONS

Si l'on compare maintenant les deux observations, on est frappé par l'analogie du processus de guérison psychosensorielle chez Nicole et chez Bernadette. Nous n'avons pas une observation aussi détaillée pour Nicole que pour Bernadette, puisque je n'eus avec Nicole que cinq séances, étalées sur une période de sept mois. Je rappelle qu'à l'hôpital ces séances à ma consultation se passent devant un public constitué exclusivement, à part la surveillante, par quelques psychanalystes. L'enfant est assis à la même table, carrée, que moi, non pas en face, mais à ma gauche, sur le côté de la table perpendiculaire au mien. Derrière mon dos, un mur. Derrière l'enfant, personne. Face à l'enfant, une fenêtre. Sous la fenêtre, à ma droite et face à elle, donc, quatre ou cinq personnes en blouse blanche comme moi. Dans la pièce circule l'infirmière.

Les parents qui accompagnent l'enfant sont à côté de l'enfant, sur des chaises, à sa droite et à ma gauche, pendant la première partie de chaque visite. Pendant la seconde partie, l'enfant reste seul avec moi et les assistants qui n'ont qu'un rôle de présence muette. Il arrive souvent que les enfants, en arrivant et en partant, aillent dire bonjour et au revoir à tous. Dans l'ensemble et à part cas exceptionnels, l'assistance est confondue avec moi-même en une même coloration transférentielle. Seule l'infirmière qui entre, va et vient, très discrète, à travers les salles d'attente et de consultation, se voit attribuer une valeur un peu différente.

Dans le cas particulier de Nicole, les conseils à la mère concernant la vérité à dire aux enfants pour leur adoption avaient été donnés hors de la présence de l'enfant, à la fin de la première consultation, où j'avais eu d'abord un entretien avec l'enfant devant sa mère.

Ce qui m'a frappée dans ces deux cas, c'est *l'attitude semblable des deux enfants vis-à-vis de la poupée-fleur : très positive d'abord, puis ambivalente, enfin négative quand la poupée-fleur est prise comme bouc émissaire responsable mais non coupable* des pulsions inadaptées de l'enfant. La mobilité retrouvée de la mimique traduit la disparition de l'angoisse; puis c'est le déblocage de la liberté d'expression orale laryngo-pharingienne : bruitage, puis parole; enfin, l'expression verbale parfaite, sans que soit intervenue aucune rééducation de la parole. Même attitude de désaveu de la poupée-fleur qu'on rejette loin de sa vue, mais que l'on amène à Mme Dolto pour la guérir et la rendre, donc, de nouveau acceptable pour l'enfant qui l'aime malgré sa « perversion » — que l'enfant justifie dans ses dires.

Chez Nicole, c'est la disparition de la perversion du goût, de la dipsomanie, de la perversion des sensations (voir « ça fait mieux mal » : elle ressentait masochiquement la douleur physique comme agréable). La construction d'une personnalité semblable à celle des autres enfants se projette alors dans les graphismes, expression d'une sublimation oro-uro-anale. Toutes ces transformations sont permises par le transfert sur la poupée-fleur des émois agressifs pervers qui lui ont été imposés en exemple à l'âge oral. Enfin, pendant les quatre mois qui ont séparé la quatrième séance de la cinquième, le travail psychanalytique a continué seul, sans nécessiter de visite à Trousseau. Les étapes ont donc été les mêmes pour Nicole que pour Bernadette.

Voyons de plus près la comparaison :

AU JEU DU DÉSIR

1. Chez Bernadette les impulsions motrices sadiques, socialement mauvaises, sont projetées sur deux fantasmes : une guenon, animal femelle imaginaire que la figurine du zoo miniature sert à représenter, et une fille de loup imaginaire, représentée par la main infirme.

Nicole, elle, fabrique des objets nombreux et petits, qui représentent, de façon plastiquement très réussie, des animaux sauvages mais neutres, vus en réalité au zoo. Ce qui correspond à une sublimation ou à l'intégration d'une partie de la libido sadique anale (l'adresse manuelle), tandis que, dans le même moment, Nicole investit une autre partie notable de cette même libido anale en retrouvant de l'intérêt pour ses excréments et les jeux excrémentiels jusque-là liés à des symptômes anxieux non intégrables au Moi, qui n'avaient pu passer par un stade de récupération valorisante.

Peut-on parler ici de *libido du Moi* et de *libido d'objet,* termes introduits par Freud pour distinguer deux modes d'investissement de la libido, selon qu'elle prend pour objet soit la personne propre, soit un objet extérieur? Je ne crois pas encore, car ni chez l'une ni chez l'autre il n'y a encore ni Moi ni objet. Plus exactement, si chez Bernadette il y a une relation d'objet, celle-ci est obérée par la relation à un objet parasitant son Moi du fait de son infirmité, un objet archaïque maternel, mêlé à son Moi; pour Nicole il n'y a pas encore de Moi, puisque l'enfant ne parle pas.

Chez Bernadette il y avait une infirmité, passant, si l'on peut dire, par le tracé médian du corps : un côté du corps n'était pas au même niveau de pré-Moi que l'autre côté. Un côté du corps, le côté paralysé, n'avait pas la parole, était représenté par cet animal qui n'avait pas la parole. Au contraire, chez Nicole, ni l'un ni l'autre des deux côtés de son corps, qui était sain, n'avait la parole.

Il ne semble pas que Nicole, quant à elle, ait mis d'intention maligne, ni voulu exprimer d'opposition agressive envers sa mère adoptive, dans ses jeux excrémentiels; mais son affection pour sa mère et son désir de s'intégrer à la vie commune de la famille étaient trop ténus. Nicole n'avait pas encore de Moi Idéal, ou il était trop faible à côté du plaisir érotique anal brut que ses jeux lui procuraient. N'oublions pas que cette enfant avait été abandonnée par sa génitrice au moment de la naissance de son frère, et que, celui-ci l'ayant suivi de peu dans l'abandon, ils avaient été ensuite négligés et rejetés, maltraités par des parents nourriciers indignes. La mère nourricière n'avait pas investi dans le langage les fonctionnements érotiques sadiques anaux.

Chez Nicole, comme chez Bernadette, la solution fut trouvée spontanément; le transfert affectif sur une poupée animale à forme humaine fit virer le comportement et permit à l'enfant de s'adapter aux règles de la société. Nicole fit d'elle-même la projection sur un lapin, après avoir hésité pour le chat. C'est à dessein que je n'avais pas suggéré l'idée de la guenon, peut-être à tort, mais je préfère toujours laisser l'enfant mener ses propres fantasmes. Bernadette a contracté les deux représentations, lapin et chat, par combinaison de l'une et de l'autre dans un seul désir au cours de la dixième séance. Elle avait parmi ses joujoux personnels, déjà, avant son traitement, une Arche de Noé avec de nombreux couples d'animaux. Mais ce n'était pas le cas de Nicole, et l'on voit comment elle s'est servie d'une visite dans la réalité au zoo de Vincennes pour trouver des objets de projection qu'elle a fabriqués elle-même.

Il semble que, dans ces deux cas, le processus de la cure par la poupée-fleur ait été le suivant :
- Libération des émois tendres-sadiques propres à l'éthique cannibale de l'âge oral.
- Récupération d'un narcissisme sans angoisse, succédant à une situation de narcissisme anxieux phobique.

2. Pour Bernadette, l'angoisse tentait de s'abréagir par l'agression sur autrui, par une attitude activement perverse (sadique) vis-à-vis de l'entourage et passivement perverse (masochique) vis-à-vis d'elle-même.

Pour Nicole, l'angoisse était maintenue dans les limites du refus de parler aux adultes, ressentis comme dangereux; elle ne les attaquait pas, mais se dérobait sans extérioriser d'agressivité; vis-à-vis d'elle-même, elle semblait éviter de s'entendre exister, mais ne se détestait pas; au contraire, sa dipsomanie traduisait sur un mode régressif sa recherche d'identification à un animal, mais aussi sa recherche pour compenser ses frustrations passées par le retour à une première mère de l'époque où elle n'avait pas de mains à sa disposition, du fait de la non-motricité du nourrisson. Le geste de téter sa mère adoptive indique bien que Nicole avait été un nourrisson sain avant son premier placement en nourrice, mais qu'il n'y a pas eu de processus de sevrage (castration orale, dont la sublimation est la relation orale à la mère par-delà la suppression du contact de la bouche au mamelon).

3. Une fois le narcissisme oral récupéré, l'enfant étant désormais libre de s'exprimer sans se sentir coupable, le pré-Moi se sent renforcé par l'énergie rendue utilisable de pulsions antérieurement fixées au stade oral du développement de la libido, désormais castrées et symbolisables. Les échanges sont dès lors sans angoisse, et chacune des fillettes peut évoluer vers l'expression des émois du stade anal.

Pour Bernadette, l'extériorisation de ses pulsions prenait une forme verbale (voir huitième séance), traduction grossière, scatologique, de fantasmes délinquants, délirants et obsessionnels.

Pour Nicole, cela se traduisait sur le mode de la coprophilie compulsionnelle, manuelle, irrésistible.

Mais, pour toutes deux, il s'agissait bien d'extériorisation narcissique des pulsions du stade anal.

4. Chez toutes deux, l'adaptation à la société se fait par dissociation des émois instinctuels en deux groupes : ceux qui ne sont pas acceptables par le Surmoi sont projetés sur une figure animale jusque-là aimée; l'enfant participe au choix de cette figure, mais comme séduite passivement, homosexuellement passive, pourrait-on dire : la figure animale joue au fond le rôle d'un Moi auxiliaire archaïque pour les pulsions prégénitales féminines et passives; puis, dans un second temps, la figure animale est sacrifiée comme bouc émissaire, chargé de toute la culpabilité de l'enfant quant à « son être ».

Pour Bernadette, la présence de la guenon, sans qu'elle y soit pour rien, gâche la vie de toutes les autres créatures. Quant à sa main infirme, dite fille de loup (représentation de l'oralité cannibale neutre), sa façon d'aimer est sous-tendue par une sorte d'éthique sanguinaire (peut-être l'éthique fœtale, vampirique, et celle du nouveau-né, cannibale, mais aussi l'éthique du temps où une maman dans les langes ramassait et prenait pour elle le sang). La guenon représente un désir impuissant de communication interpsychique de sujet à sujet, la fille de loup griffe représente le désir partiel pour l'objet partiel.

Je pense que les deux figurines sacrifiées sont des boucs émissaires aussi bien de la culpabilité motrice anale que de la culpabilité des pulsions génitales œdipiennes, impuissantes à se dire, cette culpabilité venant de la rivalité avec la mère actuelle.

Chez Bernadette, cette projection est chargée d'une extrême tension. La guenon est en totalité inacceptable.

Chez Nicole, il s'agit d'un ours. Celui-ci est inacceptable s'il est pourvu d'une tête, mais devient acceptable moyennant la décapitation, mutilation qui symbolise la suppression de la conscience de sa responsabilité et même de la culpabilité de ses pulsions ano-vaginales.

Comment ne pas rapprocher ces faits de l'image que ces enfants entendaient donner d'elles-mêmes au monde extérieur, et aussi de la façon dont elles se situaient par rapport à la société avant leur traitement? Bernadette faisait des rêves de puissance magique, de supériorité magique, niant l'existence de la réalité, elle voulait toute la pâte à modeler pour elle-même, se voulait forte, terrorisante. Nicole, au contraire, se donnait l'air d'une grande débile, pathologiquement passive, jouissant d'être rejetée, d'être blessée douloureusement, méconnue, impuissante (elle est même restée dix jours au lit), faible, petite. Bernadette était perverse-paranoïaque, Nicole perverse-masochique.

5. La guérison, chez toutes deux, a suivi l'investissement tendrement positif d'un mammifère craintif et aimable, doux à caresser, sans défense et plein de charme, le lapin, plus ou moins affectivement parent, à leurs dires à toutes les deux, du chat : symbole presque généralement rencontré de la sexualité femelle, de la zone érogène vulvaire cherchant à provoquer les caresses et animée de pulsions partielles érotiques passives : le chat et le lapin, deux animaux très doux, le lapin plus phobique que le chat qui, lorsque quelque chose lui déplaît, se dérobe et fuit.

Je sais que cette étude critique et tous ces commentaires prêteront à discussion. C'est d'ailleurs dans ce but que je les formule. Pour ma part, ce sont les processus de guérison seuls qui comptent. Mais, sur les faits, les observations qui les accompagnent, j'ai réfléchi à ma façon, comme chacun de nous devant toute expérience.

Lorsque j'eus l'expérience de ces deux guérisons cliniques, je ne savais pas encore quelles en seraient les suites lointaines, ni que la guérison serait définitive pour les deux fillettes. Je me demandais s'il ne s'était pas agi, avec l'introduction de cet objet de transfert, de l'utilisation sur le mode magique d'une de mes propres projections.

Les faits eussent-ils été les mêmes si la poupée-fleur avait été lancée dans le circuit affectif du sujet par un autre ou une autre que moi-même? La poupée végétale n'était-elle pas, pour l'enfant, le support d'une idée venant de moi, donc un objet me représentant, moi, en partie, et qui, de ce fait, ne serait qu'un des aspects de transferts particuliers? La poupée-fleur n'aurait-elle aucun rôle par elle-même? Il fallait faire des observations plus nombreuses. Je m'y appliquai et je chargeai aussi quelques-uns des assistants qui, à ma consultation, étaient témoins de l'évolution du cas de Nicole, de m'apporter leurs observations. La réponse à cette question me semble avoir été donnée par l'observation de Jeanne.

OBSERVATIONS PARTIELLES OU RÉSUMÉES CONCERNANT L'EMPLOI DE LA POUPÉE-FLEUR DANS D'AUTRES CAS

Observation 1 : Monique, sept ans.

Vue à notre consultation de Trousseau, elle présente depuis deux ans une incontinence d'urine permanente et, au début du traitement, une incontinence temporaire des matières fécales, qui n'a pas persisté. L'infirmité de l'enfant, d'âge scolaire, et d'un excellent niveau mental, a entraîné des passages dans des services d'urologie, des interventions douloureuses de sondage, séparation des urines, lavage de vessie. Au début, on avait diagnostiqué des colibacilles. Ils ont disparu rapidement. Mais l'incontinence, elle, restait inchangée. Après l'échec des médications organiques, la suspicion de simulation ou de pithiatisme a entraîné un traitement dit de psychothérapie armée, par des piqûres douloureuses à but d'intimidation. Là aussi, échec total. Bref, après ces deux années, l'enfant est aiguillée sur notre consultation, à la fois pour son incontinence d'urine rebelle, et pour son comportement.

Monique présente un visage et un port figés très remarquables. L'inhibition mimique est complète. La voix est inaudible. A l'école comme à la maison. Elle a des insomnies jusqu'à deux ou trois heures de la nuit. Elle est lente, apathique, toujours triste d'apparence, sans jamais pleurer cependant, et sans jamais se plaindre. Sa passivité est telle que l'enfant — d'âge mental supérieur de deux ans à son âge réel, au test Binet-Simon — est incapable de suivre l'école, tant à cause de son comportement vis-à-vis des autres qu'à cause de son rythme de travail. Elle ne parle jamais, ni aux adultes ni aux enfants. Si on la questionne, elle répond parfois « oui » sur le temps de l'aspiration, ou ne répond rien, mais jamais « non » ni quoi que ce soit d'autre. Son inexpressivité gestuelle, mimique et sonore, est totale.

Elle reste seule des heures entières, immobile, silencieuse, à tripoter des objets sans les regarder. Elle fait cependant correctement, mais très lentement, ses devoirs, à condition qu'ils lui soient imposés. Elle ne joue pas à la poupée, elle n'a aucun objet chéri. Elle mange régulièrement, peu, et sans montrer aucune gourmandise. Elle n'est jamais activement opposante. Elle aime bien sa famille, son père, sa mère, son frère aîné de deux ans et cette famille qui se dit sans conflits.

Elle vient régulièrement à la consultation, bien tenue, « tirée à quatre épingles ». Sa mère est consciencieuse, sans douceur, sans grâce, sans indulgence, inquiète, active et criaillante, toujours prête d'un coup d'œil à faire signe à sa fille de se tenir droite, ou d'ôter ses coudes de la table. C'est une mère visiblement obsédée de propreté et de savoir-vivre, et qui dit : « On ne saurait pas comment la punir, rien ne l'intéresse », et : « Si on se fâche ? Plus on se fâche et plus elle est idiote le jour, et moins elle dort la nuit. » Mais cette femme aime son enfant, et souffre de la voir « toujours triste et pas comme les autres ». Les séances sont muettes. Monique s'assoit, me regarde, dessine à ma demande.

Le transfert améliore quelque peu la situation : l'incontinence diurne disparaît immédiatement, puis très vite l'incontinence nocturne; mais il n'y a toujours pas de contact social, mimique ou verbal avec personne et pas même avec moi (en dehors du « bonjour madame, au revoir madame », toujours sur l'aspiration, si la mère est là, et seulement en entrant et en partant). Il est vrai que, comme je l'ai expliqué ailleurs, à l'hôpital, je ne suis pas seule avec l'enfant. Les dessins de Monique sont sans vie, comme elle. C'est la représentation stéréotypée d'objets usuels, les traits sont rigides, sans que jamais soit dit ce que cela représente. Parfois, elle écrit : casserole, table. Jamais de variante, jamais de dessins d'imagination, jamais de thèmes inventés ni de rêves, jamais de couleur.

Au bout de quelques séances, Monique est visiblement très positive à mon égard. Sa mère dit que c'est encore pour venir à la consultation qu'elle montrerait « le moins de lenteur ». Je lui fais donner une poupée-fleur. Elle montre immédiatement une grosse fixation positive à cet objet. Elle ne s'en sépare plus, couche avec elle, vient avec elle à la consultation à la séance suivante.

La mère annonce que, depuis qu'on lui a donné cette poupée, l'enfant est plus gaie; elle l'a surprise à chanter toute seule plusieurs fois. La mère s'éloigne, je reste avec Monique, je lui propose de me raconter une histoire inventée. Comme toujours c'est impossible, elle se tait.

Moi :

— Laisse-toi conduire par ta poupée-fleur. Peut-être qu'elle t'emmènera, et que tu me raconteras où elle t'emmène.

Immédiatement le barrage est rompu. L'enfant devient très loquace et parle son fantasme extemporané, à un rythme rapide. Elle me raconte tout ce que sa poupée-fleur fait, et ce qu'elle lui dit. Il y a de longs arrêts attentifs où elle suit sa rêverie.

Moi :

— Alors, que se passe-t-il?

Aussitôt elle enchaîne. Elle arrive à fantasmer une histoire riche en contenu analysable et, en quelques séances, c'est par l'intermédiaire des propos et des actes prêtés à la poupée-fleur que les émois agressifs de l'enfant s'expriment.

L'amélioration sociale et l'autonomie de l'enfant sont déclenchées. Sa mimique gestuelle, son rythme de vie, se sont animés. L'angoisse cède. Hélas pour la mère! En arrivant à la consultation, la mère, devant la fille, dit tous les progrès qu'elle voit, puis :
— Mais voilà, mademoiselle se permet de me répondre, maintenant, de discuter mes ordres; mademoiselle sourit quand je fais des remontrances; mademoiselle se met à mentir, elle se chamaille avec son frère et, vous me croirez si vous voulez, mais votre poupée-fleur qu'elle fait semblant d'aimer quand elle vient ici, on la retrouve partout jusque dans les cabinets et sous toutes mes affaires. *Mes* affaires. Et puis elle ne fait plus dans ses culottes, mais maintenant elle salit ses vêtements, devient brouillon, désordre; elle qui était si appliquée, elle prend des manières pas jolies. Ah, qu'elle était mignonne, pourtant, avant!

Observation 2 : Anne, cinq ans et demi.
Est amenée à la consultation par l'infirmière de la garderie maternelle où elle séjourne du matin au soir depuis deux mois. Elle présente des troubles psychopathiques.

Instable, retardée, guère de contrôle sphinctérien, pas de contact affectif avec l'entourage adulte. Vis-à-vis d'un seul enfant, un garçon plus petit qu'elle, elle se montre attentive, accapareuse, despotique et jalousement agressive. Par moments, elle est dangereuse pour les autres, de par l'inconscience de ses gestes brusques. Jamais de sourire, une voix sans modulation, un langage pour elle-même, fait de syllabes difficilement compréhensibles. Impossible d'obtenir d'elle la moindre obéissance aux injonctions collectives : s'asseoir, se coucher, jouer à un jeu, s'habiller. De plus, elle refuse toute nourriture et fait des crises nerveuses violentes et impulsives si on essaye de la faire manger. Elle est pourtant bien portante, pas trop maigre, il paraît qu'elle mange la nuit avec sa mère.

L'enfant est née pendant la guerre, d'un ménage israélite d'artisans fourreurs, assez âgés, en pleine période de persécution. Chassés de Paris, les parents fuyaient à travers la France. A la naissance d'Anne, il y avait deux garçons, de quinze et de dix-sept ans. Le second, parti en Palestine, a été tué au combat quand la petite Anne avait trois ans. Les parents ne sortent pas d'un deuil pathologique, mêlé de revendications agressives à l'égard de cet enfant tué qui, parti contre leur gré, n'avait jamais voulu les écouter et n'avait peur de rien. Lui seul, de par l'affection qu'elle avait pour lui et lui pour elle, était capable de faire obéir Anne. Actuellement, le frère de vingt ans est encore le seul de la famille « qu'elle craint », dit la mère, « mais il est dur avec elle et lui fait mal en la frappant ». « Elle semble le chercher. »

Quand l'enfant est née, la mère n'a pas pu la nourrir. Elle se procurait difficilement du lait : Juive, ses cartes d'alimentation n'étaient pas en règle. Anne a présenté dès la sortie de la maison d'accouchement des troubles digestifs graves et continuels jusqu'à cinq mois, une nervosité extrême. A cinq mois, comme elle était dans un état désespéré, la mère l'a confiée à une assistante sociale qui promettait de l'emmener dans une crèche de la Croix-Rouge en Suisse. Anne y est restée jusqu'à dix-huit mois sans revoir sa mère et sans que celle-ci en eut aucune nouvelle. Elle y était devenue calme, splendide et gaie, sans problèmes, lui avait-on dit quand, la guerre finie, l'enfant avait été rendue à sa mère.

Alors, en huit jours, elle se détraque, ne dort plus, refuse de manger, perturbe la famille par ses troubles du caractère, agressivité passive, obstruction continuelle à toute activité de sa mère, par l'inquiétude qu'elle donne à celle-ci, et par l'insomnie qu'elle entraîne pour tous (tout le monde vit dans une seule pièce), y compris les clients de l'hôtel où ils demeurent : certains d'entre eux demandent le renvoi de la famille.

Depuis, l'âge mental et caractériel reste inchangé. Le couple morbide, angoissé, mère-fille, s'est réinstallé comme dans les premiers mois. La mère n'a pu reprendre aucun travail à domicile à cause de son enfant, que personne ne veut garder. L'école la refuse. La mère la confie pendant la journée à une garderie de la Croix-Rouge, en souvenir de la Croix-Rouge suisse et dans l'espoir que son enfant s'y rééduquera comme la première fois. Mais elle la reprend tous les soirs.

Il n'est pas question de faire subir un traitement psychanalytique à Anne, du fait de la situation matérielle de la famille. Ce sont des conseils pédagogiques et une surveillance psychiatrique que l'assistante sociale de la Croix-Rouge vient nous demander.

Je conseille à la responsable de la garderie où l'enfant vit du matin au soir, comme je le fais dans les cas d'anorexie mentale, qu'on fabrique une poupée-fleur et qu'on note ses réactions.

La poupée est d'abord très jalousement aimée. L'enfant ne la quitte pas. Puis elle manifeste une grosse agressivité injurieuse à son égard. Au repas qui suit la scène agressive, Anne mange de la soupe seule pour la première fois, et redemande une deuxième assiette.

Depuis ce premier jour, la poupée est le centre des émois affectifs de l'enfant. Anne se montre positive et attentive, reste assise à l'habiller jusqu'à une demi-heure de suite, lui parlant avec des mots bien adaptés qu'elle n'emploie jamais. Elle est ensuite très agressive, bat la poupée, la piétine, la jette, puis va la reprendre et la cajole. Au fur et à mesure de ces décharges ambivalentes, l'anorexie a complètement disparu, le langage est devenu compréhensible, les réactions plus saines. L'enfant se stabilise. Un jour, elle « enracine », dit-elle, sa poupée dans un tas de sable et ce jour-là elle se montre positive vis-à-vis de tout l'entourage et commence à s'intéresser aux animaux en peluche de la crèche et aux jeux collectifs. Une note linguistique : après avoir recherché la poupée-fleur qu'elle avait « enracinée » (race, racisme), elle demande à la stagiaire de la garderie, surprise, un beau chiffon pour habiller le « thorax » de la poupée-marguerite.

Observation 3 : à propos de quelques enfants d'âges différents, bien adaptés psychiquement.

Avant trois ans, grande attirance, attirance préférentielle pour les poupées-fleurs, par rapport aux autres poupées. Les enfants réagissent à leur égard, pour qui les observe, comme ils réagiraient avec des poupées humaines ou des poupées animales qui les intéresseraient. La différence est l'élan avec lequel ils vont vers ces poupées, alors qu'ils montrent toujours un temps d'arrêt, d'observation, d'hésitation, devant des poupées animales ou humaines nouvelles.

Après trois ans, les poupées-fleurs sont pour les enfants sains sans grand attrait et n'attirent pas particulièrement leur curiosité. Ils sont passivement positifs vis-à-vis d'elles, se montrent amusés, avec des airs un peu condescendants : « Tiens, elle n'a pas de bouche! » « Tiens, elle n'a pas d'œil! » « Comment elle peut manger? » « Tiens, elle n'a pas de mains! » « Tiens, elle n'a pas de derrière! » Puis, la mettant la tête en bas, ils écartent les jambes et disent : « Tiens, elle n'a rien! » Quelquefois même ils font craquer l'entrejambe et sortent le kapok qu'il y a à l'intérieur : « Elle a rien! » Puis ils s'en désintéressent et s'occupent à autre chose.

Observation 4 : Georges, six ans.

Retardé global de deux ans, tant au point de vue psychomoteur qu'au point de vue pondéral et statural. Pas de troubles du caractère. Très positif et affectueux avec ses parents, qui l'aiment beaucoup, et ses trois frères plus jeunes que lui et qui sont « normaux » (c'est-à-dire qu'ils se portent bien et sont sans problèmes).

Sa mère me l'amène pour recevoir des conseils pédagogiques.

Dans mon bureau, il s'amuse, pendant que sa mère parle, à faire une pyramide appuyée au mur avec tout ce qu'il trouve dans mon placard aux accessoires (dont je ne me sers pas en psychothérapie, mais que j'utilise souvent pour le diagnostic des petits). Les guignols sont mis en bas de la pyramide, puis les poupées humaines, puis les poupées animales, ours, lapin, loup, mouton, puis, couronnant la pyramide, les trois poupées-fleurs : le bleuet et la rose de part et d'autre de la poupée-marguerite qui domine l'échafaudage. Tout ça s'est fait muettement, pendant que sa mère me parle. Il nous interrompt alors et dit à sa mère, en montrant les poupées-fleurs :

— C'est elles les reines, et celle-là, la marguerite, c'est la plus belle. Moi j'en voudrais une aussi.

Observation 5 : Jeanne, six ans.

Observation que je dois à l'obligeance de Mme C., directrice d'une école nouvelle. Cette observation s'est passée à l'insu de Jeanne.

Intelligence, bonne scolarité au cours élémentaire, mais inhibition de toute expression verbale, mimique, motrice libre. Enfant unique, silencieuse, sensible. Parents très occupés chacun séparément hors du foyer. Quand ils partent, Jeanne, si ce n'est pas un jour d'école, descend chez sa grand-mère ou reste seule, et prend ses repas chez la grand-mère. Quand les parents rentrent, elle est prête à remonter avec eux pour aller se coucher..

A l'école de type actif où elle se plaît beaucoup, survint, il y a quelques semaines, une poupée-fleur pour la classe de maternelle. Le bruit s'en répandit parmi les autres petits, et chacun eut à l'égard de cette poupée des réactions diverses. Jeanne avait été fascinée. « Qu'elle est belle! » s'était-elle exclamée. Elle l'avait prise et serrée contre son cœur un moment, puis l'avait laissée et était repartie avec sa classe. Cette école a une cantine à midi, à laquelle très peu d'enfants d'âge de Jeanne restent déjeuner. Un jour, la directrice est inquiète de ne pas la voir à la récréation qui suit la cantine. Elle la cherche et, voyant la porte de la classe de maternelle entrebâillée, regarde. Jeanne s'était glissée seule et était près du placard des jouets. Elle avait sorti la poupée-fleur et lui parlait fort en la grondant, en lui faisant une véritable scène, haineuse, hurlante, tout à fait inattendue chez cette enfant douce qu'on avait jamais vue ni opposante ni agressive. La directrice ne se fit pas voir, s'en alla, entendit encore les paroles véhémentes de l'enfant quelque temps, puis la petite sortit et retourna à la récréation, où elle se mit à jouer avec les autres enfants, très activement. Depuis lors, à peu près toutes les trois ou quatre semaines, l'enfant retourne à l'heure qui suit la cantine dans la classe maternelle. Elle reprend la poupée-fleur et lui fait une scène. Cette poupée lui sert d'objet de projection pour une agressivité libératrice, de quérulence revendicatrice. Elle lui reproche d'être égoïste, de ne pas s'occuper d'elle, de l'oublier, de la laisser seule. Pendant les intervalles des scènes qu'elle fait à la poupée-fleur, Jeanne ne s'en occupe absolument pas, ne semble pas la voir, et surtout elle n'en a jamais parlé à personne. Ce qui est remarquable, c'est que, de scène en scène, l'enfant devient plus gaie, plus communicative avec l'entourage, plus vive dans sa motricité oculaire, et beaucoup plus expressive en paroles avec tout le monde, elle qui était si timide.

Observation 6 : François, neuf ans et demi.
Observation que je dois à l'obligeance du docteur B.
Enfant apathique, inhibé, à comportement puéril, retardé social et scolaire; âge au test non verbal, onze ans; âge au Binet-

Simon, sept ans. Il a appris à lire à six ans avec une maîtresse et sa mère. Il a lu avec sa maîtresse beaucoup plus vite qu'avec sa mère (fait fréquent d'ailleurs à cet âge chez les garçons en cours de complexe d'Œdipe). En avril 1946, à sept ans, après un épisode infectieux, François ne sait plus ni lire ni écrire. Depuis deux ans et demi, il semble n'avoir pas progressé mentalement. Le docteur B. le voit régulièrement pour une psychothérapie à sa consultation d'hôpital. L'enfant n'adhère guère à ce traitement; « cela ne lui déplaît pas de venir », dit la mère.

Le 9 mai 1949, le docteur B. donne à François une poupée-fleur.

Entre le 9 et le 13, date de la séance suivante, apparition d'une anorexie presque complète qui inquiète beaucoup la mère. Celle-ci réagit violemment contre ce nouveau symptôme.

Le 13 mai, le docteur B. donne à la mère des conseils de tolérance à ce symptôme passager et sans doute nécessaire pour l'évolution de l'enfant.

Le 16 mai, l'anorexie a disparu. Le docteur B. a une première séance de contact réel avec François, dont l'imagination et l'expression verbale sont totalement débloquées. La mère constate sa gaieté nouvelle. Le traitement a évolué très rapidement avec récupération de l'agressivité orale, puis anale, telle que nous l'avons vue dans les autres cas.

Observation 7 : Marie-Claire, six ans.
Observation que je dois à l'obligeance de Mlle G.

Enfant conduite à la psychothérapie pour une névrose d'angoisse (phobie, obsession). Les principales sources d'angoisse de Marie-Claire sont : la peur que sa mère ne tombe à l'eau, la peur de s'empoisonner en suçant ses doigts, la peur des garçons, elle ne peut ni les approcher ni leur parler. Peur d'embrasser son père ou son grand-père, boulimie insatiable, besoin obsessionnel d'être servie la première, d'avoir des provisions dans ses poches et dans ses mains par peur de manquer de nourriture; insomnies jusqu'à plus de minuit : avec des pleurs inconsolables et sans qu'elle dise si elle a un cauchemar.

Enfant née à huit mois, allaitement artificiel. Pendant toute sa petite enfance, elle hurlait après chaque biberon pour en avoir davantage. Mais le docteur qui suivait l'enfant interdisait à la mère de forcer la dose de lait. L'enfant s'endormait de fatigue après avoir trop crié.

A huit mois, diarrhée grave pendant l'été. Développement apparemment normal ensuite, quoiqu'elle soit nerveuse et agitée. Tous les incidents de santé depuis lors donnent des symptômes digestifs (famille hépatique, c'est ce qu'a dit le docteur).

En psychothérapie, en deux mois et demi, énorme amélioration. Les séances sont occupées par la mise en scène des fantasmes suivants : voler la nourriture de la petite sœur, boire du lait, manger des fruits, des bouillies.

Vivre dans un chalet de montagne dont la cave est un souterrain plein de boutiques où il y a beaucoup de nourriture et de joujoux.

Faire des provisions.

La poupée-fleur est donnée à Marie-Claire après ces deux mois et demi de traitement, donc en cours d'amélioration.

Aussitôt, Marie-Claire veut la démolir.

— D'abord elle est pas belle, Maman l'a pas faite comme je voulais. Je voulais un pétale, elle en a fait sept.

Elle la relègue dans un coin agressivement, et ne veut plus la voir (elle ne lui a tout de même pas arraché six pétales, comme beaucoup d'enfants le font avec les pétales des vraies marguerites.)

Après une semaine, Marie-Claire reparle spontanément de sa poupée-fleur.

— Je ne la vois plus, je suis bien contente. Elle est laide et méchante, elle bat toutes les autres poupées, elle les tape, on peut plus vivre avec elle.

Après deux semaines, Marie-Claire reparle encore en séance, toujours spontanément, de la poupée-fleur (qu'elle continue à ne pas vouloir voir).

— Elle est méchante. D'abord, elle a quatre estomacs. Je l'ai vu en regardant dans sa gorge. Et puis elle fait du lait, et aussi du pipi, et puis elle fait du beurre et aussi du caca.

Mlle G. : — Que mange-t-elle?

MARIE-CLAIRE : — Elle mange que de l'herbe et qu'un seul brin par jour.

Elle va chercher la poupée pour la frapper, elle va ensuite la

jeter dans la pièce voisine pour qu'elle ne gêne pas le jeu.
Et Marie-Claire guérit de tous ses troubles phobiques très rapidement.

OBSERVATION CHEZ LES ADULTES
DE QUELQUES COMPORTEMENTS PROVOQUÉS
PAR LES POUPÉES-FLEURS

Observation 1 : Mlle S.
Je demande à un professeur de dessin dans les écoles d'État, qui est aussi artisane en poupées par vocation, de me fabriquer quelques exemplaires de poupées-fleurs. Elle montre une certaine résistance, qu'elle rationalise en arguant de la laideur de l'objet, de son invendabilité, etc. Je lui explique que c'est pour des enfants « anormaux » dont les mamans ne sont pas assez adroites pour les fabriquer. J'obtiens alors d'elle qu'elle m'en fabrique quelques-unes. Elle vient me livrer les modèles, et me raconte en riant l'anecdote suivante :

— J'ai d'abord trouvé ça idiot, je peux vous le dire. Mais puisque c'était pour des fous, c'était sans importance que ça soit monstrueux. Je me suis énervée là-dessus, moi qui ne m'énerve jamais sur les enfants. Cela m'arrive d'ailleurs souvent de m'énerver sur les poupées que je fais, et je passe toujours mes colères en les attrapant comme si elles pouvaient me comprendre. Ah, elles en entendent, en fin de journée, quelquefois! Eh bien, jamais je ne m'étais autant énervée que sur celle-là. Un soir, j'étais à bout de nerfs. J'avais comme les nerfs noués sur l'estomac, la tête en feu. Je n'arrivais à rien, je ne voulais pas m'arrêter, je n'avais pas faim, j'avais mal à la tête, je ne voyais plus clair, je me promenais dans la pièce avec la poupée à bout de bras en la secouant sans pouvoir parler. *(Elle me montre le geste qu'on fait en secouant la salade humide dans un panier pour l'essorer.)* Tout à coup, je sens la colère monter. J'ai envie de lui dire des sottises. Je la mets face à mon visage, comme quand, en les fabriquant, j'attrape les autres poupées, et tout d'un coup me voilà partie à rire toute seule, à rire, à rire, mais quel rire! ma colère complètement tombée. « Ma fille, tu ferais mieux de dîner et d'aller te promener, c'est ce dont tu as besoin. » J'avais très faim, et immédiatement j'ai fait mon dîner en chantant.

Elle conclut :

— Si ça agit comme ça sur les gens qui sont furieux et qui ne sont pas fous, je me suis dit que ça peut faire du bien aux enfants malades. Je ne l'aurais pas cru avant de m'être passé cette colère-là. Les poupées ordinaires, quand je les dispute, ça ne me passe pas mon énervement aussi vite. Il faut dire aussi que je ne me suis jamais sentie aussi en colère contre elles que contre celle-là. Et voyez, maintenant, cela ne me gêne plus d'en fabriquer, j'aime mieux en faire d'autres, mais je les trouve jolies aussi.

Observation 2 : M. B., trente-cinq ans.
Observation de Mme M., psychanalyste.

Dépression très grande. Choc depuis la mort de son père quand il avait seize ans. A subi sans succès électrochocs, narcoanalyse. Mis en présence d'une poupée-fleur, il dit :

— Je ne peux avoir de contact avec des êtres sans tête, ils n'ont pas de conscience, je ne vois pas leurs yeux. Elle m'agace, cette fleur. J'ai envie de la couper. Mais je ne peux leur *(sic)* en vouloir, je ne peux leur faire du mal. Ça me produit une gêne considérable. Si j'imagine une fleur mâle et femelle qui s'unissent, ça me paraît incomplet. Incomplet parce qu'il n'y a qu'une force aveugle qui les guide. La tête, c'est ce qui empêche la force aveugle. Quelque chose qui ne peut être contrôlé, ça rend ridicule.

Cette séance paraît avoir produit un déblocage. Il a vécu visiblement quelque chose qui l'a beaucoup ému, beaucoup gêné. Aux séances suivantes, il parvient à raconter tout ce qu'il a ressenti comme castrations dans son enfance. De plus en plus, il se libère, et parvient à parler. Une cure psychanalytique antérieure n'avait amené aucun progrès, il lui était impossible de parler. A présent, progrès énormes en deux mois; il apporte des rêves et associe. Une analyse classique est devenue possible.

Observation 3 : M^(lle) F.
Observation de M^(me) M.

Trente ans. Agoraphobe. A peur de tuer sa mère. Quatre ans de psychanalyse avant de venir chez M^(me) M. La patiente fait spontanément, un jour, un modelage après une rêverie sadique; une fleur avec un bébé dedans. A la séance d'après, elle voit chez sa psychanalyste une poupée-fleur.

— Ça ne ressemble à rien. Ce que je trouve le plus terrible, c'est cette prétention à ressembler à une créature humaine. C'est absurde de vouloir vivre quand on n'est pas intelligent. C'est quelque chose à vous donner des cauchemars, des nausées... Les hommes peuvent se battre contre les autres hommes, mais pas contre ces êtres-là. Ça me fait penser à tous ces gens estropiés et horribles. C'est une mauvaise copie de ce qui devrait être normalement.

Elle parle alors de son analyse précédente.

La psychanalyse avec X. c'était un supplice pour moi. J'en étais complètement bouleversée. Le docteur disait que je devais avoir une opinion sur lui et que je devais la lui dire. Atroce! J'essayais de me le représenter comme un pur esprit. J'avais chaud de la tête aux pieds, ça ne voulait pas sortir, j'avais creux dans ma tête, il me disait que c'était pas vrai, il fallait se mettre en exhibition pénible devant un homme. Je m'efforçais de lui retirer sa personnalité. Ce qui était terrible, c'était le silence. J'étais dans la situation d'un gosse qui aurait à recevoir une paire de claques.

Observation 4.

Observation envoyée par un psychiatre d'hôpital aux États-Unis. Cette observation était accompagnée de quelques photos du jeune homme et de ses premières réactions à la poupée-fleur.

Jeune homme schizophrène; absorbé en lui-même; ne parle à personne. Il ne peut sortir. Devant la porte de sa chambre, il hésite plus d'une demi-heure à passer le seuil. Se déplace avec des airs mystérieux, fige les gestes en cours, s'immobilise. Insomnies. Mange peu, indifférent à ce qu'il mange. Semble vouloir parler en s'approchant des infirmiers, se ravise et s'en va. Depuis six mois, ne parle plus. Son médecin est venu au Congrès de psychanalyse de Londres, où j'ai présenté la première communication sur les poupées-fleurs.

Il en fait fabriquer une par une infirmière, et la donne au jeune homme qui glousse de joie, serre la poupée-fleur contre son cœur, la cajole, l'embrasse, la met sur le dessus de sa tête, se promène avec elle, puis s'assoit, la fait danser sur ses genoux, se couche par terre, la fait marcher sur son corps, ne s'en sépare plus, et sort en ville avec les autres malades en montrant à sa poupée-fleur tout ce qui peut l'intéresser. Par moments, il lui raconte des histoires, la met dans la poche de sa veste, et elle est alors le compagnon grâce auquel il peut entrer en contact avec tout le monde. Il dit aux autres ce que la poupée pense d'eux, et entre en conversation grâce à cela. Il s'est mis à jouer aux cartes, il y joue très bien, ce qu'on ne savait pas depuis trois ans qu'il était dans ce même hôpital; lorsqu'il y a une difficulté, il a un colloque avec la poupée-fleur pour savoir quelle carte il va jouer.

Observation 5.
Due à l'obligeance du médecin-responsable d'un asile-hospice de campagne.

Une jeune femme, entrée à dix-sept ans dans cet asile, a trente-deux ans aujourd'hui. Personne ne vient plus la voir. Voici deux ans que mon correspondant la connaît. D'après le personnel, elle est depuis son entrée dans le même état : anorexique, inhibée à l'extrême, figée, indifférente. On n'a plus entendu le son de sa voix depuis cinq ans. On la lève le matin, elle s'assoit, on l'amène à table, elle chipote, émiette du pain, indifférente à toute injonction. Elle accepte parfois de son infirmière, qui la fait manger, quelque nourriture. Parfois pas. On la ramène à sa chaise; on la couche. Le médecin-chef a lu l'observation sur la poupée-fleur que j'ai publiée. Il a l'idée d'essayer avec cette malade. En passant pour sa visite, il lui dit :

— J'ai quelque chose pour vous, mademoiselle.

et lui dépose sur les genoux une poupée-fleur. Elle ne bouge pas de la journée, la poupée restant sur ses genoux. Quand on veut la séparer de la poupée pour l'emmener déjeuner, elle pleure. L'infirmière la lui rend, elle se calme. Le soir, pour la coucher, même chose. Si on lui retire la poupée, elle pleure. Le troisième

jour, elle cache la poupée dans son giron et se couche avec elle. Environ une semaine plus tard, comme le médecin repasse, la malade fait dire :
— Bonjour docteur,
par la poupée. Il répond à la poupée :
— Bonjour.
La malade sourit. L'après-midi, elle se lève, et va mettre la poupée à la fenêtre, lui chuchote des mots en riant, puis va demander à la lingerie du fil, une aiguille et de l'étoffe, elle veut faire une robe à sa poupée. Elle parle aux infirmières de ce que pense et veut la poupée. Elle dit ses frustrations; qu'elle a été malade, que tout le monde l'a oubliée, la poupée. Heureusement qu'elle va la consoler, etc. Trois mois après, épisode de colère classique et de brouille avec la poupée-fleur. Elle se décide à la laisser dans son placard, et va aux ateliers, puis jouer au ballon. L'anorexie a disparu. Elle devient coopérante et chantonne en faisant le ménage. Elle a repris huit kilos, il y a bon espoir.

CONCLUSION ET HYPOTHÈSES DE TRAVAIL

Après l'étude critique de mes deux premières observations, et à la suite de nombreux autres cas où fut utilisée la poupée-fleur (je n'en cite ici que quelques-uns), j'ai cru possible de dégager l'hypothèse suivante concernant son action thérapeutique.

La représentation plastique figurée d'une créature végétale, tenant de la forme humaine par son corps et de la forme florale par sa tête, sans qu'il y ait visage, ni mains, ni pieds, permettrait à l'enfant, et en général à tout être humain, la *projection* d'émois instinctuels restés fixés au stade *oral* de l'évolution de la libido, fixés là du fait que l'histoire vécue du sujet a bloqué l'évolution précisément à ce stade ou l'y a fait régresser.

Cette projection et les réactions qui en résulteraient vis-à-vis de la poupée conduiraient le sujet à l'*abréaction* d'une libido orale restée active de façon pathogène, inhibitrice pour lui, non sublimable et non intégrable au « Moi ».

L'expérience semblerait montrer que la libido orale ainsi libérée aurait sa source, selon les cas, soit dans des émois historiquement vécus à l'époque orale du développement affectif de l'individu, étape qui s'est accompagnée de grosses frustrations; soit à un stade ultérieur du développement, après un refoulement de la libido, qui s'est traduit par une régression de type oral, ou anal, passif ou actif, qui a pu prendre diverses formes : enclave psychosomatique, viscérale, inhibition motrice ou caractérielle, barrage à l'expression de fantasmes et d'émois associés à ceux du stade oral et ano-urétral, fantasmes et émois en tout cas pré-œdipiens.

Le comportement du sujet à l'égard de la figurine, supposée par lui douée de pensée et de sentiments, lui permettrait dans une première phase de *prendre conscience* de ses émois instinctuels, en les manifestant; et il pourrait, dès lors, réagir à l'égard de cette manifestation, dont la *responsabilité* lui aurait été ainsi artificiellement ôtée. Il pourrait, en somme, exprimer un blâme dévalorisant lorsque ses émois éveillent en lui un sentiment de malaise, et chercher alors à en trouver la solution, sans être comme auparavant le théâtre de l'émoi instinctuel en même temps que le responsable du malaise qui l'accompagne.

En effet, le sujet qui a exprimé au bénéfice d'un autre objet des émois dont il ne se reconnaît pas consciemment responsable peut en tirer le profit de la mise à distance et de la « réflexion ». Ce terme de réflexion doit être entendu au sens surdéterminé d'image réfléchie comme dans un miroir, et de pensée qui revient pour se réinfléchir vers sa source, le sujet. La source pensante et sentante, le Moi, n'est plus désormais, du point de vue de la tension énergétique, après l'extériorisation qui a déchargé l'angoisse, semblable à ce qu'il était avant cette extériorisation, écrasé sous l'effet de la tension provoquée par une libido refoulée ou impuissante à s'exprimer, autant qu'à se sublimer.

Cette hypothèse ne vaut peut-être pas grand-chose. Elle m'a aidée à donner une interprétation des faits que j'ai observés et relatés. Elle me semble confirmée par les observations que j'ai pu faire par la suite, et que d'autres font quotidiennement; qu'il s'agisse d'associations spontanées dans le domaine végétal faites par des adultes forfuitement mis en présence de la poupée-fleur, ou de son utilisation délibérée avec des enfants, soit en milieu familial ou scolaire, soit au cours d'une psychothérapie. Mon hypothèse me semble également confirmée par des cas d'adultes névrosés en cours de psychothérapie ou pour lesquels le traitement psychanalytique stagne avant l'introduction de la poupée-fleur. C'est particulièrement frappant dans le cas de certains grands anxieux, pour qui des tentatives de traitement psychanalytique classique avaient échoué faute qu'ils puissent parler.

Une constatation générale se dégage : la poupée-fleur provoque l'extériorisation de pulsions à prédominance orale, et certainement aussi anale, par un mécanisme intriqué d'identification-projection, combiné à la scotomisation du Surmoi actuel, ou plutôt à une diminution de sa force coercitive, diminution suffisante pour permettre l'expression de la libido qu'il tenait refoulée.

Il y a certainement, même quand les réactions sont nulles en apparence, déclenchement de fantasmes plus ou moins conscients. Dans un cas que j'ai observé, les rêves de la nuit suivant le jour où l'adulte avait aperçu la poupée-fleur ont été enrichis d'agressivité prégénitale dans leur contenu manifeste, et les associations du patient ramenèrent tout ensemble émois du stade oral et souvenirs de cette chose bizarre qui ressemblait à une fleur aperçue l'autre jour, à laquelle aucun signifiant n'avait été donné, ni par elle, ni par moi. Cette patiente en analyse avait aperçu l'objet sur le panier à jouet, et avait seulement dit :

— Qu'est-ce que c'est que ça ?
— C'est un joujou, vous savez que je vois aussi des enfants.
— Comme c'est curieux !

C'était tout ce qu'elle avait dit.

L'anorexie mentale et les troubles de la phonation par angoisse, les états anxieux à prédominance de symptômes psychosomatiques touchant le tube digestif, s'améliorent très vite et cèdent rapidement à condition que le comportement de l'entourage reste aussi neutre que possible aux réactions inattendues du sujet.

Dans les cas signalés ici, la rapidité du traitement psychothérapique est remarquable. Cependant, le processus de guérison est exactement celui de tout traitement psychanalytique.

Lorsque, après une première expérience, j'utilisais pour la seconde fois la poupée-fleur, je pensais que le raccourcissement du temps nécessaire au traitement, ou plutôt du nombre de séances qui me semblait indubitablement lié à la poupée-fleur, était déjà au point assez intéressant en psychothérapie analytique.

Dans une cure psychanalytique d'allure classique, le transfert, analysé en tant qu'il est dirigé électivement sur la personne du psychanalyste, permet au sujet, le temps aidant, de revivre les émois de toutes les étapes historiques de son évolution libidinale. Cette situation de transfert permet au sujet d'abréagir ses pulsions refoulées, de se comprendre à travers ces abréactions et d'abandonner son modus vivendi névrotique pour en adopter un autre, plus en rapport avec les réalités du monde extérieur actuel et avec sa situation actuelle, telle qu'elle se réalise au jour le jour, et non plus telle qu'il la perçoit à travers des fantasmes remontant à la petite enfance.

Cependant, nous nous heurtons souvent, chez certains sujets que nous appelons narcissiques, à des résistances dues à une angoisse dont les psychanalyses successives n'ont pas réussi à décharger la tension; soit que le sujet ne puisse pas suffisamment les expliciter; soit qu'il ne trouve pas dans la personne du psychanalyste, qui a pour lui une réalité sociale trop prégnante, un support d'émois instinctuels prégénitaux; soit parce que le langage (mots, images et gestes) qui traduit les émois prégénitaux est trop éloigné de celui du Moi de la personnalité postpubertaire, consciente, qui occupe actuellement une part importante dans la libido du sujet. Il est possible aussi que les émois des stades prégénitaux (surtout en ce qui concerne le stade oral et le stade anal à son début), comme ils sont des émois de participation objectaux, aient besoin, pour s'exprimer dans le transfert, d'une réciprocité de comportement, nuisible à d'autres égards à la marche du traitement psychanalytique.

Je pense à ces adultes muets en analyse, et aussi très inhibés dans la vie, qui sont induits à parler et à s'exprimer de façon absolument débondée lorsque je pose la question : « Qu'est-ce que vous pensez de ça? » en leur présentant une poupée-fleur que je leur mets en main. Ils s'extériorisent alors d'abord par leur mimique, et soudain ils se mettent à parler, parfois à exploser en paroles agressives ou attendries, devant la figuration concrète d'une créature imaginaire qui, si elle vivait, serait par nature, comme ils le sont devenus eux-mêmes par angoisse, privée de parole et sans liberté d'action. Peu à peu, tout ce qu'ils avaient en eux de négatif ou de positif, d'illogiquement émotif, d'agressif ou de tendre mais indicible, et qui ne pouvait trouver d'autre expression que l'angoisse, trouve issue dans un contenu analysable, riche d'associations affectives, émotives, sensorielles, cœnesthésiques, de jeux de physionomie. La poupée-fleur semble être alors un *objet médiateur*, qui ouvre la voie à l'expression des émois prélogiques de ce genre.

Enfin, l'utilisation des poupées-fleurs peut être d'un grand secours en psychothérapie analytique comme au début d'une psychanalyse classique, pour faire saisir sur le vif au sujet, par sa propre expérience immédiatement vécue, ce que sont les phénomènes de projection, d'identification et de transfert. Je pense à ces patients qui viennent en désespoir de cause, sur le conseil de leurs innombrables médecins organicistes, avec le diagnostic de maladies psychosomatiques. L'un d'eux (un ulcéreux digestif) me dit un jour, et il avait bien raison :

— Je ne suis pourtant pas fou, j'ai bien la tête sur les épaules, je ne m'en laisse pas conter, et je ne suis pas un malade imaginaire, j'ai trop à faire pour avoir le temps de m'écouter!

Ayant aperçu sur le coin d'une table de mon bureau une poupée-fleur et vu mon regard observer son regard attiré par l'objet, il continua, mi-riant, mi-sérieux :

— C'est un jouet? ou c'est pour faire des tests? (Il se méfiait.)

Je ne lui répondis pas et lui mis l'objet dans la main. Il le prit, le regarda, stupéfait, littéralement « abasourdi » puis, au bout d'un moment, souffle coupé :

— Ah, ça alors!... Ah, ça alors! Ah, ben alors! C'est complètement idiot... Je vous demande pardon, je vous dis ce que ça me fait, ah ça alors! Mais votre truc c'est pour les fous, ce machin-là! Ah, non, faut pas se foutre de moi! C'est pas fait pour moi, des trucs comme ça! Mais c'est vrai, vous soignez peut-être des vrais fous? Ah, ben alors ça, qu'est-ce qu'ils vont chercher, les docteurs pour les fous!

Et puis :

— Ah! ah! ah! ah! laissez-moi rire!

Il entrait de plain-pied dans le monde de ses fantasmes. Nous parlâmes de sa vie, du début de ses troubles, etc. Il revint la semaine suivante. Divan. Et d'emblée :

— Vous savez, votre machin, là, la poupée, je ne sais pas ce que c'est, votre bidule qu'a l'air d'une femme qu'aurait pas de tête... ce truc vert avec comme une fleur, une pâquerette, je crois bien, eh bien ça m'a travaillé. Et puis moi qui ne rêve jamais, mon ulcère me réveille toujours, eh bien je commençais une crise quand je suis venu la semaine dernière, eh bien ça m'a foutu la paix. Et puis j'ai fait des tas de rêves. Ça vous intéresse?

Et le voilà entré dans l'analyse.

ns structurantes
7. Le complexe d'Œdipe
ses étapes structurantes
et leurs accidents *

Le complexe d'Œdipe est considéré, depuis que Freud a ouvert le champ de la psychanalyse, comme le phénomène central de la période sexuelle de la première enfance, entre trois et six ans. Il est d'une importance cruciale pour l'être humain, au regard de l'organisation de la personnalité. C'est alors que, pour l'enfant, se croisent les problématiques de son identité sexuelle et de sa personne sociale. Lorsqu'on parle d'un enfant de trois ans, on suppose qu'il possède déjà sa langue maternelle; qu'il se sait fille ou garçon; cet enfant-là mange tout seul la nourriture de tout le monde, va faire ses besoins tout seul; il est adapté dans l'espace familier, connaît l'adresse de son domicile et se repère dans ses alentours. Ses gestes sont habiles et sa démarche délurée. Un enfant de trois ans connaît son nom, celui de ses parents. Il verbalise ses agissements. Les agissements d'autrui sont pour lui langage. Il est mû par le désir de grandir à l'image de toute personne qui, à ses yeux, détient valeur de modèle, à qui il s'identifie et en compagnie de qui il est heureux. Bien qu'il soit attiré par les animaux au même titre que par les enfants, il choisit consciemment ses modèles dans l'espèce humaine, parmi ses familiers, et particulièrement parmi ses parents, ses aînés, et les personnes que ses parents respectent. Dès lors qu'il se sait fille ou garçon, les personnes valeureuses de son propre sexe sont pour lui des modèles privilégiés. Il parle souvent de se marier, du moins en parle-t-il

* Article écrit en 1968 pour la revue *Pratique des mots*, revu et augmenté en août 1973.

au futur, avec celui de ses parents qui est de sexe complémentaire. Ce désir, dit œdipien, c'est-à-dire incestueux, n'est nullement source de culpabilité pour lui; il est au contraire ouverture sur sa personnalité en devenir, et constitue la trame des histoires qu'il aime à raconter et à entendre raconter.

LA PÉRIODE PRÉ-ŒDIPIENNE

Il était nécessaire de rappeler tout cela pour faire comprendre que si, à trois ans, un enfant n'a pas, complètement ou au moins en partie, atteint ce niveau de développement, il n'est pas encore capable d'entrer dans ce que la littérature psychanalytique décrit comme le complexe d'Œdipe, c'est-à-dire dans la problématique réfléchie [1] de sa condition sexuée; il n'est pas encore au terme de sa phase d'organisation *pré*-œdipienne.

Il peut s'agir d'un retard simple, tout relatif d'ailleurs, par rapport à une norme « abstraite et statistique ». Dans ce cas, ni l'enfant ni les parents ne sont angoissés et l'ambiance familiale reste chaleureuse. Mais, dans le système français actuel de scolarisation à l'occidentale, l'âge civil de trois ans est celui de l'entrée dite « normale » à l'école maternelle : et dès lors le rejet par les maîtresses d'un enfant non encore autonome à cet âge et ne sachant pas s'exprimer, ou bien encore incapable de supporter le contact avec la société hors de la présence de son père, de sa mère ou d'une personne familière, peut être pour les parents cause d'angoisse. Dans certains cas, l'enfant ne pouvant s'expliquer verbalement, son être de langage — car il est toujours animé de fonctions symboliques — s'exprime par des réactions psychosomatiques, par le mutisme ou par des cris, par l'anorexie, par la défécation ou la miction irrépressibles. Ces symptômes réactionnels à une situation anxiogène à laquelle les enfants ne sont pas préparés ne signent nullement un retard grave du développement. Ils peuvent même être beaucoup moins graves que l'absence de

---

1. Référence au stade du miroir décrit par Lacan; ce que l'enfant voit de lui dans le miroir a à être confronté avec ce qu'il ressent.

symptômes chez d'autres enfants qui, eux, sont bien vus des maîtresses, mais n'en ressentent pas moins une aussi vive angoisse, sans oser la manifester, et développent alors des troubles phobiques durables. Malheureusement, la maîtresse et les camarades, soutenus par une réglementation scolaire qui va dans ce sens, rejettent, comme inapte à fréquenter les écoliers du même âge (dits, eux, adaptés), l'enfant qui, à trois ans révolus, réagit à l'école par de tels symptômes. Pire encore : la mère et le père se moquent de leur enfant ou bien, ayant honte de lui, s'angoissent — au point que lui se sent coupable. Cette angoisse nouvelle des parents peut entraîner chez un enfant jusqu'ici sans problèmes subjectifs ou somatiques des symptômes réactionnels suivis de troubles névrotiques régressifs et durables.

Les enfants retardés qui vivent à la campagne se voient épargner cette épreuve trop précoce : les parents attendent qu'ils aient six ans — l'âge de la scolarité obligatoire — pour les mettre à l'école : le développement de ces retardés simples se poursuit alors sans heurts, en famille, au contact de la nature et du voisinage. Pour eux, le niveau psychosocial dit « de trois ans » est atteint un peu plus tard, sans aucun dommage pour la suite de l'évolution émotionnelle, intellectuelle et caractérielle, quelles qu'aient été les raisons du retard. Dans les villes, hélas, le problème est différent : exclu de l'école, l'enfant vit à l'écart, frappé de ségrégation; le logement est petit, l'enfant encombre les adultes, et surtout il ignore le contact des animaux, le voisinage des plantes, la vie : il ne se développe pas. Les mères, même lorsqu'elles ne travaillent pas, négligent d'emmener, comme il le faudrait, leur enfant jouer, trois à quatre heures par jour, avec ses congénères, elles ne pensent ni à lui adresser la parole, ni à jouer physiquement et manuellement avec lui, toutes choses qui seraient pourtant indispensables. Il serait à cet égard urgent que dans les villes soient généralisées des garderies aérées où parents et enfants seraient admis ensemble et où, au contact d'autres enfants et d'autres parents, assistés d'un personnel d'encadrement convenable, ils découvriraient les modes interrelationnels les plus favorables au développement de ceux qui n'ont pas encore atteint le niveau de langage et d'autonomie dont on crédite habituellement — et avec raison — un « trois ans ».

Les enfants que l'expérience première d'un contact trop précoce avec l'école maternelle a traumatisés deviennent phobiques à l'égard de l'école et de tout contact social ; ils manifestent des troubles psychosomatiques pour lesquels on est obligé de les mettre à l'hôpital, ou des troubles caractériels qui les font conduire presque aussitôt à une consultation médico-pédagogique. Dans les grandes villes ou dans les banlieues, se sont ouvertes nombre de consultations de ce type. Cependant, elles ne peuvent remplacer un milieu éducatif à la journée.

A côté de ces retardés simples, il est d'autres enfants qui ont été obligés de fréquenter l'école sans encore avoir la maturité nécessaire pour en tirer profit, et qui ne montrent pas de désordres repérables immédiatement, mais qui s'étiolent dans une ambiance qui les angoisse et, en apparence plus indifférents que craintifs, s'abstiennent de nouer des échanges ou de communiquer, sans pour autant gêner la classe : ils n'alertent donc pas l'entourage. D'où un nouvel ordre de difficultés. S'enfermant jalousement dans des fantasmes régressifs, ils s'enlisent dans ce qui deviendra *débilité* psychomotrice ou débilité mentale et langagière. C'est seulement à six ans, âge de l'entrée obligatoire à la « grande école » — l'école primaire —, que l'immaturité affective, compliquée déjà de névrose, va donner le tableau d'un retard empêchant l'enfant de suivre la classe primaire.

Échec peut-être heureux si l'on pense que d'autres, phobiques, sans échanges moteurs, mutiques tant ils sont craintifs, apprennent cependant, dans la terreur de déplaire, à lire et à écrire ; ceux-là n'en développent pas moins à bas bruit des névroses. Or, cette fois, leur cas (ils sont « bons élèves ») n'alerte ni l'école, ni les parents ; la *névrose obsessionnelle* se déclarera beaucoup plus tard, à la prépuberté, et sera plus grave : un retard scolaire précoce, alertant plus immédiatement les adultes, pour qui échec scolaire et rejet de l'école posent des problèmes matériels, aurait obligé à consulter pour l'enfant et à le faire soigner.

Il faut savoir qu'une rééducation orthophonique ou psychomotrice ne peut aider à elle seule tous ces enfants, à moins que la mère, ou à défaut le père, ou un grand aîné, voire une grand-mère ou un grand-père, ne coopère avec la personne chargée de la rééducation. Il faut aussi que les troubles de l'enfant, ses troubles phobiques, ses troubles de non-communication, soient récents et réactionnels à des événements survenus seulement après l'âge de deux ans et demi-trois ans, que ces troubles ne soient pas des séquelles de troubles plus anciens auxquels on n'avait pas pris garde et qui alors relèveraient exclusivement d'une psychothérapie psychanalytique, père-mère-enfant pris tous ensemble d'abord, puis séparément, en fonction des progrès de l'enfant. Ce dernier aura à être guidé vers l'autonomie en société et c'est son individuation sexuée psychomotrice et langagière qui le mènera à l'Œdipe.

Avant l'entrée dans la période œdipienne en effet, si une personne étrangère, éducatrice ou psychothérapeute, se met, en tête à tête avec l'enfant, à prendre de l'importance pour lui, cela, en brisant le triangle père-mère-enfant, risque de retarder l'évolution inconsciente de l'enfant vers une structuration libidinale sexuée car cette structuration ne peut s'effectuer favorablement que dans la conjonction familiale triangulaire.

A défaut que soit observée cette prudence, l'enfant est remis dans une position érotisée de tout-petit et, plus il en acquiert d'aisance langagière et psychomotrice, plus il s'éloigne de la possibilité d'entrer dans l'Œdipe, sa relation à la rééducatrice ou au thérapeute ayant définitivement dévalorisé son père et sa mère, en tant qu'objets d'estime et d'identification.

La technique courante de rééducation ou de psychothérapie dans des entretiens seul à seul avec un enfant n'est sans danger, donc, qu'après l'acquisition de l'autonomie comportementale complète, de la maîtrise de la langue maternelle telle qu'on la parle en famille et qu'on l'utilise avec les camarades du même âge. On voit souvent des rééducations effectuées vers l'âge de six à huit ans réussir sur le plan de la parole et de la motricité, puis devenir, après un temps de latence, la cause de troubles névrotiques graves, plus graves que ne l'aurait été en tout cas le retard scolaire. Ce type de troubles éclôt entre dix et quatorze ans. C'est en effet l'angoisse de castration pré-œdipienne, c'est-à-dire une angoisse en rapport avec le développement des pulsions infantiles des toutes premières années, qui est au principe des troubles de l'enfant; il peut s'agir d'ailleurs de troubles dus à l'angoisse œdipienne proprement dite, mais l'érotisation de la relation à l'éducatrice a en quelque sorte masqué cela, tenu lieu tout un temps de prothèse, polarisé le narcissisme de l'enfant dans une relation de séduction; l'enfant a fait sur la rééducatrice une fixation de transfert pseudo-maternelle, et ainsi n'a jamais eu l'occasion de résoudre une situation triangulaire. Si bien que lors de la poussée pubertaire, lorsque les conflits œdipiens ont eu à être vécus, ils ont pris, compte tenu de la maturité physique de pré-adolescent, une acuité d'autant plus grande que le désir incestueux a pris une nouvelle violence chez un enfant désormais capable de passer à l'acte. L'échec du pré-adolescent qui n'a pu s'adapter à la société sur un mode créateur procède ainsi du jeu d'une angoisse de castration qui n'a pu être ni vécue, ni dépassée à l'âge de six ans. Le conflit œdipien qui éclôt à la puberté peut alors mener à la délinquance ou à des troubles psychotiques.

Dès l'âge de trois ans, et même à un âge plus précoce, le retard dans le développement psychosocial peut s'accompagner d'*angoisse,* ce que traduisent les troubles du sommeil, de la respiration (asthme), les troubles de l'appétit (anorexie, phobies alimentaires), les troubles de la régulation excrémentielle (constipation, diarrhée émotionnelle), ceux du langage (bégaiement, chuintement, etc.); tout cela s'accompagne d'instabilité, de troubles du caractère (agressif, destructeur, ou sur-passif). Le jeu n'apparaît pas, la mimique est absente et n'exprime pas davantage la peine que la joie : le regard reste fixe, l'expression du visage est figée en un sourire niais ou traduit une tristesse pâle; il s'agit bien d'un enfant qui souffre de névrose pré-œdipienne. Il serait nocif de le considérer comme débile, sous prétexte qu'il est ainsi étiqueté aux tests et dans son groupe d'âge scolaire. Il est encore pire de l'isoler des enfants de son âge dits adaptés. Son état nécessite d'urgence une psychothérapie psychanalytique, à quoi on adjoint parfois une rééducation; mais il est absolument impératif que l'enfant reste dans sa famille et à l'école communale; il faudrait éviter qu'il soit inscrit dans une école « spécialisée » où les enfants sont tous atteints de troubles de la fonction symbolique, et tous pour des raisons différentes.

Si toutes les difficultés que nous avons évoquées jusqu'ici ne sont pas très spectaculaires, reste qu'il est fréquent qu'une névrose de la grande enfance se soit constituée aux époques *de la toute première enfance,* à la naissance ou lors du sevrage, lors de l'acquisition de la continence sphinctérienne, à la naissance d'un puîné ou encore à l'occasion d'un changement de nourrice, de séparations successives d'avec les parents, d'un accident grave, voire d'un deuil. Seulement cette névrose a pu passer inaperçue au début de sa structuration; il est possible que les troubles aient été négligés parce qu'ils ne gênaient pas l'entourage, ce qui est le cas des troubles passifs de repliement de l'enfant sur lui-même. Ni parents ni médecins ne se sont aperçus de rien. Mais à l'entrée en classe, au milieu des autres, la bizarrerie de cet enfant, intelligent pourtant, éclate; son instabilité ou son impossibilité à s'adapter à l'école le font passer pour débile, ce qu'il n'est pas (même aux tests). Mais c'est sur son identité même, en tant que sexuée et enracinée dans sa génétique, qu'il ne s'est pas construit dans les vingt premiers mois de sa vie : il s'est construit comme un objet et s'est ignoré sujet. Il s'agit d'une névrose grave : non soignée, elle pourra, avec la maturation physique de l'enfant, évoluer vers la psychose.

Aujourd'hui encore, trop de pédiatres, lorsque les parents signalent nervosité, instabilité capricieuse, manque d'appétit, apathie de leurs jeunes enfants, optent pour des médications symptomatiques, alors que ces troubles sont un langage qui exprime une souffrance; seule la psychothérapie précoce de la relation enfant-parents serait efficace, et surtout résolutive pour ces troubles, en permettant à l'enfant de se développer.

Il y a toujours intrication d'angoisse parents-enfants dans ces cas de névroses très précoces. Et ici, l'inadaptation de l'enfant, patente seulement au moment de l'entrée à l'école primaire, est tout autre chose qu'un retard affectif simple. Il ne s'agit aucunement de ces enfants, certes peu doués intellectuellement mais gais et vivant bien — dans une famille où existent de bonnes relations avec des parents sécurisants, mais où, simplement, le vocabulaire est pauvre. L'enfant atteint de névrose infantile, lui, est depuis longtemps un anxieux, souvent médicamenté, et l'arrivée à l'âge fatidique de l'école obligatoire qu'il est incapable de suivre ne fait que rendre manifeste pour tous une symptomatologie de détresse. Dans un milieu scolaire citadin bien équipé en consultations médico-pédagogiques, ces enfants doivent suivre une psychothérapie psychanalytique, bien sûr associée à des contacts fréquents entre le psychothérapeute et les parents : toute rééducation pourrait être nocive avant un « dégrossissage » par la psychothérapie analytique.

La psychothérapie psychanalytique se fonde sur l'établissement d'un transfert, transfert par l'enfant de ses relations symboliques passées sur la personne du thérapeute; elle se mène par l'expression libre (dessin, modelage) des pulsions refoulées. Le transfert établi, il incombe essentiellement au psychanalyste de le décoder pour l'enfant, de le lui expliciter.

Si la psychothérapie psychanalytique est bien la voie royale pour sortir définitivement l'enfant d'affaire, il faut aussi que le milieu social et familial continue d'avoir vis-à-vis de l'enfant des exigences éducatives effectives : qu'il soutienne attentivement l'enfant par l'interdit frappant les manifestations de désirs, dès lors que ceux-ci se traduisent par des actes hors la loi; il faut que la vigilance éducative ne se relâche pas, faute de quoi les fantasmes mis en actes sans contrôle feraient de tout public témoin un miroir complice. Les parents et les éducateurs doivent donc toujours verbaliser les interdits qu'ils prononcent à l'encontre des actes asociaux de l'enfant : morsures, anthropophagie déguisée en autophagie, coprophagie, perversion du goût, agression sadique, nidage corporel, privautés sensuelles trop puériles avec les adultes, les parents ou les familiers, privautés incestueuses ou hors la loi, agissements pervers avec d'autres enfants ou avec les animaux domestiques, vols ou déprédations. Il est nécessaire que le père, la mère ou leurs substituts éducatifs assistent et soutiennent l'enfant afin qu'il parvienne à s'exprimer autrement que par ces manifestations régressives, lesquelles doivent être réservées aux séances de cure avec le psychanalyste, en référence auquel l'enfant revit une époque révolue et transfère des pulsions appartenant à des étapes bien antérieures de son évolution perturbée. Il est nocif, en dehors de ces séances, que les personnes chargées de l'éducation de l'enfant ferment les yeux devant de tels comportements.

La relation de transfert, en revanche, ne peut être utilisée pour la répression ou la moralisation. Le psychanalyste ne peut et ne doit pas jouer dans la réalité un rôle d'éducateur. Redisons-le : c'est le groupe social, école, parents, qui a l'autorité de droit. L'autorité est d'abord dévolue aux parents : elle est éventuellement déléguée aux éducateurs mais les parents peuvent seuls susciter la position des termes du complexe d'Œdipe par lequel il faut absolument que l'enfant passe pour guérir. Pour accéder aux positions de l'Œdipe, il faut toujours, dans ces cas de pré-psychose infantile, une psychothérapie analytique; c'est elle qui va permettre à l'enfant d'accepter par ailleurs l'éducation. Mais, encore une fois, laisser faire n'importe quoi à un enfant inadapté caractériel sous prétexte qu'il est en psychothérapie est ressenti par l'enfant lui-même comme un rejet ou un abandon de la part de ses parents, et ce même si ce sont eux qui paient le traitement, à plus forte raison si c'est l'école qui a conseillé une psychothérapie que les parents considèrent comme une prestation sociale gratuite dont la société leur impose anonymement de faire bénéficier leur enfant et dans laquelle *ils ne sont en aucune façon impliqués*.

Si les parents ne se sentent pas impliqués, c'est qu'il s'agit de troubles inconscients autant pour eux que pour l'enfant. La psychanalyse de ces enfants montre en effet que l'origine de ces névroses précoces aiguës pré-œdipiennes (qui, si elles ne sont pas soignées, ne sont en fait pas autre chose que l'entrée dans la psychose) se situe à des étapes décisives dans le développement de tel petit enfant, à des étapes de mutation libidinale qui ont coïncidé dans le temps avec des épreuves familiales ou sociales, des bouleversements affectifs touchant la mère ou le père à des moments où ils auraient dû soutenir, au contraire, un climat de sécurisation. Le bébé ou le petit enfant est alors habité par des pulsions libidinales de mort, très momentanées; ce sont des épreuves par lesquelles passent tous les êtres humains et, dans les cas habituels où les tout-petits sont assistés par leurs parents, après quelques heures de troubles régressifs, la mutation se fait sans laisser de traces; en revanche, un enfant laissé à lui-même dans la solitude, sans le secours d'une présence humaine attentive compatissante, aux moments où son développement connaît des phases de mutation dues à sa croissance physique, ne peut ni accéder à une symbolisation de ses pulsions ni abandonner les modes archaïques de satisfaction appartenant à la phase précédente du développement.

La cure psychothérapique d'un enfant, même si elle doit être individuelle et se passer en entretiens singuliers, ce qui est le cas après l'âge de sept ans, ne peut se faire sans contacts confiants entre le psychanalyste de l'enfant et ses parents, et ce au moins jusqu'à huit ans, et généralement jusqu'à la puberté. Il est en effet indispensable que les parents, déculpabilisés, comprennent les problèmes auxquels leur enfant a à faire face afin qu'ils ne démissionnent pas, qu'ils l'assistent et qu'en même temps ils aient compassion pour les angoisses qu'il traverse. Il peut alors arriver que l'un des parents prenant conscience, au cours de ces entretiens avec le psychanalyste, des difficultés qui ont été les siennes propres dans son enfance ou qui sont les siennes actuellement, s'aperçoive qu'il ne peut sans une très grande angoisse assumer son rôle parental, ce dont jusque-là il ne s'était pas rendu compte et découvre alors que bien des difficultés réactionnelles de l'enfant sont dues à sa propre angoisse. Il arrive qu'il demande et puisse lui-même entreprendre une cure psychothérapique et en tirer profit, non plus seulement pour l'enfant malade mais pour lui-même. Cette fois, la psychothérapie des parents devra être assurée par une autre personne que le psychanalyste de l'enfant; la névrose de l'enfant, dans cette dernière éventualité, a joué le rôle de détecteur d'une névrose grave d'un des parents, névrose installée déjà bien avant la naissance de l'enfant.

Si les parents doivent toujours être associés, quelquefois en y étant impliqués personnellement, à la cure de leur enfant, c'est qu'ils continuent, et doivent continuer d'assumer, par l'exemple et par leurs attitudes répressives ou de soutien, leur rôle d'instance éducatrice. Faute, de la part du psychothérapeute, de paroles explicitant le rôle irremplaçable des parents, il arrive que les parents s'en remettent entièrement, pour tout ce qui concerne leur enfant, à la personne qui assure la cure : cela rend cette cure impossible et peut-être même plus nuisible que l'absence de traitement. Il arrive aussi que des parents auxquels l'école impose de consulter pour leur enfant refusent catégoriquement la psychothérapie qui leur est conseillée. Lorsqu'il s'agit d'un enfant qui n'a pas atteint la maturité qu'on peut attendre d'un garçon ou d'une fille de huit ans (il peut donc s'agir d'enfants allant jusqu'à douze ans d'âge réel), il est sage de ne pas entreprendre la psychothérapie contre le désir implicite et surtout explicite du père — ou de la mère —, à moins que l'enfant ne vive déjà plus au foyer et soit confié à une maison d'éducation où ses parents ne viennent guère le voir. Engager une psychothérapie contre le désir du père ou de la mère mettrait cet enfant en situation perverse par rapport au couple œdipien, il est préférable de parler clairement à l'enfant de ses difficultés, des raisons probables que ses parents ont de refuser la psychothérapie et de lui permettre, dans quelques années, de refaire lui-même une demande de cure; à moins que l'enfant, à qui on a eu l'occasion de parler deux ou trois fois avant d'entreprendre un traitement psychothérapique, n'en vienne à demander de quitter le milieu familial, où en effet le parent récalcitrant à la cure est très souvent mis lui-même en danger par la croissance au foyer du fils ou de la fille dont il ne peut assumer la maternité ou la paternité.

En tout état de cause, il nous semble inopportun de négliger le respect de l'autorité des parents dans l'état actuel de la législation [1]. Au demeurant, une simple rééducation est d'ordinaire acceptée par les parents. Bien qu'elle ne soit qu'un palliatif risqué, elle permet parfois à l'enfant de faire quelques progrès et d'obtenir ensuite, par la réhabilitation narcissique que ces progrès apportent aux parents — à travers leur enfant qu'ils voulaient croire définitivement incurable —, l'autorisation d'entreprendre une véritable cure psychanalytique.

[1]. En effet, les parents restent le Moi Idéal de l'enfant jusqu'à l'âge où la loi autorise légalement un jeune à les quitter et à s'assumer hors de leur contrôle (majorité ou émancipation). On pourrait admettre une législation qui, sans blâmer les parents, comme fait la mesure de « retrait d'autorité parentale », autoriserait les enfants à quitter le domicile familial pour vivre en communauté contrôlée par des éducateurs délégués par l'État.

Pourquoi l'analyste ne peut-il engager la psychothérapie d'un enfant de moins de treize ans sans l'assentiment des parents? C'est parce que, si l'enfant transfère sur son analyste, pour le revivre, son *passé,* dans la réalité *présente* l'impact de la relation parentale triangulaire doit rester dominant.

Ce sont les parents qui sont et doivent rester responsables de l'enfant devant la loi : c'est cela qui construit sainement l'enfant dans l'actuel. La cure psychanalytique, jouant sur les pulsions passées, ne sert de rien, elle, en matière d'éducation et d'instruction.

D'autres parents sont désireux d'une psychothérapie et coopérants. Dans le cas où un enfant a été amené par ses parents (inquiets à juste titre) pour une psychothérapie, au bout de deux à trois séances ce sera à l'enfant de décider s'il veut continuer ou non. S'il ne veut pas continuer, ce seront alors ses parents qui viendront pour lui, qu'il les accompagne ou non, et son traitement passera par l'intermédiaire des personnes sur lesquelles il élabore les composantes énergétiques de son Œdipe. Lorsqu'un enfant présente de graves névroses pré-œdipiennes ou œdipiennes, cela pose un problème pour le psychanalyste de s'abstenir de le faire bénéficier d'une cure qu'il sait être tout à fait indiquée; mais ce n'est pas une raison pour imposer à l'enfant une cure personnelle dont il se défend. Peut-être le respect de ce refus prépare-t-il une cure dans de meilleures conditions, plus tard.

Il peut arriver aussi que les parents ou la société aient confié l'enfant à un internat : il est alors indispensable que le psychanalyste voie les éducateurs, substituts des parents, car c'est sur eux que l'enfant vit actuellement son complexe d'Œdipe, ou plutôt le prépare, en transférant sur ces éducateurs des pulsions qui devraient être vécues par rapport aux parents. Le transfert est ici mis en actes : c'est tout autre chose que dans une psychanalyse. Dans la cure psychanalytique, nous travaillons à partir du transfert de pulsions *antérieures* à celles du moment présent, tandis que les éducateurs se servent du transfert *actuel* de pulsions qui, avant sept ans, c'est-à-dire avant la résolution du complexe d'Œdipe, devraient être dirigées sur les parents, s'ils étaient présents, et qui ne peuvent se diriger sur eux, les éducateurs, que de façon latérale. La relation aux parents et aux éducateurs a le pas sur la relation duelle qui permet de conduire la cure psychothérapique. La relation avec le psychothérapeute se joue dans le fantasme, alors que la relation aux éducateurs est vécue dans la réalité. Pour cette raison même, il est nécessaire de réduire au minimum indispensable la fréquence des séances de psychothérapie, afin que la relation enfant-thérapeute ne devienne pas le centre des préoccupations familiales ou des préoccupations de l'enfant, et que le bénéfice secondaire qu'il y a pour l'enfant à se savoir souci de temps et d'argent pour les parents n'annule pas l'épreuve du travail psychanalytique, lequel a pour premier objectif de permettre à l'enfant, par le défoulement de toutes ses pulsions, de s'adapter à la réalité de sa situation actuelle. Au cours de la cure d'une névrose pré-œdipienne, la personne de la mère et celle du père doivent rester, pour l'enfant, la référence dominante au regard de la mise en acte quotidienne, en famille et au-dehors, de ses pulsions et de l'expérience qu'il en fait. L'enfant a à se construire à partir de cette relation agie à ses éducateurs; relation qui constitue son expérience et que la cure psychanalytique allège des fantasmes archaïques et des sentiments de culpabilité qui renvoyaient l'enfant aux situations de la toute petite enfance : dans la cure, il peut en effet, au travers du transfert psychanalytique, communiquer les émois qui remontent à cette période révolue.

L'expression que, dans la cure, l'enfant donne de ses pulsions et celle qu'il donne de son transfert sur l'analyste passent en particulier par le dessin et le modelage, au travers des jeux et des dires, des angoisses qu'il éprouve à venir en séance, les jours où affleurent en lui les pulsions de mort, angoisses qui feront précisément de ces séances les plus importantes. Lorsque les parents ou les éducateurs qui ont charge de l'enfant n'ont pas compris l'importance de la cure psychanalytique, dès que l'enfant fait de l'opposition, ils risquent de ne pas l'amener. Or, ce sont les jours où l'enfant a été consciemment le plus réticent à venir à la séance que le contenu de la séance est le plus libérateur. On comprend, avec tout cela, à quel point la psychothérapie des enfants est difficile, beaucoup plus que celle des adultes. Elle demande de la part des parents un réel souci de l'évolution de leur enfant et une intelligence du cœur, que fort heureusement beaucoup de parents possèdent.

Guéri de sa névrose orale et anale, l'enfant, si c'est encore nécessaire, peut sans danger bénéficier d'une rééducation spécialisée pour des symptômes instrumentaux résiduels ou pour combler un retard scolaire qu'une cure psychanalytique ne permettra jamais de combler.

Lorsque la cure est en très bonne voie et qu'on voit l'enfant s'adapter de jour en jour à son milieu scolaire et familial, il est également important — que l'enfant le demande ou non — d'espacer les séances de psychothérapie analytique, afin de lui permettre d'expérimenter son autonomie sans avoir recours au soutien d'une catharsis de ses pulsions dans la cure.

On ne peut jamais affirmer que le traitement d'un enfant est terminé, tout ce que l'on peut dire, à un moment donné, c'est que, dans l'état actuel des choses, il est bon d'arrêter un certain temps la fréquentation du psychanalyste, quitte à ce que ce dernier voie les parents de loin en loin pour les aider à soutenir les sublimations de l'enfant, et aussi à supporter de le réprimer dans certaines de ses manifestations, surtout lorsque la mise en place des composantes de l'Œdipe sera manifeste. Le psychanalyste aura alors à aider les parents à signifier à leur enfant l'interdit de l'inceste, c'est-à-dire à instaurer la castration œdipienne. Ce n'est qu'après la résolution œdipienne qu'on peut être sûr que la névrose pré-œdipienne de l'enfant est vraiment guérie et que son évolution ultérieure a toutes les chances de se passer bien.

Un enfant guéri d'une névrose pré-œdipienne et qui accède à l'Œdipe peut vivre son angoisse de castration de façon critique, ce qui est à l'occasion générateur d'anxiété pour les parents ou les éducateurs responsables, surtout si ceux-ci qui ont vu l'enfant gravement malade dans les premières années de sa vie redoutent une rechute. L'angoisse que les parents éprouvent à diriger les comportements de leur enfant, à le contrôler, à le corriger, à sévir, doit être analysée, ainsi que leurs craintes de le traumatiser, craintes qui peuvent entraîner l'abandon par eux de leur rôle éducatif et du rôle répressif qu'ils ont à jouer à l'égard des manifestations incestueuses de leur enfant. Ce dernier, au contraire, a absolument besoin, car cela le libère de son angoisse de castration, que les parents, et surtout le père, puissent assumer et soutenir les tensions structurantes de son désir : qu'ils mettent un terme aux attitudes tolérantes, indulgentes ou surprotectrices, voire complices, qui avaient été les leurs (et à juste titre) pendant la maladie.

L'angoisse des parents est parfois réellement névrotique : leur non-intervention éducative, au nom d'éventuels traumatismes qu'ils risqueraient de causer à leur enfant, est un des problèmes d'aujourd'hui. C'est à partir de notions psychologiques et psychanalytiques répandues dans la littérature et mal comprises, que bien des enfants sains, parvenus au stade du complexe d'Œdipe, ne sortent pas de la crise, du seul fait de parents qui ont échoué dans leur rôle d'éducateurs; les parents, en l'occurrence, faillissent à leur signifier l'interdit du désir en tant qu'incestueux, interdit qui porte tant sur les frères et sœurs (qu'ils soient ou non du même sexe) que sur les parents. Cette angoisse qui empêche les parents d'éduquer les enfants risque de nos jours d'entraîner les premiers, au moment de la crise œdipienne, à céder au chantage caractériel ou psychosomatique d'un enfant jusque-là sain et sans problèmes — la période œdipienne, au moment de sa résolution, étant toujours une période critique. Ils retardent ainsi, et parfois entravent, la résolution de l'angoisse de castration caractéristique de la crise du complexe d'Œdipe en ce qu'elle a d'inévitable. L'enfant, angoissé par ses pulsions au service du désir incestueux, provoque ses parents, crée astucieusement des obstacles pour les empêcher de vivre en paix, des obstacles à leur intimité de couple. Il peut, par exemple, avoir des rêves d'angoisse et, au nom de ses insomnies, troubler les nuits de ses parents. Il peut encore se révolter contre l'attention portée à un aîné ou à un puîné, et revendiquer un amour qu'il estime lui revenir de droit, à lui seul. Il y a à ce moment de nombreuses manifestations hystériques. Les parents pensent bien faire en évitant de rendre cet enfant jaloux : « Cela pourrait le traumatiser. » C'est tout juste si, dans les périodes de crise œdipienne proprement dite, à l'âge de six ou sept ans (ou lors des résurgences de la crise œdipienne à l'adolescence), ce n'est pas l'enfant qui, parce qu'il fait des « scènes » et provoque des sentiments de culpabilité, se met à commander au foyer. Certains parents cherchent dans ce contexte à se dégager de leur rôle éducatif, qui est d'abord de donner l'exemple en assumant leur propre désir. Le père excédé retarde son retour à la maison après le travail, s'en va seul le dimanche pour se distraire, fuyant les drames; ou bien encore, on éloigne punitivement l'enfant parce qu'il gâche l'entente conjugale. Mais le problème se repose à chaque retour au foyer.

Il arrive aussi, hélas, que les parents abandonnent à un aîné — qui peut avoir de sept à quatorze ans... — leur autorité tutélaire. Le puîné devient alors la proie de l'aîné et joue pour ce dernier le rôle imaginaire d'une progéniture incestueuse, désormais surprotégée ou sadisée. Quant au pseudo-parent, il s'en trouve anxieux : il cherche à se soustraire aux lois de créativité, de travail scolaire et d'insertion sociale qui sont celles de son âge; il déjoue l'autorité paternelle en même temps qu'il la mime avec le plus jeune. En résumé, les attitudes démissionnaires des parents se soldent toujours pour l'enfant par un échec autopunitif inutile, nuisible à son développement.

Le rôle du psychanalyste, lorsqu'on lui amène ces enfants en pleine crise œdipienne, n'est pas de soigner l'enfant lui-même mais seulement de le voir suffisamment pour comprendre ce qui se passe et soutenir le couple parental tout en permettant à l'enfant — ce à quoi souvent les parents ne pensent pas — d'échapper aux tensions familiales par des activités à l'extérieur. Pouvoir affirmer sa personnalité hors du foyer, se faire des amis, choisir librement des activités qui correspondent à des désirs du moment, tout cela aide considérablement l'enfant. Il est vraiment regrettable que nos infrastructures sociales ne prévoient pas des activités ludiques organisées pour les enfants de cinq à huit ans. L'appartenance aux organisations de loisirs n'est possible chez nous qu'à partir de huit ans; or bien des enfants tireraient le plus grand profit d'échappées hors du milieu familial au moment de la période œdipienne. Évidemment, il est beaucoup plus facile de prendre, dans ce genre de groupements, des enfants en période de latence, mais c'est au contraire au moment des crises œdipiennes que les parents auraient le plus besoin d'être relayés par des garderies, par des ateliers industriels intelligemment conçus où les enfants découvriraient leurs possibilités d'autonomie.

Un enfant de cinq ans, c'est toujours très intelligent, même s'il ne peut communiquer ce qu'il pense : il a besoin d'être soutenu dans son insertion sociale par des jeux de création, et pourrait-on dire, par ceux-là seulement. Il a également besoin de colloques à propos de ce qu'il sent et ne sait pas bien dire, à propos de tout ce qui l'intéresse, mais il faut être prudent : à cette période, où l'enfant vit encore beaucoup dans ses fantasmes, il faut prendre garde de ne pas en profiter pour le suggestionner, ou le critiquer directement dans ses intérêts fantasmatiques, dans les formules grammaticales qu'il emploie pour parler de tout ce qu'il imagine. L'essentiel est de veiller à ce qu'il devienne fier de son sexe, fier de tout ce qui fait de lui, dans ses fantasmes, une fille ou un garçon valeureux. A cet âge, les raisonnements moralisateurs ne doivent toucher que les comportements de la réalité et aucunement les comportements fantasmatiques : car, si les colloques éducatifs deviennent des discours moraux, ils déplacent brusquement l'enfant d'une vie imaginaire qui lui est nécessaire à une réalité où l'on prétend le cantonner, et il achève alors de se persuader que ses parents veulent lui interdire cette vie imaginaire qui est en fait garante de son adaptation future aux lois de la vie sociale.

LA PÉRIODE ŒDIPIENNE

Admettons que l'enfant, fille ou garçon, ait atteint, à l'âge civil de trois ans, le niveau de développement que j'ai décrit plus haut [1] : c'est un enfant sain et bon vivant, il entre dans la période œdipienne de son évolution, qui est une période de foisonnement imaginaire; il observe tous les détails du comportement et de la vie d'autrui, il observe également la nature.

---

1. Cf. p. 194.

La fille

C'est l'âge où la petite fille découvre qu'elle est fille, non parce qu'on le lui a dit, ni parce qu'elle porte tel prénom féminin, ni à cause de sa coiffure ou de ses robes, mais du fait de son sexe qui n'est pas fait comme celui des garçons. Jusqu'à cette première expérience, elle voyait en son prochain un semblable en tous points : simplement plus petit ou plus grand qu'elle par la taille. Ce « supposé semblable » qu'était le garçon et dont elle découvre maintenant qu'il a un pénis, elle l'envie. Sa déconvenue est toujours inquiète, souvent manifestée. La petite fille a alors besoin, toujours, d'entendre des paroles simples, venant d'un adulte, sa mère de préférence, qui lui dise la vérité sur sa conformation sexuelle : que cette conformation est celle de toutes les filles, qui ensuite deviendront des femmes, que celle qu'elle a pu observer sur tel ou tel garçon est celle de tous les hommes. Il importe qu'elle soit félicitée de la justesse de son observation. La petite fille s'assure dès lors de l'espoir que plus tard elle aura des seins, comme les femmes, et aussi qu'elle mettra au monde des enfants, comme sa mère; mais il lui est impossible de se représenter que ces enfants soient autre chose que des excréments singuliers, magiques, procédant d'une consommation orale.

Pour la plupart des filles, cette découverte de leur sexe, quand elle entraîne l'assentiment et les paroles sécurisantes de la mère, marque l'entrée, qu'elles font avec fierté, dans la lice féminine. Elles se font alors des amies qui sont en même temps leurs rivales. Elles sont craintives, un peu, face aux garçons, forts et beaux à leurs yeux; elles aiment à se faire admettre dans la communauté des femmes avec qui elles partagent tout à la fois le rôle mythique de séductrice et le rôle exemplaire d'épouse et de mère parfaite : double aspect de la puissance phallique dévolue au corps des femmes, qui par ailleurs, au lieu du sexe, cache, dans le repli vulvaire mystérieux, ce clitoris que les fillettes découvrent et qu'elles appellent un « bouton ». Cette découverte les fait rêver à un avenir phallique imaginaire, voire à des conceptions parthénogénétiques. Bien des fillettes aiment à s'exciter par frottements non seulement le clitoris et la vulve, mais aussi les boutons mammaires érectiles, ce qui les entretient dans l'illusion d'un phallomorphisme de leur sexe. Le désir vulvo-vaginal d'être pénétrées se joue dans ces fantasmes masturbatoires.

La masturbation des filles peut n'être jamais observée par les adultes et bien des femmes dénient l'avoir pratiquée dans leur petite enfance; elle n'en existe pas moins, sur un mode sain, aux marges du sommeil ou pendant le sommeil : elle est à respecter.

Ce désir masturbatoire, les filles en cherchent inconsciemment le rapport au phallus symbolique dont le père est devenu le représentant. Par tout son comportement, la fillette montre que son vœu est de s'identifier au modèle féminin; moins portée que les garçons à la régression câline vers la mère, elle développe, inconsciemment sous-tendue par le jeu de pulsions phalliques, orales et anales, une curiosité qui doit être déculpabilisée. Le déplacement des pulsions sur cette curiosité est salutaire : il soutient l'accès à la maîtrise parfaite du langage (« les filles ont la langue bien pendue ») comme à la maîtrise manuelle et corporelle, ainsi que le goût de la compétition féminine. Dans les activités ménagères, l'enfant veut imiter mère et sœurs aînées et faire aussi bien ou même mieux qu'elles. Les mères qui empêchent leur fillette de trois ans de les aider, ou même de faire à leur place les travaux ménagers, ne savent à quel point elles nuisent à son développement ultérieur. Ce sont bien les pulsions orales et anales qui sont transférées dans tout ce comportement. Quant aux pulsions vaginales passives, elles se mettent également en jeu; la fille cherche à activer l'intérêt des hommes, du père, des frères, par sa grâce, sa coquetterie, par la recherche du « beau » qu'elle donne à voir, dans le but de séduire les représentants de l'autre sexe.

La fillette investit d'amour fétichiste ses poupées humaines. Elle joue avec elles son rôle maternel tutélaire sur un mode sadique, qui tend à la catharsis de fantasmes narcissiques compensateurs au regard de son impuissance : elle nourrit quelque rancœur à l'égard de sa mère, surtout s'il y a des frères visiblement avantagés par la nature et qui lui font sentir leur supériorité. Quant à son infériorité de « petite » par rapport aux « grandes », c'est une infériorité réelle et, pour que la petite fille se développe bien, elle ne doit pas être ressentie de façon trop cruelle.

Le garçon

Venons-en maintenant à l'entrée dans l'Œdipe du petit garçon.
Dès l'âge de deux ans, deux ans et demi, il a déjà découvert l'existence de son pénis érectile et du plaisir qu'il lui procure par les manipulations ludiques auxquelles il le soumet. A trois ans, il découvre que les filles n'ont pas de pénis et dès lors il valorise encore davantage ce précieux petit appendice qu'il considère comme un instrument glorieux, à fonction seulement urinaire. Cependant, l'existence d'érections indépendantes de la miction urinaire (et qui, à partir de deux ans et demi, en général, l'empêchent justement d'uriner) lui pose problème. Cette région du corps est mystérieuse pour lui; elle est magiquement érogène, mais lorsqu'elle est érogène elle cesse d'être fonctionnelle : qu'est-ce que cela peut signifier? Fier de son organe, se posant des questions à son sujet, tout petit garçon cherche à s'exhiber. Cette exhibition, pour lui valeureuse, est aussi une question muette concernant le sens à donner aux érections. Comment se fait-il donc que les adultes n'apprécient pas sa conduite? Ne savent-ils pas que ce qu'il exhibe là est ce qu'il a de plus beau à montrer, ce qu'il a de plus précieux? Pourquoi ne lui explique-t-on pas le sens de cette fierté qui l'anime, fierté qu'il perçoit justement être dans le génie propre de son être au monde?

La première fois que le petit garçon aperçoit le sexe d'une fille, il croit avoir mal vu, que la fille entraperçue est en réalité dotée d'un pénis caché, qui n'aurait pas encore grandi. Si le garçon est assez courageux pour oser vraiment bien regarder le sexe d'une petite fille, elle-même étant désireuse de s'instruire et assez confiante en son petit compagnon, il éprouve alors, à l'observer *de visu* et *de tactu,* une angoisse réelle, du fait de cette béance qu'il constate. Il y voit une mutilation et il ressent une angoisse en miroir, au lieu même de son sexe à lui : angoisse que son sexe puisse être supprimé par le vouloir des parents car, à cet âge, l'enfant s'imagine que tout obéit à la volonté des parents. Le petit garçon a absolument besoin que des adultes, sa mère, mais surtout son père, confirment explicitement par leurs paroles l'exactitude de ses observations sur les filles, qu'ils lui expliquent le sens à donner à ses érections : à la fois sens érotique et rôle futur dans la paternité — qui est chose d'homme, puisque le désir de l'homme prélude à la conception des enfants et commande la maternité.

Les enfants — les garçons plus précocement que les filles — ont besoin d'être instruits du destin réciproque complémentaire des sexes : cela leur fait comprendre sous un tout autre jour, et du même coup admettre, l'intimité qui lie leurs parents et les couples amoureux qui sollicitent tant leur curiosité. Savoir que la différence anatomique des sexes connote leur futur rôle respectif dans la fécondité, c'est cela qui fait entrer filles et garçons dans le complexe d'Œdipe. Le garçon s'inscrit alors dans la lice des hommes, comme la fille dans celle des femmes.

Cependant, au plan des fantasmes, le garçon admet lentement et mal que sa mère bien-aimée, à laquelle il s'est identifié jusque-là et qu'il a crue toute-puissante dans l'absolu — par la place prévalente qu'elle occupe dans les pensées du père —, ne fasse pas, elle au moins, exception. Assis sur ses genoux, l'imagination égarée par l'impuissance comme un bateau ivre, il pose sa tête sur sa poitrine, émouvant refuge où il trouve ressourcement pour la paix de son cœur et espoir de devenir un homme assez fort pour se marier avec elle : il ne parvient pas à se représenter qu'elle ne possède pas, elle au moins, outre ses seins, un sexe semblable au sien. Ainsi vont les rêveries des garçons de trois ans, lorsqu'ils font le travail mental d'admettre la réalité d'une mère sans pénis, lorsqu'ils se rendent au fait que leur mère a été une petite fille, que leur père a été comme eux un petit garçon dont la maman n'était autre que celle qui est aujourd'hui la grand-mère paternelle.

Éclairé sur ces points par des dires véridiques, le garçon doit encore, et dès ce moment, être informé sur le rôle futur des érections qui manifestent que son pénis est un sexe et non plus simplement un fait-pipi, comme il l'a cru jusqu'ici : ses glandes sexuelles, sensibles dans ses bourses, et que sans des paroles valorisantes il suppose être des réceptacles excrémentiels, auront un rôle fécondateur, à l'âge d'homme, rôle fécondateur sans lequel les femmes ne pourraient jamais être mères.

Si je dis que ces explications doivent être données aux garçons plus tôt qu'aux filles, c'est parce que, les garçons ne saisissant que ce qui est visible comme la grossesse, la maternité, l'allaitement, la fécondité est à leurs yeux un phénomène magique, d'ordre digestif, et dévolu aux seules femmes. Le garçon non éclairé sur le rôle du désir paternel est en position d'infériorité, de frustration : la fonction maternelle lui paraît seule à être concrètement gratifiée. Le garçon a là un deuil à vivre : celui de son identification à la mère; or il ne peut le vivre avec force et efficacité que s'il a la possibilité de voir, en son pénis, source de voluptés, autre chose qu'un jouet.

Certes, la fille, de son côté, accepte avec dépit la découverte de sa conformation sexuelle; mais, chez elle, l'angoisse de mutilation imaginaire et la déconvenue qu'elle éprouve devant sa poitrine plate sont rapidement compensées par l'espoir d'une maternité, à propos de laquelle elle forme le fantasme d'une toute-puissance parthénogénétique. Si la mère jouit de l'amour du père (le roi, la mère étant la reine) et si, de surcroît, le père prête quelque attention à sa fille, celle-ci envie à la mère ses prérogatives de compagne, les attentions amoureuses de son époux et leurs privautés au lit. La conduite de la fille vis-à-vis de la mère va se calquer sur celle de cette dernière à l'égard du père ou sur celle de l'éducatrice pour tout ce qui peut lui donner un pouvoir social. La fillette ici est à l'école des femmes. Les ours en peluche, les poupées, dès lors équivalents d'objets homosexuels ou projection d'elle-même, sont des substituts compensateurs de son infériorité d'enfant, en particulier de l'absence de seins (substituts du phallus manquant). Pour que les poupées quittent leur rôle de fétiche anal ou urétral, substitut du pénis manquant, et puissent jouer un rôle fantasmatique structurant le désir génital (désir qui ici est phallo-centripète), il faut à la petite fille un père réel ou, à défaut, qu'elle sache, par un dire de la mère, qu'elle a été engendrée par un homme qui a justement désiré que cette mère la conçoive.

Une fille élevée sans qu'il soit jamais question du père ou de la lignée paternelle, par une mère qui vit seule ou avec d'autres femmes, se construit apparemment mieux dans la petite et la grande enfance qu'un garçon dans la même situation. Jusqu'à la puberté au moins, sa libido féminine va survaloriser le phallisme féminin prégénital (oral et anal) et l'homosexualité passive ou active, surtout si elle ne porte pas un patronyme différent du nom de jeune fille de sa mère. A défaut d'un père, elle orientera ses pulsions libidinales hétérosexuelles vers la séduction des garçons de son âge et, tant qu'elle reste ignorante de l'interdit de l'inceste, de ses frères si elle en a. Elle peut encore se tourner vers les hommes qui courtisent sa mère et elle est alors en rivalité franche avec elle, rivalité non marquée par l'interdit de l'inceste puisque ces hommes ne sont pas son père.

Il est indispensable, pour que la fille accède au niveau de primauté du génital qui la fera entrer dans l'Œdipe, qu'elle le fasse fière de l'attrait qu'elle a pour les hommes. Elle ne pourra y parvenir qu'avec la révélation du rôle fécondateur de l'homme. Il est nécessaire que ce rôle lui soit expliqué à temps, c'est-à-dire avant sept ans (alors que ces explications seront données au garçon dès quatre ans). Les hommes qui courtisent la mère, si celle-ci n'est pas mariée au père, ou l'époux tardif de la mère qui donne son nom à cette dernière, prendront, dans la structure libidinale de la fille, la place apparente du géniteur et, si ces hommes conservent une attitude chaste à l'égard de l'enfant, c'est vis-à-vis d'eux qu'elle vivra l'interdit de l'inceste. C'est alors que sa féminité et son désir prendront leur véritable valeur symbolique.

Chez une fille qui n'a jamais eu l'occasion, dans son enfance, de vivre avec un homme et une femme partageant leur existence, les fondements de la structure génitale inconsciente ne peuvent s'élaborer : cette fille, grandie dans le gynécée, ne pourra, si elle devient mère, servir à son tour d'image structurante pour la libido de ses enfants. Son angoisse imposera à ses garçons et à ses filles une propension au refoulement du désir. Sans doute demeurera-t-elle une femme-enfant ou deviendra-t-elle une mère à la féminité éteinte ; ou encore une mère autoritaire, ce qu'on appelle en psychanalyse une mère phallique : sa vie sexuelle, elle la subit ou, si elle n'est pas frigide, elle est volage, jalouse de ses filles, possessive, passionnée avec ses fils, jamais heureuse avec l'époux qui la fixe au foyer : elle fait du « bovarysme », elle érotise sa progéniture et, pour soutenir son narcissisme resté infantile, elle prend la place symbolique du substitut pénien. Si elle reste à la maison, c'est rarement par amour de son homme mais plutôt en raison de la position que cela confère : élevée par une fille-mère ou par une femme délaissée, ayant toujours souffert dans son enfance de sa situation sociale, elle veut se démarquer de sa mère. Ses enfants, quoi qu'il en soit de leur père, sont amputés en tout ou partie de leurs pulsions actives, phalliques, orales et anales; ils présentent des troubles précoces du langage et de la motricité, autrement dit une inadaptation précoce aux lois du langage verbal et gestuel. De tels enfants ne peuvent être sauvés que par un traitement psychanalytique conjoint pour eux et leur mère. Au cours du travail analytique, la mère revit, en la verbalisant, son angoisse infantile de fille sans père qui a échappé à une castration structurante qui aurait valorisé sa féminité. Sans objet, sa jalousie œdipienne s'est déplacée sur ses enfants : elle ne tolère pas, parce que cela l'angoisse, qu'ils accèdent à leur propre désir, à leur propre structuration œdipienne, tant les fantasmes incestueux nécessaires au développement de ses propres enfants lui paraissent pour elle-même inquiétants : elle ne manque pas d'ailleurs de les en inquiéter, de les en rendre coupables.

Le transfert que font de telles mères sur le psychanalyste, homme ou femme, lorsqu'il les écoute pour elles-mêmes (le psychanalyste ne disjoint d'ailleurs pas cette écoute de celle de l'enfant entendu pour lui-même), permet la restructuration de la vie symbolique de l'enfant, qui guérit rapidement. Il s'agit alors pour la mère de continuer à venir, elle, pour achever de comprendre sa propre arriération affective. Elle va vivre sur l'analyste un transfert prégénital, transfert qui lui permettra de reprendre en face du conjoint sa propre place d'adulte; elle parlera avec le psychanalyste comme elle parlait avec sa mère quand elle était petite : or, celle-ci ne pouvait lui répondre comme le fait le psychanalyste qui explique, qui interprète l'angoisse infantile. Elle retrouvera ainsi le droit à sa libido génitale et elle se sentira réhabilitée narcissiquement par la relation à son analyste, dont elle peut désormais faire le deuil.

Pour de pareilles mères, ce travail a intérêt à se faire avec leurs aînés; il arrive souvent que ces aînés aient été abandonnés à une grand-mère, qu'ils aient été mis en nourrice à l'occasion de quelque incident de santé. L'enfant ainsi confié à une grand-mère ou à une nourrice peut s'être parfaitement développé. C'est le cas lorsqu'il a été éduqué parmi d'autres enfants, au foyer d'une grand-mère dont l'époux était toujours en vie. Le seul inconvénient de la situation a ici été l'absence de toute relation filiale avec le père et la mère : le complexe d'Œdipe s'est élaboré par rapport à d'autres personnes. En revanche, lorsque les liens de l'éducation ont été constamment brisés, lorsque la mère, infantile, n'a cessé de retirer l'enfant à ses gardiens successifs pour le changer à tort et à travers de résidence, l'enfant est blessé dans sa vie symbolique; et si, après lui, naissent dans la famille d'autres enfants dont la mère décide de s'occuper, il va se produire chez lui une décompensation. Il sera certainement nécessaire pour le psychanalyste de voir quelquefois de tels aînés pour les aider à supporter les modifications libidinales qui se produisent au sein de la famille.

Un garçon, de même, élevé sans le père, par sa mère ou dans un gynécée de tantes et de grand-mères, ne trouve à la maison, lorsqu'il parvient à l'âge de la découverte du sexe féminin sur les petites filles, aucun répondant-homme, et son développement s'en ressent. Il appréhende son pénis comme un simple fait-pipi érogène et, en règle générale, n'ose poser de question à personne. Il reste nidé dans les jupes de sa mère beaucoup plus tard que les autres. D'autant que la mère, n'ayant pas d'homme, a généralement pour ce garçon — tout comme la grand-mère d'ailleurs — une attitude possessive, de rivalité vis-à-vis des autres femmes, où ce dernier sent un danger mutilateur.

De tels petits garçons ont toujours besoin, tôt ou tard, d'une psychothérapie pour sortir de leurs difficultés. Lorsque le hasard amène de tels enfants à la consultation, le médecin doit leur parler (cela devrait d'ailleurs se passer systématiquement, à l'occasion de la visite médicale scolaire obligatoire), leur expliquer ce qu'il en est de la différence des sexes, et du destin particulier de leur mère, leur dire pourquoi elle vit seule, qu'un jour elle a été désirée par un homme et que c'est pour cela qu'ils sont venus au monde; que cet homme, pour une raison inconnue du médecin (mais que leur mère peut maintenant leur expliquer, ici même, profitant de la conjonction triangulaire de la consultation médicale), n'a pas pu prendre en charge l'éducation de son fils, ni peut-être même lui donner son nom.

D'être éclairé sur le rôle initial paternel — paternel tout au moins de par ce désir qui a rendu sa mère enceinte de lui. Ce rôle primordial du père absent, permet au garçon d'abandonner les identifications aux femmes qui l'élèvent et d'en orienter le procès vers d'autres objets : garçons plus grands que lui et surtout personne fantasmée du géniteur réel, de l'homme qui a fait qu'il soit son fils — même s'il est resté dans l'ignorance de cette paternité —, en même temps que celui de cette femme qu'il avait choisie, désirée, peut-être aimée avant de disparaître. Même s'il y a au foyer un autre homme, un grand-père, un oncle, un ami de la mère, même si l'enfant porte bien le nom du père mort ou disparu, il est indispensable que cette révélation soit faite; l'enfant a besoin de ce relais d'un tiers, pour assurer sa virilité et assumer son sexe. Faute de paroles vraies sur le géniteur réel, que ce dernier soit identifié ou non, le garçon risque de demeurer dans l'ignorance du rôle de l'homme dans la procréation : s'il porte le nom d'un homme mort ou disparu qui n'est pas celui de la mère, il se sentira étranger à celle-ci; et aucun répondant paternel ne soutenant son éducation, la virilité ne peut ni s'épanouir ni prendre valeur sociale.

En l'absence d'explications sur le rôle du désir du père à l'égard de la mère, sur son rôle procréateur, il n'est pas donné au garçon de loi qui lui permette de fonder, selon sa nature (phallo-centrifuge), son narcissisme viril. Faute de ce dire certains garçons, élevés cependant par leurs deux parents, continuent de croire que les rôles se répartissent ainsi : la mère donne la vie et donne à manger, tandis que le père gagne l'argent. Si la mère travaille et gagne elle aussi de l'argent, l'enfant peut croire que la présence du père au foyer dépend en tous points du bon vouloir de sa femme. Que de fois n'entend-on pas ces enfants de quatre-cinq ans dire à leur mère, après une dispute conjugale : « Mais pourquoi c'est pas un autre monsieur qui te donne l'argent? »

Le patronyme du père que portent à la fois l'épouse et les enfants, et qui marque du nom de la lignée paternelle la descendance d'un couple, ne prend valeur symbolique dans l'économie libidinale des enfants (et ne soutient l'éthique génitale inconsciente, puis consciente) qu'à partir de la révélation du rôle procréateur du père. Ce rôle procréateur prend alors statut de *valeur,* inhérente au sexe masculin. Tandis que le sexe féminin a d'emblée, en lui-même, une valeur considérable du fait de l'attachement de l'enfant — fille ou garçon — à la mère pendant les premières années, c'est la valeur du patronyme en tant qu'il se transmet qui fonde la fierté masculine du garçon, et son narcissisme de mâle y prend sa source : se savoir fils de son père donne au garçon le droit de s'identifier désormais à des hommes; une conversion s'opère dans sa structure lorsqu'il abandonne les identifications à la mère, premier modèle adulte.

Toujours dans la perspective des processus qui mènent à l'Œdipe, au moment où le garçon acquiert à travers son père la notion de la valeur de son désir de mâle, soutenu par sa conformation sexuée, il devient souvent *opposant* à l'égard de sa mère. Cette opposition-là se démarque nettement du négativisme que garçons et filles manifestent vers dix-huit mois, deux ans, après l'acquisition confirmée de la marche. Lorsque les garçons ont reconnu que la mère ne possédait pas de pénis, ils vont désormais difficilement accepter d'obéir aux directives maternelles, voire tout simplement de devoir obéir à des femmes. Par contre, ils obéissent au doigt et à l'œil, comme on dit, aux directives et aux ordres paternels. Si le père ne tient pas sa place au foyer, les garçons peuvent devenir caractériels, à moins qu'un éducateur masculin sur lequel ils orientent dès lors leur désir homosexuel prégénital sache les diriger et, relais du père défaillant, faire respecter la mère en expliquant qu'elle les a conçus en même temps que le père et leur a donné la vie pour qu'ils deviennent des hommes. Reste que, même s'ils respectent leur mère, les garçons ont tendance à dévaloriser l'obéissance aux femmes. Obéir à une mère sans référer son désir de garçon à un père estimé peut, lorsque le garçon s'y résout du fait d'une autorité trop marquée de la mère, entraîner un refoulement des pulsions prégénitales et génitales masculines, et préparer chez ce garçon un Œdipe qui se résoudra par des identifications féminines : ouvrant la voie à une homosexualité passive, toujours inconsciemment incestueuse. Les garçons élevés sans père et qui n'ont pas passé par cette période d'opposition, en la résolvant par le recours à un éducateur-homme, substitut du père, risquent de rester soumis toute leur vie à une mère phallique autoritaire, ce qui leur interdit la réalisation de leur virilité.

Retenons donc que les garçons manifestent toujours, à partir du moment où ils valorisent le rôle sexuel du père, une opposition marquée vis-à-vis de la mère, des sœurs aînées, des femmes en général, et ce dans les familles les plus équilibrées. Dans le cas de couples fragiles, cela peut entraîner chez la mère un état dépressif qu'elle extériorise sur le mode « persécutée-persécutrice », avec des réactions en chaîne qui affectent les relations des époux. L'enfant se trouve là dans de mauvaises conditions : les termes du complexe d'Œdipe sont mal posés, le père reproche à sa femme son manque d'autorité, se montre excédé de ses plaintes, et agressif vis-à-vis de son fils qu'il traite comme un animal domestique; le garçon ne demande au contraire qu'à être aimé de son père, ce qu'il en attend ce sont des éclaircissements; le père doit expliquer à l'enfant pourquoi il exige de lui le respect à l'égard de sa mère : en tant qu'elle est son épouse, chargée par lui, en son absence, de faire respecter l'ordre qu'il a édicté. Le fils ne demande qu'à rester en bonne intelligence avec sa mère et, si le père lui a parlé de la sorte, le garçon peut abandonner ses attitudes caractérielles et se stabiliser : ce qu'il ne veut plus, c'est être aveuglément soumis à la mère comme quand il était petit; il consent à lui obéir maintenant parce que son père l'exige et qu'il fait confiance à son fils pour respecter sa bien-aimée.

Cette difficile phase pré-résolutive œdipienne qui va de trois ans et demi à cinq ou six ans, où le désir garçonnier d'autonomie commence à se spécifier, est soumise à des pulsions aussi bien encore homosexuelles qu'hétérosexuelles naissantes, et la relation du fils à sa mère, du fils à son père, reste duelle. Il ne s'agit pas encore de l'acmé de la crise œdipienne, l'enfant en reste loin; la résolution de l'opposition transitoire (passage nécessaire) vis-à-vis des femmes et de la mère dépend de la solidité des relations de confiance réciproque entre les époux, de la place tenue par le père dans l'éducation, où son rôle n'est pas le même que celui de la femme, tout en étant accordé au sien. Il est mauvais que ce passage traîne en longueur : lorsque c'est le cas, la chose vient toujours d'une carence paternelle.

Quand il est soutenu par les deux instances tutélaires, le père et la mère, le garçon sublime aisément ses pulsions et parvient au niveau scolaire et d'adaptation sociale qui est celui de son âge — trois à six ans; si son éducation est bien contrôlée par le père, son caractère va se modeler pour s'adapter à la vie familiale; en même temps, il accède à l'autonomie dans ses jeux et dans les actes de la vie quotidienne, il a des activités propres, il rejette avec fierté toute surprotection maternelle, ce qui ne l'empêche nullement de rester serviable, car il est de plus en plus confiant en lui-même et en ses parents.

La découverte des lois de la nature qui régissent les sexes, éclairée par des paroles véridiques et simples sur le rôle du père au départ de leur existence [1], permet dès lors à ces garçons et à ces filles soumis à l'autorité paternelle, et qui aiment leurs parents, de grandir à l'image des adultes qui vivent au foyer.

Certains parents, férus d'éducation sexuelle, imposent à tout propos à leurs enfants force détails anatomiques ou physiologiques sur le fonctionnement sexuel dans l'acte de la procréation, détails que ces enfants de trois à six ans ne demandent nullement. Il s'agit plutôt de leur donner le désir de grandir dans le génie propre de leur sexe, génie qui s'incarne à leurs yeux en leurs parents. Filles ou garçons, ce qu'ils veulent, c'est s'affirmer en différenciant leurs manières et leurs goûts; parce qu'ils sont fiers de leur filiation, leur patronyme marque qu'ils sont bien les fils ou les filles de leurs deux parents; leur narcissisme sexuel est bien en place, le projet qu'ils forment de se marier avec le parent désiré soutient les pulsions génitales par des fantasmes incestueux. Ils sont alors mus par le désir dominant de compétition amoureuse avec le parent du même sexe, auquel ils cherchent à s'identifier en tous points, rêvant de conquérir ses prérogatives auprès de l'autre.

---

[1]. Ce sont ces paroles mêmes qui donnent sens et valeur au désir séducteur, si narcissisant pour la fille.

Dans le moindre de leurs jeux, les garçons miment les hommes, les filles miment les femmes; ils prennent le rôle des adultes de leur sexe et donnent la préférence à leurs parents, qu'ils imitent autant dans le couple particulier qu'ils forment que dans leur vie sociale. Ils rêvent de prendre le pas sur le parent du même sexe dans l'attention, l'intérêt et l'amour que lui porte son conjoint. Le désir est ici clairement incestueux; il est généralement verbalisé — et sans aucune culpabilité — dans les moments de tendresse et dans des jeux érotisés de déguisement ou de dénudement : il est très dangereux de culpabiliser ces jeux, surtout s'ils se déroulent entre enfants du même âge et hors de la présence des parents, comme c'est généralement le cas. Ces jeux érotiques imaginaires, voyeurs et tactiles, entre enfants, n'ont aucun impact pervertissant; bien au contraire, c'est l'intérêt que les parents portent à ce qui se passe là qui est pervertissant.

La différence de taille avec l'adulte, l'exiguïté des génitoires, l'absence de caractères sexuels secondaires, pour les filles l'absence de seins, jouent un rôle infériorisant anxiogène. Certains parents croient parfois bien faire en imposant la pratique familiale du nudisme, blessante en fait pour les enfants, au moins jusqu'à huit ou neuf ans, car ils sont alors obligés de confronter leurs fantasmes à la réalité. Cette infériorité est toutefois pour l'enfant un des éléments qui vont l'aider à temporiser, à suspendre la mise en actes de ses désirs vagues de corps à corps génito-génital, de procréation incestueuse avec le père ou la mère, désirs qui font la trame de ses fantasmes masturbatoires.

On voit comment le sentiment d'infériorité naturelle, né de la petitesse du corps et du sexe de l'enfant par rapport au corps et au sexe des adultes, aide à remettre la satisfaction du désir et à la projeter dans un « plus tard, quand je serai grande », « quand je serai grand ». Il permet aussi à l'enfant qui n'est pas survalorisé par le parent de l'autre sexe d'acquérir, pour compenser, les qualités d'efficacité qui sont l'apanage de l'adulte, ce modèle envié. Il y a acquisition d'une adresse manuelle, d'un vocabulaire gestuel et idéatif, qui compense l'impossibilité d'acquisition du vocabulaire génital. Les enfants se soutiennent alors de l'espoir d'une conquête lente et sûre de l'adulte désiré par le « faire plaisir » : il aura « mérité » de déloger l'adulte rival de ses prérogatives, mérité de prendre sa place, tant convoitée, dans le couple. L'espoir de la chute du rival est souvent verbalisée et l'adulte rit jaune de s'entendre dire : « Quand tu seras mort, je serai le mari de maman », ou : « Quand tu seras morte, c'est moi qui serai sa femme, à papa. »

Dans cette période de structuration œdipienne, qui est celle des fantasmes incestueux, l'enfant des deux sexes éprouve des déconvenues. Il y a dans son comportement une alternance d'attitudes séductrices vis-à-vis du parent de l'autre sexe, et de soumission, d'allégeance prudente au parent du même sexe — dont il attend qu'il lui transmette son savoir, et dont il appelle encore la protection. On peut dire qu'en famille, s'il y a des enfants des deux sexes, homosexualité et hétérosexualité incestueuses alternent en permanence, voire coexistent constamment. Les disputes succèdent aux réconciliations et la compétition est toujours présente.

En même temps, avec ses petits amis, l'enfant aime à mettre en scène des situations fantasmatiques où ses parents empruntent la figure de héros mythiques : rois, reines, princes, princesses aux pouvoirs indiscutés. Ces jeux d'identification reconstituent un trio familial où ils s'arrogent le rôle qui leur semble le plus flatteur et le plus agréable : c'est le fameux jeu du papa et de la maman. Parfois, du fait des pulsions homosexuelles et hétérosexuelles, les enfants changent de rôle, ce dont on ne s'inquiétera pas si par ailleurs, dans la réalité, ils sont « bien dans leur peau ». Il y a aussi le jeu du docteur, qui permet toutes les privautés tactiles. Jeux de société et jeux physiques sont des prétextes à un plaisir narcissique, magique et mythique, apparemment pris en commun : en fait, chacun joue pour soi dans un psychodrame qui n'est que la mise en scène du rêve œdipien. Les jeux sensuels normaux entre enfants se colorent toujours d'une certaine culpabilité; la sensualité semble à l'enfant le privilège des grandes personnes et il craint qu'elles n'en conçoivent quelque ombrage, tout comme lui-même est jaloux des privautés que, se dérobant plus ou moins à ses regards, les parents s'accordent dans la chambre conjugale; il se montre envieux aussi des prérogatives que son savoir magique concernant les mystères de la vie et de la mort confère au médecin.

La mort est, en effet, un sujet que les enfants qui traversent la crise œdipienne aiment aborder. Ils voient bien de quoi il s'agit pour les animaux et les végétaux dont on tire la nourriture; mais lorsqu'ils n'ont pas encore vu la mort dans leur famille, ils ignorent ce qu'elle peut signifier pour les êtres humains. Les enfants aiment beaucoup jouer à la mort, à la donner, à la recevoir, à mimer l'agonie : il s'agit de fantasmes très structurants. Malheureusement, lorsqu'ils découvrent ces jeux, beaucoup de parents croient avoir des enfants pervers.

Les enfants jouent à la guerre, jouent aux prisonniers soumis par de cruels vainqueurs qui rançonnent et prennent des gages. Jouer à tuer pour connaître le corps, jouer à explorer le corps et le sexe des autres, jouer à soigner ou à se faire soigner, jouer la vie sociale, tout cela est indispensable à l'enfant qui vit la crise œdipienne. Jouer à la maîtresse, au marchand, au gendarme et au voleur, tous ces jeux sont aussi des jeux sociaux grâce auxquels les enfants accèdent à la compréhension des fonctions dans la société et des droits que confèrent ces fonctions.

Pour en revenir à la mort, s'ils abordent sans cesse ce sujet constamment érotisé par eux, c'est parce qu'elle est le danger majeur que pourrait entraîner, dans leur inexpérience, toute transgression d'ordre moteur; mais c'est aussi parce que, dans leurs rêveries, la mort élimine le rival gênant. La mort réelle d'un des parents, survenant au cours de cette période, est toujours un traumatisme : elle semble répondre de façon angoissante aux fantasmes de l'enfant, qui attribue dès lors à ses propres pensées une puissance magique; cette mort qui survient dans la réalité lui paraît signifier l'avènement de sa toute-puissance idéative et son droit de faire savoir ses désirs incestueux. Ce traumatisme renforce l'angoisse de castration; l'enfant s'estime puni, ou au contraire soutenu dans un désir incestueux désormais sans obstacles. La culpabilité est encore aggravée par l'absence réelle de l'un des pôles du triangle œdipien : il n'existe plus là de soutien pour les pulsions libidinales génitales. Le parent veuf (mais cela peut également se produire dans le cas d'un divorce si ce divorce a conduit au départ sans explications ou à la disparition d'un des conjoints) contribue, de son côté, au moins momentanément, par les réactions d'abandon et d'agressivité inconsciente contre soi-même qui accompagnent le travail du deuil, à bloquer la mise en place des termes du complexe d'Œdipe : l'enfant ne comprend pas que cet adulte veuf ou abandonné ne remplace pas tout de suite le conjoint disparu, tant lui, l'enfant, en a besoin. Très souvent s'opère alors chez l'enfant une régression plus grave encore que celle du parent laissé pour compte : l'enfant réinvestit sur celui-ci toute la charge affective, et le parent y fait chorus, ce qui provoque une régression de l'enfant aux stades antérieurs de la libido. Tout deuil provoque momentanément une telle régression. Mais les pulsions génitales ne peuvent se mettre en berne, et le petit Œdipe en deuil du rival devient un possesseur pathogène du parent resté veuf.

Il faut alors qu'une tierce personne — un médecin, un ami, un parrain, une marraine — ait avec l'enfant des colloques salvateurs : parlant clairement avec lui de la mort, de la disparition de son père ou de sa mère; il faut que l'enfant s'entende certifier que cela est arrivé du fait du destin personnel de l'adulte en cause et aucunement du fait de ses pensées à lui, ou de son manque d'amour. Un enfant ne se relève pas d'une parole telle que : « Tu as tué ton pauvre père » (ou « ta pauvre mère »).

LA RÉSOLUTION DU COMPLEXE D'ŒDIPE

La résolution du complexe d'Œdipe intervient avec l'acmé du conflit interne à l'économie libidinale : le désir incestueux chez la fille de porter un enfant du père, chez le garçon de donner un enfant à la mère, est confronté aux obstacles réels de sa mise en actes. Il est nécessaire que l'interdit de l'inceste soit alors proféré par un adulte en qui l'enfant a confiance; il est en effet au comble de l'angoisse impuissante et au comble du désir de la surmonter. C'est une crise qui provoque des symptômes venus et de la frustration de l'enfant et de la réactivation de pulsions archaïques renforcées par la tension génitale. La première fois que l'enfant entend énoncer l'interdit, il refuse d'y croire : il continue de fantasmer que, plus tard, fort de sa puissance sexuelle achevée, il parviendra à ses fins; mais si on lui explique que la loi de l'interdit de l'inceste régit toutes les vies humaines, il commence à y croire. « Papa s'est bien marié avec maman! » « Oui, avec *ta* mère mais pas avec *sa* mère! » Pareilles réflexions surgissent dans les familles où les parents s'appellent mutuellement « papa » et « maman » et où l'enfant a pu croire, par conséquent, jusque-là, vivre en quelque sorte avec des frères et sœurs aînés.

L'angoisse de castration est endogène : elle survient chez tous les enfants, indépendamment de tout ce qui peut leur être dit et de ce que peut être la constellation familiale. C'est l'angoisse de l'extinction ou de la perte du désir lorsqu'il n'y a plus de zones érogènes à découvrir. L'enfant a fait l'investigation complète de ses possibilités érotiques physiques [1].

Et dès lors le lieu même d'où naît son désir génital, le lieu sexuel par excellence dans son corps — ou, dirons-nous, dans son schéma corporel —, devient à ses yeux dérisoire et trompeur. Le garçon est angoissé par la présence de ces génitoires qui n'ont plus aucun sens s'il ne peut pas donner d'enfant à sa mère; la fille par ces entrailles féminines qui ne pourront jamais porter l'enfant de ce père surestimé. Il doit être dit à l'enfant que, ce qu'il éprouve, ses parents l'ont éprouvé de la même manière à son âge : eux-mêmes sont soumis à l'interdit de l'inceste dans les visées sexuelles qu'ils pourraient avoir sur leur fils ou sur leur fille : faute de ces explications, le risque de dévalorisation et d'annulation définitive de son désir guette l'enfant.

Notons ici le danger que les parents font courir à l'enfant lors de sa structuration œdipienne, lorsqu'ils lui « donnent » (verbalement) un nouveau-né, frère ou sœur; plus encore lorsque la famille lie l'enfant à ce puîné par les liens du parrainage, liens spirituels, certes, mais qui, aux yeux d'un enfant de trois à huit ans, confèrent autorité parentale sur le filleul nouveau-né. Pour le grand enfant, être parrain ou marraine, ce n'est pas autre chose qu'un leurre, qui gauchit le deuil qu'il avait à faire de l'enfant imaginaire incestueux. Quant au filleul, plus tard, pour lui, l'instauration des termes de l'Œdipe se fera dans de mauvaises conditions, car cet aîné qui pense avoir des droits va essayer de garder

---

[1]. La magie tentatrice de la drogue chez les adolescents ne serait-elle pas sourcée dans le mirage d'un érotisme infini, toujours à découvrir, afin d'échapper à la castration, condition des humains?

sur lui une autorité parentale, sapant chez le filleul l'amour pour les parents réels. Répétons-le : la crise œdipienne doit se résoudre dans le deuil définitif et radical de tous les fantasmes et de toutes les rêveries autour de tricheries possibles avec l'interdit de l'inceste.

Accepter cette loi qui régit la société des humains — la loi de l'*interdit* absolu, à jamais, de la réalisation du désir incestueux — n'est pas facile. De nos jours, hélas, l'interdit de l'inceste n'est pas souvent explicité dans les paroles des adultes. Aussi, à l'insu de leurs parents (voire avec leur aveugle complicité), les enfants tournent-ils cet interdit pourtant inscrit dans l'éthique humaine inconsciente : par des jeux sexuels génitaux entre frères et sœurs, jeux homosexuels ou hétérosexuels. S'ensuivent toujours des troubles, au mieux transitoires, entravant la symbolisation des pulsions, cette symbolisation qui devrait faire éclore la personnalité sociale. Bien plus : nombre de parents contredisent en actes l'interdit verbal de l'inceste (pourtant bien présent dans le langage courant), par des comportements qu'ils croient être des jeux innocents, et qui sont en fait des privautés sensuelles diffuses qu'ils s'accordent pour leur plaisir à eux, avec ces enfants qui sont les leurs et qu'ils troublent. Ils feignent de croire, sous prétexte qu'il n'y a pas là contact nettement génital, que des jeux sensuels séducteurs ou tendres sont innocents. Ces jeux sont hélas incendiaires, passé l'âge de quatre, cinq ans; et, après six ans en tout cas, dangereux. Il s'agit pour l'enfant d'excitants sexuels; les parents semblent inviter à l'inceste : l'enfant imaginatif, séducteur-séduit, y voit un début de mise en actes qui semble répondre à un désir incestueux que les parents semblent de leur côté signifier. Cela est particulièrement grave dans le cas d'un enfant unique lorsque le père et la mère s'appellent mutuellement « papa » et « maman », faisant fi, dans le langage familial courant, de leur rôle d'amants et d'époux; l'enfant perd ainsi tout repère linguistique quant à sa place de fils ou de fille.

La crise œdipienne se résout ou non selon la façon dont l'enfant est soutenu par le dire des parents : seule une attitude véritablement chaste à son égard dénoue le conflit. Lorsque la crise est rapidement résolue, dans de bonnes conditions, à l'acmé de l'angoisse de castration, survient toujours un rêve qui se répète deux ou trois fois : c'est le rêve de la mort des parents. Il manifeste le désir de renoncer définitivement à son objet d'identification premier, à ses pulsions génitales, à visées homosexuelles comme hétérosexuelles. Il angoisse l'enfant, mais fait partie du processus de résolution œdipien. Si tout se passe bien, l'angoisse cède totalement. Mais il est rare que l'enfant renonce à ses désirs incestueux jusque dans ses fantasmes, car généralement cela tarit le plaisir qu'il prenait à une masturbation jusqu'ici normale. La résolution du complexe d'Œdipe, c'est l'acceptation de l'interdit de l'inceste ; cette acceptation est plus ou moins bien ancrée dans l'inconscient : si les parents ne sont pas totalement dégagés de leurs sentiments possessifs, l'adaptation de l'enfant demeurera soumise à leurs autorisations.

La puissance créatrice dans le travail et les activités culturelles dépend elle aussi de la résolution du complexe d'Œdipe : les pulsions génitales de l'enfant, castrées dans leur visée incestueuse, vont s'investir, avec tout leur impact narcissique, dans les activités sociales.

L'enfant comprend qu'il a, devant la loi du sexe, statut d'égal : égal à ses parents, égal aux parents de ses parents. Il peut dès lors sublimer, c'est-à-dire transposer dans l'ordre symbolique qui s'ouvre à lui la force de ses pulsions barrées par l'interdit de l'inceste. Cette sublimation permet à son désir d'avoir droit « de cité » ; après la puberté, qu'on lui a annoncée, lorsqu'il sera « formé », sa maturation lui permettra de trouver des partenaires sexuels dans le monde extra-familial, tout comme il en a été pour ses parents dans leur jeunesse, après qu'ils aient eux-mêmes abandonné leurs rêves incestueux sur la personne de ceux qui sont aujourd'hui les grands-parents de l'enfant. Accepter cette loi fondamentale de la vie en société ouvre, si l'on peut dire, l'accès à toutes les autres libertés : non seulement dans le domaine du fantasme, mais dans la réalité ; parvenir à conquérir ces libertés, voilà l'effet de la résolution œdipienne.

Le renoncement à la vie imaginaire, qui jusque-là avait soutenu l'enfant tout au long de son développement, est toujours douloureux. Ce renoncement est grandement facilité lorsqu'il existe entre les parents une bonne entente sexuelle, que leurs caractères s'accordent et que, tant dans leur intimité que dans leur comportement d'éducateurs, leurs rôles apparaissent comme complémentaires. Dans le cas où les parents ne s'entendent pas, pour l'un des parents, frustré dans sa relation conjugale, l'enfant risque d'être le soutien imaginaire de dédommagements consolateurs. Lorsque les parents sont brouillés ou divorcés, il peut encore être l'objet de revendications possessives de la part de chacun des conjoints. Cela aggrave le sentiment de culpabilité de l'enfant lorsque tout naturellement il commençait à se détacher de sa dépendance infantile. L'enfant se sent coupable de prendre le droit de ne plus s'intéresser à ses parents. Le désir génital de l'enfant est échauffé par l'obligation, dans laquelle il se sent pris, de réconforter celui de ses parents qui est abandonné ou rejeté par l'autre. Il sent alors qu'il continue, comme par le passé, à faire plaisir à l'un, à ne pas faire plaisir à l'autre : c'est pour lui une situation conflictuelle qui l'empêche de résoudre complètement l'Œdipe.

La résolution du complexe d'Œdipe doit donc s'accompagner du sentiment de liberté, liberté de quitter l'enfance et d'abandonner la fatale dépendance au Moi Idéal parental. Il faut bien dire que, pour les parents, c'est aussi une crise dont ils supportent les conséquences. Il doit s'opérer une mutation dans leur rôle tutélaire. Bien souvent, ils sont malheureux que l'enfant se détache d'eux, bien qu'ils se réjouissent de ce qu'il trouve dans la réalité amis et intérêts. Que de fois n'entendons-nous pas les parents soupirer : « Il n'y a plus d'enfants, nous voilà vieux ! » L'enfant peut se sentir coupable de délaisser ces parents déprimés pour aller vers des camarades de son âge, pour se tourner dans ses admirations et ses amitiés vers des adultes ne faisant pas partie de la famille. L'enfant s'entend dire : « Qu'est-ce que tu leur trouves de plus que chez nous, à ces gens-là ? »

LA PÉRIODE DE LATENCE. DE LA RÉSOLUTION DE LA CRISE ŒDIPIENNE À LA PUBERTÉ

Il est rare que le renoncement au désir incestueux soit clair à la conscience d'un enfant de six à sept ans, mais cela peut se voir : il s'agit alors d'un enfant plein de vitalité, et, en quelques semaines, il mûrit. Il aime ses parents, bien sûr... Ses parents l'aiment aussi, bien sûr... Mais entre la vie des parents et celle de l'enfant, un trait est tiré. Ils ont de bonnes relations, mais il n'y a plus les anciennes réactions passionnées de l'enfant vis-à-vis de ses parents; il oublie de les embrasser pour leur dire bonsoir; il ne dit pas bonjour le matin. Il n'en est pas moins en bonne intelligence avec eux. Les parents qui savent respecter ces moments décisifs de la résolution œdipienne sont rares. Pourtant, c'est à eux que la confiance de leur enfant donnera les plus grandes joies dans les cinq ou six mois à venir; sans plus craindre désormais de régresser à des positions de dépendance infantile, l'enfant aura avec eux des colloques confiants, absents de toute cajolerie. Pour beaucoup de ces enfants, ce serait le moment de les mettre en pension pendant un an ou deux, à condition que cette pension fasse largement place au jeu et que les enfants puissent avoir là des joies partagées. Cela leur permettrait de se dégager complètement de leur vie de petit enfant, d'affirmer leur féminité ou leur virilité naissantes et leur autonomie.

Pour la plupart des enfants, du fait qu'ils restent dans le milieu familial, il y a une période de refoulement des pulsions sexuelles génitales. Ce refoulement s'accompagne d'une prise de distance vis-à-vis de la fratrie : jusque-là, ils trouvaient en leurs frères et sœurs des compagnons de jeu d'élection. Il y a maintenant vis-à-vis du parent de sexe opposé une façon de le battre froid en même temps qu'une valorisation inconditionnelle un peu abstraite des dires et faires du père en société. Le père paraît de droit maître au foyer. L'enfant sent, même s'il ne veut pas le reconnaître consciemment, que le père est le promoteur de la vie à la maison; et surtout le père est valorisé socialement comme maître du nom, organisateur de la famille. Souvent, son métier, source principale de revenus pour la famille, ajoute à ses prérogatives de médiateur reconnu entre la famille et la loi du groupe social où elle s'intègre — loi dont l'enfant d'ailleurs aime à s'instruire.

En cas de séparation ou de divorce, le changement de nom de la mère freine la résolution du complexe d'Œdipe; pis : si, au cours de cette crise, l'enfant lui-même change de nom, par exemple parce que la mère épouse un homme qui reconnaît l'enfant, ce changement de nom constitue un véritable traumatisme. L'enfant, de par la loi, va partager le sort de la mère et pour la petite fille tout se passe comme si le nouveau père se mariait autant avec elle qu'avec sa mère; le nouveau venu s'arroge des droits sur un enfant qui justement n'en est plus un.

Dans les cas les plus heureux et les plus fréquents, l'adaptation à l'interdiction de l'inceste, l'abandon total des privautés séductrices de la part des parents sont suivis d'un fléchissement des pulsions sexuelles, du fait d'une sorte de stase physiologique qui survient alors chez l'enfant, avec arrêt physiologique du développement des génitoires par rapport au développement du corps. Il s'ensuit une période fructueuse et calme, plus ou moins teintée d'homosexualité chaste, soumise, admirative vis-à-vis du parent du même sexe; la sensibilité hétérosexuelle conservée est toujours chaste. L'enfant est attentionné à l'égard du parent de sexe complémentaire, il ne veut pas le décevoir et, dans l'admiration qu'il lui porte, ne peut sans souffrance être déçu par lui.

Lorsque les parents énoncent l'interdiction de l'inceste, il doit être explicité que cette loi barre tout autant le désir sexuel des parents — et toute prétendue prérogative possessive de leur part sur la personne de l'enfant — que le désir de l'enfant lui-même. Cela vaut aussi en ce qui concerne les grands-parents; certaines grand-mères et certains grands-pères incestueux sont fort dangereux. Il faut dire à l'enfant : « Tu n'es pas du tout obligé d'aller sur les genoux de ta grand-mère ou de ton grand-père, tant pis pour eux, ils n'ont qu'à prendre le chat ou le chien, etc. »

Il est d'ailleurs également nécessaire de préciser à l'enfant que, plus tard, il aura le droit de choisir le conjoint qu'il voudra, sans que ses parents, frères ou sœurs aient quoi que ce soit à redire à ce choix.

La résolution du complexe d'Œdipe, lorsqu'elle n'est pas entravée par les géniteurs, par les parents proches ou par la fratrie, est concomitante de la chute des dents de lait, chute malcommode et inesthétique momentanément, mais suivie (tout comme la crise œdipienne) d'un renouveau, le renouveau de la denture.

L'enfant qui a bien résolu le complexe d'Œdipe est sans angoisse, il n'est plus pressé de devenir grand, ses préoccupations sont centrées sur sa vie sociale présente, sur ses contacts avec les enfants de son âge. Grâce à l'ordre inconscient et conscient que l'interdit clair et accepté de l'inceste instaure dans la libido apaisée de l'enfant, s'éveillent des intérêts électifs pour les enfants de sa classe d'âge, ainsi que pour les adultes qui concourent à son développement en respectant sa personne : maîtres, éducateurs, professeurs, aînés qui l'initient à des techniques sportives ou culturelles. Nous ne dirons jamais assez que c'est de la connaissance claire de la loi de l'interdit de l'inceste que découle la puissance ordonnée des pulsions. C'est cette connaissance claire qui va donner à l'enfant le sens de sa promotion de plein droit comme citoyen, et qui permettra à toutes ses énergies de muer à la recherche de l'expression symbolique : travail, acquisitions culturelles dans la visée d'une réussite sociale, activités créatrices de toutes sortes, manuelles, intellectuelles, activités ludiques ou sportives dans une recherche d'échanges avec des camarades du même âge ou de personnes de l'entourage toutes marquées, comme l'enfant, par l'interdit de l'inceste et ainsi valorisées. Les liens familiaux prennent dès lors tout leur sens pour l'enfant, qui commence à s'y intéresser et à questionner pour se les faire préciser.

Il est courant que l'orientation dans le temps soit acquise tout d'un coup, alors que jusqu'ici l'enfant ne parvenait même pas à lire l'heure. L'orientation dans l'espace se précise. Les jeux changent de style, l'enfant recherche la difficulté et s'initie à des techniques industrieuses ou artistiques qu'il cherche à maîtriser; en tout cela, c'est moins le plaisir pris que la communauté de points de vue éthiques ou esthétiques avec des camarades de son âge qui tient la place consciente. Les satisfactions solitaires narcissiques ont désormais moins de valeur reconnue pour l'enfant que celles qu'il éprouve en compagnie, avec des camarades choisis par lui, dans ses activités langagières, ludiques et culturelles. C'est l'âge où l'enfant découvre l'amitié, amitié généreuse mais non dépourvue de possessivité réciproque; l'amitié honore autant d'ailleurs que la fidélité, entre amis qui se sont librement choisis. Il y a des trocs dus à l'amitié, et il est grave que les parents s'y opposent, car il est à remarquer que les amis élus par les parents n'ont pas du tout pour l'enfant l'intérêt que peuvent avoir des amis choisis par lui-même, au-dehors.

Vis-à-vis des jeunes adultes de son sexe, l'enfant développe à présent des admirations romantiques. Il se choisit, dans les histoires et dans l'Histoire, des héros valeureux, le plus souvent du même sexe que lui, modèles et soutiens pour son imagination aventureuse. Il a à cœur de se montrer ostensiblement indifférent aux enfants de l'autre sexe, méprisant, parfois agressif, mais il éprouve par bouffées des sentiments amoureux, timides et passionnés : amitiés hétérosexuelles non déclarées mais toujours émouvantes, dont le souvenir reste souvent plus vivace à l'âge adulte que celui des premières séductions et conquêtes sexuelles de l'après-puberté.

La période de latence se termine avec la poussée pubertaire, poussée physiologique, transformation physique du jeune garçon ou de la jeune fille qui va faire resurgir les problèmes de la crise œdipienne; celle-ci, si elle s'était bien résolue, se rejoue alors en l'espace de quelques jours, de quelques semaines; et, dans le cas contraire, ramène au jour et reproduit toutes les difficultés anciennes. Nous y reviendrons.

Il faut parler ici du rôle de l'argent dans son impact œdipien. L'argent est une puissance qui a son origine inconsciente dans la libido anale. Comme objet partiel érotique narcissisant pour l'enfant, les excréments sont dépourvus de toute caractéristique génitale. Cependant, de par la proximité de la région génitale, ils sont investis de façon particulière (en anatomie, cette région et les nerfs ou vaisseaux qui la desservent sont dénommés tantôt sacrés, tantôt honteux).

L'argent-pouvoir d'achat se met à intéresser l'enfant vers trois ans, mais alors il l'intéresse, pourrait-on dire, dans l'absolu et sans référence ni au travail ni au prix relatif de tel ou tel objet qu'il désire ; il parle d'argent, d'en avoir beaucoup, d'être riche, de n'en avoir pas, d'être pauvre. Dix pièces d'un franc valent pour lui davantage qu'un billet de dix francs.

Vers six à sept ans, à la période précritique de l'Œdipe, le sens de la compétition étant acquis, l'argent devient objet de prestige, d'un prestige lié d'un exhibitionnisme moins risqué, s'il provoque l'envie, que le prestige sexuel avec exhibition qui pourrait, du moins dans le fantasme, se solder par la mutilation de l'envié par l'envieux.

Cela explique que vers six ans, âge chez nous de l'obligation de scolarité, âge aussi de l'angoisse endogène de castration génitale-œdipienne, le fait d'appartenir comme ses parents, par l'argent, à une classe sociale à laquelle sont attachés certains signes extérieurs de richesse, devient sensible à l'enfant : richesse ou pauvreté intriquent leurs valeurs narcissiques aux valeurs fantasmatiques liées aux pulsions génitales engagées dans l'Œdipe. Ce que possèdent ou ne possèdent pas père et mère de ce qui peut s'acquérir avec de l'argent altère positivement ou négativement (toujours de façon surdéterminée par le conformisme grégaire qui fait que l'enfant s'intéresse aux différences sociales apparentes, et au style de comportement public de ces différentes classes sociales) le Moi-Idéal, que représentent sexuellement la mère et le père ; l'enfant, par dépendance naturelle et conaturelle, mire, à l'époque œdipienne, sa propre valeur dans la leur et, réciproquement, les parents sont fiers de la valeur que leur enfant prend dans la vie par rapport aux autres enfants. C'est pourquoi l'argent qui, précisément, est une valeur, joue son rôle dans la constellation du complexe d'Œdipe. Au moment de la castration œdipienne, de la crise, la valeur génitale du père castrant est ainsi gauchie par cette autre valeur, anale, qu'est le pouvoir de l'argent : ceci surtout si l'enfant est témoin d'une relation conjugale où l'estime et l'amour semblent liés directement, dans les propos du couple parental, à la présence ou à l'absence de conflits pécuniaires.

A cette époque — de six à sept ans —, lorsque le lien d'amour entre les parents n'est ni d'ordre symbolique ni d'ordre culturel, lorsque les liens budgétaires ou les problèmes d'argent dominent, l'enfant est tenté de commettre des vols pour compenser le sentiment d'infériorité qu'il constate chez ses parents : lesquels désirent, lui semble-t-il, quelque chose sans pouvoir le payer. Ces vols traduisent l'insupportable blessure narcissique que l'enfant éprouve, non tant de son impuissance réelle sur le plan du désir incestueux, que de recevoir la castration interdictrice de l'inceste du fait d'un père dévalorisé par les propos de la mère — quel que soit par ailleurs le niveau de vie réel de la famille. L'identification au père pour le garçon, à la mère pour la fille, devient dérisoire, si les parents ne s'estiment pas mutuellement; et le vol d'argent permet à l'enfant de s'éviter la détresse narcissique. Par ces vols, les enfants cherchent à se procurer ce qui manque à l'objet œdipien qu'ils idéalisent mais qui ne prend pas pour le conjoint la place que l'enfant voudrait lui voir prendre. Les vols d'argent sont une réassurance de l'avoir et du pouvoir, que cet argent serve à s'acheter des objet compensateurs divers ou, comme le sont les vols généreux, qu'il serve, distribué aux amis, à se faire apprécier et aimer.

Ce petit trouble banal du caractère peut, si l'on n'y prend pas garde, empêcher l'enfant de se développer vers la génitalité. Grondé, puni au lieu d'être compris, l'enfant devient la proie de vols compulsifs et coupables. Ces vols sont parfois plus nettement orientés vers le soutien de la génitalité : bagues, fards, bijoux pour les petites filles; stylos gommes, instruments utilitaires, cigarettes pour les garçons.

Ils existent tout autant chez les enfants de familles riches que chez les enfants de familles pauvres. Ils ont malheureusement pour effet de culpabiliser les uns et les autres, qui savent que le vol est une faute sociale, et cette culpabilité aggrave leurs sentiments d'infériorité réelle en même temps qu'un agir irrépressible soulage des sentiments d'infériorité imaginaires.

L'importance actuellement donnée à l'argent dans notre société a pour effet de détourner l'enfant de relations d'amitié qui pourraient se nouer par-delà toute considération de classe sociale, d'affinités nées d'une communauté d'intérêts culturels ou ludiques. La valeur accordée à l'argent plus qu'aux personnes risque de gauchir le désir, dont le destin est de se jouer dans la lice des enfants de toutes classes, dans la créativité et la culture.

La ruine ou la faillite du père, lorsqu'elle survient au moment de la crise œdipienne, est ressentie comme une flétrissure sociale; c'est un effondrement de la puissance symbolique du père castrant, qui peut aussi, faute d'être soutenu moralement par le reste de la lignée ou par des amis fidèles qui ont gardé leur estime à des parents éprouvés, provoquer les plus graves perturbations somatiques ou mentales chez l'enfant. Les effets de ce traumatisme marquent les enfants des deux sexes, surtout quand il survient au cours de la crise œdipienne ou au début de la puberté. On voit des enfants devenir après cette épreuve des adolescents passifs ou agressifs : deux attitudes caractérielles pouvant entraîner la délinquance juvénile, qui masque alors la détresse de révoltés en butte à une loi qu'ils ressentent comme injuste vis-à-vis de leurs parents. Il y a dans leur vie fantasmatique une identification, une survalorisation tout à fait imaginaire de l'imago maternelle et paternelle, véritable surcompensation de la déchéance sociale de la famille.

Tout changement subit de situation entraîne ces sortes de répercussions, que le père soit joueur, qu'il boive, qu'il soit infidèle ou qu'il perde son travail. Chômage, maladie ou accident grave dévalorisent le père dans l'imaginaire de l'enfant, ce père garant de la loi au moment de la castration génitale. L'image du père ne peut plus alors soutenir le désir de prestige, qui compenserait pour le fils l'épreuve œdipienne.

Au cours de la phase de latence, entre huit et treize ans, et au début de l'adolescence, les demandes de psychothérapie pour des enfants qui ont « bien marché jusque-là » sont toujours motivées par des effets qui ont fait déchoir le père de sa position phallique, position dont le maintien serait pourtant si essentiel à l'entrée de l'enfant dans l'ordre symbolique. Lorsque l'anamnèse révèle que l'enfant présentait déjà avant huit ans des difficultés d'adaptation, on apprend que ces troubles, à l'époque, n'avaient pas paru nécessiter une cure psychanalytique : « avec la puberté, tout s'arrangerait ».

Ce n'est pas vrai : ne « s'arrangent » à la puberté (à condition qu'il ne s'agisse pas de névrose obsessionnelle ou hystérique très précoce) que les troubles des enfants dont les deux parents sont demeurés les garants d'une position phallique indiscutable et reconnue par la société. Dans la petite enfance, la valeur génitale de la mère est toujours irréfutable, quel que soit le comportement de celle-ci et les relations du couple. Mais entre six et huit ans, l'enfant compare sa mère avec les autres femmes et commence à remettre en question sa valeur génitale, tandis que l'attitude qu'elle a en famille vis-à-vis du père peut faire obstacle à la reconnaissance de la position phallique de ce dernier [1]. La mère joue un rôle délétère si elle dévalorise son mari ou si elle est défaillante dans les difficultés réelles qu'il rencontre au-dehors : il sera impossible à l'enfant, après huit ans, de s'acheminer en confiance vers son avenir de garçon ou de fille que l'approche de la puberté l'oblige à valoriser.

L'autorité du père peut d'ailleurs être bafouée par des voies plus insidieuses : ainsi, par exemple, si la mère complice soutient, en cachette du père, les agissements d'aînés garçons. Par ailleurs, si certains aînés, filles ou garçons, travaillant mal ou pas du tout, occupent ainsi une place de parasites que le père ou la mère soutiennent par faiblesse, sans exiger de contribution effective au foyer ou des résultats préprofessionnels, l'enfant plus jeune y verra l'exemple de la séduction exercée sur les parents : le père et la mère permettant aux aînés de vivre de la sorte, les aînés imposent au suivant l'exemple de la délinquance au foyer, de la délinquance par rapport à la loi sociale. Avoir honte de sa fratrie est une épreuve narcissique qui fausse la résolution du complexe d'Œdipe. La honte d'une atteinte à l'honneur du nom familial touche aux pulsions génitales, à la fois dans leur rapport au narcissisme et dans leur rapport à l'ordre symbolique qui se constitue autour de la valeur paternelle.

PÉRIODE PUBERTAIRE ET ADOLESCENCE

La réalité des pulsions génitales entre douze et quatorze ans ou plus tard, à l'âge des modifications corporelles apparentes et du développement des gonades, réveille chez les adolescents

---

[1]. Le fait que les enfants aient aujourd'hui majoritairement affaire à des éducatrices et à des professeurs féminins aggrave ce problème.

en herbe les fantasmes narcissiques résiduels datant de la crise œdipienne, et — lorsque cette crise a été mal résolue — les termes mêmes du complexe d'Œdipe tels qu'ils s'étaient constitués à la phase pré-œdipienne. Selon les cas, l'accent va se trouver mis chez les adolescents soit sur un *déni* du désir pour l'autre sexe, du fait qu'une angoisse endogène de castration liée au désir refoulé resurgit; soit sur une *contestation* de l'autorité du père ou des maîtres (objets de transfert d'ordre paternel), qui est lutte contre une agression homosexuelle qui les soumettrait par séduction passive dans une dépendance dangereuse, au moment où leur désir (justifié) d'autonomie est devenu irrépressible. Le désir qui surgit avec la puberté les précipite parfois aussi, sans aucun sens critique, dans l'admiration érotisée pour des camarades du même sexe plus âgés ou pour des égaux d'âge dont ils deviennent les servants, les suiveurs fanatiques, et qui sont pour eux des idoles. Ils ne reconnaissent pas la nature homosexuelle de ces émois, parce que l'homosexualité, ils la réprouvent. C'est une régression, la répétition d'un comportement érotique qui resurgit parce que la période physiologique de latence n'a pas été précédée par une résolution complète du complexe d'Œdipe; les pulsions génitales, qu'elles fussent homosexuelles ou hétérosexuelles, ont seulement été mises en veilleuse.

On peut dire qu'avec l'éclosion de la puberté, l'individu humain des deux sexes revient au niveau de structuration qui était le sien *avant* la résolution œdipienne, laquelle n'a pu s'effectuer que du fait du retrait physiologique des pulsions. Le complexe d'Œdipe doit se résoudre de toute façon tôt ou tard pour que le sujet puisse assumer de façon responsable toutes ses pulsions, y compris les pulsions génitales. Or, l'interdit du désir n'a pas été compris par la jeune fille ou le jeune garçon comme un : ceci est interdit *parce qu'*incestueux : ils n'ont pas gardé la fierté de leur désir génital, n'ont pas clairement compris que c'est seulement l'inceste qui est interdit, pas du tout l'érotisme et la sensibilité génitale. Voilà pourquoi les pulsions génitales, quand elles font retour avec la puberté et ne peuvent plus passer inaperçues, héritent souvent de la dévalorisation éthique qui est le lot des *autres* types de sensualité, et surtout de la sensualité anale.

Les adolescents des deux sexes, très préoccupés d'eux-mêmes

et de l'image qu'ils donnent, revivent avec douleur, souvent avec révolte, les restrictions sociales qui frappent non seulement le désir sexuel mais aussi les inclinations affectives. La maturation physiologique suscite en eux le sens, jusqu'ici inexpérimenté, de la responsabilité individuelle de leurs actes. Ils voudraient en être les seuls initiateurs, sans aucun contrôle parental : par peur de régresser, peut-être, mais aussi parce qu'ils sont convaincus de ne pouvoir être compris de leurs parents au moment où justement ils voudraient se dégager de leur tutelle. Il leur faut donc mettre à distance leurs parents et tout adulte qui pourrait chercher à les contrôler. Pour la plupart des adolescents, comprendre est un mot qui veut dire *partager* la même façon de voir, se mettre à l'unisson : or, ils ne veulent plus être mis sur le même pied que leurs parents et surtout ne veulent pas de rivalité avec eux vis-à-vis de leurs nouveaux objets d'amour.

Les adolescents s'agglomèrent en bandes où le costume, le parler, les goûts sont affichés comme semblables; ce qui signifie : « Nous, la bande, on se comprend, on est pareil. » A vrai dire, dans ces groupes, les échanges entre individus se font en miroir, les conversations concernent principalement les parents, les obstacles à l'indépendance que ceux-ci ne cessent de dresser, et les moyens trouvés ensemble pour projeter et vivre des aventures. Période difficile, où l'on revendique une liberté qu'on est effrayé de prendre, de par la conscience confuse ou claire des risques qu'elle implique. C'est l'époque où l'on doit rompre avec l'identification aux parents pour conquérir son identité propre et ses responsabilités; en brûlant ce qu'on a adoré — fuite nécessaire de fantasmes incestueux rémanents —, on voudrait inversement conquérir la stature valeureuse de la séduction, telle qu'elle est définie par les critères indiscutés de « la bande ».

Ces critères de valeur vont d'ailleurs souvent complètement à l'opposé de ceux de la bande voisine, souvent rivale, qui groupe d'autres garçons et filles du même âge. Ces bandes se groupent par classes sociales ou bien selon des convictions religieuses ou politiques, c'est-à-dire sous la bannière d'un pouvoir réel ou supposé : tout le monde y obéit au même idéal et sans discussion. Le plus difficile, à cet âge, c'est donc d'arriver à un jugement autonome; on peut même dire qu'un adolescent qui exprime un jugement autonome, quel qu'il soit, a vécu des épreuves qui font déjà de lui un jeune adulte.

La crise d'adolescence, car c'est bien une crise, n'est autre qu'une forme particulière prise par le conflit entre pulsions génitales hétérosexuelles et pulsions génitales demeurées homosexuelles. Dans les cas les plus heureux, les pulsions homosexuelles se vivent en rapport à une image de soi censée plaire au sujet lui-même, à supposer qu'il soit du sexe opposé. Pour les filles, c'est aussi la confrontation entre des pulsions passives archaïques orales et anales, et des pulsions passives génitales : les pulsions orales ravivées peuvent déserter le vagin (celui-ci ayant eu dès le début, comme la bouche, le caractère anatomique d'un réceptacle, orbiculairement érectile en vue de la préhension) et réinvestir la région orale sous forme de boulimie ou d'anorexie. De même, pour le garçon, les pulsions phalliques génitales peuvent réactiver des pulsions actives orales et anales : il se développe alors une très grande curiosité pour la vitesse, les découvertes, la musique, les rythmes, mais aussi une agressivité combative pouvant aller, sans qu'on l'ait clairement désiré, jusqu'à la délinquance meurtrière.

La fin de la crise œdipienne, c'est le *renouvellement de la castration des pulsions des stades prégénitaux comme hors la loi, et des pulsions génitales en ce qu'elles ont d'incestueux*. Le consensus et la loi y ajoutent, peu ou prou, les interdits touchant les relations sexuelles entre collatéraux (cousins, cousines, oncles et tantes du même âge).

Cette crise prend une allure particulière pour chaque garçon et chaque fille, elle n'est pas autre chose que la forme dynamique que prend en famille la prétendue ingratitude de cet âge, liée à une dépendance encore effective qui n'est sécurisante que dans la mesure où l'adolescent la désavoue verbalement, tout en en ayant besoin matériellement.

L'accès à la responsabilité individuelle ne peut se soutenir que de l'exemple du parent du même sexe (ou d'un frère ou d'une sœur aînée), s'il est engagé dans la compétition sexuelle et le respect de la loi. La confiance en soi, soutenue par le parent de l'autre sexe ou un parent latéral non jaloux de l'essor de l'adolescent ou de l'adolescente (à condition que cet adulte ne s'effraie pas de propos passionnés, pseudo ou effectivement révolutionnaires, liés à un intérêt nouveau pour la chose sociale), est par ailleurs certainement ce qui déculpabilise le mieux les jeunes et les désangoisse. La susceptibilité des adolescents est d'autant plus grande qu'ils ont besoin de toute leur énergie pour affronter la nouvelle compétition sexuelle, face à leurs rivaux : c'est l'âge des artifices vestimentaires, parfois proches du travesti, destinés à compenser un sentiment d'insécurité par un exhibitionnisme de puissance, jugé dans le miroir indiscutablement séducteur.

L'adolescent doit résoudre définitivement la problématique de son sexe et de ses exigences nouvelles, sur les plans à la fois de la réalisation de ses désirs sexuels et de ses fantasmes de réussite, face à une loi sociale exigeante elle aussi et qui ne propose aux jeunes, tout au moins dans notre pays, qu'une réussite scolaire, pré-professionnelle ou sportive, de toute façon non monnayable légalement.

L'adolescent et l'adolescente doivent, en particulier, pour répondre au génie de leur sexe, apprendre à percevoir l'appel du désir chez autrui et en eux-mêmes, à le maîtriser par des expériences amicales-amoureuses et des fixations successives de mieux en mieux adaptées à l'intuition profonde de leur sensibilité. Ainsi se cherchent-ils; dans cet état instable qui est le leur, fait de variations émotionnelles constantes, les symptômes hystériques, parfois bénins, parfois sérieux, servent de catharsis aux conflits des pulsions.

Dans ce travail d'adaptation subjectif, que les réactions des autres objectivent, les adolescents, dans les cas les plus favorables, obéissent à une éthique ordonnée par les valeurs culturelles de leur temps : valeurs qu'ils ont d'ailleurs conscience de contribuer à élaborer. Ces valeurs naissantes, qui prennent au jour le jour la figure d'un absolu convaincant, président au choix des compagnons des deux sexes qu'ils recherchent, pour expérimenter leur sensibilité hors de leur famille, pour affirmer aussi leur puissance civique et créatrice.

Les fantasmes de fugue, les fantasmes de suicide, les fantasmes de triomphes sexuels ou culturels alimentent normalement les imaginations des adolescents, surtout au cours de la période masturbatoire inévitable qui suit la puberté et dont, après coup, ils se sentent humiliés. La masturbation, solitaire ou non, est un piètre *ersatz* auquel ils se reprochent d'être encore réduits mais qui, cependant, convient mieux que des étreintes de passage à beaucoup d'entre eux, ceux à qui des pulsions impérieuses et brouillonnes ne permettent pas encore une focalisation durable sur un objet précis, lequel dès lors devrait répondre à des critères aussi absolus que mouvants, et plus narcissiques qu'intersubjectifs. Le fait d'être abandonné, d'être « plaqué » par une fille pour un garçon, ou par un garçon pour une fille, est une épreuve narcissique, peut-être d'autant plus grave que les adolescents concernés savaient très bien eux-mêmes que ce partenaire n'était pas celui qui leur convenait : mais chacun voudrait être celui qui abandonne, non celui qui est abandonné.

Il est hors de doute que les images parentales éducatives sont, à notre époque, vues comme des entraves au désir d'autonomie, même si dans la réalité les parents ne prétendent pas jouer un rôle répressif. Qu'il *s'imagine* réprimé est nécessaire à l'adolescent pour s'affirmer. Mais la répression *réelle* le met en danger : elle peut imposer à ses fantasmes et à ses explorations émotionnelles un refoulement intensif, susceptible d'entraîner une régression à la phase précédente de l'évolution — à la phase de latence obédiente et calme sous l'égide du foyer parental. A l'opposé, le risque existe pour l'adolescent de se sentir catapulté, projeté dans l'imaginaire par une réaction d'indépendance subite qu'il n'est pas encore capable d'assumer en mettant toutes ses chances de son côté : c'est là une tentation parfois effectivement dangereuse, que les parents ou l'adolescent se voient contraints d'éviter, parce que se mesurer à la réalité reste quelque chose de risqué. Que le jeune homme ou la jeune fille, dans leurs fantasmes ou leurs fabulations, négligent les risques de cette confrontation à la réalité, c'est chose nécessaire; mais qu'ils se sentent défiés avant le terme fixé à la fois par leur désir et leur expérience, et ils en rendront responsables leurs parents, à tort ou à raison. La répression parentale s'origine, elle, dans le fantasme du risque couru par les jeunes et elle induit l'adolescent à passer à l'acte, alors que sans elle il se contenterait de parler de ses projets, de fantasmer ses exploits. Si les parents tolèrent ce moment difficile, l'adolescent se plaît à négocier avec eux des autorisations, afin de ménager son souffle, et aussi parce que, aux yeux de ses camarades autant qu'à ses propres yeux, il peut ainsi justifier les limites de son audace.

Dans notre société, l'interdiction du travail rémunéré avant seize ans et, dans certaines couches sociales, la continuation des études professionnelles jusqu'à plus de vingt ans, prolongent artificiellement la crise de l'adolescence. La réalité soutient les fantasmes de castration des adolescents et permet à certains parents de jouer abusivement un rôle inhibiteur par rapport à des jeunes qui devraient expérimenter librement leur responsabilité. Ils gênent leur essor au nom d'une autorité qui se fait souvent plus lourde et contraignante qu'elle ne l'a été lors des années correspondant à la phase de latence ; c'est l'angoisse propre des parents qui étouffe les enfants, alors qu'au contraire leur expérience devrait les aider à donner confiance à des jouvenceaux que tente l'initiative dans les difficultés réelles et contradictoires qu'ils ont à affronter pour devenir adultes. Le niveau de maturité adulte, je veux dire le niveau où paroles et actes sont concordants, où la responsabilité des actes est assumée pleinement, après qu'en ont été clairement étudiés les risques, ce niveau ne s'atteint que lentement et au travers d'expériences de la réalité qui excluent une trop grande protection familiale. Le jeune homme et la jeune fille doivent, en confiance, pouvoir supporter les inévitables échecs réels, les désillusions, les déceptions à propos d'eux-mêmes : ils les surmontent grâce à l'appel impérieux de ce désir qui suscite leur engagement, mais ils ne peuvent répondre à son appel que s'ils ont des chances de réussite, et si c'est un désir fort et libre qui soutient leur courage ; tout sentiment de culpabilité, d'angoisse, vis-à-vis de parents qui font sentir leur inquiétude ou, pire, qui leur prophétisent des déboires, retardera l'engagement.

8. La genèse du sentiment maternel, éclairage psychanalytique de la fonction symbolique féminine *

QUELQUES IMAGES ANCESTRALES DE L'AMOUR MATERNEL

Le monde païen

L'Avoir. Dans l'histoire romaine, la mère des Gracques est citée en exemple. A une noble et riche Romaine qui, faisant étalage de ses bijoux, lui donnait preuve de sa richesse, et cherchait à voir les siens, elle dit, après avoir appelé ses fils : « Voici mes plus beaux bijoux. » Nous saisissons ici l'infléchissement de la culture : la richesse et la puissance étaient, chez les Romains, une valeur; une mère, pour rester légendaire, se devait donc de considérer ses enfants comme un « avoir », c'est-à-dire comme des objets en sa possession, l'avoir étant lui-même valorisé par l'idée de puissance; et celle-ci, à son tour, associée à l'esthétique du paraître.

Le monde judéo-chrétien

L'Être. Salomon, dans sa grande sagesse, répond à deux femmes qui revendiquaient la possession du même enfant : « Eh bien, qu'il soit partagé en deux, chacune en aura la moitié. » L'une d'entre elles acquiesce, mais l'autre s'écrie : « Non, qu'il vive, dussé-je en être dépossédée! » C'est là le premier et authentique cri d'amour maternel humain qui sort cité dans l'histoire

* VIIe Congrès de psychoprophylaxie obstétricale, Monaco, 1967.

de notre civilisation : celui de la mère animant et encourageant l'Être en vie.

Mais la vie corporelle n'est pas chez les humains la seule que la mère donne et soutienne. La mère des Macchabées, qui incite ses fils à la mort plutôt que de se soumettre à la volonté d'un prince exigeant d'eux un hommage aux idoles, sera, elle aussi, souvent citée en exemple. La mère choisit et promeut pour son enfant plus encore la vie éthique que la vie charnelle, lorsque celles-ci sont en contradiction.

Et puis, il y a la Vierge Marie, dont l'iconographie a servi de modèle parthénogénétique — à tort bien sûr — à tant de mères chrétiennes, mais aussi à tant d'autres qui, sans être chrétiennes, ont été formées dans le même climat culturel. Les accents magnifiques du poème de la bienheureuse gestation qu'est le *Magnificat* n'ont pas été assez rapprochés de ce qui les a déterminés culturellement : l'attente d'un peuple où hommes et femmes se savaient promus à l'apparition — mais comment ? et par qui ? — d'un Sauveur. Marie, rencontrant sa cousine Élisabeth qui portait en elle le fœtus Jean-Baptiste, a senti tressaillir en son sein le fœtus qui devait être Jésus. Or, ce même Jean-Baptiste avait pour mission de précéder Jésus, de préparer le peuple à sa venue et de lui délivrer l'investiture paternelle pour son destin exceptionnel devant les hommes de tous les temps, au cours du baptême dans le Jourdain, en référence à l'eau qui court, à l'agneau du sacrifice et à la colombe de paix et d'amour. Ce chant de gloire de Marie la femme gravide, on oublie qu'il est le cri de joie arraché à une très jeune mère, innocente, rencontrant une autre mère, âgée celle-ci, qui lui donne sa bénédiction. La Visitation, ainsi la tradition a-t-elle nommé cette rencontre, nous montre ces deux femmes dépassées par des événements dont elles sont à la fois témoins et humbles sources charnelles.

Mais, dans notre tradition chrétienne, de cette belle histoire racontée de bouche à oreille, qui animait les veillées des groupes auprès du feu d'hiver, on n'a retenu que l'image d'une mère sans géniteur humain, adorant l'enfant, son dieu, qu'elle nourrit et lange sous le regard dévot, grand-maternel et grand-paternel, symbolisé par son chaste époux, Joseph, que l'on se représente presque chauve et quasiment chenu.

Le Pouvoir. Avant la Renaissance, dans la peinture, les Vierges à l'enfant, couronnées et hiératiques, faisaient référence, du fait de la présence des anges adorateurs, à un lieu hors du temps ; et, dans la sculpture, la mère et son enfant étaient représentés figés sur un trône royal, enjolivé d'escarboucles et de gemmes : bien peu d'hommes et de femmes, sauf ceux qui naissaient sur un trône, pouvaient se reconnaître en ces figurations. Avec la Renaissance, le temps s'actualise et l'espace s'humanise autour de ces deux figures qui s'animent. Le peintre et le sculpteur fixent désormais les traits humains de leurs épouses ou de leurs maîtresses, et les humbles objets de la vie quotidienne sont associés aux brocarts et aux dentelles qui continuent de référer cette Vierge mère à son destin royal magique où tout est richesse et pouvoir matériel encélesté.

Amour maternel possessif et jaloux, exhibitionniste d'avoir et de richesse, dans l'exemple romain.

Amour maternel, soutien de l'être charnel et de l'être spirituel des enfants, dans l'exemple des mères de la Bible.

Pouvoir royal, triomphe commun de la mère et de l'enfant, dans les images archaïques chrétiennes, encore référées à un temps et un lieu inaccessibles, initiatiques pour un cœur à cœur dépouillé de paroles, sinon de regards, de parfums et de chants, dans une complicité fusionnelle adorable. Oubli total de la réalité de leur humanité chez l'artiste et chez le fidèle. Telles sont, jusqu'à la Renaissance, les images religieuses de la maternité.

La connaturalité. Ce fut alors qu'un grand poète intimiste naquit : François d'Assise, génial et doux hippie qui, le premier, inventa la crèche, psychodrame de la nativité où le monde cosmique actualisé fêtait la bienheureuse naissance, en remettant à leur humble place les hommes nécessaires, non seulement le père, les bergers, mais aussi la pauvreté et la création nourricière, le bœuf et l'âne, et les présents pour la joie de tous les sens, la lumière, les parfums, la nourriture des corps, les agneaux, le fromage. Dans la chaude odeur de fumure et d'étable que la tradition avait négligée et qui rendait à chacun, s'il voulait en sentir la poésie, son cœur de bébé vagissant près d'une mère et d'un père très humains, premiers dieux de chacun d'entre nous, eux aussi dépassés par les événements et muets de stupéfaction. Que d'humanité dans le spectacle! Et pourtant... Est-ce qu'aucun d'entre nous, en voyant une crèche, peut s'imaginer une conversation entre les adultes représentés — le père, la mère, les bergers, les rois? A peine imaginons-nous un bêlement d'agneau, un coq au loin qui chante. Si la nature vibre, bourdonne et bruite avec respect, c'est le silence des hommes qui frappe; comme s'ils accédaient dans le recueillement au mystère de leur fécondité, au mystère du verbe. Ici, la seule parole, humaine et spirituelle à la fois, des parents, c'est leur enfant, qui les unit par un lien vivant, dans le temps et l'espace. Ce bébé fragile actualise l'union, la confiance réciproque, confondues avec un petit corps nu posé dans la paille. La crèche, pour l'humanité chrétienne, marquait un temps zéro dans un lieu zéro. L'enfant, homme nouveau qui s'inaugurait, était là, dans son apparition, contemplé par toute la création. C'était elle qui venait de l'accoucher; et la place de sa mère, à distance de lui, exprimait le respect d'une personne pour une autre personne, autant que celle de son père et des voisins accourus pour saluer le nouveau-né.

La crèche de saint François, dans ses multiples dimensions, fut porteuse, à travers les temps, du sens le plus évolué d'une maternité généreuse, non fusionnelle : ni puissante, ni possessive, ni solitaire, mais humble, respectueuse. En même temps qu'à la société de son temps, représentée par les pauvres et les riches, les incultes et les mages, l'enfant était donné par la mère à l'époux, conjoint à elle dans l'émoi reconnaissant comme dans la responsabilité de la tutelle de l'enfant. Un enfant qui, comme tout être humain, se révélait message d'une trinité créatrice : spiritualité, humanité et cosmos, promesse de vérité dans une parole et des actes qui, assumés par les parents, s'originaient dans l'humilité du destin accepté.

A la Renaissance, tout influencée par la Rome antique, *le sacré s'infléchit dans les représentations charnelles, cependant que la représentation du père humain continuait d'être négligée au profit du lien charnel et joyeux, de plus en plus valorisé, de l'enfant-roi, adulé plus qu'adoré, à sa mère, adulée elle aussi par lui* : tous deux unis dans une connaturalité de puissance esthétique, et émotionnelle. Du fait de ces images, dont les chromos ont illustré tant de foyers, le tout-petit garçon a reçu une justification religieuse, esthétique et sociale, pour son fantasme d'avant trois ans, celui de son appartenance à une mère parthénogénétique et phallique; et la toute petite fille, pour le fantasme qu'elle caresse depuis l'âge de trois ans, celui d'égaler en puissance sa mère en jouant à la poupée, imaginée vivante : son désir anal narcissique restant sans référence à la génitalité, ni à l'union sexuelle des corps, et son désir enfantin de « faire » et de « manipuler » un objet phallique supposé parthénogénétique étant justifié par la culture.

L'IMAGE CULTURELLE DES SENTIMENTS MATERNELS COMME SOUTIEN DU NARCISSISME DE L'ÊTRE AU MONDE

Étudions maintenant les *sentiments maternels* dans les dires et les récits exemplaires de notre culture, ceux qui transmettent des histoires données pour vraies, comme aussi les contes proposés à l'imagination des enfants.

La beauté de ses traits, le dévouement envers sa progéniture, poussé jusqu'au renoncement à tout intérêt pour son propre destin de femme, la consécration de toutes ses énergies à la conservation, à la survie, à la protection de ses enfants vis-à-vis des dangers dont les menacent le destin, l'accident ou la malveillance, telles sont, dans les récits et les contes, les qualités de la « bonne mère » idéale.

Cette mère — toujours considérée comme seule chargée des tâches de l'éducation — soutient le développement de son enfant, l'initie aux dangers qui le menacent, le guide vers l'acquisition d'un pouvoir social.

Ces images simplistes, héritées de l'observation de l'instinct maternel animal, auxquelles s'ajoutent le culte du bien parler et des bonnes manières en société, visent plus précisément à séduire l'imagination des fillettes et à soutenir leur identification à des modèles. Malheureusement, ces images-là ne tiennent pas compte du rôle dominant de la relation de chaque enfant à son *père* et de chaque femme-mère à « son homme ».

Même les images de « mauvaises mères », égoïstes, malveillantes, non secourables, laides (ou belles, mais alors vilainement coquettes), sadiquement rivales, exigeant des performances impossibles, images qui visent à détourner les fillettes d'imiter leur modèle, présentent la plupart du temps des femmes sans conjoint légal; ou, quand elles en ont un, c'est qu'elles sont des marâtres, chargées par un père aveugle de l'éducation d'une fillette qui a perdu sa mère génitrice.

En fait (et à l'encontre de la vérité) presque tous les humains des deux sexes continuent à souscrire à la confusion mythique de leur mère avec ces images édifiantes, et à redouter le mariage et la progéniture. On peut dire que l'image de la mère belle, bonne, sereine, dévouée, souriante, bonne cuisinière, couturière et maîtresse de maison, douce à celui qui souffre, totalement dissociée de sa relation d'amante à l'égard du père de l'enfant et de son désir adulte pour un adulte, continue d'être accrochée aux cimaises des cœurs. La cause doit en être cherchée dans le fait que la magie est le propre des liens structurants du langage préverbal qui relie le nourrisson à sa mère, elle-même en communication langagière corporelle avec son fœtus et son nourrisson.

Ce vécu archaïque de la personne humaine est associé au fait que les phonèmes de la langue maternelle sont indissociables inconsciemment des caresses et des gronderies, du climat engendré par le caractère de la mère, dont les alternances de paix et de tension scandent les manifestations vitales et émotionnelles du nourrisson. Les expressions du bébé, ses cris et ses sourires à l'adresse de l'adulte maternant, reçoivent ou non réponse. Son petit corps qui survit, mû par des demandes de soins et de nourriture, reçoit de surcroît une information mimique, auditive et comportementale. C'est ce langage préverbal entre la mère et son enfant, signe indélébile des valeurs du bon et du mauvais pour le corps (croisées avec celles du bien et du mal pour le climat émotionnel), qui baigne les échanges entre la mère et le nourrisson. Les éclipses de la mère, suivies de ses retours, apportent à l'enfant certitude et foi en lui-même; car, quelle que soit la mère-nourrice, elle est cet autre qui garantit la sécurité de l'*espace* connu.

Si une assistance continuelle de la mère, tout comme sa surprotection anxieuse, rendent difficile la symbolisation de sa présence par l'enfant, son absence trop prolongée agit également de façon néfaste; car, sans sa mère, il ne se sent plus « être », au-delà d'un certain *temps,* qui est variable pour chaque enfant. Le « présent » de l'enfant s'enracine dans des échanges répétés avec une même personne, échanges qui demandent à se renouveler à un rythme spécifique pour chaque bébé (et dépendent plus de l'enfant que de la mère). Le seul signe que le bon rythme est trouvé, c'est le bon appétit du nourrisson au début, sa faim physique, et plus tard, la joie manifestée par lui à l'occasion des retrouvailles.

D'absence en présence et de présence en absence, l'enfant s'informe de son être dans la solitude, réduit qu'il est aux seules références de son corps, auxquelles s'ajoute, quand elle est là, la présence maternelle, premier autre avec lequel il communique. La solitude, lorsqu'elle se prolonge, devient synonyme du besoin de voir maman, promesse de boire et de soins réconfortants. Les *sons* et phénomènes qui accompagnent ces rencontres, et qui restent dans les oreilles de l'enfant au-delà de la satiété et de l'aise corporelle, constituent les franges de la présence tutélaire. Dès que son développement physiologique le lui permet, le larynx du nourrisson émet à son tour des sons dont certains font écho aux sons entendus chez la mère, dont d'autres la font surgir de l'inconnu où elle a disparu, et dont d'autres encore donnent à la mère de vives satisfactions qu'elle s'ingénie à provoquer de nouveau chez son bébé. Cette sélection vocale et auditive, suite des jeux de corps et de mimique, va valoriser l'acquisition de la *langue* dite maternelle. Bien réveillé, après la digestion, le nourrisson jase et, pour sa propre oreille, émet des sons qui, faisant écho à la voix maternelle, lui restituent l'illusion que la chaleur rayonnante de sa présence s'est réactualisée : les paroles qui, ensuite, articulent les groupes de phonèmes perçus par la mère et repris par elle, avec le sens qu'elle leur a donné, signifient pour l'enfant la mémoire de sa présence bénéfique et tutélaire, la sécurité en son absence, la possibilité de retrouver, par une évocation sonore qui est promesse de devenir, ce monde que la mère connaît et auquel il continue de participer.

Tels sont pour chacun de nous, à l'âge du nourrisson, les

tourments de l'amour, et leurs dépassements par une parole communiquée, à défaut de compagnon élu, à l'ambiance (c'est-à-dire aux propres oreilles de l'enfant); parole qui, par une sorte de magie, nous aide à dépasser le malaise de la trop grande solitude.

L'expérience de la satiété corporelle, en faisant s'éloigner la présence chère, aiguise le *désir* qui, lui, n'est pas lié aux organes susceptibles de se rassasier, mais aux perceptions sensorielles périphériques, plan où l'enfant, hors du sommeil, souffre de l'éloignement de la mère. Tous les objets de l'entourage, toutes les perceptions qu'elle a vivifiées par sa présence deviennent alors franges de cette même présence et présentifient la sécurité connue, dès que le développement de l'enfant l'autorise à se rendre maître de la préhension, associée aux paroles qui en ont guidé les premières réussites. Certains objets vont être privilégiés et devront accompagner l'enfant dans ses déplacements et aux abords du sommeil. Grâce à ceux, quelque peu fétiches, qu'on nomme *objets transitionnels,* l'enfant accède à l'autonomie, à une tolérance de plus en plus grande pour la séparation d'avec sa mère, et à la conservation de sa sérénité, dans la certitude de la retrouver.

Le sevrage inaugure cette séparation; le manger et la déambulation délibérée introduisent l'enfant à l'autonomie physique. La continence sphinctérienne et les soins pour son propre corps confirment le procès; à chaque étape où elle est acceptée et soutenue par une mère qui sait renoncer sans rejeter ni abandonner, la séparation introduit l'enfant à la vie sociale, qui impose des demi-journées, des journées, voire des semaines de sécurité rythmées par la retrouvaille de celle qu'on sait toujours aimante, même si elle est momentanément invisible parce qu'ailleurs occupée.

Si j'ai détaillé un peu longuement cet éveil au monde de la communication et à un narcissisme sécurisant précisément parce que relié aux formes, paroles et climats émotionnels de la communication avec ce premier autre qui médiatise toute vie relationnelle, c'est afin de faire comprendre l'importance de la mère, son rôle vivifiant, magique et civilisateur à la fois, tout à fait irremplaçable. Plus tard, lorsque la mère des dents de lait est loin, et encore plus lorsque leur mère est morte, les humains sont sujets au deuil d'un être qui, dans leur inconscient, a formé une partie de leur histoire : cet être ineffacé qui, dans leur enfance, cocharnelle à leur corps et source de leur langage, originait leur foi en eux-mêmes et le sens de leurs paroles.

Au cours du travail du deuil, une nouvelle magie, liée à la déraison de la mort, du non-retour à jamais, et à l'angoisse de l'inconnaissable où les morts ont disparu, fait que les humains poétisent tout souvenir de ce qu'ils ont charnellement et inconsciemment vécu avec leur mère disparue. Ils recréent un charme incantatoire, lumineusement nimbé de surréalité imaginaire et phonématique, qui, décomposant leur réalité, pour la recréer sans cesse touche à l'authenticité de leur être dans ce qu'il a d'essentiel.

Tous les êtres chers décédés sont au-delà de la communication sensorielle et verbale, et, de ce fait, sont associés aux phénomènes cosmiques découverts par nos sens, qui replacent l'homme dans une condition commune à toutes les espèces vivantes. Ainsi les fêtes et les anniversaires sont-ils pour tous les humains signaux d'amour et langage de joie vivifiante, par-delà les épreuves mortifères que le temps impose. La déréalisation qui menace un être humain, d'être privé à tout jamais de référence perceptive et sensorielle à l'être humain auquel il doit son apparition charnelle en ce monde et son accès au langage parlé, crée une angoisse au moment des régressions dues aux épreuves de la vie, régressions qui lui font désirer de se retrouver dans son intégrité antérieure, ressourcé dans sa jeunesse. Pour combattre cette angoisse, l'homme et la femme oublient ce qu'ils ont connu d'épreuves liées au contact avec la personne sociale de leur mère et, aidés en cela par les artistes, ils retrouvent ces mythes impersonnels de la maternité que la culture conserve, transmet et vivifie par les arts et la littérature, langages des fantasmes. Autres recours, les religions, trésors de certitudes rituellement entretenues, soutiennent la structure sociale et affective des humains à l'épreuve des abandons, en transférant sur des puissances tutélaires spirituellement secourables l'appel nostalgique à la mère archaïque et revitalisante qui, aux heures de la prime enfance impuissante et ignorante, savait conforter détresses physiques et désespérances.

Si la personne réelle de la mère, par suite d'une mort anticipée, n'a pu laisser de traces auprès de l'enfant orphelin, ou si, la mère ayant vécu, les relations avec elle ont été pénibles au point que l'adulte mal aimé en a refoulé le souvenir, ces adultes orphelins ou mal aimés ne feront plus appel qu'aux mythes impersonnels positifs ou négatifs, et ne garderont aucun souvenir douloureux personnel. Les mythes négatifs ne toucheront plus en rien à la conaturalité du sujet avec la personne de sa mère défunte. L'enfance? C'était le bon temps! C'est avec leurs conjoints d'abord, puis avec leurs filles, que les adultes en question revivront émotionnellement, par une projection des liens de conaturalité charnelle, associée à l'image de la chasteté sexuelle génitale, leurs émois amoureux anciens refoulés inconscients vis-à-vis de leur mère. De la même manière, l'homme et la femme actualisent, dans leurs liens à leur fils, les émois inconscients enfouis, éprouvés, dans leur petite enfance, vis-à-vis de leur père et de leurs frères.

Je crois que tout ce qui précède est à l'origine de ce qu'il y a d'intangible dans la valeur positive donnée au sentiment maternel, où les êtres humains ont voulu voir le prototype de la pureté d'un émoi sacré. Sa prétendue perfection, associée à un idéal masochique pour les fillettes et les femmes, cette perfection que les hommes plus encore que les femmes se plaisent à magnifier, est un mythe; tout comme le mythe de la pureté des émois enfantins, c'est-à-dire d'une non-inférence sexuelle dans les émois filiaux des petits enfants immatures pour ce qu'il en est de la génitalité procréatrice. Combien de femmes s'honorent encore d'être plus mères qu'épouses, alors qu'elles affichent là, avec l'aide de valeurs sociales reconnues, une névrose prégénitale, fétichique, obsessionnelle ou hystérique, caractérisée!

Pour les hommes, les équivalents de telles mères seraient ceux qui se vanteraient d'être plus puissants au travail qu'en amour, plus citoyens consommateurs qu'amants et créateurs. Notre propos, ici, cependant, c'est le problème des mères, et non celui des pères.

Tout cela posé, cette mythologie maternelle, on peut se demander en psychanalyste si elle n'est pas un leurre, un masque poétisé de cette mort qui s'accole, de notre première jusqu'à notre dernière heure, et pour lui donner son plein sens, au visage de la vie. Visage trompe-la-mort pour un sujet chu dans la chair. Sa seule médiation sur terre.

L'ABORD CLINIQUE

La psychanalyse a permis d'étudier, à travers le comportement des filles au cours de l'évolution qui les pousse vers l'état de mères, les émois authentiques, parfois masqués, que ce comportement exprime.

Elle a permis, aussi, par l'étude de mères adultes dont les enfants se développent mal, de découvrir que celles-ci éprouvent inconsciemment des émois dévitalisants et anxiogènes pour leurs enfants, parallèlement à des comportements manifestement « normaux », c'est-à-dire non choquants pour l'entourage et parfois même très dévoués. Comme de découvrir ce qui se cache de sentiments réellement très positifs pour leurs enfants, derrière des comportements jugés « anormaux » par les mères mêmes, qui en sont parfois honteuses ou effrayées, ou par la société qui en est témoin. La vérité dynamique de chaque cas particulier est très éloignée du prototype proposé par l'imagerie d'Épinal et des images mythiques culturelles. (Certes, ces images transportent une vérité dynamique commune, que nous avons héritée de nos ancêtres, mais transmise d'une façon abstraite ou fantasmatique et dont il faut, pour la retrouver, déchiffrer les allégories, ou décoder les récits symboliques. Là-dessus, la psychanalyse, avec ses études — encore jeunes —, permet d'entrer dans la plus concrète des réalités vivantes.)

Les sentiments d'une femme pour son enfant constituent, en leur essence, un mode de *langage* qui informe tous les gestes et toutes les paroles que la mère adresse à son enfant. Ce langage préverbal est à la fois un produit de l'éducation de la fille et suscité par le moment présent — lequel dépend de la relation au géniteur de l'enfant et à l'entourage actuel, familial comme socioculturel. Comme produit, ce langage, le sentiment maternel, est enseigné inconsciemment et se constitue dans l'enfance, au contact et à l'exemple des femmes des deux lignées (maternelle et paternelle) de la fillette, selon les relations d'identification ou le refus d'identification de l'enfant aux femmes de sa famille et aux femmes qui sont ses nourrices puis ses éducatrices. Toutes ces femmes tutélaires, oubliées par la fille devenue adulte, ont marqué de fixations successives ses émois féminins en cours d'évolution et les ont structurés, non seulement dans la gestique, mais aussi et surtout dans un mode d'être et de sentir.

Ce sentiment maternel qui, dans son intuitivité, intéresse tant les accoucheurs et les pédiatres, est un langage du corps des femmes, qui peut et sait répondre à la nature telle qu'un homme fécondateur l'a représentée. Il ne faut pas l'oublier, une femme de corps adulte peut recevoir un enfant sans l'avoir désiré consciemment, sans même avoir désiré consciemment le contact génitogénital avec l'homme dont elle conçoit. Et pourtant, cette jeune fille non consentante dans l'acte sexuel peut être une excellente mère, au sens restreint de femme gestante et allaitante. L'appel de son corps, le désir inconscient de fécondité, était, à son insu, en elle, prêt à répondre à la nidation et à ses suites, et parfois à y répondre d'autant plus émotionnellement qu'il n'y a pas d'homme qui focalise son désir [1].

Tout sentiment éprouvé est lié au narcissisme, c'est-à-dire à ce centre cohérent de « mêmeté » connue et reconnue que chacun identifie à soi pour le conserver. Cet « instinct », ou plutôt ces pulsions conservatrices, sont liés à l'amour de soi-même et articulés à l'estime pour cette mêmeté reconnue comme soi-même. Or, chez l'enfant, le narcissisme est lié au bien-être de son corps peu à peu valorisé par rapport à des perceptions inconscientes et conscientes concernant sa personne et son comportement; j'entends par là les paroles et l'attitude de l'entourage — provende et protection. Le fait qu'une fille ait survécu jusqu'à trois ans, assistée d'une femme adulte, s'accompagne du sentiment d'« être valeur » pour cette mère, quel que soit le comportement de celle-ci à son égard et à celui de la société. L'enfant est fixée à elle et la

---

[1]. J'ai vu certains des petits cartons mondains qu'une telle mère envoie pour annoncer la naissance de son enfant : « Mlle Unetelle a la joie d'annoncer la naissance de son fils ou de sa fille X (fécondation artificielle). »

regarde comme une « maman », la source d'elle-même et le symbole de sa survie. Mieux : l'enfant fait partie du désir de sa mère et la mère du désir de son enfant (mère est pris ici au sens restreint d'assistante nourricière pour l'« allant-devenant » de l'enfant, en réalité c'est la mère tutélaire, au sens de « maman »).

A trois ans, les petits d'hommes, indépendants de corps, sont attentifs aux formes, aux noms qu'on leur donne, et en particulier à la forme de leur corps; ils découvrent la différence sexuelle entre filles et garçons. L'absence du pénis chez les filles, qui est la seule vraie différence à cet âge entre les petits humains, pose problème aux enfants des deux sexes. C'est l'âge où l'appel à grandir, ressenti comme une valeur immanente pour l'enfant, fille ou garçon, lui impose de valoriser cette forme protubérante signifiant les émois dans une région qui, à part les expulsions excrémentielles et le plaisir d'y toucher, semble n'avoir pour autrui d'autre rôle que spectaculaire urinaire, trait que l'adulte semble dévaloriser. Qu'en est-il alors du désir, émoi prégnant qui se focalise là en certaines rencontres, émoi visible seulement par l'érection chez les garçons? Ce petit bout manquant, dont l'enfant peut ignorer longtemps que la mère est dépourvue, ressemble aux deux autres protusions du corps que la mère présente à sa poitrine et dont l'érectilité, expérimentée par la bouche du nourrisson dans la prime enfance, a laissé, dans l'inconscient, des traces indélébiles. Instruite par ses sensations tactiles investigatrices, la fillette découvre qu'à défaut de pénis elle possède, à la place homologue des garçons, un bouton érectile, comme elle en a aux bouts de ses seins, encore inexistants et plats quant à leur forme.

Le clitoris et les bouts des seins deviennent alors pour la fillette les lieux de son narcissisme sensuel, tandis que le sentiment dévalorisant de l'absence pénienne concourt à soutenir des fantasmes de valeur compensatrice, concernant tant les apparences spéculaires — sthéniques et séductrices — de son corps entier, que le langage bien articulé, la mimique vivante, l'adresse manuelle ménagère, bref tout ce qui peut la faire apprécier phalliquement, malgré sa déconvenue spéculaire génitale. A travers le langage parlé, elle comprend qu'elle est signifiée par les phonèmes d'un prénom, des pronoms et adjectifs qui l'intègrent, elle, jusque-là neutre, tout comme les petits garçons, « bébé », puis « enfant », à la partie féminine de l'humanité. La coquetterie narcissisante des fillettes, leur adresse manipulatrice, leur grâce corporelle délurée, leur investissement fétichique des poupées — petits phallus compensateurs auxquels elles aiment à donner soins, beaux vêtements et propos éducatifs imités de leur mère — sont le signe d'une intégration réussie de ce que les psychanalystes appellent la castration primaire [1]. Les premières manifestations pour l'entourage maternel de son comportement avec ses poupées et les tout-petits qu'elle aime à protéger et à manipuler en sont la compensation valorisante qui attendrit le groupe adulte et la valorise comme future maman.

Même débile mentale ou névrosée, c'est-à-dire restée au stade évolutif de la fillette pour qui son père n'a pas encore de valeur érotique claire, et encore plus si elle a été élevée dans un gynécée, la fille peut parvenir, son corps devenu adulte, à se sentir narcissisée d'être féconde; et, si elle n'est pas débile motrice, de donner des soins maternels à un bébé. Il est cependant nécessaire que l'odeur du lait et des excréments du nourrisson ne soulève pas chez elle de répugnance olfactive et tactile.

Bien des femmes très évoluées socialement, civiquement et intellectuellement, et qui manifestent des sentiments maternels tutélaires vrais pour les grands enfants, ne sont pas — et ne peuvent pas être — de bonnes mères pour les tout-petits, en particulier pour leurs propres nourrissons. Elles ont, depuis la déconvenue narcissique issue de la découverte de leur forme génitale, au cours de leur prime enfance, élaboré inconsciemment le refoulement de toute perception olfactive d'une région tenue pour honteuse, au point que ce refoulement se trouve maintenant véritablement chevillé à leur corps. Survalorisant la culture et la promotion sociale dans ce qu'elles ont de commun aux deux sexes, elles ont gardé, pour ce qui n'est, à leurs yeux, que du corps, une répulsion phobique, en particulier pour les odeurs de lait et celles de leur région uro-génitale; et elles étendent cette répulsion à l'odeur du

---

1. La découverte et l'acceptation de leur sexe non pénien, que celles qui parviennent à le nommer appellent : le trou et le bouton.

corps de leurs bébés incontinents et *infantes*. Ce sont de mauvaises mères du premier âge.

Les sentiments maternels positifs pour les tout-petits sont enracinés dans des perceptions ressenties comme agréables, perceptions olfactives, auditives, visuelles et tactiles, du corps du nourrisson et de ses fonctions naturelles, alimentaires et excrémentielles; et ces perceptions sont narcissisantes, lorsqu'il s'agit de son enfant, pour toute mère normalement femme. Les blessures narcissiques éprouvées et non surmontées à l'âge de trois ans sont inversement, chez les femmes devenues mères, à l'origine de bien des troubles somatiques de leur nourrisson. Au moindre incident, à la vue de la moindre malpropreté, elles doivent gronder, changer, décaper leur progéniture : la lutte obsédante qu'elles mènent contre les reproches qu'elles pourraient s'adresser en fait des nourrices et des éducatrices surtendues qui crient, se plaignent, débarbouillent, et font du pot de chambre le président de la nursery comme son maître éthique. La vie végétative et les débuts de la motricité sont pleins d'angoisse, auprès de ces mères chosifiantes qui voudraient des bébés poupées : bien des retards sensorimoteurs de nourrissons apathiques ou braillards en sont la conséquence.

D'autres fillettes, au lieu d'un refoulement accompagné de répulsions pour la région génitale, en sont venues à déprécier la féminité comme telle et tout ce qui la caractérise dans son milieu social. L'acceptation ou le désir de fécondité est séparé de son substrat, la valeur esthétique et sociale de la personne de la mère et de son sexe, et c'est la fécondité qui est le seul but obsessionnellement valorisé. Devenues femmes, elles confondent les soins à donner à un petit bébé-roi avec leur valeur à elles, et ne se trouvent narcissisées que du fait d'être nourrices et mères. Ces femmes-là ont toujours besoin d'un nourrisson, et négligent pour lui époux et aînés. Les autres enfants, jaloux du dernier-né, sont induits à rester, qu'ils soient garçons ou filles, les objets passifs et exclusifs de leur mère et à valoriser leur dépendance régressive à ses volontés. En grandissant, ils deviendront les fantoches de toute autre instance qui, en aliénant leur liberté, leur conférera sécurité dans la dépendance.

Après trois ans, toute petite fille fière d'être fille (ce qui prouve qu'elle a surmonté la blessure narcissique de l'absence de pénis) voit s'ouvrir un destin devant elle dans l'identification au comportement social de sa mère; elle se représente en dessin avec poupée et sac, ce qui constitue une expression graphique de l'intuition qu'elle a un sexe réceptacle (les garçons, eux, ont pipe, bâton ou arme).

Une telle petite fille est entrée dans la lice en tant que femme; si elle n'a pas eu à refouler les émois de la masturbation mamelonnaire et clitoridienne — ce qui arrive quand, par chance, la mère ou toute autre instance éducatrice n'a pas remarqué et stigmatisé le plaisir qu'elle en retire —, elle se sent complète grâce à ses poupées et se développe à travers des comportements tendant à l'acquisition des conquêtes qui font de la mère au foyer une puissance efficace, industrieuse, ménagère, administratrice. Nous disons en « jargon psychanalytique » qu'elle s'honore des puissances manuelles et gestuelles orales, anales, urétro-clitorido-vulvaires et phalliques féminines.

Elle n'a pas encore la notion de ce que la naissance se fait par les voies génitales creuses (utérus et vagin). Elle élabore donc des fantasmes de conception digestive orale et de parturition ombilicale ou anale (expulsive par défécation), ou encore sadique avec effraction du ventre par éclatement ou par le couteau du chirurgien. Lorsqu'elle voit des femmes enceintes, elle imagine que c'est un enfant vésical ou un enfant intestinal qui se développe dans le corps des futures mamans. De ses croyances inconscientes enfantines demeurent, chez les femmes adultes, des représentations de leurs voies génitales anatomiquement fausses qui entraînent, à l'occasion de leurs grossesses et de leurs accouchements, des complications urinaires et intestinales psychosomatiques. Au cours de leurs accouchements, elles sont le théâtre de mécanismes musculaires contrariés par la représentation imaginaire défécatoire ou urinaire qu'elles s'en faisaient sans le savoir, et qui se réveille inconsciemment quand elles ressentent les douleurs de la parturition associées aux coliques et au classique « poussez, madame ».

La fillette, qui a grandi dans l'ambiance de sa seule mère, modèle identificatoire et aimé, peut ne jamais découvrir les voluptés vaginales. Celles-ci sont liées chez la fille au désir pour son père, après qu'elle a pu valoriser l'attirance qu'elle éprouve pour un pénis centripète, qui la pénétrerait au lieu de son désir, focalisé au vagin. La plupart du temps, ce n'est pas le cas. Les fillettes s'imaginent que le pouvoir attractif des femmes sur les hommes provient de leur « gorge », que des lingeries, savamment coupées, « soutiennent » pour leur séduction, et elles rêvent de posséder une poitrine érectile pour rivaliser œdipiennement, par leurs belles formes, avec celle de leur mère.

La masturbation du clitoris, ce bouton à leur sexe, référé imaginairement au pénis qu'elles n'ont pas, et ces deux « boutons » de leur plate poitrine qui les font pâlir d'envie à l'idée de seins qu'elles n'ont pas non plus, détournent l'imagination des filles de leur clair désir, pourtant présent au creux de leur vagin, pour un pénis qui les pénétrerait voluptueusement. La zone orbiculaire vaginale est érectile depuis la vie nourrissonne, mais l'ignorance de la réalité de la vie sexuelle des adultes a, jusque-là, chez la plupart des filles, obligé le désir attractif vaginal à rester sous la médiation valorisée du langage; et d'autant plus que le mot qui dans la langue française désigne ce lieu de volupté est devenu, avec ses trois lettres, synonyme de disqualification injurieuse!

Je ne sais si l'instruction sexuelle donnée aux enfants changera les représentations imaginaires prépubertaires, mais, jusqu'à présent, le désir d'être pénétrée physiquement ne s'actualise que dans ses travestissements phobiques en rapt suivi de viol, classiques fantasmes virginaux accompagnés de terreurs nocturnes, chez les fillettes les plus douées sensuellement; fantasmes qui alimentent la culpabilité névrotique pubertaire et la passivité érotique plus ou moins phobique de la jeune fillette, mélange d'effronterie et de timidité également séduisant pour les garçons qu'elle fait mine de compter pour rien.

La découverte du lien sexuel qui unit leur mère à leur père, les femmes à leurs amants, est le tournant qui, dans la vie des filles, fait s'estomper l'intérêt pour les poupées et donne prix à la recherche des valeurs sentimentales et des échanges émotionnels avec les garçons. Ces échanges émotionnels s'accompagnent d'excitations de désirs, qui apporteront confirmation, exaltation ou infirmation, de la valeur sociale de la fille, selon la conscience qu'elle pourra en prendre grâce aux paroles des femmes qu'elle estime pour autant qu'elle les ressentira comme véridiques, car ce sont ces réponses qui l'aident à maîtriser ses émois féminins tout en les valorisant comme tels, émois qui se focalisent alors sur le désir au niveau du vagin, ou qui l'obligent à les ignorer, s'ils lui sont désignés comme honteux et dévalorisants.

Une petite fille a conscience de son immaturité physique et de la disproportion entre son sexe et celui des adultes; et elle oublie (plus qu'elle ne refoule) son désir de recevoir comme sa mère un enfant de son père. Elle vit jusqu'à la puberté dans la compétition avec les garçons et les filles de sa classe d'âge, avec des émois érotiques flottants, toujours partagés entre d'une part l'admiration pour ces femmes séduisantes dont elle attend qu'elles lui révèlent l'origine de leur pouvoir et d'autre part l'admiration pour ces hommes adultes qui forment l'entourage de ses parents et l'attirent tant, ainsi que pour ces garçonnets qu'elle valorise pour leur apparence esthétique mâle ou pour les propos narcissisants qu'ils lui tiennent. Le rôle d'un père aimant qui donne prix aux conquêtes sociales (conquêtes de puissance industrieuse) de ses filles tout comme à leur valeur scolaire, sans chantage au plaisir à lui faire, sans jouer de sa séduction sur elles, ni les blâmer de leurs ambitions séductrices naissantes, est, plus encore qu'une mère attentive, formateur pour une fillette qui, ni enfant ni jeune fille encore, est très sensible à tout ce que son père pense et exprime à son sujet ou à celui des femmes prises par elle comme modèles.

Avec le développement de sa poitrine et l'apparition de ses menstrues, la fillette prend une conscience presque claire de son destin féminin et maternel futur : c'est à ce moment-là que les paroles dites par une mère non névrosée, heureuse d'initier sa fille à son destin de femme et de future mère, ou les mots angoissés d'une mère névrosée et, pis encore, l'absence de toute parole, auront un effet narcissique, les unes valorisant, les autres, au contraire, infirmant, mais, de toute manière, ineffaçable, et cela quel que soit le style du père. L'époque des règles est chez une fille réellement une nouvelle naissance, qui l'introduit en société et à un nouveau statut de langage — para-verbal dans notre culture — pour tous ses échanges, tant avec les femmes qu'avec les hommes. La loi de l'interdit de l'inceste avec le père, les frères et les oncles, est alors vécue (ou revécue) douloureusement, et apporte des tensions familiales dans le trio père-mère-adolescente : on reproche à la jeune fille les distances qu'elle prend à l'égard des membres masculins de sa famille, ainsi que sa susceptibilité aux moindres de leurs propos. L'initiation faite en paroles par une femme qui n'est pas la mère est ressentie comme très désagréable, parce que perçue comme une intrusion dans la vie secrète, et castratrice au regard des rêves incestueux. L'initiation faite par la mère, si celle-ci est frustrée dans sa vie de femme, ou frigide, est appréhendée comme une blessure : car la fille, elle (pense-t-elle), saurait aimer son père avec désir. Même l'initiation bien faite, en paroles, par une femme vouée au célibat ou homosexuelle, est ressentie comme mensongère, tant les paroles féminines transmettent secrètement les émois des expériences sexuelles. Toute parole, chez une femme plus encore que chez un homme, s'accompagne inconsciemment d'une émotion de valeur exemplaire, que perçoit la sensibilité de la jeune fille attentive.

L'angoisse ou la sécurité dans les sentiments féminins et maternels — sentiments indissociables chez les femmes après l'éclosion de leur fonctionnement génital et de ses lois — sont reliées au langage par lequel ces femmes ont reçu confirmation de leur nature, et confirmation ou infirmation des promesses de celle-ci.

Lorsque la jeune fille, devenue corporellement femme, se sent en sécurité, sa libido se détourne sainement, pour un temps, de la valeur narcissique que représente la maternité en tant que telle, indépendamment d'une fixation amoureuse. Méfions-nous des jeunes filles qui veulent se marier pour avoir des enfants, ce sont des attardées, au style maternel fétichique obsessionnel ou hystérique : de toutes petites filles impubères moralement et qui compensent un sentiment d'impuissance civique (ou leur frigidité) par des fantasmes maternants.

C'est de l'homme qui réussit à l'émouvoir sexuellement que renaîtra chez la femme, sur un autre mode, adulte tant en ce qui concerne l'inconscient que l'expression consciente des sentiments maternels, avec le désir de lui, le désir d'un enfant, désiré par eux deux, qui soit témoin de leur amour partagé. Elle désire un enfant de cet homme-là. Elle guette, s'il naît, sa ressemblance avec lui, l'homme aimé, et avec les personnes de sa famille, autant qu'avec celles de sa propre famille. Elle materne ce bébé comme une nouvelle personne, née d'elle et de l'homme qu'elle aime, et désire pour lui un destin détaché d'elle : elle est mûre pour des sentiments maternels adultes.

Un grand danger guette pourtant encore cette jeune fille, déjà amante et prête à être femme, c'est le piège de la maternité réelle. Celui d'une régression, à la suite de laquelle elle peut s'identifier à ce fœtus impuissant, à ce bébé passif qui, en estompant ses sentiments conjugaux, provoque, selon le schéma de Freud, du fait du désintérêt libidinal d'adulte, frustration, angoisse et régression. Celui aussi d'une régression passive et masochiste que peuvent éveiller les épreuves dénarcissisantes qu'elle vit dans son propre corps déformé et son visage marqué. Le quotidien de la grossesse, l'angoisse de la parturition, puis l'allaitement, la dépendance aux besoins réguliers de l'enfant, sont autant de pièges, susceptibles d'entraîner la régression de la femme tout entière à son rôle maternel exclusif; surtout si l'exemple maternel qu'elle a reçu lui a donné une image carencée et si elle-même, à l'époque prénubile, n'a pas acquis la rapidité et la dextérité manuelles et ménagères si nécessaires dans un foyer gratifié de jeunes enfants.

L'époux frustré est, à son tour, siège d'angoisses; menacé de régression, il réinvestit son ancien mode de vie de célibataire qui le gratifiait tant, afin de préserver son intégrité sexuelle; s'il perdait, cela le dénarcissiserait plus encore que l'abandon de sa femme au profit du nourrisson. La conséquence de ce comportement est, généralement, l'agressivité ou la dépression, secondairement, le désintérêt conjugal et paternel. La mère est alors laissée à son consolateur, l'enfant-phallus, et celui-ci à elle, comme la poupée avait été la consolatrice du deuil pénien. Le sentiment maternel régresse pour le plus grand danger du trio — et surtout du futur humain social qui devient le maître inconditionnel et le jouet préférentiel de sa mère. Dans ce cas — et surtout si la mère, frigide avant sa grossesse ou encore seulement clitoridienne, n'a pu, après la parturition révélatrice de la puissance féminine, comme c'est le cas le plus heureusement fréquent, devenir enfin adulte et vaginale —, la femme néglige à la fois le père de l'enfant et sa propre personne pour orienter sa sexualité vers le seul rôle de servante. Serve de son enfant et de sa maison, elle valorise un rôle masochique, source de dégradation féminine, et sa maternité joue dès lors un rôle désorganisateur par rapport au couple. Pour peu que plusieurs enfants naissent dans de telles conditions, la dégradation s'accentue. Elle est souvent mise sur le compte de la fatigue et des conditions économiques. Or, quoique celles-ci exercent leur pression réelle, d'autres femmes, dans les mêmes conditions, ne font pas de régression, et leurs enfants, si nombreux soient-ils, forment une famille au sein de laquelle chacun devient vite autonome en société. Et des femmes de milieu aisé, pourvues de domestiques, sont tout autant, sinon plus, sujettes à ce mode désorganisateur et névrotique de maternité.

La loi sociale, de nos jours, joue un rôle de soutien de la mère, en renforçant sa conscience de ce qui fut l'altérité de la personne de son enfant. La loi donne à cet enfant un nom, des droits, et oblige la mère à le présenter régulièrement à ces temples de la science dans lesquels se tiennent les consultations de nourrissons. Outre le sevrage, celles-ci imposent l'épreuve de ces agressions physiques prophylactiques que sont les vaccinations des nourrissons. Ensuite, la société impose la fréquentation de l'école où l'enfant apprend à se séparer de sa mère, découvre la prééminence du patronyme légal, les lois du mariage et de la filiation, la loi de l'interdit de l'inceste et l'honneur qu'il doit à ses géniteurs, tous traits parfois contradictoires avec le mode d'amour infantile que la première enfance avait confondu avec la vertu de dépendance. Les lois sociales vont donc dans le sens d'une autonomisation et d'une individuation de l'enfant.

Mais que peuvent des lois conscientes, si les hommes et les femmes, médecins et maîtres d'école, n'accompagnent pas les obligations sociales auxquelles mères et enfants sont soumis de propos directement adressés à la femme, propos pour la mettre en garde contre les sentiments trop exclusivement attentifs et surprotecteurs qu'elle peut éprouver à l'égard de son enfant, cette chair de sa chair, dont elle devient, dans certains cas, de plus en plus l'esclave? Que dis-je? On dirait que certains encouragent le souci obsessionnel et l'intérêt fétichique. Quel médecin demande au père d'accompagner sa femme et son enfant? Et, même s'il s'agit d'un conseil demandé pour un garçonnet ou un adolescent, combien peu d'entre eux font référence à l'avis du père, demandent à prendre contact avec lui, ne fût-ce que par téléphone? Quel maitre d'école demande aux pères de venir le voir au sortir du travail pour lui parler de leurs enfants? Il y a encore peu de temps, quelle sage-femme et quel accoucheur acceptaient-ils la présence du père auprès de sa femme parturiente?

La symbiose mère-fœtus puis le sentiment maternel ne deviennent humains et ne le restent que si cette « dyade » mère-enfant du premier âge — selon le mot du docteur Berge —, qui recouvre une réalité sensorielle et psychosomatique, est constamment articulée, par l'entourage de la femme et par elle-même, au père de l'enfant ou au conjoint légal en cas de divorce. Le grand danger vient quand la référence tierce de cette dyade mère-enfant est une femme dont la mère est dépendante, ou une des grand-mères, maternelle ou paternelle, ce qui signe pour l'enfant l'état d'infantilisme de ses géniteurs.

L'être humain issu d'une trinité de désirs inconscients, le *nouvel être humain qui préside inconsciemment à l'advenir de sa propre autonomie dès l'apparition de l'organisateur dans le fœtus,* cet être humain en cours d'incarnation, fille ou garçon déjà, risque d'entrer dans le leurre pervertissant de sa mère si celle-ci, de peur de n'être, sans lui ou elle, qu'une insatisfaite sexuelle, en fait un objet exclusif de son propre désir. Ou le bébé peut encore être, moins perversement déjà, dès sa naissance, un objet de besoins-rois à satisfaire, au mépris des rythmes du reste de la famille et surtout de la vie du couple : car le désir exprimé de l'enfant vers sa mère, pour lui une déesse, qui donne nourriture et sécurité vitale, doit être marqué de la loi du désir présent, celui de l'homme adulte, conjoint ou amant; loi salutairement dissociatrice pour la dyade exquise du nourrissonnage prolongé, tout comme doit s'imprimer la loi de fécondité potentielle renouvelée qui s'impose, grâce à l'homme adulte, et sépare la mère, facilement esclave d'un nourrisson grandissant exclusif et jaloux, en lui imposant frères et sœurs. Sans ces épreuves de la réalité génitale et sociale, l'enfant, fille ou garçon, reste un nourrisson prolongé, encordé par un lien imaginaire incestueux et stérilisant à une mère infantilisante et anxiogène.

Au terme de cette étude de la genèse des sentiments maternels, et de leur évolution à travers nombre d'écueils et d'avatars, nous retiendrons ceci : le sentiment maternel adulte est construit, au minimum, comme un langage à trois voix, auquel viennent s'adjoindre les voix collatérales familiales, chacune d'elles référencée à sa propre triangulation initiale et actuelle. Le sentiment maternel, si attentif et aimant soit-il, n'est vivifiant pour l'enfant que s'il coexiste chez la mère avec des sentiments conjugaux et des intérêts culturels et sociaux : ce qui ne se réalise que chez une femme devenue inconsciemment adulte sur le plan narcissique. C'est le sentiment maternel, alors, qui initie et soutient authentiquement l'enfant qui en est l'objet, et lui permet de devenir un sujet, joyeux de son autonomie, de la conquête de ses responsabilités, dans la recherche d'objets de son désir hors de sa famille : autrement dit, fier de sa stature humaine.

9. Au jeu du désir les dés sont pipés et les cartes truquées *

Ce n'est peut-être pas un tort, pour parler à des philosophes, après tout, de ne rien entendre à la philosophie, et surtout de ne rien « en savoir »; parce que si la philosophie a un sens, c'est qu'elle est sourcée dans notre inconscient. Je pense même que cela peut intéresser des philosophes conscients de rencontrer quelqu'un qui est peut-être comme tout un chacun philosophe, mais seulement dans son inconscient. C'est pour cette seule raison que j'ai accepté d'être ici, pour vous, une praticienne de la psychanalyse appliquée à ceux qui souffrent et qui viennent demander aide à la psychanalyse pour arriver à se sentir des sujets plus libres en leur sentiment de vivre, plus efficaces, face à leur réalité et à leurs difficultés quotidiennes répétitivement rencontrées. Le travail d'un psychanalyste se passe, vous le savez, dans une formation à deux : le psychanalysant parle, et le psychanalysé (c'est-à-dire le psychanalyste) écoute et étudie à travers les expressions, les dires et les silences de celui qui lui parle, ce que nous appelons le transfert. Ce n'est pas mon propos aujourd'hui de vous en dire plus sur ce point, ni de vous dire comment l'analyse du transfert conduit, par expérience, les analysants à remonter dans leur histoire jusqu'aux plus anciens souvenirs de leur enfance. Cette étude permet au psychanalyste de témoigner de vérités rencontrées au fil de ce travail, de vérités que l'on retrouve non seulement chez certains mais chez tous les analysants. Il s'agit d'un jeu de caméléon auquel est soumis

* Séance du samedi 22 avril 1972 à la Société française de philosophie.

dans l'imaginaire des patients le psychanalyste qui les écoute, et qui, tour à tour, est supposé penser et réagir (à ce qu'ils disent et éprouvent) comme cela leur est dû, c'est-à-dire comme telle ou telle personne de leur vie, qui a marqué leur développement par l'importance qu'elle a eue dans leur structure morale et expérientielle. Cette étude permet de voir à quel point l'être humain joue ce jeu bien connu : « je te baptise carpe, pourvu que je puisse consommer » (le pire, c'est que le psychanalyste est le plus souvent muet comme une carpe, et qu'il n'y a pas consommation, mais analyse, décodage de sens). Suivant l'évolution du travail, nous voyons dans cette formation à deux, de séance en séance, à quelle sorte de jeu de cartes un être humain peut jouer et perdre tout au long de son existence, et à quelle cuisine nous sommes traités, si je peux dire, dans l'imagination du sujet. Nous voyons aussi à quel type de « consommation » ce patient s'attend, croit-il, ou qu'il désire, et auquel il tente de se livrer de façon exemplaire sur son psychanalyste qui, lui, ne fait que l'écouter. Puisque son rôle est bien défini, le psychanalyste ne répond pas en satisfaisant à cette demande de « consommation »; pas plus ne répond-il au désir de son patient, ainsi que celui-ci, par ses demandes conscientes ou inconscientes, le lui propose, et nous assistons au phénomène de rémanence, de régression dans la vie passée du sujet, de résonance de périodes douloureuses et ratées comme l'est celle-ci, où il rate de nous plaire. Il s'agit de périodes ratées de la symbolisation de ses désirs au cours de son évolution, soit dans l'enfance, soit en des périodes récentes dans les cas de névroses moins graves. Cela est le fait de la méthode découverte par Freud; c'est son application qui donne son efficacité opérationnelle à l'expérience de la cure.

Le travail psychanalytique nous met en face de ce fait que, si les besoins ont à être satisfaits dans la réalité par une consommation, il y a autre chose chez l'être humain, que Freud a nommé libido, et qui est le désir. Le désir qui, à l'origine, est toujours inconscient, comme le besoin, demande lui aussi l'apaisement de sa tension dans un accomplissement, une consommation pour le plaisir; mais la caractéristique du désir est de supporter le non-accomplissement immédiat et de pouvoir de ce fait subir des avatars continuels jusqu'à ce qu'il se satisfasse d'une façon ou d'une autre. Le désir non satisfait, qui reste ainsi à l'état de tension, s'y peut renforcer et préciser. Chacun de nous devient ainsi capable d'inventer et de créer inconsciemment des moyens de jouer avec son désir et d'y apporter apaisement, lorsqu'il n'y a pas de réponse dans l'entourage. Ce jeu avec le désir, c'est à quoi nous assistons dans une analyse, et c'est ce qui nous permet, par l'intermédiaire du langage, qui exprime les pensées telles qu'elles viennent, qui traduit les images du rêve, d'étudier tous les avatars du désir que le sujet a élus dans sa vie imaginaire et solitaire, en remontant dans le temps jusqu'aux premiers désirs, qui, insatisfaits, ont laissé trace en sa mémoire.

La fonction symbolique est fondatrice de l'être humain, et c'est elle qui permet aux petits hommes, nés impuissants à survivre sans tutelle parentale, de développer une relation interhumaine de dépendance fondamentale première à l'égard de ceux qui jouent à leur endroit le rôle de provende, puis de tutelle. L'être humain ne peut se dégager que très tardivement de cette tutelle, si on le compare aux petits des autres espèces vivantes. La fonction symbolique liée à la mémoire qui, elle, n'est pas propre à l'espèce humaine, fait que toute satisfaction ou insatisfaction pour sa chair a valeur de langage pour le petit d'homme. Cela par l'intermédiaire des perceptions viscérales reçues de la mère, dès la vie fœtale, au cours de laquelle les perceptions auditives n'apportent que le bruit que font les voix du groupe, et en particulier les voix des familiers de la mère, voix que reconnaîtra l'enfant après le cataclysme de sa naissance. Le langage est donc présent au cours de la vie fœtale, au moins auditivement, chez le petit d'homme, avec des sensations de bien-être et de malaise. Puis, dès sa naissance, le nourrisson est soumis, en même temps qu'à des satisfactions et à des insatisfactions corporelles, au bain sonore du groupe dans lequel il est éduqué et qui lui fait incarner, si l'on peut dire, le langage au jour le jour, avec les sensations modulées de plaisir et de déplaisir du vivre dans son corps physique dont les perceptions lui deviennent langage passif agréable ou désagréable.

Essayons de comprendre comment la discrimination se fait chez le bébé qui vient de naître, entre les besoins vitaux sans lesquels son corps dépérirait, et l'interrelation humaine sans laquelle sa fonction symbolique ne recevrait pas « d'aliments » (d'éléments) langagiers. *Au début de la vie, les moments d'interrelation humaine sont obligatoirement concomitants des moments de satisfaction des besoins.* Ce qui est intéressant, c'est de découvrir, d'observer, chez les tout-petits, ce que la psychanalyse nous permet de déduire des stades les plus reculés de leur histoire qui se vivent avec les adultes dans la relation analytique. Chez le nourrisson, *lorsque le besoin est satisfait, le désir ne l'est jamais,* tout au moins lorsque l'enfant ne dort pas. Mais le désir s'attache et se spécifie, en tant que différent du besoin, du fait de la zone de rupture dernière entre le corps de la personne nourrice qui a servi à la satisfaction du besoin, et le lieu de son corps propre par lequel l'enfant satisfaisait ce besoin. La psychanalyse a découvert dans certains lieux du corps cette *origine, commune en apparence dans la relation d'être humain à être humain, du besoin et du désir,* et comment *le désir se spécifie du besoin* par cette séparation ressentie aux limites cutanéo-muqueuses du corps du bébé dont le sein de la mère lui est refusé après tétée.

Origine commune, dans la relation interhumaine, des *lieux de satisfaction du besoin et du désir, mais lieux aussi de leur distinction* du fait du désir non satisfait quand le besoin l'est. C'est l'origine localisée de ces expériences discriminatoires pour la distinction du désir en tant que non satisfait, qui a induit le jargon psychanalytique que vous connaissez et qui nous fait parler de pulsions orales, anales, urétrales, génitales. Je suis obligée de vous abreuver de ces termes, bien que j'eusse voulu à des philosophes ne pas le faire, mais ce n'est pas possible, vous allez comprendre pourquoi.

Chez le petit enfant qui tète pour vivre, pour survivre, il est possible dès avant sa première tétée, dès les premières heures de sa vie, de distinguer l'existence du désir, et de l'inscription du langage comme fait de relation interhumaine satisfaisant le désir. Il en existe une manifestation, spontanée sans doute déjà *in utero*; c'est le sourire, qui, dès qu'un bébé est né, peut éclairer son visage. Cette grimace, pourrait-on dire, donne aux adultes qui l'observent le fantasme d'une joie traduite par l'enfant, c'est-à-dire déjà d'un langage qui n'est pas encore. Si nous verbalisons tout haut, mère ou père ou accoucheuse qui assiste à ce sourire, notre joie de voir le visage de l'enfant ainsi éclairé (dans mon observation, le dernier nourrisson en date avait sept heures de vie), nous assistons à quelque chose de bien intéressant. Il faut parler très haut, sinon le nourrisson ne perçoit pas le son de nos paroles. Il suffit alors de dire, avec cette voix que vous connaissez aux dames qui se promènent au cours des entractes de cinéma avec leur petit panier, lançant d'un timbre élevé : « esquimaux, chocolats glacés », il suffit d'énoncer avec ce même timbre de voix : « Oh, le beau sourire! » une seule fois, pendant que le bébé sourit. On attend quelques instants, puis on répète : « Encore un beau sourire? » avec cette voix interrogative mais pénétrante, et cela suffit pour qu'aussitôt le désir de communiquer se révèle, que les coins des lèvres du bébé hésitent, et qu'un sourire lumineux s'épanouisse sur son visage. On peut répéter l'expérience, cela fatigue le nouveau-né qui n'est pas encore un nourrisson, mais si on laisse un repos compensateur entre chaque demande, on a, à chaque incitation par le mot « sourire », le même résultat ravissant. Et puis ça y est, ce qui fait langage d'une expression mimique est établi qui, au début, n'était pas une expression langagière interhumaine, mais qui l'est devenu du fait de la rencontre des phonèmes du langage, venus de la mère, avec leur perception par les oreilles du bébé. L'un demande, l'autre répond; il y a signifiance de désirs accordés entre deux êtres humains doués de fonction symbolique, et le mot « sourire » devient symbole, pour eux deux, du plaisir accompagnant cette mimique. Je l'ai expérimenté avec mes propres enfants, je l'ai fait avec des enfants qui n'étaient pas les miens, des infirmières l'ont fait aussi, et toujours avec le même succès quand les bébés sont déjà en sécurité avec la personne qui parle. Dès la naissance, donc, quelque chose de spontané venu du nouveau-né peut entrer dans la communication langagière. Or, dans le cas du sourire, bien avant la première tétée, il ne s'agit pas d'un désir lié d'origine au besoin alimentaire, il s'agit bien d'une communication psychique entre deux êtres humains, donc d'une potentialité de langage. *Le désir, c'est l'appel à la communication interhumaine.* L'organisation d'une réponse adéquate à l'appel qui conjoint deux êtres vivants est langage, cette organisation est due à la fonction symbolique en même temps qu'à la mémoire. *Le désir de communication émotionnelle subtile* précède donc, je viens de vous le prouver, *le besoin d'une communication d'assistance substantielle* du nourrisson (le lait au sein ou au biberon, et l'entretien de son corps en réponse à ses besoins). Son besoin de sommeil, son besoin d'alimentation et de propreté vont, grâce à la mère, s'organiser en régulation des échanges, principalement digestifs, et entraîner peu à peu une connaissance de la mère (objet total) par l'intermédiaire du sein (objet partiel), avec une connaissance des habitus et des rythmes de l'adulte nourricier, du cadre sécurisant qui entoure cette dyade mère-enfant. Le tout fait partie du langage des désirs autant que des besoins du nourrisson au regard du monde extérieur. Ce monde extérieur est humanisé par la voix des adultes tutélaires qui s'adressent à sa personne, je veux dire à son être de langage, reconnu par autrui.

L'enfant né viable a satisfait, pendant huit à neuf mois, *in utero,* ses besoins de croissance. Je vous ai dit qu'il a aussi perçu les bruits du monde extérieur, voilés; mais après le cataclysme de la naissance, la fermeture de la perfusion ombilicale, il éprouve une variation brusque de température, la révélation de la pesanteur, celle de la lumière, une intensité sonore accrue des perceptions auditives, la modification des rythmes de son cœur, la déplétion de ses poumons avides d'air. Le besoin de respirer s'installe en même temps que la poussée des muscles internes du diaphragme et du périnée qui, en se déclenchant, provoque la première défécation. Car si l'enfant *in utero* avale et urine le liquide amniotique, son tube digestif terminal n'émet le contenu intestinal, qui s'est accumulé et qu'on appelle le méconium, qu'après la naissance. Sept heures après ce cataclysme, cet événement irréversible qu'est la naissance, peut-être avant, je ne l'ai pas essayé, ce qui fait langage d'une mimique peut déjà s'inscrire en code émotionnel interrelationnel pour son entourage humain et l'enfant.

De toute façon, que les adultes y soient attentifs ou non, s'organise chez l'enfant un code d'appel et de réponse concernant ses besoins vitaux. Pas plus tard qu'hier, j'ai pu voir la projection d'un film qu'on va donner sur le maternage en pays africain. J'ai été très intéressée de voir ces bébés qui sont constamment nus et contre le corps de la mère, jour et nuit. C'est du peau à peau, du corps à corps. Ils respirent, palpent constamment leur mère, qui les tient étroitement à l'intérieur de ses vêtements, nichés contre elle. Et le bébé a constamment ses petites mains sur le sein de sa mère. Or, dans ce film, on voit à un moment un très petit enfant qui n'est plus un nourrisson. Il dort, et, en dormant, il est avec sa main en train d'halluciner, pourrait-on dire, un sein imaginaire qu'il mime de palper, exactement comme on voit faire aux tout petits nourrissons en corps à corps avec leur mère. Dans le film, à ce moment, la mère tourne le dos à son enfant, elle est occupée à autre chose. Voilà un geste de bébé africain non observable chez nous. Un bébé de chez nous suçote sa langue en dormant, il mime de sucer le sein, son poing ou son pouce dans sa bouche remplaçant le mamelon. Exactement comme le petit Africain, il hallucine sa relation à sa mère dans sa vie imaginaire : sa mère présente pour le désir, sa mère en train de satisfaire son besoin de téter. Tout le corps de l'enfant peut se vivre comme une bouche qui appelle la communication interhumaine du toucher, du palper; expression du désir, en dehors du besoin prégnant de satisfaire soif et faim. Et c'est ainsi que de jour en jour, d'heure en heure, de rencontres avec la mère et de séparations d'avec elle, chez nous beaucoup plus qu'en pays noir où les enfants sont très peu séparés du corps maternel, l'enfant qui désire la continuation de ce lien interhumain et de la communication avec sa mère est poussé par ce désir lui-même à imaginer l'appel et la réponse passive ou active de l'autre qu'il désire; imagination qui, grâce à la mémoire, est un mélange de fantasme, de perception et de souvenir. Il joue à mimer, à exprimer son désir, pour lequel l'odeur de sa mère lui manque, l'audition lui manque, la vue lui manque. Il substitue à la présence désirée et qui lui manque une perception qui l'évoque. A défaut de sa mère présente, du sein dans sa bouche, le désir de cette perception tactile lui fait trouver, par exemple, son poing puis son pouce, substituts à téter, et il supporte mieux ainsi l'isolement pendant l'absence de communication. C'est déjà *un langage intra-narcissique,* pourrions-nous dire, une sorte de mémoire de la présence de la mère, et, si l'on veut encore, une sorte de masturbation, c'est-à-dire de leurre jouissif solitaire qui entretient le désir, en l'absence de la mère nourrice, partenaire nécessaire pour la satisfaction corps à corps, bouche à sein, psychisme à psychisme. Tout le monde a vu des petits nourrissons qui dorment, se réveillent puis se mettent à mimer la recherche du sein, pleurent parce qu'ils ne le trouvent pas ou que leur main maladroite s'échappe de leur bouche, et qui se rendorment en suçotant leur langue comme si, enfin, maman était arrivée. Il ne s'agit pas de besoin, il s'agit du désir de communiquer avec l'autre : c'est ce désir-là qui cherche à s'apaiser, devant l'impossible réalité, de la seule manière connue. Et c'est là l'origine, la source de la symbolisation. L'imagination étoffe une perception partielle grâce à la mémoire, qui recrée la présence sécurisante d'une totalité existentielle par-delà le manque.

Qu'en est-il de ce nourrisson ? Il n'est pas encore un sujet. Appelons-le *pré-sujet*. Ce sein qu'il hallucine, ce n'est pas encore un objet, et pourtant il représente la relation à la mère, appelons-le *pré-objet* ou *objet partiel*. Il y a relation symbolique entre ce pré-objet et ce pré-sujet ; il y a un code, élaboré dans l'espace-temps, de ce corps tour à tour présent et absent ; tandis que le bébé éprouve soit la satisfaction du bien-être physique qu'est le besoin assouvi, soit l'insatisfaction du besoin qui appelle sa satisfaction ; pouvant survenir aussi que, sans besoin, il manque à son désir la relation subtile à sa mère. Cette relation croisée de réponse à besoin ou à désir, il les coordonne pour son plaisir par les sens et par les variances de perception déjà discriminées. Cette symbolisation de la relation entre pré-sujet et pré-objet sert à apaiser la tension du seul désir, pour l'imagination de la satisfaction des besoins vitaux. Et cette imagination se contente de ce qui est érotique dans la tétée, la succion, sans ce qui est avaler le lait et sentir l'odeur de la mère, ce que la tétée dans la réalité permettrait.

Le lieu du corps de l'enfant qui a été séparé du sein de la mère est, semble-t-il, le lieu d'un viatique : le dernier souvenir de la relation à la mère. Ce lieu, les lèvres et l'espace naso-labial du visage de l'enfant, devient, s'il est caressé, le moyen de leurrer l'enfant quant à la présence maternelle. C'est aussi à ce lieu que le nourrisson garde l'espoir que le sein va revenir, que la voix de la mère et tout son corps associé à ce sein vont revenir ; et son désir se traduit par cet appel muet, le suçotement et l'ébauche du geste mimique d'amour qu'est pour lui la relation complète à la fois de satisfaction du besoin et de sécurité nichée dans l'odeur et la chaleur des bras et du corps de la mère.

Les sens subtils du nourrisson, c'est-à-dire ceux qui perçoivent à distance par-delà la séparation, la présence de la mère, sont situés dans la masse céphalique. Ce sont les yeux, les oreilles, le nez en tant qu'olfactif. Comme la fonction respiratoire ne peut pas être différée sans qu'il y ait mort; alors que peuvent être différés assez longtemps le boire, le manger, et le changer des langes du siège, ce sont les perceptions olfactives, celles qui ne sont pas évitables au cours de l'inspiration, qui sont pour l'enfant le signal de la présence dans la réalité de son autre élu, l'objet total qu'est la mère comme promesse d'apaisement du manque à son désir. Cela avant, ou peut-être en même temps que les perceptions dues aux pulsions passives, auditives, pour parler en psychanalyste, celles qui saisissent le rythme des pas de l'adulte tutélaire; peut-être ces pas et leur rythme, les connaît-il depuis le temps de sa vie fœtale, puisqu'il était soumis au rythme de déambulation du corps de sa mère. Ce rythme des pas de la mère qui approche, cette odeur, la sienne, qu'il perçoit à distance du contact, fait que l'enfant européen, déposé dans son berceau, développe un appel muet, un guet par ses sensations subtiles beaucoup plus précocement que ne peut le faire l'enfant africain; mais aussi certainement il éprouve bien plus souvent que l'enfant africain le malaise de voir manquer à son désir la présence maternelle. Le rythme du bercement, vous le savez, calme, chez l'enfant européen, le malaise lié à l'insécurité. Chez l'enfant africain, les mères n'y ont pas recours. Ce rythme du bercement ne serait-il pas le moyen intuitif que les mères et les nourrices européennes ont trouvé pour rendre à leurs nourrissons la sécurité qu'ils avaient connue quand ils étaient inclus dans leur corps et qu'elles les soumettaient à tous leurs rythmes de déplacement et d'activité? Ou bien ce rythme pendulaire, ce rythme entretenu du bercement, ne répondrait-il pas au rythme rapide du cœur fœtal, perdu à la naissance : dès la naissance, si le nourrisson entend dans ses oreilles battre son propre cœur, c'est au rythme plus lent de celui de sa mère tel qu'il pouvait le percevoir à travers les enveloppes du placenta. *In utero,* le bébé est bercé au rythme coarté de ces deux cœurs, le sien et celui de sa mère. Vous ne savez peut-être pas qu'aux États-Unis on a pensé à cette sécurité auditive qu'ont les bébés pendant les neuf mois de vie intra-utérine; supposant que les nourrissons qui naissent prématurés seraient plus en sécurité en entendant battre un cœur d'adulte, des Américains ont organisé des salles de couveuses où ils l'entendent battre en effet jusqu'au jour où ils auraient dû naître. L'expérience a montré qu'il y avait une mortalité bien moindre dans ces couveuses à audition du cœur maternel que dans les couveuses silencieuses. N'est-ce pas que l'audition du cœur maternel est déjà langagière pour le fœtus humain, un élément signifiant pour la fonction symbolique, la preuve d'une relation interhumaine qui satisfait chez l'enfant un désir de communication avec « l'autre », présent pour la perception auditive, tel qu'*in utero,* confondu avec le besoin de survie? Cette audition n'est-elle pas un leurre de son désir, comme le sera plus tard le suçotement des lèvres et de la langue en l'absence du sein maternel? *Leurre du désir,* nécessaire à l'entretien des échanges structurants interhumains et de la fonction symbolique, *et non leurre d'un besoin* oral qui n'existe pas à ce moment-là.

L'audition de la voix de sa mère, la perception de ses rythmes, l'olfaction de son odeur sont pour le tout petit enfant des moyens de percevoir électivement son approche et sa séparation. La vue vient plus tard. Quant à la tétée elle-même, elle peut être donnée par une personne interchangeable, surtout quand l'enfant est au biberon. Les soins maternels, les rythmes de celle qui les donne peuvent être différents à chaque tétée quand plusieurs personnes s'occupent alternativement de l'enfant. Il y a donc rencontre de plusieurs perceptions coordonnées, qui permettent à l'enfant, par la discrimination qu'il en fait, de percevoir la différence entre deux personnes tutélaires; en particulier, de distinguer la voix de sa mère, et celle de son compagnon le plus familier, le plus souvent le géniteur, dont la voix a pu être reconnue par le fœtus bien avant sa naissance. De toute façon, il est indubitable que la première perception de l'enfant à la naissance est celle de la voix de sa mère, et sa première olfaction celle du corps et des voies génitales de la mère à travers lesquelles il passe en sortant de l'utérus. Le rythme est, je le crois, avec l'olfaction, la sensation la plus nodale pour la sécurité du fœtus devenu nouveau-né, et sera pour lui référence de sa première relation authentifiante humaine. C'est peut-être pour cela qu'à notre époque où les enfants sont tellement biberonnés, changés, déambulés par n'importe qui, et séparés de leur mère qui, très tôt, se met à travailler, ils ont tant besoin de jouer avec leur désir à travers le rythme. C'est peut-être l'explication de l'engouement des jeunes pour le jazz. Ce n'était pas le cas autrefois, où la mélodie jouait en musique un rôle dominant. N'est-ce pas que la mère, ou une même personne, assurait à la fois nourriture et soins pendant de longs mois? Actuellement, la mère étant relayée souvent par d'autres personnes, l'enfant allant à la crèche, il y a une dichotomie de l'olfaction, une dichotomie de l'audition, qui oblige l'être humain, pour sa totale sécurité, à retrouver la perception originelle auditive utérine, et à jouer avec l'invention rythmique que son désir lui suggère.

Ce « jeu-avec » une sensation accompagnée de remémoration est le propre de la vitalité symbolique dans laquelle se source le désir. Il permet d'halluciner les présences aimées et de jouer à « coucou, ah, le voilà! », en concassant les perceptions auditives douées d'une remémoration narcissiquement jouissive. Ce jeu d'un désirant qui appelle réponse d'un autre désirant complémentaire est fondateur du sens que prend la fonction symbolique sous tous les climats et à toutes les époques. Il est intéressant de l'étudier au niveau des pulsions orales. C'est pourquoi je parle un peu longtemps de l'enfant nourrisson, parce que, après, tout le monde connaît plus ou moins l'apport de la psychanalyse. Quand on arrive à l'Œdipe, tout au moins à son début, vers deux ans et demi, trois ans, tout le monde connaît à peu près le schéma triangulaire-conflictuel, l'amour identificatoire au parent de sexe homologue, contradictoire avec la lutte rivale à son endroit, afin que s'accomplisse un désir génital incestueux. On admet ou on n'admet pas ces hypothèses de la théorie psychanalytique, et pourtant l'observation des tout-petits, dès qu'ils marchent et parlent, en confirme l'existence, alors même que pour chaque être humain tout se passe d'une façon qui lui est particulière, particulière aussi au triangle père-mère-enfant qui a été le sien.

AU JEU DU DÉSIR

Je parle plutôt du *début de la vie,* parce que c'est là que nous voyons comment *obligatoirement les dés sont pipés,* comme je dis; c'est-à-dire que pour conserver une santé psychosomatique, un tonus psychosomatique, de quoi continuer à vivre physiologiquement, l'être humain, parce que doué de fonction symbolique, intériorise le code de sa relation à l'autre, s'aime lui-même comme il est aimé d'un autre; il y a chez lui un désir fondamental de retrouver dans ses perceptions quelque chose qui lui rappelle la dernière *relation de plaisir où lui-l'autre, lui-sa mère n'ont fait qu'un, par désirs accordés.* Cette retrouvaille semble nécessaire à l'être humain pour que chez le pré-sujet se structurent de façon cohésive intelligence, corps, cœur et langage, avant cinq ans. C'est bien dans le petit âge que s'origine l'articulation du désir à la fonction symbolique, et aussi ses pièges.

Certains humains auxquels les échanges symboliques avec le monde interhumain ont manqué, bien que matériellement ils aient été assistés quant à leurs besoins, n'ont pas pu exercer leur fonction symbolique pour ce qui est du désir du monde extérieur, parce que les personnes nourricières qui s'occupaient d'eux n'ont pas su les y initier. Leur vie symbolique est restée, de ce fait, pendant des semaines ou des mois sans moyen langagier. Vous me direz que l'enfant ne parle pas encore avant neuf ou dix mois; mais, bien sûr, je ne parle pas du langage exprimé par l'enfant, je parle de ces perceptions signifiantes dont sa fonction symbolique informe son entourage si l'adulte maternant sait y être attentif et y répondre. Les bébés privés d'une présence humaine aimante emploient leur désir à être attentifs seulement à leurs besoins et aux variations de leurs sensations viscérales, qui deviennent leurs seuls éléments langagiers. Les enfants maternés avec amour et langage emmagasinent en leur mémoire les perceptions des rencontres auditives et visuelles avec des personnes qui désirent, elles aussi, se manifester à eux dans le langage et communiquer avec eux. Les mères aimantes chantent, parlent toutes leurs activités au bébé qu'elles cajolent et dont elles s'occupent. Certains bébés élevés dans un désert de paroles et de caresses ont raté l'entrée dans la vie de relation, pour des raisons qui ne sont pas, d'ailleurs, toujours, comme on le dit, le fait de la mère, qui sont dues à beaucoup de conditions que mon propos n'est ni d'énumérer ni de développer ici.

La dépendance dyadique du nourrisson nouveau-né à l'adulte nourricier, qui est la même pour tout être humain, ne va pas sans conséquence : même si l'adulte le considère comme une personne, un homme ou une femme en devenir, destinée à se détacher (ce qui n'est pas toujours le cas : on voit trop souvent des bébés et des enfants servir de fétiches ou de petits animaux domestiques à des adultes qui semblent ne s'occuper d'eux que pour jouir de leur possession exclusive, les embrasser, leur commander, les dresser, et se servir d'eux pour les parasiter afin de meubler leur propre solitude), même si sa nourrice, qu'elle soit sa génitrice ou non, le considère comme un adulte sexué en devenir, dont elle a la charge et la responsabilité, mais non la possession, l'enfant petit qui ne marche pas encore, se sent obligatoirement un objet partiel pour sa nourrice, cette grande masse dont la co-corporéité lui donne sécurité existentielle, par les bras de laquelle il désire être pris, déplacé dans l'espace. Non seulement il s'y sent en sécurité, mais encore il désire d'elle paroles et caresses qui sont signifiantes de communication émotionnelle. Il se sent un « objet » bien que son désir provienne déjà d'une fonction de pré-sujet de son langage, langage dont le désir, qu'il est impuissant à manifester autrement que par des cris, est en quête de réponse.

Le bébé est en covivance avec sa mère quand il est muqueuse à muqueuse et corps à corps pour la satisfaction de ses besoins vitaux ; mais, lorsqu'elle se détache de lui, il est comme déserté de puissance ; surtout si, en dehors de ces moments de rencontres corps à corps, la mère rompt la communication corporelle avec lui sans la faire continuer, dans le hiatus qui les sépare, par l'intérêt qu'elle porte à son intelligence en éveil et par des modulations de paroles qui lui sont adressées. Dans cet esseulement, s'il est brutal, après le « laissé-tout-seul » qui suit les repas ou la toilette, l'enfant se sent affectivement à l'abandon et son seul désir est alors le corps à corps avec la grande masse porteuse de provende et de sécurité. Son conditionnement de petite masse dépendant de la grande masse adulte, et son état d'impuissance physique font du nourrisson un cas très particulier parmi les vivants par son impuissance à s'exprimer, à manifester son désir ;

et pourtant, c'est la communication interhumaine qui l'humanise. L'enfant est tributaire de « qui » désire communiquer avec lui. Il est tributaire de la disponibilité émotionnelle et/ou matérielle chez l'adulte tutélaire à percevoir le sens de ses cris de bébé, qu'il s'agisse des cris de besoin ou des cris du désir de compagnie. Chaque mère, chaque nourrice, a, en elle, des caractéristiques différentes, dues à son histoire et, peut-on dire, à des dons naturels, qui vont faire la particularité émotionnelle de la dyade première nourrisson-nourrice, au sein de quoi les échanges vont chaque fois structurer les avenues des symbolisations d'objet et de sujet qui, alternant demandes et réponses, se conjuguent, portant fruit de structure chez le nourrisson, par connaissance, complicité, connivence dans les attentions, les appels, les réponses et les non-réponses, dans la reconnaissance de l'un à l'autre en tant qu'humains l'un pour l'autre présents. Le co-être avec la mère, alternant avec le co-non-être avec elle, et dépendant des modalités de la dyade, peut devenir « co-non-s'avoir » ou « co-s'avoir » pour le bébé qui s'y développe physiquement; cela dépend pour lui des franges perceptibles de la présence subtile de la mère, restées en sa mémoire, et de franges auditives ou des présences associées à elle, agréablement ou non, restées réellement dans l'espace animé ou inanimé qui entoure le petit en l'absence de sa mère. Il y a aussi la préhension possible des objets associés à la présence de la mère, les objets, les joujoux qu'elle a elle-même touchés et manipulés en les nommant et en parlant avec son enfant, et qui sont demeurés après qu'elle s'est éloignée; ils sont pour le bébé des témoins de sa présence, donc des éléments langagiers à la fois phonématiques et kinématiques. Si le bébé « a » « ses » petits objets, intermédiaires de sa relation avec sa mère, lorsqu'elle s'absente, c'est comme si elle continuait d'être là. Quant aux personnes, s'il les connaît pour les avoir vues et perçues en accord avec sa mère, il les adopte comme ses substituts, surtout si la mère et le père, s'ils font couple, ne sont pas perçus par une tierce personne tutélaire de l'enfant, comme des rivaux. Pour « se savoir être » et se ressentir en sécurité, le nourrisson requiert d'être soit dans les bras de sa mère, soit au contact d'objets qu'elle a, par sa présence et ses paroles, si je puis dire, « mamaïsés ». Il se ressource moins efficacement dans ces derniers peut-être que dans ses bras porteurs à elle, mais ils sont tout de même pour lui articulés à la covivance avec elle et à une présence accordée; surtout, ils soutiennent le désir pour lui faire temporiser la retrouvaille de maman, sa majeure satisfaction. Un enfant qui n'a rien dans son berceau, ni joujoux dans son espace quand il marche à quatre pattes pour s'amuser, pour jouer avec son désir, rien qui lui rappelle la présence de sa mère, n'a que son cri, qui est à la fois répétition de preuves de sa vie et répétition d'appels auxquels il est parfois répondu. Ce cri est pour lui le seul substitut de la compagnie aimée, le signifiant pour tout traduire, besoins et désir. C'est en effet dans le *cri modulé* (le sens de la modulation des cris de son bébé est « compris » par la mère) que s'origine l'arrimage du sujet à son propre corps individué.

Cas particulier du nourrisson sourd. C'est à son cri non modulé que se reconnaît le bébé sourd. Dorénavant, le diagnostic de la surdité des nourrissons se fait de manière très précoce, car on sait que la surdité est facteur d'entrée dans la débilité mentale (comme un cas particulier d'autisme), non du fait du cerveau de l'enfant, mais du fait de l'absence de perception du langage et des bruits de la vie. Chez l'enfant sourd, les potentialités de la fonction symbolique ne trouvent, pour s'exercer dans la communication interpsychique, que des réponses olfactives et tactiles passives à son désir. Il n'a pas même l'audition de son propre cri. Dépourvu de vision pendant les premières semaines, il doit, pour le guet, appel muet à l'affût de la mère dont il désire la communication, se contenter des odeurs liées aux fonctions digestives, alimentaires et excrémentielles. Ajoutons que les adultes ne sont pas sollicités à la communication par un tel nourrisson comme ils le sont par un nourrisson entendant, dont le cri est modulé selon ses besoins et ses désirs.

C'est pire encore pour ceux qui naissent non seulement sourds mais aveugles. J'ai connu de tels enfants, considérés comme de grands arriérés passifs et autistes, jusqu'au jour où la naissance d'un puîné les ayant rendus littéralement fous de jalousie et intelligemment dangereux pour le nouveau-né en l'absence de la mère, a permis de déceler leur double infirmité (cf. l'histoire d'Helen Keller, aux États-Unis, au siècle dernier; la pièce de théâtre *Miracle en Alabama* relate sa réinsertion au langage, par Miss Sullivan). J'ai connu d'autres enfants considérés comme débiles ou prépsychotiques, qui n'étaient que myopes ou hypermétropes, à l'insu de leur entourage.

Mais revenons au cas des bébés nés sans infirmités sensorielles organiques. Le bébé qui a grandi, si sa mère a su meubler de langage les moments séparant les soins corporels, s'ingénie dans son berceau, lorsqu'il est réveillé sans être affamé, à retrouver son lien vocal avec elle. Il tente de donner à ses propres oreilles l'illusion des paroles entendues ou modulées : exercices de langue, de bouche, de cavum, de maîtrise du langage. Il est tellement précoce, ce désir d'entendre à nouveau les paroles de la mère, que les phonèmes qui ne sont pas inclus dans la langue maternelle sont très rapidement impossibles à prononcer pour la plupart des êtres humains d'une région du globe, alors qu'à l'origine n'importe quel enfant, né dans n'importe quelle région et materné dans n'importe quelle langue humaine, peut prononcer les phonèmes de toutes les langues. Si un enfant a été humanisé dès sa naissance par les vocalisations et le parler de la langue maternelle, les phonèmes de celle-ci et seulement eux sont pour lui symboles de la reconnaissance mutuelle de son s'avoir-s'être et de l'être initiateur aux valeurs du vivre qu'est la mère. La mère initie l'enfant non seulement à l'apaisement des besoins du corps, à l'apaisement des tensions du désir, mais aussi, par ses câlineries, par les caresses et les paroles qu'elle lui adresse, à la reconnaissance de son père, de ses proches et de toutes les personnes à qui elle parle en présence de l'enfant. Elle l'initie donc à la vie sociale. C'est cette alternance dans le désir de communiquer, satisfait par la présence et non satisfait dans l'absence, mais dès lors attendu et affabulé, si je puis dire, suivi tôt ou tard du retour de la satisfaction de voir la mère retrouvée, c'est cela qui organise en code de langage les possibilités de ce que nous sommes bien obligés d'appeler la *sublimation des pulsions orales du désir :* parce que c'est bien le désir tel qu'il s'organise dans l'oralité qui trouve là les racines de l'humanisation, c'est-à-dire que la fonction symbolique est mise au service de la communication de désirs entre les êtres humains.

Ce sont les phonèmes, les « areû », les « rlg » qui font que *sa gorge, c'est-à-dire le larynx, est par l'enfant perçue comme distincte de son pharynx.* Bien sûr, tout cela de façon inconsciente. *C'est dans le larynx que se spécifie le lieu du désir et dans le pharynx le lieu du besoin, à l'époque des satisfactions dominantes orales.* Ces lieux entrent dans une dialectique inconsciente différente de celle qui correspond à l'activité olfactive. Pourquoi? Parce que l'appel à la mère ne peut se faire avec la voix de l'enfant que s'il émet de l'air par son cri (larynx); et qu'en émettant de l'air il ne peut pas être attentif à l'olfaction au plan de la muqueuse pituitaire. En émettant des sons pour appeler sa mère, l'enfant se prive d'une inspiration attentive à la réception éventuelle de son odeur. L'odeur attendue de la mère, ou imaginée olfactivement en son absence, il doit y renoncer, pour focaliser toute son énergie dans le cri, le cri pour la faire venir à lui, l'appeler.

Ainsi, dans ce phénomène du cri, incompatible avec l'attention et le guet olfactifs, est inscrite une nécessité endogène de répression pour un certain plaisir. Le pré-sujet lui-même réprime une pulsion, d'expression passive (l'olfaction), pour focaliser son énergie sur une pulsion active, le cri : appeler sa mère au loin et soutenir son désir de la voir revenir à lui, avec son odeur bien connue. Le nourrisson est tenu de dépasser, de nier en quelque sorte l'appel de son désir olfactif pour, dans les cas les plus heureux, obtenir satisfaction de son désir, voir revenir sa mère, qui lui parle, le berce ou le prend dans ses bras. Cet apprentissage de la discrimination entre le larynx et le pharynx ne se fait pas toujours facilement. Nous en avons la preuve dans le cas de bébés vomisseurs ou cracheurs qui, dans le désir qu'ils ont du retour de la mère, au lieu de crier, rendent le lait de leur tétée. Ce n'est pas qu'ils digèrent mal. L'état de début de digestion que prouve le caillage du lait montre bien qu'il s'agit d'une « erreur d'aiguillage » si je puis dire. Au lieu du cri avec sa colonne d'air émanant des poumons, c'est le lait, colonne de liquide reçue de la relation corps à corps à la mère, qui est émise, comme pour appeler la présence de celle qui l'avait introduite. Dans bien des cas, la seule présence de la mère auprès du berceau supprime cet incident du lait rendu après la tétée. J'en ai eu la preuve chez bien des nourrissons qu'on pensait avoir à soigner par des médicaments, parce que reposés dans leur berceau ils vomissaient en partie leur tétée. Il s'agissait d'enfants qui désiraient la présence de leur mère jusqu'au moment où le sommeil les prenait. En fait, ils étaient déjà de petites personnes civilisées, qui avaient besoin de conversation après dîner, mais des petites personnes *piégées,* car leur vomissement inquiétait la mère. Par le désordre digestif, ils obtenaient ce qu'ils voulaient, mais, hélas, *leur plaisir était conjoint à l'angoisse de la mère.* D'autre part, le larynx ne se discriminait pas du pharynx, désir et besoin restaient confondus. On voit là comment très tôt, chez le petit d'homme, les dés peuvent être pipés au jeu du désir, quand la jouissance de l'un s'obtient grâce à l'angoisse de l'autre. Les *perceptions auditives* de l'enfant, plus encore que ses perceptions visuelles, introduisent sa connaissance de l'espace; et, par le cri, il manifeste son désir à distance, devenant ainsi, parfois, maître du déplacement et du retour de sa mère disparue pour lui dans l'espace. Les perceptions auditives vont beaucoup plus loin que les perceptions olfactives et le nourrisson perçoit très tôt les bruits lointains (jusqu'à quatre ou cinq kilomètres; chez les Esquimaux, cette acuité auditive des bébés est bien connue : le cri de l'ours est toujours détecté par un tout jeune enfant avant que d'être perceptible aux oreilles des adultes); en fait, l'intelligence des sens d'un tout-petit est extraordinaire, par rapport à ce qu'elle sera plus tard. Les potentialités de l'intelligence focalisées en ces lieux de perception, l'olfaction et l'audition, sont extraordinaires chez le bébé, par rapport à ce qu'il en sera de l'intelligence quand elle aura beaucoup d'autres façons de percevoir et de communiquer. Dès l'origine et toute la vie, le corps fait de chacun un spécimen de l'espèce humaine animé de besoins; le psychisme, un être en désir de communication avec un autre psychisme. L'éveil de l'intelligence et de la sensibilité de l'être humain dépend des communications — des réseaux de langage — qui, de psychisme à psychisme, s'établissent avec la mère, dont dépend pour chacun toute expérience de lui-même et de ce monde des humains dont elle est la médiatrice, en commençant par la connaissance qu'elle lui donne de son père. De même que toute activité viscérale ou motrice est motivée par une tension qui cherche son apaisement dans l'espace (non humain ou humain) environnant, de même toute activité psychique est motivée par une tension libidinale qui découvre son apaisement spécifique dans la communication psychique entre l'enfant et cet autrui électif qu'est sa mère, associée qu'elle est à un autre adulte avec qui elle communique. La structure du langage comme communication dépend donc de l'environnement humain et du désir d'autrui à l'égard de l'enfant en réponse au désir de l'enfant. L'acquisition du langage relationnel dure tout le temps de la croissance, elle se fait aux dépens des pulsions et de leur but de plaisir : la préfiguration de leur accomplissement, la temporisation (la mémorisation), la castration ou la déprivation du but initial provoquent variations de tension et mutation symbolique éducatrice.

L'obtention du plaisir calme les pulsions et abolit un moment temps et espace. Le plaisir de la communication interpsychique est, chez l'être humain, un relais du plaisir physique. Doué qu'il est de mémoire, la préfiguration du plaisir, la temporisation de son accomplissement, sa frustration même si elle est compensée par le plaisir psychique de communiquer avec un autre psychisme, tout cela initie l'être humain aux valeurs d'échanges du cœur et de l'intelligence, au début confondues avec la valeur unique du plaisir physique. La fonction symbolique, spécifique de l'être humain, permet de substituer au plaisir d'un circuit court du désir, sensuel, immédiat, un circuit plus long, qui médiatise des pulsions et leur permet de retarder l'obtention du but premier, pour un nouveau plaisir à découvrir. C'est le même processus qui permet d'éviter, par une expérience mémorisée, le déplaisir ou la douleur qui suivent l'obtention de certains plaisirs séducteurs (le feu, par exemple). Tous ces processus de déplacement, de temporisation, de découvertes constantes, soutenues et guidées par l'adulte tutélaire avec qui l'enfant désire rester en harmonie, sont les processus d'éducation et de formation du langage, au sens total du terme. Les phonèmes qui les accompagnent prennent chair, en quelque sorte, au jour le jour, laissant en mémoire l'héritage sonore de la relation éducatrice, des mots associés à l'expérience du plaisir ou du déplaisir. Plaisir du corps, déplaisir du corps, l'un comme l'autre se croisent avec bon ou mauvais, selon que le plaisir de satisfaire le désir est accordé au plaisir de l'instance tutélaire, ou qu'il lui est désaccordé. Ainsi les valeurs de bien et de mal s'associent-elles dans l'éducation au bon aussi bien qu'au mauvais. Là encore, les dés sont pipés.

Il semble que, très précocement, un choix parmi les signaux se fasse, en corollaire au renoncement à émettre d'autres signaux, et que le bébé soit capable de discriminer non seulement parmi les perceptions, mais aussi parmi ses moyens d'expression. Là encore, la discrimination ne se fera pas seule, elle dépendra de la façon dont la mère, en miroir sonore, fera écho verbal, ou donnera une réponse perceptible à l'enfant, à ce qui la touche dans les manifestations du bébé. Selon qu'est admis le sens d'un langage à ce que manifeste l'enfant, et qui est agréable à sa mère, donc en harmonie émotionnelle pour lui, ou désagréable à sa mère, donc en dysharmonie pour lui, s'organise, pour le bébé, non seulement un modus vivendi touchant son habitus physiologique, mais aussi un ordre concernant la phonation dans le palais, la gorge, la bouche, la langue, le cavum et les oreilles; tout cela constituant le substrat organique, fonctionnel, instrumental si je puis dire, de la symbolisation dans l'apprentissage verbal, dans sa musicalité, et dans l'apprentissage du comportement interhumain à l'intérieur du groupe familial.

Quant au langage mimique, j'ai dit comment il pouvait commencer à s'organiser (dans l'exemple du sourire), bien avant les perceptions visuelles claires, et même avant les premières tétées. Tout le langage mimique s'ordonne sur un schème semblable. Ce qui, dans une mimique spontanée du nourrisson, va chez l'adulte provoquer le fantasme d'une communication de quelque chose venant du bébé vers lui, l'adulte va à son tour le signifier par un système de phonèmes adressés à l'enfant, ou parlant de lui et adressés à une autre personne. L'enfant n'entend pas distinctement les mots, mais perçoit d'abord des sons et, surtout, on ne sait comment, qu'on parle de lui ou qu'on parle de quelque chose qui l'intéresse. Si l'on parle de promenade, si l'on parle de sortir, si l'on parle du chat et du chien, animaux domestiques familiers, l'enfant très jeune adopte une mimique qui prouve qu'il a entendu et que son oreille est aux aguets. Dans l'exemple que je donnais tout à l'heure, quand l'adulte prononce les mots « un beau sourire », ce n'est pas le sens des mots que le bébé a entendus d'abord, c'est : « *a-o* ou *-i-i* avec *r* »; c'est cela qui, venu de l'extérieur, a accompagné pour lui un certain sensorium, une perception interne, concomitante du sourire. Et c'est cette mimique, de nouveau croisée à l'appel répété des mêmes phonèmes chez la mère, qui produit en lui, comme en elle, *la joie reconnue d'être ensemble accordés. Et c'est comme cela que commence la communication, sourcée dans le désir.*

Au début, il s'agit de manifestation spontanée, d'une communication désirée par l'enfant ou d'une demande liée au besoin signifié par son corps. Et c'est aux réactions qui vont suivre chez l'adulte ces manifestations spontanées, que l'enfant pourra associer — ou non — à ce qu'il perçoit des paroles venues de l'extérieur. C'est cela qui fera chez l'enfant l'origine du langage dans le dire, ou du langage dans le geste, la mimique du visage, motrice, ou même le faire avec le corps, le vomissement, la miction urinaire ou la défécation.

Le langage vocalisé va former le code de l'expression audible; le langage des gestes et des mimiques va former le code des désirs subtilement exprimés qui se donnent à voir. Ces codes partagés par la mère et l'enfant structurent des images qui sont mémorisées. Ces images auditives, olfactives, tactiles, visuelles de perceptions diverses se coordonnent en une sorte de présence à soi-même subtile du pré-sujet, qui dès lors s'exprime par sa petite masse charnelle, devenue symbolique de son désir. Cette *image du corps*, comme nous l'appelons, reste inconsciente; mais elle s'articule au *schéma corporel* qui tous les jours se développe et informe (enrichit, bloque ou ordonne) de ses pouvoirs l'image du corps. L'impossibilité ou la possibilité d'acquisitions psychomotrices ou langagières, au fur et à mesure du développement du bébé, varient selon chaque dyade caractéristique mère-enfant. Les potentialités disparues ne proviennent pas toujours d'interdictions signifiées, elles peuvent être simplement restées hors du code, c'est-à-dire hors de la fonction symbolique, qui en élit certaines et n'en développe pas d'autres. Les potentialités du schéma corporel non reconnues ou non appelées à s'exprimer par la mère ne se développent pas dans l'image du corps, elles disparaissent. Il y a là en fait un processus de refoulement de potentialités sensorielles semblable au processus du refoulement des affects auquel on assistera plus tard. Et ce refoulement des potentialités inutilisées dans la relation mère-enfant, c'est cela qui pipe obligatoirement et toujours les dés au jeu du désir, et c'est cela que je voulais d'abord dire par le titre de cette conférence.

Il se passe ensuite, la force advenant avec le temps chez l'enfant au cours de son développement physiologique, une élaboration des potentialités du corps propre, qui s'exerce à manifester son désir de façon de plus en plus délibérée, encore que préconsciente. La résultante, c'est le schéma corporel gouvernant l'individuation de chaque enfant, selon sa tolérance à la séparation dans la solitude et à la redécouverte de l'espace ambiant comme espace commun autorisé à son exercice moteur, espace commun avec celui de la masse du corps maternel qu'il observe dans tous ses agissements et qu'il imite. L'enfant découvre chaque jour de nouveaux pouvoirs dans les variantes des perceptions qui viennent se festonner autour de son désir, et qui vont caractériser le plaisir qu'il a de maîtriser tout seul l'espace : par ses moyens physiques directs ou indirects, par ses agissements sur les objets qui l'entourent, ou bien par des moyens vocaux, manœuvrant l'adulte à distance, afin d'obtenir de lui l'accomplissement des désirs qu'il ne peut encore maîtriser seul. Tout ce qui n'est pas variant très précisément et nettement perceptible en plaisir ou en douleur devient habitude : ce qui dans l'espace est connu en un climat émotionnel de sécurité auquel l'enfant n'est plus spécialement attentif, mais qui, s'il lui manquait, le mettrait dans l'insécurité. Dans cette ambiance connue et reconnue où son être est en sécurité, tout ce qui est perception nouvelle des formes, des couleurs, tout ce qui est perception tactile et motrice nouvelle, informe l'enfant du monde et de lui-même dans le plaisir, dans la peine ou dans l'indifférence. Au sein de ce connu et reconnu, expériences et acquisitions nouvelles, ainsi qu'échecs, vont se marquer dans la mémoire avec une valeur intense par des émotions nouvelles qui s'ajoutent à celles qu'il connaît déjà, et auxquelles il n'est plus attentif. Il faut des variations très nettes pour que l'enfant puisse discriminer les perceptions nouvelles et y être attentif; et il lui faut la présence d'autrui, témoin visuel et auditif, pour qu'il puisse chercher à s'en rendre maître par toutes ses facultés langagières. Il établit ainsi des systèmes de repères d'espace et de temps, et d'émotions discriminatoires. Les personnes connues sont repérées par l'enfant par leur odeur, par leur voix. Ces modes de reconnaissance prévalent longtemps sur la vue, contrairement à ce que bien des personnes pensent. La mère, le conjoint de la mère, les familiers, articulés à la présence de la mère, perçus dans l'ambiance où elle est présente, vont devenir des formes mobiles personnalisées, monsieur ou madame, grand ou petit. La sécurité attachée pour l'enfant au lui-sa mère, étendue déjà à l'autre le plus fréquemment au contact d'elle, le père, et aux familiers, s'étend ensuite à la connaissance et reconnaissance de tout autre qu'il perçoit en présence de sa mère. Il établit ainsi des situations triangulaires à pôles interchangeables, dans lesquelles lui-même sera, à travers son corps propre, connu et reconnu sien, le pôle principal, existentiel, permanent représentant la sécurité, avec sa mère intériorisée. La mère est ainsi, soit réellement, soit imaginairement, co-présente à l'enfant chaque fois qu'il entre, même en son absence, en contact non seulement avec le père qui, pour tout enfant qui le connaît, perçoit autour de son être leur lien privilégié entre eux et à lui, mais encore avec ses frères et sœurs, les familiers et en général toutes les personnes connues comme entretenant des relations fréquentes avec la mère en sa présence. Il adopte la présence de tous ceux-là et la sécurité qu'il connaît avec sa mère s'étend à leur endroit, non sans nuances préférentielles pour les personnes de sexe complémentaire, quel que soit leur âge.

Cette triangulation initiale, entre l'enfant, sa mère et l'autre préféré de sa mère, est à l'origine de la relation qui deviendra la matrice (si l'on peut dire) du climat émotionnel de l'enfant en société. Tout cela fait partie d'un habitus de sécurité dont le défaut rend l'enfant incapable d'échanges langagiers, alors même qu'il en possède les potentialités. D'où l'erreur souvent commise de prendre pour des débiles mentaux des enfants qui vivent en un climat d'insécurité dans l'ambiance du couple parental, ou encore des enfants dont la mère est angoissée dès qu'elle est séparée d'eux.

La fréquentation par le bébé de personnes en groupes, sa mise au contact, très petit, de la société, avec toutes les personnes que ses parents fréquentent, est excellente pour le développement symbolique et les relations sociales futures de l'enfant. Son isolement, au contraire, dans une chambre close et silencieuse, sous prétexte qu'il ne faut pas déranger son sommeil, provoque un retard de développement et une crainte ultérieure des contacts sociaux, surtout des adultes. Pendant les neuf mois de sa vie intra-utérine, l'être humain est mêlé à tous les bruits de la vie et à la vie de relation de sa mère. Pourquoi faut-il qu'une fois né il soit traité comme un objet précieux, caché aux yeux des autres, et plongé dans le silence? Rien n'est plus nocif à l'introduction de la vie de relation du petit homme. Aucun bruit d'enfants jouant autour de lui, aucune conversation d'adultes n'est nuisible à un nourrisson, son sommeil survient au rythme qui lui est nécessaire, à condition qu'on n'aille pas faire exprès, en s'adressant à sa personne, de l'empêcher de se reposer. Tous les bruits de l'ambiance au cours de la journée ne font que l'aider à se développer et à s'humaniser de façon intelligente, c'est-à-dire de façon inconsciemment langagière. La promenade aussi est indispensable au nourrisson. Combien voit-on d'enfants rester calfeutrés, bien couverts dans une chambre à la fenêtre ouverte, sous prétexte que les secousses sont mauvaises pour leur petit cerveau? Eh bien non, leur petit cerveau, *in utero,* en a vu d'autres. Et, porté par sa mère ou dans une voiture d'enfant dont les ressorts sont étudiés pour leur office, il est beaucoup mieux ainsi, mêlé à la vie de la cité, qu'enfermé entre les quatre murs de sa chambre. Je crois que l'habitude de la « ségrégation » des bébés est venue de nos petits appartements dans des immeubles à étages. Le souci que cause la manutention des bébés a provoqué chez les mères la paresse de promener leur enfant en le portant sur le bras, ou suspendu à elles dans un petit siège adéquat, ou encore en landau ou poussette. Ne pas les sortir est en effet une économie de travail, mais, si elles savaient que c'est payé bien cher plus tard, par le retrait d'intérêt de l'enfant pour la vie sociale, je connais bien des mères qui passeraient outre à leur fatigue et à leur envie de tranquillité. Malheureusement, ça ne leur est pas dit. Tous les contacts et perceptions que l'enfant peut avoir des personnes, des animaux, des choses, provoquent en lui des observations, la saisie de différences de perception qui, si la mère lui en parle, vont constituer, assimilées par l'enfant à la sécurité existentielle, le code du langage des choses, des animaux et des humains. Je ne veux pas oublier les arbres — on sait combien les tout-petits aiment jouir de la vue du feuillage, les plus grands s'en parer, ainsi que des fleurs qui semblent éveiller leur première jouissance scopique. Dès l'âge de la marche, tous les enfants vont vers les fleurs pour les toucher, les cueillir et les offrir à leur maman comme un don inventé par eux. Combien il est triste que, dans nos villes, les jardins publics voient les pelouses interdites aux tout-petits, qui ont tant besoin de verdure; que la cueillette des fleurs et le don que les enfants en font soient, le plus souvent, accompagnés des cris horrifiés des mères devant ce qu'elles appellent du vandalisme, alors que ce geste est venu de l'intelligence du cœur. C'est avec douceur qu'elles devraient faire comprendre à l'enfant la nécessité de respecter tout ce qui est vivant, mais non par des rodomontades criaillantes qui lui font, je peux le dire, mal, à se sentir incompris de l'adulte, et refrènent l'expression de ses premiers élans envers la nature, source et trésor des émotions esthétiques, émotions rassérénantes dont les citadins sont chichement gratifiés.

J'ai suivi ainsi l'insertion progressive de l'enfant désirant dans une société qui l'appelle à la communication dès lors qu'elle le traite de droit comme un interlocuteur valable. Toutes ces expériences concourent à l'assimilation passive du code du langage en société, et ce dès les premiers jours de l'enfant. *La fonction symbolique est en jeu, et constamment, tout le temps de la veille d'un enfant;* mais son exercice au sein de la relation interhumaine croisée, dans un espace triangulaire, particularisé par rapport au monde social est l'origine de l'organisation langagière qui éclora, à partir de six à sept mois, avec les premiers phonèmes volontairement émis, pour signifier les objets et personnes parentales familières. *La relation d'amour,* qui est la naissance de cette vie affective dont les enfants témoignent très précocement, *est liée elle-même au désir,* éprouvé comme une tension prometteuse de satisfaction de par la relation avec l'autre, et à l'entretien de cette tension dans la modulation des échanges, regards, mimiques, gestes, sons, et enfin paroles organisées en phrases.

La relation d'amour n'est jamais liée à une satisfaction immé-

diate répondant à une demande manifestée par l'enfant. En effet, la satisfaction du désir coupe l'appel, la recherche de l'autre, et l'invention des moyens pour les lui signifier. Le désir comblé, l'appel s'arrête. Quand l'appel est arrêté, il n'y a plus ni tension de désir, ni amour. Il peut y avoir jouissance de plaisir, mais si cette jouissance n'est pas encore sertie de langage — c'est-à-dire n'a pas été symbolisée dans les modulations échangées avec l'autre en un langage gestuel et mimique ou en un langage vocal et verbal —, elle ne laisse à un sujet trop vite apaisé aucune trace utilisable pour représenter en sa mémoire la pulsion de son désir. Quand une tension disparaît trop rapidement, ni le désir, ni la jouissance ne sont ressentis comme « poétiques », c'est-à-dire créateurs. La satisfaction rapide d'un désir, sans échanges entre les personnes, ni paroles qui permettent à l'imaginaire le plaisir partagé de la jouissance attendue de la communication reproduit chez l'enfant la confusion du désir satisfait avec le besoin, auquel en son origine archaïque le désir était confondu. Bref, le sujet est ramené au silence de son corps par une satisfaction trop rapide du désir dans l'obtention du plaisir substantielle ou subtile.

On pourrait parler d'un circuit court de la libido et de ses pièges pour le désir, tandis que le circuit plus long, comportant la communication par l'intermédiaire du langage échangé avec un autre, permet au désir les harmoniques de la jouissance dans une inventivité. Cette créativité n'est humanisante que si elle est interrelationnelle, si des humains séparés communiquent entre eux, comme deux rives par l'intermédiaire d'un pont, qui, dans cette image trop statique à mon gré, serait le langage au sens large du terme. Le langage, c'est la communication codée d'affects, appelant, suscitant le sujet dans l'autre par des représentants audibles, visuels, tactiles, des émois faits d'attention et d'intérêt réciproques, aboutissant au plaisir de l'intercommunication cœur à cœur, intelligence à intelligence, entre l'enfant et son premier autre, la mère et, à l'envie stimulée d'imiter (d'apprendre), tout ce dont l'enfant est témoin : la façon de communiquer langagièrement de sa mère avec son autre à elle, son conjoint et les autres autres de ses parents, ceux de sa fratrie et les familiers.

Si, en dehors des moments où les besoins vitaux de l'enfant

exigent que la mère s'occupe de son corps, l'adulte n'est pas attentif à lui, s'il ne l'éveille pas à la vie de relation psychique et émotionnelle, s'il ne joue jamais avec lui, ne lui donne pas des objets qu'il nomme, et dont il parle en l'initiant à leur manipulation, en sertissant de mots leur couleur, leur odeur, leur toucher, leur forme, ...si l'adulte est indifférent ou vise par des gronderies brèves à faire taire constamment un bébé qui s'ennuie et voudrait communiquer avec lui, comme aussi s'il donne immédiatement, sans parole, une satisfaction à son corps, il pervertit les avenues du désir chez l'enfant.

Jamais de communication enjouée de la mère à son enfant pour un plaisir complice, entre les moments de satisfaction des besoins du corps; la jouissance constamment accordée aux demandes de l'enfant par une mère totalement dépendante : ce sont deux modes de maternage aussi nocifs l'un que l'autre. Ils n'éveillent pas l'enfant à la notion qu'il existe comme sujet de son désir, se développe à travers le langage et les échanges ludiques, jusqu'à la créativité qui peu à peu le rendrait intelligent, sensible et autonome, capable de s'intéresser à tout ce qui l'entoure et de communiquer avec les autres, adultes et enfants de son entourage. Un désir auquel il n'est jamais répondu qu'aux moments indispensables des besoins, où il est toujours annulé par une satisfaction corporelle immédiate, n'est en lui-même, ni dans sa tension, ni dans sa jouissance, « poétique ». C'est dire qu'il ne laisse aucune trace dans la mémoire de l'enfant et se confond avec le besoin. Ce désir-là ne se symbolise pas en amour pour la mère. Il reste articulé au corps même dans ce qu'il a d'organiquement fonctionnel en son acception végétative ou animale. Parce que l'intelligence et la sensibilité subtile, spécifiquement humaines, ne sont pas mises en jeu dans des échanges langagiers, ce qui se prépare est l'éclosion d'une débilité idéative et psychomotrice. *Le désir pourra au contraire être poétique* s'il ouvre à l'inventivité créatrice de médiations variées et différenciées, de modulations du plaisir pour soi échangé avec le plaisir d'autrui, demandé et donné, qui *est la sublimation du désir dans l'amour*.

L'amour, chez un bébé et chez un jeune enfant de moins de trois ans, et encore après, se réfère toujours en apparence première aux satisfactions du désir oral et du désir anal (bien que toujours le désir génital, au masculin ou au féminin, y soit latent, inconsciemment en filigrane dès la naissance). J'ai dit pourquoi, en psychanalyse, nous usons de ces termes : c'est parce que les zones érogènes subtiles où se perçoivent les références olfactives, gustatives, auditives, visuelles, tactiles qui présideront à la communication langagière, sont découvertes par l'enfant, et entretenues répétitivement, dans le plaisir du corps, à l'occasion des satisfactions substantielles de besoins que lui procure l'adulte nourricier. La bouche, les narines, les oreilles, le cavum associé aux yeux, tous situés dans la sphère céphalique, constituent la zone érogène cutanéo-muqueuse orale. La zone cutanéo-muqueuse fessière, uro-excrémentielle, conjointe à la zone génitale, constitue la zone érogène anale. Bouche et anus sont lieux de prise de contact et de rupture de contact, aux limites du corps propre, à l'occasion de l'apaisement répétitif des besoins; relations de contact et de rupture avec la mère-son sein, avec la mère-ses mains, obligatoirement conjointe qu'elle est aux sensations érogènes de ces zones d'entrée et de sortie du tube digestif, seins et mains étant eux-mêmes, de ce fait, zones érogènes premières, dont le fonctionnement est lié au morcellement de l'objet partiel pris en bouche ou rejeté comme déchet. Il faut comprendre qu'il y a, à l'époque de ces stades d'organisation orale et anale de l'enfant désirant, doué naturellement de fonction symbolique, une structure libidinale qui s'élabore de façon potentiellement langagière. La prépersonnalité de l'enfant s'y forme et s'y informe du monde. C'est par rapport aux *pré-objets partiels,* seins, tétine, nourriture, mains, fèces, et à l'*objet total* qu'est la mère comme grande masse porteuse et perceptible à distance, que le pré-sujet bébé, qui très vite connaît son nom et y répond par une attention très particulière, « s'éthise » et « s'esthétise ». J'invente à dessein ces verbes actifs. Nourriture et excrément, avoir et faire, en plaisir partagé avec la mère nourrice, sont les modalités du verbe être du pré-sujet inséparables de son attribut qui est la zone érogène de la mère (et vice versa), en même temps que causes du fonctionnement du tube digestif, lieu d'un sensorium péristaltique à sens unique, de la bouche pour avoir et prendre, à l'anus pour faire et donner. La masse corporelle est confusément le lieu de perceptions et sensations internes, par rapport aux perceptions et sensations de surface des téguments; elle est en son pôle oral lieu d'olfaction d'objet partiel alimentaire, de préhension, gustation, déglutition; puis lieu de malaxage stomacal et assimilation, jusqu'à la fin du transit intestinal, où la production et enfin l'expulsion d'objet partiel solide ou liquide au pôle anal suscitent à nouveau l'odorat de façon spécifique. Toutes ces sensations internes, rythmées au début et à la fin du processus digestif par la présence de la mère, sont répétitives, tandis que les moments intermédiaires aux soins alimentaires et de toilette, moments que l'olfaction fait discriminer, conjointement ou non à l'odeur de la mère, sont relayés par les tensions du désir de communiquer avec l'objet total qu'est la mère, dont la présence seule est réconfort. Quand cette présence parle à l'enfant sans apport partiel de nourriture, sans manipulation utilitaire ni soins de toilette excrémentielle, cette mère qu'il écoute, qu'il regarde, devient pour lui plaisir subtil, joie de la communication cœur à cœur. Tout au long des jours du bébé qui se développe, les sensations internes s'éthisent en « bon-pas bon », qui se symbolisent du fait d'une angoisse ou d'une euphorie conjointes à celle de la mère, en « bien-pas bien », « belles selles-pas belles selles »... Toutes ces sensations qui entourent le climat émotionnel du vivre, en dehors des processus digestifs eux-mêmes, s'esthétisent en joli, beau-pas joli, laid; agréable-désagréable; avec elle-tout seul. Le temps s'investit en : attend, tout à l'heure, bientôt. L'espace s'investit en : là, pas là, partie, promener, dehors, maison. L'espace s'investit en se croisant au temps que rythment les allées et venues de la mère, du père, les repas, les défécations et mictions, le jour et la nuit. Il s'agit de couples d'abord antinomiques qui peu à peu se nuanceront de multiples perceptions satellites, associées aux sonorités des mots, aux timbres des voix qui les prononcent. Le monde s'organise en réseau de perceptions associées à des présences, et, du fait du langage, à des valeurs éthiques et esthétiques.

Vous voyez comment le stade oral est un stade langagier et humanisant, dès avant l'activité motrice, un stade qui rend possible, en sécurité ou non, selon les modalités du maternage de chaque mère, les manifestations du désir de l'enfant. Lorsque, du fait de son développement neurologique, le bébé peut utiliser

AU JEU DU DÉSIR

ses mains, elles fonctionnent comme relais de la bouche préhensive et de son sphincter, lâchant et rejetant des objets s'il en a à sa disposition, tandis que son intelligence et sa sensibilité, venues au service de la tactilité, assimilent les perceptions de la réalité préhensible. Toutes ces expériences sont « prises » dans la structure éthique et esthétique précédemment inaugurée à travers les paroles qui, venant de l'adulte, gardées en mémoire, sertissent de mots, de mimiques et de gestes signifiants, ses objets préférentiels élus, ses diverses activités ludiques solitaires ou échangées avec autrui.

Ce sont donc les activités passives et actives de l'enfant, croisées avec les perceptions émotionnelles émanant d'une mère que multiplient les mimiques et vocalises, qui originent le langage aux stades archaïques du désir dans l'oralité et l'analité; époques d'assimilation du langage, je dirai même de charnalisation du langage des émotions, en rapport avec les perceptions de l'environnement comme avec les sensations de la vie et du fonctionnement corporel, dans le climat maternel et familial. Certains bébés, certains enfants, peuvent survivre en l'absence d'échanges langagiers hors des moments des soins, de nourriture et de toilette; mais d'autres, dont le désir d'échanges est plus prégnant, ne supportent pas le modus vivendi qui leur est imposé, la trop grande solitude où ils sont confinés; d'autres encore ne supportent pas l'angoisse ou le dérythmage que leur fait subir telle nourrice ou mère; et les uns et les autres le manifestent par des troubles somatiques. Il y a par ailleurs des enfants qui semblent se faire à tout, et supportent, sans manifestations apparentes, l'absence d'échanges symboliques pour leur désir, et la passivité solitaire à laquelle ils sont réduits. Ils ont une expression stéréotypée, sérieux à tout, souriant à tout, ou criaillant plus ou moins, sans qu'on y prête attention. Ce sont apparemment des bébés et des enfants bien portants, qui mangent, digèrent, font de belles selles et dorment, indifférents au monde extérieur. Ils vivent sans plus manifester de désir, mangent n'importe quoi, ne gênent personne. Ils n'ont ni guet du désir, ni attention aux visages ou aux perceptions nouvelles qui sont prometteuses d'avoir ou de faire avec autrui. L'absence de réponse qu'ils ont vite admise, l'absence de modulation de leur plaisir ont porté un triste fruit. Ne pas voir, ne pas entendre d'autrui; ne pas jouer son désir avec cet autrui qui, symétriquement, ne désire ni voir ni entendre l'enfant ni jouer avec lui; l'isolement du berceau, le fait de n'être pas pris dans les bras de l'adulte qui passe, alors qu'en promenant le bébé il l'initierait à l'espace : tous ces manques d'un désir d'autrui croisé avec son désir structurent un sentiment d'abandon qui devient, si l'enfant le tolère sans manifestations de dérangement somatique, un modus vivendi d'ennui latent, où il se sent en sécurité. Cette sécurité, qui est indispensable à la survie d'un être vivant et plus encore d'un humain, devient pour ce bébé synonyme de son berceau, sa boîte à poupée ou sa cellule carcérale, rythmée par ses viscères aux sensations desquels seulement il est attentif, parce qu'elles conditionnent (langagièrement pour lui, réduit qu'il en est à son corps) le retour des repas, et le change agréable de ses langes. Sa vie symbolique reste larvaire, signifiée dans ses relations à autrui par la bouche et l'anus, réduits à leurs besoins, les échanges émotionnels étant réduits au minimum. Lorsque, plus tard, sa maturation neurologique et musculaire advient, qu'il n'utilisera que tardivement, tout pour lui sera motif d'angoisse : de dévoration, d'un trou où tomber, de morcellement; tout mouvement d'autrui ou de lui-même risquera de l'atteindre dans sa sécurité existentielle. On le dit retardé; en réalité, il développe à bas bruit une névrose phobique, ou pire une psychose, qui alerte tardivement les adultes, étonnés de voir un enfant longtemps « sage » se montrer « inadapté » à la vie en société, au langage, ou même à toute activité corporelle ou manuelle ludique, et surtout incapable d'échanges avec autrui. Pour ce genre d'enfants, on a inventé, afin de les ségréguer, le concept d'« enfance inadaptée ». On dit qu'ils sont nés comme ça, qu'il naît un enfant inadapté toutes les vingt minutes. C'est faux. A part de rares mutilés neurologiques de naissance, la plupart sont devenus inadaptés à la société du fait d'une absence de médiations symboliques de leur désir au cours de la prime enfance. Chez des bébés qui ne connaissent qu'une personne, leur mère, et qui ont avec elle de bonnes relations, l'absence prolongée de celle-ci, quelle qu'en soit la raison, le fait de perdre cette seule personne et le seul lieu connu avec elle, la maison, fait que leur prise en charge par un autre leur fait perdre toute leur sécurité existentielle et les facultés d'échanges déjà acquises. La mère, seul objet connu avec lequel ils étaient langagièrement et existentiellement en relation, est comme partie avec leur humanisation : emportant avec elle une partie de leur image du corps, parfois leur bouche, ou leur anus ou leur tube digestif, bref les lieux de médiation du désir. Si la disparition de la mère est trop longue, lorsqu'elle revient, l'enfant ne la reconnaît pas, il peut même avoir peur d'elle, ce qui la traumatise à son tour. Leurs relations, avec le temps, peuvent se renouer, mais dans le psychisme de l'enfant il reste toujours des traces de ce traumatisme, traces qui le rendent ultérieurement hypersensible à toute absence, même minime, de tous ses objets d'amour. Combien de bébés et de jeunes enfants sont ainsi gravement traumatisés par des séjours à l'hôpital, des changements de nourrices.

Toute brisure dans le temps à l'égard des personnes aimées, toute brisure dans l'espace à l'égard des lieux de sécurité connus dès la naissance, mais surtout entre trois mois et l'âge de la marche délibérée confirmée, est brisure du sensorium sécurisant fondateur pour le narcissisme. Pour le sensorium minimal de l'enfant, temps et espace symbolisent son existence cohésive d'individu anonyme bien portant physiquement et de sujet symbolique en échange langagier. L'enfant est arrimé à cet espace-temps humanisé par le lien de covivance qui accorde son désir à la présence connue; et le traumatisme, différent selon chaque enfant, est décréatif, soit de sa santé, soit de son psychisme, soit de leur cohésion dynamiquement articulée. S'il y a psychose, la santé physique de l'enfant est presque toujours parfaite. S'il y a névrose, corps et psychisme sont plus ou moins altérés dans leur fonctionnement ou dans leur potentialité.

Combien de pédiatres et de parents ne sont pas sensibilisés à l'absence de vie symbolique et langagière des nourrissons, qu'on traite comme des paquets qui n'ont pas l'intelligence des paroles! Combien de jeunes enfants auxquels on n'explique pas les raisons qui imposent telle ou telle souffrance psychique qu'ils ressentent, et qu'il n'est pas possible de leur éviter! On laisse ainsi, du fait des épreuves fatales de l'existence (changements de nourrice, séjours à l'hôpital), sans en parler à l'enfant, ou même en le bernant de paroles mensongères, s'organiser chez un pré-sujet dont le désir est dans la détresse et sans médiations des processus décréatifs, qui éclosent beaucoup plus tard en troubles d'adaptation qu'on aurait pu éviter.

Certaines mères attentives s'inquiètent fort justement; il leur est répondu : « Il mange, il boit, dort, que voulez-vous de plus, madame? Il est nerveux? Donnez-lui des calmants. Il ne veut pas manger? Forcez-le. Fâchez-vous. » Tout cela, pourquoi pas? Quand une montre ne marche pas, on la secoue, mais il est bien rare que ça suffise. En tout cas, pour un enfant qui traduit le malaise de vivre, cela ne suffit pas. Il lui faut compréhension et paroles véridiques, dites à sa personne s'il ne parle pas, échangées avec lui s'il parle; des paroles concernant le sens de sa souffrance. L'accès à la symbolisation de son désir est alors rendu possible par-delà une épreuve nommée et reconnue, dans la sécurité retrouvée de la créativité langagière partagée avec un autre. Il faut que son désir puisse retrouver le chemin de la communication, s'accomplir en s'exprimant pour un autrui qui à sa personne est attentif.

Ce sont les découvertes récentes de la psychanalyse qui ont permis d'étudier la vie symbolique du désir chez le nourrisson et chez le jeune enfant, entièrement soumis qu'ils sont aux relations avec leur mère, son conjoint et leurs substituts tutélaires, ainsi qu'à l'espace de vie que ces personnes lui garantissent. Cette époque archaïque de la vie des adultes, où Freud avait vu l'origine des troubles névrotiques, peut être maintenant étudiée par l'observation au moment même où elle se vit, chez les bébés comme chez le plus grand enfant. Lorsqu'un enfant montre des troubles, on retrouve dans sa petite enfance encore proche, si l'on peut connaître son histoire, les moments déterminants des ratées de la symbolisation du désir ou des traumatismes émotionnels précoces dont l'angoisse est le seul témoin. Cette époque enfantine de l'être humain se montre être celle où s'enracinent santé, intelligence et sensibilité potentielles, jointes à l'ébauche archaïque des modalités du désir et des pièges que celui-ci rencontre : dès les stades oral et anal, déjà langagiers et déjà moraux, parce que concernant l'être, l'avoir et le faire.

L'homme ou la femme en devenir qu'est tout enfant trouve pour ce qui concerne la génitalité un premier statut de valeur morale et sociale vers trois ans, avec la connaissance claire de ses génitoires et du désir par quoi ses pulsions y focalisent intérêt et recherche du plaisir : les paroles des adultes répondant à cet intérêt humanisent ce désir vis-à-vis des êtres humains des deux sexes. C'est alors qu'il va entrer dans la phase œdipienne.

Il est indispensable que je vous parle du terme de *castration* tellement employé en psychanalyse. Dans le langage non psychanalytique, cela signifie une mutilation des glandes sexuelles, entraînant la stérilité physique. *En psychanalyse, le terme signifie une interdiction du désir par rapport à certaines modalités d'obtention de plaisir, interdiction à effet harmonisant et promotionnant, tant du désirant ainsi intégré à la loi qui l'humanise, que du désir auquel cette interdiction ouvre la voie vers de plus grandes jouissances.* Or comme le désir, vous l'avez compris, existe dès l'origine, mais est focalisé aux zones érogènes orales et anales du corps, en psychanalyse nous parlons de castrations orale et anale. Que voulons-nous dire? Il ne s'agit pas de mutilations mais, sur certaines modalités de l'accomplissement du désir, d'interdits à effet « symboligène », mot qui n'est pas dans le dictionnaire mais qui devrait y être. Ces interdits visent ce qui serait nuisible, à court ou à long terme, au sujet ou aux autres. Tout être humain est inconsciemment mû par le désir de croître et de devenir. « Là où tu es, je veux advenir », tel est son mode inconscient de relation à l'adulte. Oui, répond la réalité, représentée par les parents éducateurs, mais à condition de lâcher prise au plaisir auquel tu te complais, pour découvrir le plaisir qui est dévolu à qui tu seras, et dont moi, ton père ou ta mère, je suis le garant; et tu ne peux y accéder qu'en renonçant à ta sécurité actuelle, celle que tu dois au plaisir connu. Le désir, en tant qu'humanisant, comporte donc toujours le risque comme condition d'accès; c'est un jeu où qui perd gagne semble affirmer l'éducateur. Malheureusement, parfois celui qui perd ne gagne pas; ou encore celui qui gagne se trouve hors du jeu, privé de partenaire. Or la vie demande que l'échange continue, que le jeu garde son sel, et le joueur le goût de jouer et l'espoir de gagner : que le joueur garde le pouvoir d'une mise, et, s'il a gagné, que ce gain ne l'isole pas du jeu, qu'il puisse de nouveau risquer son avoir pour un nouveau devenir plus prometteur.

Il y a de nombreuses restrictions au désir chez l'humain civilisé. Les restrictions varient selon les éducations. Mais chez tous les humains, il y a des moments de mutation pour les modalités du désir : c'est ce qu'en psychanalyse on nomme castrations. Survenant au moment opportun du développement, leur effet suscite l'éclosion des sublimations du désir.

La *naissance* peut être considérée comme la première castration. Il y a césure du cordon ombilical. Il y a séparation irréversible première du fœtus et de ses enveloppes placentaires. Dans le sein de la mère, le désir — déjà présent — trouvait des satisfactions suffisantes pour continuer de vivre. Après la révolution de la naissance, le désir du fœtus se mue en désir du nourrisson au sein. Il passe par tout ce que j'ai décrit concernant le stade oral, d'abord passif, puis actif à partir de la morsure volontaire; et par le stade anal passif, puis actif au fur et à mesure du développement neurologique du schéma corporel et de la motricité. Jusqu'au sevrage, le désir de l'enfant, d'abord confondu avec ses besoins, s'en discrimine plus ou moins selon les qualités d'échanges avec la mère comme je l'ai montré.

Le *sevrage* est la *castration orale,* et il est symboligène quand le nourrison, à qui le désir du sein de la mère est maintenant rigoureusement interdit, d'une part se développe physiquement encore mieux grâce à sa nouvelle alimentation, d'autre part possède déjà assez d'éléments jouissifs subtils et langagiers dans l'échange avec sa mère. Dès lors, cet interdit de corps à corps porte fruit symbolique et une relation encore meilleure avec son image adulte, que représente aux yeux de l'enfant sa mère, suscite l'élaboration d'un véritable langage codé avec elle, et humanise leurs échanges émotionnels. Le sevrage est, au contraire, traumatique pour le désir, si la suppression de corps à corps brise les relations de langage et le plaisir de communiquer avec la mère, que visent les pulsions du désir de l'enfant. Car pour que ces pulsions puissent se sublimer, il faut que cet interdit de coaptation de la zone orale à l'objet partiel maternel permette au désir fixé à la zone orale une relation de langage accompagnée de plaisir qui vaut de plus en plus promotion. L'enfant se découvre désirant dans un corps séparé du corps de sa mère, avec laquelle la communication est ressource pour son existence et attraction pour son être qui devient autonome vis-à-vis d'elle; aucune partie de sa mère ne lui appartient plus, mais il peut l'appréhender dans sa totalité émouvante : la parole s'organise.

La *castration anale* est la séparation d'avec la mère pour la dépendance des besoins excrémentiels, puis la fin du corps à corps lié à l'assistance manuelle de la mère pour tout ce qui concerne l'habillage, la toilette, l'entretien du corps, la satisfaction des besoins ainsi que des plaisirs corporels. La sublimation du désir anal qui en découle, c'est le faire industrieux et ludique, langagier et culturel, plaisir partagé tant avec la mère qu'avec autrui. La castration anale passe par un moment nodal que Lacan, le premier, a mis en évidence : c'est l'*épreuve du miroir*. En effet, jusqu'à ce qu'il se soit vu dans le miroir et soit conscient de ce que l'image scopique est bien celle qu'il donne à voir, avec les limites visibles et palpables de son corps propre, tel qu'il s'y reflète, l'enfant ignore qu'il a *cette* apparence et *ce* visage. Chose curieuse mais vraie, il se sentait un visage mimétique de celui avec qui son désir était accordé; quant à son corps, il le sentait mimétique aussi de celui à qui il désirait s'identifier. *Les miroirs sont les pièges du désir de l'enfant,* et peut-être de toute notre vie de civilisés, car ils obligent l'enfant, les premières fois qu'il les découvre, à connaître l'aspect qu'il donne à voir, celui d'un petit étranger, inconnu de lui, apparu dans son champ de vision de façon magique et avec lequel il ne peut avoir d'échanges. Quand l'enfant se laisse piper par le piège de son aspect dans le miroir, il peut être fasciné par cette découverte, et, surtout, s'il est dépourvu de compagnons de son âge, s'absorber dans la contemplation de son image, comme leurre de la présence d'autrui. Le moindre danger du miroir est outre de susciter chez l'enfant, des grimaces qui l'amusent ou lui font peur, de l'inciter par autoséduction à découvrir le truquage mensonger des mimiques de visage volontaires. Il peut s'exercer à jouer, en acteur, les expressions qu'il donne à voir, pour cacher ce qu'il désire, afin de manipuler autrui, au lieu de rester authentique en ce qu'il ressent et de l'exprimer. Son désir peut ainsi s'aliéner dans une mascarade pour autrui (ou pour lui-même, qui dans le miroir se fait témoin de ses attitudes, de ses mimiques apparentes), aux dépens de ce qu'il ressent et éprouve authentiquement dans le contact à autrui. Cette mystification du désir, par des pulsions scopiques devenues jouissives à travers l'auto-admiration ou l'auto-critique de l'apparence qu'on donne à voir, joue un grand rôle dans notre société et aliène notre narcissisme en soumettant ce que nous-même, ou l'autre avec nous, éprouvons et ressentons, à la primauté de valeurs apparentes, « normalisatrices ». Que cette apparence destinée à manipuler les autres concerne la classe sociale ou le rôle, une fois devenue valeur sociale, elle obère chez beaucoup l'originalité authentique de la sensibilité, la spontanéité de leur mode réactionnel et du dévoilement de leur désir, qu'ils deviennent incapables de communiquer et d'échanger avec le désir d'autrui : les valeurs de mascarades spectaculaires étant devenues — alors que ce sont des masques — le moyen de se faire admettre en société. Mais revenons à l'enfant. L'expérience du miroir, si elle est surmontée par lui, sans qu'il soit tombé dans le piège, a joué comme une castration symboligène; car elle a séparé l'enfant de son illusion d'être co-corporel jusqu'à la confusion avec sa mère ou tout autre objet désiré. Elle lui confère son identité par la pérennité de son visage inchangeable. C'est le premier clivage entre la réalité et l'imaginaire, le possible et l'impossible; il y en aura bien d'autres, mais celui-ci est le premier qui touche à sa personne, lui en ayant révélé l'apparence individuée dans l'espace, sous l'aspect d'un enfant.

L'expérience du miroir, dans les cas où l'enfant a dépassé la surprise de ne pas rencontrer un autre enfant vivant et celle de découvrir quel est l'aspect de sa personne pour autrui, lui permet d'acquérir une autonomie jusque-là impossible, parce qu'il s'est découvert dans sa totalité intègre, et jusqu'en l'absence de toute compagnie. L'enfant se découvre dissociable de la nécessaire auxiliatrice qui, jusque-là, était indispensable pour qu'il ait un sentiment de complétude. Cet effet promotionnant et libérateur ne peut advenir que si la mère, de son côté, supporte l'autonomie de l'enfant à son égard, et par ses paroles ne valorise pas plus l'aspect (l'image de la personne de l'enfant telle qu'il peut l'observer dans le miroir) que la personne de l'enfant en situation d'échanges avec elle et avec autrui.

Préparé par le témoignage de son corps, tel que le miroir le lui a donné, et attentif qu'il est devenu aux valeurs éthiques et esthétiques langagièrement traduites — valeurs qui questionnent toutes les modalités de ses perceptions, de son être, de son avoir et de son faire, modalités qui, de globales qu'elles étaient dans son petit âge, sont à présent recherchées dans l'observation des détails —, l'enfant, vers trois ans, s'aperçoit de la différence sexuelle, différence que tout d'abord il ne perçoit pas comme telle. Il la croit différence fonctionnelle urinaire. Filles et garçons, pour lui, se caractérisent par leur façon différente de faire pipi. Mais c'est aussi, du fait des valeurs antinomiques auxquelles il est habitué depuis l'enfance, la question du beau, du bien, du pourquoi, et du « à quoi ça sert » : question concernant la forme de ses génitoires, du fait qu'il a observé une forme différente chez d'autres enfants. Pour le garçon, c'est clair, le pénis est son atout au jeu du désir parce qu'il a découvert le plaisir que lui procure la masturbation. Pour lui, les filles n'ont « rien ». Pour les filles qui se croyaient à juste titre parfaitement entières et bien constituées, la découverte du pénis chez les garçons leur paraît une défaveur, elles se posent la question du pourquoi. Grâce à cette castration imaginaire, les filles, qu'elles posent ou non à autrui la question du pourquoi de leur manque, deviennent rapidement plus futées et curieuses que les garçons; et elles cherchent à compenser cette moindre joliesse par la coquetterie de leur toilette, par la séduction de leurs gestes, puisque la séduction manque à leur sexe, du moins c'est leur opinion d'innocentes. Elles développent les potentialités du désir féminin, qui s'ignore encore, sur toutes les valeurs esthétiques du visage et d'un comportement gestuel beau. Les garçons, eux, redoutant une privation magique ou une mutilation éventuelle à l'instar de celle qu'ils voient aux filles, attribuent une moindre valeur à celles-ci : elles ne sont pas belles; et pour peu qu'ils entendent leur jugement désavoué, ils sont angoissés craignant que pareilles disparition et mutilation péniennes ne leur adviennent; soit au nom de la beauté, valeur qu'ils désirent garder et conquérir davantage encore, mais pas au prix de perdre le pénis, soit au nom d'une défaveur ou d'une punition qu'ils supposent que les filles ont encourue.

Ces enfants vivent ce qu'on appelle en psychanalyse la *castration primaire, qui n'est qu'imaginaire*. Cette castration primaire, quoique imaginaire (car rien ne leur manque : il s'agit très exactement d'une découverte de la réalité), va être un levier pour leur développement symbolique ou, au contraire, un frein, selon que des paroles vraies venues de l'adulte leur seront dites ou non, concernant l'existence et le rôle de la différence sexuelle. Il faut à chaque enfant, vers trois ans, la connaissance claire de ses génitoires et la justification par des mots des effets sensitifs des émotions qu'il y perçoit : émotions qui font la valeur d'un être humain, s'il est éduqué à les maîtriser, à se servir d'elles selon la loi des individus de son sexe. Sa vision de lui-même et des autres peut être faussée ou non, selon ce que seront les dires des adultes, par la découverte de ses génitoires, du désir et du plaisir qui y attirent son intérêt et son observation tant sur lui-même que sur autrui. Si près qu'il est encore des intérêts ludiques concernant ses besoins excrémentiels et les échanges émotionnels avec l'adulte touchant l'acquisition de leur maîtrise vue comme valeur promotionnante, il risque d'englober tout ce qui concerne la région sexuelle génitale comme faisant partie de ce qu'il appréhendait dans l'éducation sphinctérienne comme saleté, non valable vis-à-vis d'autrui. C'est pourquoi une connaissance claire, délivrée par des paroles vraies, de la différence sexuelle, et de son propre destin futur, dans le rôle de l'homme ou de la femme complémentairement géniteurs au sein de la société, est alors indispensable à son intelligence. Faute de ces paroles, les effets sensitifs qu'il perçoit dans la région sexuelle génitale lui paraissent étranges, et le plaisir qu'il en perçoit, l'intelligence qu'il en veut avoir, lui semble un émoi dégradant, qui peut lier pour la vie la sexualité génitale à la honte, au lieu d'initier l'enfant au sens de ce qu'il sera comme personne appelée, la maturité venue, à donner la vie comme elle lui a été donnée : par celui de ses géniteurs qui était porteur du même sexe que lui, grâce à la rencontre avec le géniteur de sexe complémentaire qu'il avait choisi.

Pour sortir du piège de leur désir, les garçons ont besoin de paroles rassurantes de leur père; et surtout, de paroles qui leur expliquent les érections qui se sont mises à leur faire problème. En effet, il y a antinomie entre la volupté ressentie au niveau du sexe et le fonctionnement urinaire auquel ils le croient exclusivement destiné. Jusqu'à vingt-cinq ou trente mois, les garçons urinent en érection ou non, et voilà que brusquement l'émission d'urine en érection est devenue impossible. Cette frustration est d'autant plus inquiétante que les mères, voyant le garçon toucher son sexe, quelle qu'en soit la raison, lui conseillent d'aller faire pipi; justement ce qui ne lui est pas possible. Le sexe masculin est donc confusément, par son passé, coordonné dans l'imaginaire à l'émission apaisante des tensions urinaires, mais il l'est aussi dans l'intuition confuse de l'avenir spermique. Sans explications claires concernant la génitalité, la validité du désir et (c'est « à quoi ça sert ») ce qu'est le destin de paternité (autrement dit, il doit être instruit des prémisses de fertilité contenues dans ses bourses), le garçon embrouille toutes ses idées et reste marqué d'angoisse. L'énurésie, très fréquente chez les garçons et rare chez les filles, est un des symptômes du refoulement inconscient du désir dans la vie diurne d'un garçon, qui du fait que son désir est piégé ne peut entrer véritablement dans la fierté narcissisante et sécurisante de son sexe, avec sa valeur esthétique et érotique indubitable, à l'instar, en particulier, du modèle connu qu'est pour lui son père ou le compagnon élu du désir de sa mère : ce qui le conduirait, deux ou trois ans plus tard, au complexe d'Œdipe et à la *castration secondaire ou œdipienne, naissance humanisante de son désir génital en société qu'est la loi de l'interdit de l'inceste.* Avant cela, le garçon découvre, s'il s'intéresse aux choses du sexe, que ce sont les femmes qui « font les bébés » comme disent les enfants. Savoir sa sœur et les filles promises à cette prérogative est pour tout garçon le moment de la castration primaire génitale effective, imaginaire mais véritablement dévalorisante, alors que l'éventualité de mutilation pénienne n'était que fantasmatique. Comment? Les filles et les femmes sont les seules à pouvoir produire ces cacas magiques que sont des bébés? C'est dégoûtant et merveilleux! Et puis il faudra qu'il apprenne que sa mère, sa reine, sa déesse, ne fait pas exception parmi les femmes : fille comme les autres, devenue adulte, elle n'a pas de pénis! Lui qui croyait qu'elle en avait trois! car il croit, dans sa petite tête, s'il est laissé à ses réflexions concernant les choses de la vie, que les seins sont des pénis particuliers : les vaches n'en ont-elles pas quatre?

Quant aux filles, qui avaient déjà surmonté la défaveur de n'avoir pas l'atout pénien, elles apprennent par l'observation que les mères ont un gros ventre avant d'avoir un bébé et qu'ensuite elles lui donnent à téter. Elles ont demandé si elles seront comme les mamans plus tard, et ont reçu une réponse rassurante. Si les petites filles ne reçoivent pas d'éclaircissements sur la réalité anatomique de leur sexe, sur un désir et une génitalité dont la fécondité n'est pas affaire de tube digestif, ni de parthénogenèse (et même si cette explication est donnée, ou leur est laissée à imaginer), quelle plus-value est alors donnée à la puissance phallique de devenir maman de bébés, de bébés rien qu'à elles! Quelle plus-value imaginaire est dévolue, à défaut de pénis, à cette fonction parturiante future, conçue par elles comme orale et anale! « C'est nous qui font les bébés, na, et les garçons, les papas, ils travaillent, c'est nous les mamans » (car épouse et mère sont confondues, surtout dans les familles où les parents s'interpellent sous les vocables de papa et de maman), et « c'est à nous qu'ils sont les bébés ». Bien des femmes adultes ne sont jamais sorties de cette valorisation fonctionnelle, parturiante, de leur génitude, et — de fait — jamais sorties non plus de l'homosexualité de leur désir, qui à l'âge adulte encore est fixé sur leur mère ou de l'hétérosexualité de leur désir fixé sur leur propre père. Ces femmes sont d'anciennes fillettes restées dans l'ignorance prolongée de la valeur du sexe, dans l'ambiguïté du désir oral, anal et du besoin d'enfanter qui s'y adjoint, confondu avec la dépendance de la femme à l'homme, pour « avoir » des enfants selon la loi, et « pouvoir » les assumer pécuniairement. Restées non initiées de ce que sont l'existence et la valeur du désir féminin et sa maîtrise, elles n'ont pas été initiées à la loi de l'interdit de l'inceste, un inceste qu'elles ont désiré sans le savoir et vécu toute leur vie de façon camouflée, ambiguë, cajolante, amoureuses ou agressives, déçues de leur père — qui, lui-même, va se fixer par une réciprocité accordée, aimant ou hostile à sa fille, qu'il s'est gardé de déniaiser —, à moins que ce ne soit de leur mère qu'elles soient restées infantilement dépendantes de façon ambivalente. Leur désir génital a rencontré, parfois lors de leurs premières curiosités, l'interdit du plaisir masturbatoire; parfois même pas. Elles sont, pour le désir, muettes et sourdes à leur sexe, et frigides avec les hommes sur le plan de l'érotisme génital.

Vous voyez à quel point les dés sont pipés et pipables tout au long de l'enfance; ce qui aura des conséquences à l'adolescence et à l'âge adulte encore plus, dans la maternité et la paternité. Quant aux cartes, avec l'Œdipe il y a déjà la fausse valeur de l'atout imaginaire qu'est le pénis urétral pour le garçon, dont la jouissance du fonctionnement émissif, découvert spermique à la puberté, peut ignorer toujours l'électivité de la relation d'amour symbolique pour une partenaire élue. Il y a la fausse valeur de l'atout imaginaire qu'est la fécondité digestive pour la fille qui peut, jouissant de sa puissance maternelle, ignorer toute sa vie le désir et l'orgasme dans l'échange d'amour. Il y a aussi, pour les filles, la possibilité de mener une vie sociale adaptée au travail, et féconde, mais immature et irresponsable, parce qu'elles ont gardé le jeu de cartes de leur enfance où rois et reines ont conservé les visages de leurs parents. Elles sont des mères abusives ou négligentes, incapables de guider leurs enfants vers l'acquisition d'un désir autonome et responsable. Ce sont des femmes frustrées et frustrantes. Si les garçons restent fixés à la valeur narcissique urétrale du pénis pour eux-mêmes et pour en transférer l'exhibition narcissique sur un talent ou sur les armes, ils peuvent, gardant le jeu de cartes de leur enfance, surtout si leur père n'est pas l'objet du désir de leur mère, conserver la place préférentielle dans l'amour à cette mère dont ils restent dépendants, et jouer leur sexualité génitale dans des désirs homosexuels; désirs parfois plus ou moins camouflés pour la société, l'homme prenant une femme utilitaire, esclave et parturiante de saillies sans amour; hélas pour leurs enfants, ceux-là sont des géniteurs, sans être des pères symboliques. Rivaux de leurs enfants qui grandissent, ils découragent leurs désirs de valorisation personnelle en société, sont jaloux de leur réussite, et culpabilisent le désir qui les pousse à assumer leur propre responsabilité en se dégageant d'une écrasante tutelle, cauteleusement ambiguë ou agressivement méprisante vis-à-vis de l'adolescent.

Admettons que les enfants aient été avertis à temps de la valeur complémentaire, dans le désir et dans l'amour, du sexe masculin et du sexe féminin par des parents qui assument leur désir, s'aiment et s'estiment; les enfants des deux sexes sont alors confrontés au *conflit œdipien*. Mais sachez que, pour cela, il est nécessaire que les deux autres pôles œdipiens, qui sont constituants pour chaque enfant de la triangulation structurante de son désir, soient tenus l'un par une mère qui désire les hommes, et en particulier le père de l'enfant (qu'en tout cas, elle ne dévalorise pas cet homme si, l'ayant désiré, elle a changé de partenaire) et l'autre par un père qui, dans la rivalité rouée de ses filles vis-à-vis de sa femme, ne leur laisse jamais supposer qu'elles sont, pour lui, plus séduisantes que leur mère. L'interdit de l'inceste entre enfants et parents, entre filles et garçons d'une fratrie, est toujours signifié plus ou moins explicitement aux enfants de toutes les sociétés. Il est toujours signifié sans contradiction comportementale quand les parents, eux, ont castré effectivement leur désir incestueux homo- ou hétérosexuel, tant vis-à-vis de leurs propres géniteurs que de leurs enfants. Les enfants sont fins observateurs, et surtout ils essayent d'éviter la douleur d'avoir à renoncer totalement au plaisir qu'a suscité, tout au long de leur enfance, la promotion de leur désir dans l'imagination et l'espoir de conquérir la stature d'adulte, pour vivre maritalement avec le géniteur de sexe complémentaire et en avoir des enfants. Ce projet de tous les petits est le levier de leur développement. Or, voilà que ces premières personnes tant aimées et tant désirées leur sont interdites, quand leur advient la claire connaissance de la sexualité génitale. Lorsqu'ils ont l'âge de se montrer et de se sentir « une petite personne », comme ils disent, voilà qu'il leur faut admettre, le garçon que maman ne sera jamais sa femme, qu'il ne sera jamais père de ses enfants! Ce n'est pas vrai! ce n'est pas juste! Papa ne se mariera pas avec elle, quoi qu'espère toute fillette et quoi qu'elle fasse pour le séduire et lui plaire, il n'a pas de désir pour sa fille, et ne sera pas le papa de ses bébés comme elle s'est imaginé qu'il l'était de ses poupées! ce n'est pas juste! ce n'est pas vrai! Telle est l'angoisse de castration sur laquelle bute le désir des enfants de cinq à sept ans, lorsque à trois ans ils sont entrés dans la fierté de leur sexe.

La *castration œdipienne* est une grande épreuve, et il faut pour lui donner toute sa mesure avoir vu, comme moi, des enfants sains jusque-là dépérir ou faire des crises qui paraissent à l'entourage des névroses; elles pourraient en effet laisser une blessure narcissique toute la vie, si des paroles claires concernant la loi universelle qui régit la sexualité en société et délivre valeur au désir et au plaisir génital licite, hors de la famille, ne viennent pas, à temps, sortir l'enfant de sept à neuf ans de l'état d'impuissance symbolique lié à une castration non donnée, ou mal intégrée, voire déjouée par des jeux séducteurs charnels en famille, génératrice de troubles psychologiques et parfois somatiques en chaîne.

Bien intégrée, dans la conscience claire, et jusque dans les imaginations érotiques, la castration œdipienne dépassée ouvre aux enfants le droit à la fierté de leur génitalité future, celle dont la nubilité leur conférera dans leur corps les preuves qu'ils sont, en droit, des égaux de leurs parents vis-à-vis de la loi sociale quant au désir et au plaisir sexuels. La vie imaginaire est débloquée, l'intelligence des choses de la culture s'ouvre, elle s'ouvre aux curiosités symboliques issues du désir incestueux castré : l'enfant en phase de latence, c'est-à-dire dès sept à huit ans (l'âge de raison), porte les fruits de la sublimation de son désir dans une utilisation créatrice et culturelle des pulsions libidinales de tous les stades. Il découvre les amitiés extra-familiales, il a pour ses parents un amour prudent et chaste, d'autant plus confiant que les parents sont sécurisants et l'encouragent dans ses difficultés en société, qu'ils ne blessent jamais son narcissisme, et qu'il peut compter, le garçon comme la fille, sur la discrétion du parent à qui il se confie, par rapport à l'autre.

L'enfant en *phase de latence, après la castration œdipienne,* c'est-à-dire le renoncement au désir incestueux, se développe d'autant plus harmonieusement que les questions de tous ordres sur la réalité, qu'il cherche à connaître, sont par ses parents, ses maîtres ou des livres, dûment offertes à sa curiosité; et que sa vie imaginaire ludique, industrieuse, et ses affinités affectives sont respectées par ses parents. Mais, vous le savez, les enfants sont facilement exploitables par des adultes pervers, qui veulent se donner des droits sur leur corps, sinon sur leur conscience. Et au jeu du désir, le chaperon rouge, garçon ou fille, peut rencontrer des loups. C'est la raison pour laquelle les enfants doivent être éclairés sur leurs droits vis-à-vis des adultes qui abusent des leurs, parents ou maîtres; ils doivent être éveillés très tôt à la conscience de la sexualité perverse des adultes, afin qu'ils se sachent, en accord avec la loi, en droit de ne pas céder, complices traumatisés, à des irresponsables, fussent-ils leurs parents ou des proches, accompagnant toujours leur comportement pervers de menaces terrorisantes pour l'enfant qui parlerait à un tiers.

Les jeux sexuels entre enfants et adolescents d'âge voisin du leur, à condition que ce ne soient pas leurs frères ou sœurs (après l'Œdipe), n'offrent aucun danger physique ni moral pour eux, contrairement à ce que croient des adultes qui veulent leur inculquer des sentiments de culpabilité. Au contraire, les jeux sexuels avec des adultes éducateurs, sur lesquels l'enfant a transféré son désir filial homo- ou hétérosexuel, son estime et son admiration, sont pour certains enfants si troublants, séducteurs ou honteux, que leur narcissisme peut en rester bloqué pour toute leur vie s'ils ne sont pas libérés à temps des sentiments de culpabilité névrotiques qu'ils en gardent. L'adolescence est la période où l'attitude anxieuse ou protectrice des parents est la plus perturbante. Les parents auraient alors souvent avantage à se faire aider eux-mêmes, plutôt que de s'inquiéter des inévitables symptômes caractériels de l'enfant à leur égard, si son adolescence se déroule bien. L'adolescence est comme un accouchement qu'il ne s'agit pas de retarder. L'adolescent éprouve le besoin absolu de se dégager de l'influence et de l'entourage familiaux qui se doit de respecter sans critique ce travail de dégagement [1].

La masturbation solitaire ou avec des camarades n'a aucune importance nocive ultérieure, si elle n'est pas culpabilisée. C'est pourquoi, puisqu'elle l'est toujours par le sujet lui-même, ce sont les adultes qui doivent en affirmer l'innocuité. Elle est un pis-aller, c'est vrai, mais l'érotisme masturbatoire, ou homosexuel, dans l'absence de rencontres hétérosexuelles, est un mal moindre que ne l'est la culpabilité devant l'activité érotique et le refoulement de l'activité sexuelle. Vous savez, en revanche, à quel point les

---

[1]. Quelle que soit, comme pour un accouchement, l'inévitable inquiétude qu'il suscite.

« chouchous » des professeurs sont gênés et parfois ségrégués par les autres; ils sont obligés de se défendre par une exacerbation de leur narcissisme. Que de pièges au désir!

Et je ne parle pas du piège de la religion, au nom de laquelle certains adultes culpabilisent les enfants de leurs désirs et de leurs plaisirs, mêlant la mystique avec l'encouragement ou l'incitation à confondre Dieu avec un père castrateur mutilant, non symboligène; ce qui développe chez ces enfants une conscience malheureuse, basée sur l'interdit de jouir des plaisirs de leur âge, et peut en conduire d'autres au masochisme, qui stérilise la spiritualité incluse chez l'adolescent dans le sentiment religieux.

La nubilité arrivée, vont surgir en masse ceux des obstacles au désir qui n'ont pas été levés par l'interdit de l'inceste, libérateur du désir à l'égard de tous les objets non familiaux : surtout si des parents maladroits se font voyeurs des émois sexuels et/ou amoureux des adolescents pour les taquiner ou les critiquer, et si jeunes gens et jeunes filles ne sont pas clairement avertis des choses du sexe, de la procréation, des modalités de la fécondité et de ses évitements. Au lieu de surveillance, c'est de liberté et de déculpabilisation pour leurs erreurs que l'adolescent et l'adolescente ont besoin, pour que leur désir nouveau, en butte au désir d'autrui, les conduise à prendre confiance en eux. C'est de soutien moral discret dans leurs moments de repli et d'épreuves, qu'ils ont besoin. Il est très nocif pour l'avenir, à part de très rares exceptions, que les parents soient confidents de leurs enfants adolescents, car le jeune homme ou la jeune fille pourraient retomber dans une régression infantilisante. Les jeunes ont besoin de parler avec d'autres, et toutes les facilités pour en fréquenter dans les activités ludiques, sportives, culturelles et artistiques, auxquelles les parents se doivent de ne pas se mêler, sont les meilleures solutions à ces difficultés de l'adolescence, inévitables et très enrichissantes pour l'expérience de soi et d'autrui qu'en retire le sujet. *L'immixtion des parents dans les lycées et collèges de leurs enfants* me semble donc du plus grand danger pour les jeunes de plus de douze ans : triste suite de Mai 68!

Dans leur désir et leur devoir d'individuation et d'autonomie face à la société, les jeunes, que la scolarisation, ou l'interdiction de travailler, ou le chômage, laissent en dépendance pécuniaire et d'habitat envers leurs parents jusqu'à l'adolescence prolongée, sont pris au piège. Certains ne peuvent en sortir qu'en risquant leur désir dans des activités délinquantes ou de toxicomanes, façon de fuir, dans un narcissisme exacerbé et l'exaltation du danger, une vie sans responsabilité et sans pouvoir social ni créateur, à laquelle ils sont réduits par la loi.

L'époque de quinze à vingt ans est celle de l'organisation définitive de l'économie libidinale. L'engagement du désir est soutenu par le narcissisme, antérieurement structuré dans le climat socio-éducatif et la famille. Le sujet qui se veut responsable doit expérimenter l'affrontement à la société, pour y gagner les moyens de s'entretenir seul, de se dégager totalement de la dépendance pécuniaire et tutélaire. Il s'agit d'acquérir la maîtrise des pulsions sexuelles de tous les niveaux que le but social visé réorganise, et surtout la maîtrise des pulsions génitales, en vue d'obtenir la puissance dans le travail, puissance émotionnelle chaste dans les amitiés, puissance séductrice et génitale au service de la conquête d'objets d'amour. Ainsi peuvent s'établir des liens solides, librement consentis, de compagnonnage, chastes ou sexuels, en société, hors de l'orbe familial.

Tout cela explique que cette époque soit celle de l'éclosion de *troubles névrotiques passagers fréquents* et parfois même durables, si l'angoisse de l'entourage aggrave le sentiment d'échec dû à des conflits qui proviennent chez le tout jeune adulte ou plutôt le grand adolescent d'un surmoi encore archaïque, susceptible d'inhiber les pulsions génitales, lesquelles exigent du sujet de nouveaux engagements où risquer sa responsabilité et sortir du cadre de son milieu étroitement familial. Ce surmoi est dû à l'intériorisation d'une morale de prépubère, aggravée dans notre société par les difficultés effectives pour se dégager de l'emprise de la famille et des réactions angoissées des parents. C'est aussi l'époque de l'éclosion de *goûts nouveaux,* parfois passagers, de puissance créatrice artistique, industrieuse, culturelle. La *névrose* peut éclore du fait qu'il y a dans la réalité empêchement aux modalités de créativité désirées : parce que le désir génital ne trouve pas d'issue, pas plus que le désir de travailler en se faisant rémunérer et en gagnant ainsi de façon licite de quoi « sortir ». Sortir, aller à la rencontre des autres et du monde, c'est le mot clef du bonheur à cet âge. Bien des jeunes, au moment de la puberté, acceptent d'atermoyer l'aboutissement de leurs pulsions génitales dans des rencontres sexuelles; ils arrivent un certain temps à utiliser les tensions ainsi maintenues pour soutenir leur ambition de réussir dans la compétition de leur classe d'âge, en vue d'obtenir une promotion sociale. Pour beaucoup d'entre eux, hélas! c'est un piège, où ils laissent se développer un surmoi névrotique. S'ils constatent un échec relatif ou complet dans cette réussite qu'ils ambitionnent, ils éprouvent une blessure narcissique à effet toujours régressif. Il faut à chaque être humain une quantité suffisante de plaisir, il faut apaiser les tensions du désir et rétablir ainsi le narcissisme. C'est la raison de la *délinquance juvénile, inconnue ou publique,* car la plus proximale régression est la réactivation des pulsions prégénitales, surtout chez les adolescents mal secourus dans la compréhension de leur épreuve d'échec par des parents indifférents ou angoissés.

Le surmoi prépubère n'était pas préparé aux vagues de fond des pulsions de la puberté. Il peut avoir construit dans la conscience du jeune garçon ou de la jeune fille (particulièrement en cas d'Œdipe mal résolu chez les parents, et par voie de conséquence chez leurs enfants, surtout s'ils vivent par trop au contact de ces parents angoissés) des barrages conscients — prétendus moraux — aux pulsions masturbatoires, parce qu'elles sont l'aboutissement d'imaginations et de fantasmes érotiques et que, pour quelques raisons que ce soit, les adolescents en éprouvent honte ou dépit, ou des sentiments névrotiques de culpabilité face à une réalité qui rend difficiles les rencontres réelles de jeunes des deux sexes. Dans ces rencontres, ils trouveraient l'apaisement de leurs tensions au contact d'égaux, ils relativiseraient leurs problèmes personnels en découvrant chez d'autres des problèmes voisins, et surtout la gaieté des groupes d'amis; mais au lieu de les y encourager, bien des parents s'y opposent, et aggravent ainsi le manque de confiance en soi du jeune qui ronge son frein ou se décompense. Il y a quelque chose qui semble contradictoire à l'âge de la puberté, puis de l'adolescence, entre d'un côté la liberté totale de la vie imaginaire et mentale et de l'autre l'adaptation des actes à la réalité et à la maîtrise dans la loi, la loi au sens social du terme et non telle loi parentale. La liberté de l'imaginaire n'est compatible de façon saine avec la réalité de cet âge que si les fantasmes peuvent se communiquer à autrui dans des symbolisations artistiques, littéraires, industrieuses ou scientifiques. Il s'agit de maîtrises techniques de langage, au sens large du terme, d'un langage qui puisse être reçu et entendu, accepté, et qui valorise le narcissisme du sujet parmi ses contemporains, afin qu'une part du désir sexuel, l'exhibitionnisme séducteur, y soit sublimée, et rapporte à son auteur la considération et l'intérêt qui facilitent ses conquêtes sexuelles dans la réalité. C'est aussi l'époque des « vocations », dans lesquelles s'engouffrent inconsciemment toutes les pulsions sexuelles, parfois par un mécanisme de défense contre des pulsions génitales non valorisées en elles-mêmes; vocations qui parfois accaparent tant d'énergie libidinale qu'elles justifient consciemment pour le sujet la fuite de la recherche d'objets d'amours et d'occasions de rencontres sociales. Nous connaissons tous des jeunes qui se sont ainsi confinés dans leur chambre, réussissant parfois brillamment leurs études mais restant totalement infantiles. Le temps ainsi perdu pour les échanges affectifs et sociaux se paie cher plus tard en échecs amoureux et familiaux. C'est entre quinze et vingt ans que s'organise tout ce qui, dans les pulsions libidinales, ne peut, quels qu'en soient les motifs, conscients ou inconscients, servir le but du corps à corps expérientiel, et qui de plus, parce que c'est l'âge du désir génital, doit dépasser le seul plaisir narcissique qui pouvait encore suffire avant la puberté, associée à des projets imaginaires, et à des rêveries plus ou moins consciemment masturbatoires, pour se confronter dans la réalité à la rencontre d'autrui en société. Les pulsions du désir, s'il s'agit de désir génital, suscitent la quête d'un plaisir à conquérir, toutes énergies focalisées vers un accomplissement au-delà du plaisir déjà connu. Éclosion irréversible chez le sujet du sentiment d'assumer sa responsabilité, et de l'assumer en s'y risquant. C'est pourquoi la masturbation est après quinze ans un plaisir dérisoire et non satisfaisant. Il y a nécessité de dépasser le connu répétitif, les joies prolongées de l'enfance et de la camaraderie, nécessité d'un dépassement de soi et du plaisir solitaire, bref, appel de l'amour, quête d'un autre, appelé — lui ou elle — aussi à cette quête. Il faut réussir à le rencontrer, se plaire mutuellement et découvrir le plaisir de l'échange sexuel, de la jouissance d'aimer en confiance, en trouvant chaque fois un renouveau du plaisir entrevu ou connu. *La jouissance du désir génital n'est jamais répétable,* le sujet y brigue une constante réaffirmation de sa séduction et *une découverte constamment nouvelle de lui-même et de l'autre* pour que le désir porte son fruit d'échange créatif. Pour chaque partenaire du couple, l'acte physique est apparemment le même quant au lieu de l'excitation qui déclenche le plaisir; mais, de même que ce n'est jamais la même eau qui passe entre les rives d'une rivière, de même, pour la dynamique émotionnelle de la jouissance dans la rencontre sexuelle, l'inconnu, que chaque jouissance se veut de faire découvrir, dépend de la qualité de sensibilité complémentaire des partenaires et des effets — modificateurs de la puissance rénovatrice psychosomatique — que chacun éprouve après les rencontres amoureuses. Les rencontres qui s'avèrent sainement durables, et qui font désirer aux participants qui se sont choisis un compagnonnage plus ou moins prolongé, sont celles où chacun des partenaires se sent narcissiquement soutenu par l'autre, à la découverte de cette puissance renouvelée de dépassement de soi. Le difficile est de ne point régresser l'un par l'autre dans des situations de dépendance réciproque. Chaque fois que le désir génital authentique est en jeu, il y a risque, car la rencontre du partenaire idoine et durablement désirable est difficile. Il y a la peur du « qu'en-dira-t-on » social, mais il s'agit toujours en fin de compte d'un surmoi névrotique projeté sur autrui; à moins qu'il ne s'agisse d'un faux-semblant de désir génital, que l'âge civique du sujet peut donner à croire à l'autre (ou à lui-même), et qui n'est en fait qu'un retour régressif à la sécurité : il s'agit alors de n'avoir pas à risquer à nouveau une solution devenue si pesante, ni de nouvelles quêtes.

De quinze à vingt ans donc, toute cette économie libidinale s'organise vers la recherche de l'objet d'amour fiable et toujours nouvellement désirable, c'est-à-dire de celui ou celle avec qui vivre prenne le sens renouvelé de plaisirs obtenus et partagés avec lui ou elle. Depuis la castration œdipienne, le garçon, avec son sexe à lui, est narcissiquement complètement démuni si une autre ne le reconnaît pas désirable; la fille, avec son sexe à elle, est narcissiquement complètement démunie, si un autre ne la reconnaît pas désirable. C'est dans le désir partagé, la présence et les satisfactions mutuellement accordées, que le désir, advenu à son niveau de génitalité exercée, peut se trouver un terrain favorable et susciter l'achèvement de l'évolution psychosomatique qui caractérise l'adulte en bonne santé. Bien sûr, le rôle des idéaux parentaux et sociaux à la mode est prépondérant dans l'inconscient qui informe le conscient : plus encore peut-être quand l'individu, par narcissisme, s'ingénie à lutter contre cette suggestibilité et cette contamination de pensée propre à ceux de sa classe d'âge et de groupe ethnique, suggestibilité qui est spécifique de l'adolescent. D'une part, il est soumis aux idéaux à la mode, et, d'autre part, il veut être complètement différent de ses père et mère, car l'angoisse de castration œdipienne veille. Il peut alors tomber dans le piège de la dépendance absolue à l'égard de son objet d'amour, devenu plus un fétiche rassurant qu'une personne à découvrir. Le jeune homme ou la jeune fille, abusés par un surmoi de conformisme, deviennent alors avec leur partenaire ami une sorte de tandem, de dyade, tout comme un petit avec sa mère ou son père, bien qu'ils soient en rapport d'âge et parfois de sexe complémentaire.

Ce « collage », lorsqu'il s'agit d'amis du même sexe, est le plus souvent chaste; il peut entraîner l'homosexualité passagère, mais n'est pas homosexuel qui veut; et cette étape peut, au contraire, liquider définitivement l'homosexualité narcissique de la prépuberté, prolongée au-delà de l'âge, en faisant découvrir à tous deux leurs désaccords devant des exigences nouvelles qui se développent, et leur sensibilité à l'appel de l'autre sexe, à quoi se lie le danger d'entrer en rivalité vis-à-vis du même objet. Et c'est un ou une troisième qui rompt enfin cette idylle narcissique. C'est justement la possibilité que cette rivalité se joue sur des objets de culture, au lieu qu'elle se joue dans la menace de castration ou celle du viol, ou dans le rapt séducteur d'un objet de désir de l'autre sexe, qui va faire que ces adolescents et jeunes gens, qui se sont choisis pour une amitié duelle, deviennent dans la coopération créatrice de véritables amis, au sens d'une homosexualité consciente ou non, sublimée et durable, au lieu de rester des rivaux ou de se quitter, leur amitié brisée par cette rivalité.

Il y a des jeunes qui préfèrent sacrifier consciemment le désir hétérosexuel, par peur du risque de perdre l'homosexualité d'amitié, dont ils connaissent les joies et les plaisirs dans une commune sublimation culturelle. Il leur semble que l'amitié chaste, assortie de quelques aventures sexuelles sans lendemain (pour l'hygiène), sauve en eux ce qu'ils ont de plus valable, « d'humain », par rapport à ce qu'ils auraient « d'animal », s'ils se quittaient pour un amour. C'est un moment qui se payera cher plus tard, pour certains, à cet autre moment, qui arrivera certainement, où les pulsions de mort, toujours latentes, se mettront à prévaloir sur les pulsions de vie ; je veux dire quand l'âge adulte physiologique adviendra. La liberté de célibataire a du bon, tant qu'il y a la jeunesse et l'amitié ; mais elle devient amère quand l'homme ou la femme penchent vers la vieillesse.

Savez-vous que vingt-cinq ans, c'est l'âge de la croissance achevée, l'âge de la dernière ossification ? Il y a un moment étale de vingt-cinq à trente-cinq ans, puis c'est le commencement du déclin vers la vieillesse. Or, à ce moment-là, c'est absolument fatal, l'individu de l'espèce humaine, qu'est aussi tout sujet de son histoire, est mû par un désir qu'il ne sait pas, qui est un désir inconscient, provoqué en lui par l'appel de la mort. Il ne le sait pas. Et cependant, ce qui le sait en lui, ce sont les gonades qui veulent transmettre la vie. L'homme ou la femme se met à avoir « besoin » de concevoir un enfant. Et il y a là des prégnances d'envie de fécondité même entre des êtres qui ne s'aiment ni au point de vue affectif, ni au point de vue psychologique. Chez certains à partir de vingt-cinq ans, trente ans, « ça » parle, ça parle dans le corps, d'une étreinte dont le but conscient est la seule fécondité. C'est un moment dangereux pour la culture du sujet, qu'il s'agisse d'un homme ou d'une femme. Ce désir conscient nouveau, indépendant de l'amour pour un partenaire, est extrêmement bouleversant, c'est le désir pressant d'engendrer, quelles que soient les conditions des relations de couple. Ce désir n'est encore qu'imaginaire : il s'agit d'avoir un fils pour l'homme, une fille pour la femme ; ça veut dire avoir une image de soi pérenne par rapport à l'image de soi juvénile dont le cycle touche à son terme. Eh bien, ce n'est pas encore du tout le moment d'être père ou d'être mère, pas du tout, parce que c'est exclusivement narcissique. Ça le sera toujours, vous me direz. C'est vrai toujours, plus ou moins. Mais dans ce cas-ci il s'agit d'un enfant pour soi, et c'est un piège terrible du désir ; car si un enfant naît dans un couple non structuré pour l'un par l'autre, encore plus si le couple vit en désaccord, et si tente de se consolider par un enfant un couple symboliquement décevant pour chacun, les parents seront obligés narcissiquement de s'identifier à leur rôle maternel ou paternel, et retomberont dans le piège de l'amour dépendant et possessif vis-à-vis de l'enfant, régressant avec lui à leur petite enfance prégénitale. Ils adulent et se disputent l'enfant, au lieu de l'élever en être humain et de rester à leur niveau de génitalité adulte, avec des êtres de leur classe d'âge à eux. Ils focalisent leur libido qui régresse sur l'objet — garçon ou fille — né d'eux ; il devient leur fétiche, ou, selon le jargon cher aux psychanalystes, le phallus à maman ou à papa, ou aux deux qui se l'arrachent. C'est là ce qui advient quand les enfants sont nés trop tôt par rapport à l'âge du désir génital de parents encore immatures, ou dans un couple non uni, jusque dans l'inconscient, par sa réussite, tant affective que sexuelle. Malheureusement, dans le langage courant, ces enfants sont de ceux qu'on appelle des enfants désirés ; or, ne dit-on pas *urbi et orbi* que c'est un malheur d'être né non désiré ? Voire ! Tout dépend de la qualité du désir des géniteurs l'un pour l'autre. L'enfant est-il le substitut d'un désir et d'un amour réciproque absent, ou le symbole de l'union réelle de ses géniteurs ? C'est là toute la question. Il est certain que chez l'être humain, la fonction symbolique s'attache à tout, y compris à la génitalité charnelle féconde. *La fonction symbolique liée à la procréation impose à l'être humain que ce soit un enfant de l'autre, son partenaire librement aimé, qu'il veuille concevoir*, et non pas un enfant de soi pour soi, à soi seul, ou à qui laisser son héritage après sa mort, tout en haïssant son conjoint et sa famille. C'est un des moments de la rencontre de ce que nous appelons l'image du corps qui est langage, et du schéma corporel qui est le corps. Le corps veut enfanter, qu'il s'agisse d'un homme ou d'une femme ; mais l'image du corps est-elle marquée et humanisée par la castration ? Si oui, la mère psychiquement saine aime son enfant parce qu'il est de l'homme qu'elle a aimé, un homme d'une autre lignée que la sienne ; elle a désiré concevoir un enfant de cet homme-là, qu'elle désire rendre père, et pas d'un autre; l'homme, quant à lui, veut concevoir un enfant parce que c'est de cette femme-là, qu'il aime, et que c'est avec elle qu'il souhaite une descendance. Aujourd'hui, avec les connaissances scientifiques (mais ça a toujours été pareil), on pense aux caractéristiques héréditaires des deux lignées que les deux conjoints représentent. On le dit; mais ce n'est pas du tout ça. L'âge authentiquement adulte d'un couple signifie qu'un ou plusieurs enfants sont désirés et aimés d'avance, comme des représentants symboliques de deux lignées qui se sont conjuguées, à travers deux géniteurs accordés dans l'acte d'amour procréateur. Si hommes et femmes attendaient ce moment pour procréer, on aurait beaucoup moins de ces histoires de possessivité et de marchandage d'enfants que nous connaissons dans les divorces. Ces rapts, ces chantages seraient impensables, si les géniteurs avaient atteint la maturité de leur libido génitale, en son mode de pensée et d'amour symbolique, au moment de concevoir leurs enfants. Le divorce c'est assez pensable, et ce n'est pas signe fatal de névrose, lorsque deux amants n'ont plus rien à se dire, ni plus rien de nouveau à découvrir ensemble, ou quand il s'avère que le compagnonnage leur est nuisible; mais si les parents, comme on le voit souvent, s'arrachent l'un à l'autre leurs enfants, cela prouve de leur part (leur niveau d'intelligence n'y fait rien) une affectivité immature. Ils sont incapables de respecter la vie dans leurs enfants, qu'ils soumettent, en cours de structuration, alors qu'ils sont encore fragiles, à un style d'amour possessif, oral ou anal, qui nous montre à quel point notre civilisation, si fière de sa science, est, dans son ensemble, perverse : car c'est bien le mot. Et c'est toujours la génération engendrée qui paie, par ses épreuves, l'immaturité et la perversion — hélas! soutenue par les lois — des générations dites adultes. Y a-t-il un remède? L'infantilisme des humains est-il la rançon de leur puissance matérielle? L'irresponsabilité de chacun, la rançon de la démographie croissante? Jouir d'une possessivité sado-masochiste à l'égard des enfants, si nocive pour leur développement, est-il le seul remède de notre société aux insatisfactions des amants et aux impuissances des parents?

J'ai ainsi brossé le tableau de la croissance de l'être humain jusqu'à l'achèvement de sa maturité physiologique et symbolique. Vous avez vu combien de pièges rencontrés, combien de cartes truquées au jeu du désir, tout au long de l'évolution libidinale! Que vivre est donc difficile!

Admettons que, sorti de toutes ces embûches, le sujet soit parvenu, qu'il soit homme ou qu'il soit femme, à un niveau d'autonomie responsable, se faisant un groupe d'amis des deux sexes, connaissant les plaisirs et les sentiments du désir satisfait, et en jouissant, connaissant peut-être même l'amour véritable quand il a réussi à se lier avec un ou une partenaire actuellement idoine. Suivons-les. Ils sont en bonne santé, à l'aise dans leur groupe social. Ils doivent travailler pour gagner de quoi vivre, subvenir à leurs besoins et désirs tout en continuant à se développer. Regardez (réfléchissez à cela à partir de votre propre vie) ce qu'il faut d'énergie libidinale pour arriver à travailler, et donc d'atermoiements à communiquer en vérité avec ceux qu'on côtoie. Comment chercher satisfaction aux désirs physiques ou psychiques insatisfaits dans le couple? Les jeunes adultes se sont, dans les meilleurs cas, armés plus ou moins contre l'angoisse, lorsque leur narcissisme est valorisé par le travail, puis par les échanges amicaux. C'est ce que je vous ai dit, tout à l'heure. Supporter d'être dévalorisé par un ami, qui vous fait grief de lui préférer l'amour à l'amitié, pose problème chez l'adolescent. Ces amis qui sont rivaux pour la même fille, c'est un problème rémanent de l'Œdipe, mais c'est un problème dans la réalité aussi. Sauf en cas de névrose pré- ou post-œdipienne, l'angoisse de castration et l'angoisse de viol n'existent plus chez l'adulte, jeune ou dans la force de l'âge; ni celle de la mort prématurée (malgré les accidents de voiture), sauf peut-être dans les moments de révolution ou de guerre. De telles angoisses, cela peut arriver. Mais autrement les gens savent qu'ils ont assez de langage pour se défendre de ces angoisses-là entre eux. Il y a de nos jours, croissante, l'angoisse du manque de travail, du chômage; elle pousse la libido à se focaliser sur le développement de la conscience politique : c'est un ressort actuel de maturité des consciences; elle est tout de même un problème dramatique pour beaucoup d'adultes chargés de responsabilités familiales. *Mais il y a une angoisse contre laquelle les êtres humains ne sont jamais armés,* quel que soit leur bien-être économique : c'est l'angoisse du désir génital authentique, et surtout l'angoisse de la mort de ceux qui leur sont chers, plus que celle de leur propre mort, qui n'est, à vrai dire, qu'un fantasme narcissique. Il nous semble qu'il ne s'agit pas d'un fantasme, quand nous redoutons, parce qu'elle est parfois prévisible avant la nôtre, la mort de ceux qui nous sont chers. Parce que, comme ils sont réels, leur mort sera réelle. Tandis que nous, notre propre mort, c'est un fantasme. Bien sûr, nous mourrons, mais ce sera pour les autres que nous mourrons. Nous, nous ne le saurons pas. En revanche, l'angoisse de la souffrance et de la mort réelle de ceux qui nous sont chers, nous ne savons pas comment les et nous en défendre; je veux parler de la mort des objets de nos désirs autant que de celle des objets de notre aimance chaste. Nous ne sommes pas non plus armés dans la réalité contre l'angoisse de la perte de notre avoir, de nos biens (pouvoir actuel qui nous paraît coexistentiel) ou de nos « économies » (pouvoir potentiel). Nous sommes encore moins armés contre l'angoisse liée à l'impuissance de la vieillesse, à l'inconnu du temps de déchéance qui précédera notre mort réelle, son impact, son fardeau sur le bonheur de ceux dont nous nous sentons responsables. Bien que nous sachions, par expérience acquise, que personne n'est irremplaçable, chacun de nous se plaît à croire qu'il l'est. Bien sûr, dans tout ce que nous faisons, les autres nous remplaceraient en cas de disparition; mais, en ce qui nous concerne, nous avons conscience d'être irremplaçables. C'est fatal, car, dans le sentiment de responsabilité qui est nôtre, notre narcissisme est engagé. Les humains gardent l'angoisse de l'échec de l'œuvre entreprise. Pourquoi? Mais parce qu'ils savent que cet échec provoquerait douleur et peine à ceux qui les aiment, même si eux acceptent de courir le risque que « ça ne marche pas », parce qu'ils sont très puissants dans leur désir et que, tant pis, ils jouent le jeu; c'est cela, le prix encouru par le sujet pour le désir, et il nous faut l'assumer; mais il y a l'angoisse de notre échec et de ses conséquences pour autrui. Comment supporter tous ces motifs d'angoisse? Eh bien, tout simplement, on les met sous le nom d'« inéluctable destin ». De l'inconnu dans l'espace et le temps. Parce que cela menace tout le monde, cela ne nous menace pas chacun. Et nous nous aidons là contre au coude à coude, avec des systèmes d'assurances, avec des tas de « trucs ». Bon! va pour le remède sous la main, mais tout de même, nous ne pouvons pas échapper à cette angoisse qui est le lot de tout adulte de l'espèce humaine.

Lancés qu'ils sont au masculin et au féminin dans le jeu du désir, aiguisés par l'angoisse de leur mort individuelle certaine — car la mort est, inconsciemment toujours, et parfois consciemment, l'aiguillon du désir —, les hommes et les femmes aggravent encore, par le désir d'une fécondité charnelle responsable, assumée, la tricherie inéluctable, advenue par structure au début de leur vie. Cette tricherie avec leur désir est inévitable, puisque c'est elle qui leur a fourni à tous le moyen à la fois de communiquer et de se rendre maîtres du monde, et par là, la variété, la richesse, la multifiguration métaphorique qu'ont pour eux les modalités de plaisir, de jouissance et de souffrance. *C'est la rançon de sa fonction symbolique que l'équilibre psychosomatique de l'être humain soit vulnérable.* Or, la santé pourtant est valorisée comme un droit, un droit de tout citoyen! Le bonheur est revendiqué comme un droit de tout individu! Quant à la liberté, son plus cher fantasme, qu'il revendique pour son désir d'en user (et ce n'est pas moi qui contesterai cette revendication), dont il reproche à tous les systèmes sociaux de priver les citoyens, que fait l'être humain de celle qui reste au pouvoir de son désir? Par narcissisme, les moins névrosés d'entre nous se font librement les artisans d'une prison réelle, qui leur interdit la liberté de leurs futurs et nouveaux désirs, par des lois officieuses ou officielles qu'ils défendent âprement. Les prisons fantasmatiques, esthétiquement admirables, de Piranèse, ne sont que la symbolisation des labyrinthes, où ne reste nulle liberté, qu'a construits, dans l'intimité de la conscience, le jeu du désir de tout être humain. Les efforts que l'homme tente pour sortir de son emprisonnement dans des villes que son désir a rendues étouffantes, et jouir un peu de liberté, nous en voyons le résultat sur les routes des week-ends. Quant aux névrosés, leur désir est souffrance, et cependant ils espèrent encore, pris dans les mailles d'un réseau qu'ils ont tricoté, des mailles dignes de la structure du diamant. Cela prouve que les humains, toujours, dépendent de cette espérance qu'ils conservent dans la fiabilité de leur désir. Ils s'engouffrent dans la science, héritière de la magie, à la recherche de savoir et de pouvoir : dans la science tant médicale que politique, et même dans celle qu'à tort on nomme psychanalytique. Ils attendent, contre toute l'expérience acquise, une jouissance plus grande de ce que cette expérience brigue. S'agit-il d'un relent, d'une réminiscence idéalisée de leur confiance dans le père et la mère de leur petite enfance, qu'ils projettent maintenant sur d'autres humains, les savants, les « grands », aussi paumés qu'eux quant à leur désir?

L'angoisse dans ce qu'elle a d'humainement inévitable et d'inexorable, du fait de l'inadéquation de la réalité à l'imaginaire, est continuellement leurrée par les effets symboliques et les pouvoirs qu'ils créent, pouvoirs qu'on veut garder pour l'usage et la maîtrise du monde, mais non sans une angoisse pire et différente, parce qu'elle est collective et qu'elle oblige l'individu d'aujourd'hui, si fier de sa civilisation, à comprendre le rôle de la responsabilité de chacun dans le désordre dont il souffre : une responsabilité qu'il ne peut plus rejeter sur des entités maléfiques, étrangères à l'espèce humaine. Tout cela, depuis Freud et les études de la dynamique de l'inconscient qu'il a inaugurées, tout cela, qui est notre souffrance, nous le savons venir du seul fait du jeu inexorable du désir où, par rapport à son imaginaire espérance, l'homme est perdant dans la réalité. Il sait, par expérience même, s'il fait mine de n'y pas croire, que *son espérance de jouissance porte avec elle ses pièges, à la mesure croissante de ses espérances.* Jusqu'à la psychanalyse et à ses découvertes bouleversantes pour la fierté de l'homme et pour son narcissisme, les humains pouvaient croire, sauf les sages qui le savaient, et les philosophes aussi, certainement, les humains pouvaient croire, comme des enfants, que c'était la désobéissance à un père ou à une mère tout-puissants, qu'ils projetaient sur Dieu ou les dieux, qui les conduisait à l'échec de leur désir, et que susciter le pardon en se réconciliant les rétablirait dans la santé narcissique. L'économie du désir se lançait à la conquête du pardon à obtenir de cette instance tutélaire. L'homme espérait y retrouver le droit à l'usage du désir sans culpabilité, et l'accès au bonheur. Ce n'est pas possible, quels que soient les holocaustes et les souffrances propitiatoires : les dés sont pipés et les cartes sont truquées; l'homme sait maintenant que tout ici vient de son angoisse à désirer.

AU JEU DU DÉSIR

La psychanalyse, la peste, disait Freud qui l'a inventée, est venue. Et moi, qui suis psychanalyste, je vis, je me fie à mon désir, je fais comme si le désir était fiable, le mien, celui des autres; en sachant qu'il ne l'est pas. La psychanalyse elle-même ne fait-elle pas partie de ces moyens scientifiques dont on attend beaucoup, elle qui permet, par son application [1] à ceux qui ne le pouvaient plus, de vivre un peu de leur désir, ou autant que ceux qui le vivent au mieux? Elle permet de colmater ou de dissoudre des angoisses d'enfance, ou celles plus récentes qui se répètent sans arrêt, de supporter des épreuves dans ce qu'elles ont d'insupportable pour le narcissisme. Mais la psychanalyse n'apporte aucune assurance de bonheur. Si elle éclaire l'être humain sur les limites de son pouvoir, sur les limites de son espérance, de l'espérance, elle lui en laisse toujours. Si elle lui donne un sens plus aigu de son humanité et de ses responsabilités, elle ne peut pas supprimer l'angoisse inhérente au désir dans ce qu'il a d'authentique. Cette espérance est inextinguible, inhérente au désir, si conscient que l'homme devienne des limites de ses responsabilités, de ses pouvoirs et de leurs limites dans la réalité. Il y a toujours l'inconscient qui, lui, n'obéit jamais à la raison; et il y a que les dés sont inéluctablement pipés et les cartes inéluctablement truquées au jeu du désir. Cette espérance vient-elle de ce que nous sommes seulement occupés à nous déculpabiliser pour rester narcissiques, croyant par là exorciser l'angoisse, ou bien encore de ce que nous sommes occupés à connaître notre misère tenue pour fatale, tout en désirant maîtriser le monde, en éclairant les énigmes de l'être humain, croyant toujours à la puissance du savoir, et cherchant à partager l'espérance et l'échec conjugués de ce savoir les uns avec les autres pour un secret salvateur de la mort?

Les hommes, maintenant sans référence à une entité pseudo-materno-paternelle démystifiée, ne sont-ils pas à la recherche, dans leur passion politique, d'une morale qui permettrait, chez l'homme d'aujourd'hui et de demain, le surgissement d'une réponse à l'appel d'une vérité, d'une justice plus grande, dans le rapport de désir entre les humains? Un appel qu'ils associent,

---
1. La cure psychanalytique.

qu'ils le sachent ou non, dans les réponses qu'ils lui donnent, à la promesse de l'accès au bonheur, un accès qu'ils continuent d'espérer par nature, et que pourtant ils savent inaccessible par la structure même des avenues du désir, et de son impact dans la communication interhumaine, appelé qu'il est, ce désir, à se muter en expression symbolique, par une fonction naturelle de l'être humain. La raison déraisonnable de se fier au désir tient-elle à la séduction irrésistible du plaisir dans l'amour, à la surprise attendue fièrement de sa fécondité, au plaisir physique par lequel il devient procréateur et où il croit illusoirement goûter des instants d'immortalité — ou bien au plaisir mental et esthétique de se croire créateur? Cette fécondité que poursuit tout désir, et que l'être humain seul, parmi les créatures vivantes, peut connaître par-delà l'impuissance de la fécondité charnelle, puisque, homme ou femme, il peut jouer son désir dans la poursuite de la fécondité culturelle ou spirituelle, son désir ne la paie-t-il pas au prix, exorbitant pour beaucoup, de la santé du corps perdue, de la morale individuelle dépréciée, foulée, de la raison ébranlée, du cœur éperdu? Et si l'être humain veut se dérober au jeu du désir dans sa chair, dans son cœur, dans son travail au service de la vie, alors, il n'a pas d'autre choix qu'un jeu où son désir est encore plus faussé que dans celui du désir risqué à la rencontre du désir d'autrui. C'est alors le risque, symboliquement mortel pour le cœur et parfois pour l'intelligence, si le corps est préservé du risque physique : le risque d'un narcissisme conservé dans le manque d'échanges interhumains « créatifs », ce que nous voyons chez l'enfant autiste et chez l'adulte délirant. Le processus « dé-créatif » qu'entraîne l'absence d'échanges du désir avec le désir d'autrui peut survenir au stade oral, au stade anal du petit, comme plus tard au stade génital, quand le narcissisme se préserve des risques de l'amour par la dérobade aux épreuves de la castration. C'est le narcissisme « encoqué » de la folie gardée, quand la réalité est supplantée par un imaginaire sans lois, et celui de la bonne conscience morale gardée dans la névrose; ou c'est le narcissisme mortel du saut dans la vie spirituelle, pour un jouir prétendu au-delà du plaisir méprisé, saut dans un narcissisme souvent pire que celui de renoncer ou d'échouer au plaisir, narcissisme d'une belle âme gardée dans la sécurité gardée, pour soi-même en mieux jouir à ne la risquer jamais.

Qu'en est-il donc pour l'être humain de ce désir, ce substantif (!) qui, tel un verbe, rime avec gésir? Qu'en est-il de chacun de nous, illusoires sujets de ce verbe qui se joue de nous? Ne sommes-nous pas plutôt les objets appassionnés d'une flamme qui nous attire : ce désir où nous nous consumons volontairement pour un plaisir espéré où vivre prend saveur de mourir? Qu'en est-il de cette espérance que nous savons par expérience être un leurre, de cette espérance tenace, sinon en nous-même du moins dans les autres, et qui défie notre raison? Qu'en est-il de notre confiance en notre propre désir, que nous ne mesurons qu'aux risques que nous prenons d'y perdre notre sécurité; cette illusion d'être, à laquelle notre chair ne peut prétendre? Où peut donc être sourcée cette espérance d'une authenticité de la jouissance dont nous poursuivons l'attente, puisque du désir nous ne connaissons jamais qu'un jeu dont les cartes sont toujours truquées et les dés toujours pipés?

Moi, individu devenu psychanalyste par les avenues de mon désir, j'en appelle à vous, philosophes : à ces questions que me posent ma pratique et ma réflexion, y a-t-il une réponse, ou n'y en a-t-il pas?

10. Aimance et amour

en leur référence au désir sexuel
dans l'enfance et à l'âge adulte

Édouard Pichon, médecin psychanalyste mort en 1939, linguiste, auteur avec Damourette [1] d'une grammaire très intéressante, avait introduit le mot *aimance* pour distinguer l'attachement sans désir sexuel pour l'être aimé (quels que soient l'aimance, l'amour, le désir ou l'indifférence de celui-ci pour celui qui l'aime) et conserver ainsi au mot *amour* le sens d'attraction pour un être sexuellement désiré. Cette distinction ne semble pas avoir été retenue depuis lors, et c'est dommage.

Dans le langage courant, certains mots approchent de la distinction que Pichon voulait introduire : on parle de cœurs aimants et d'individus amants. Mais, à s'exprimer ainsi, on ne préjuge en rien du désir sexuel possible, chez l'un au moins des sujets aimants; ni de ce que le désir puisse être ou non conjoint à l'amour, pour chacun des amants. Il s'agit plus d'une distinction établie par un observateur de ce que sont les relations entre deux êtres humains, que d'une distinction répondant à ce qu'éprouve un sujet vis-à-vis d'un objet; ou, pour parler plus clairement, à ce que ressent un être humain vis-à-vis d'un autre humain, quels que soient, chez ce dernier, l'accueil, l'indifférence ou la réponse.

Avant l'Œdipe, aimance et amour sont confondus chez l'enfant. Celui-ci éprouve des désirs partiels, actifs et passifs, quel que soit son sexe. Qu'ils soient satisfaits ou non, le plaisir ou le déplaisir qu'il éprouve s'articule à la libido prégénitale. Cependant,

---

1. *Des mots à la pensée. Essai de grammaire de la langue française*, Éd. D'Artrey, 1911-1927.

confondu avec ces désirs partiels, un désir génital se fait déjà jour ; chez le garçon, il répond à une dynamique phallique (centrifuge) vis-à-vis de l'objet désiré et est lié à l'intention de l'attaquer, de le pénétrer ; tandis que chez la fille, le même désir génital confus est attractif à l'égard de l'objet phallique (centripète) et se focalise dans le guet de la séduction qu'elle peut éveiller chez l'homme, son objet de désir et d'amour, en vue d'être choisie, d'obtenir en son sexe l'intromission du pénis et d'en devenir féconde.

A partir de là, la psychanalyse nous enseigne que le désir, l'aimance et l'amour, quoique émanant de tel être vivant, dans un corps masculin ou féminin, destiné à devenir un sujet conscient de ses désirs et de ses attachements, peuvent être inconscients. Elle nous apprend aussi que l'objet du désir partiel d'un sujet, ou d'un désir passionnel, n'est pas toujours vivant ni humain : ce peut être une chose, ainsi chez l'enfant, ses nounours et poupées, et chez l'adulte ces objets de valeurs qui sont tellement importants pour son bien-être émotionnel, pour son narcissisme, et qui ont sens pour lui sans rapport avec çe qu'ils représentent dans la société, mais essentiel dans ses fantasmes (cf. les fétiches, le bestialisme, la nécrophilie...). Le fait est que dans tout lien, réel, imaginaire ou symbolique, il y a nécessairement, d'un côté, un sujet, et de l'autre, un objet. Mais si parfois il peut y avoir deux sujets, il ne peut jamais y avoir deux objets. Pour qu'il y ait désir, amour, aimance, il faut en tout cas toujours, consciemment ou non, une pulsion chez l'individu qui l'éprouve et qui, après avoir évolué, et devenu « conscient », ne s'en souviendra pas. C'est pourquoi le « mot-valise » qu'est pour ainsi dire « amour » ne suffit plus pour s'entendre depuis les découvertes de la psychanalyse. On sait qu'en français, on peut aimer le bifteck, sa maison, son papa, sa maman, qu'on peut aimer son chien, qu'on peut aimer aimer, et on pourrait donner encore beaucoup d'autres exemples : le terme s'applique à tout.

L'origine conjointe dans le corps du nourrisson de *besoins localisés* et du *désir total* envers l'objet maternel à l'occasion des soins que la mère donne au corps de l'enfant entraîne la distinction en lui de *désirs partiels,* satisfaits ou non, localisés, au moment où il en ressent la satisfaction, dans des zones sensibles de son corps (zones muqueuses et cutanées de la vue, du goût, de l'olfaction, de l'audition, du toucher); sources et lieu de plaisir ou de déplaisir du fait de la mère-nourrice, qui veille à son bien-être et satisfait ses besoins. C'est donc le lien entre ses besoins et le retour de sa mère à son corps, qui crée chez l'enfant, du fait de la mémoire et de la fonction symbolique, un code de désirs partiels, multiples, liés au plaisir; code qui se croise avec celui, strictement répétitif, des besoins. Il se crée un code *subtil* — olfactif, visuel, auditif : impliquant distance du corps — concernant les relations répétitives et transitoires à la mère, tandis que la *masse* du corps vivant assure un *continuum* de perceptions cœnesthésiques; l'ensemble est à l'origine de ce qui, une fois entré dans la symbolisation, servira de support à la dialectique de l'aimance et de l'amour chez l'enfant pour son premier objet humain, sa mère. Les partitions — interruptions et retours, additions de nourriture et soustractions d'excréments — du corps à corps de l'enfant à la mère, dans le temps et dans l'espace, provoquent en effet chez lui la symbolisation dans le langage, au sens large du terme : un langage expressif, qui s'informe des expressions mimiques, verbales et gestuelles de la mère modèle, qui y répond et les suscite, au fur et à mesure que l'enfant connaît et reconnaît sa mère.

L'aimance — comme relation de *sujet à sujet,* hors tout objet partiel — qu'il développe vis-à-vis d'elle établit un champ imaginaire inconscient tournant autour de cette relation, qui s'appuie sur un langage intérieur de phénomènes, de mimiques, viscérales et motrices : ce qu'il ressent de ses fonctions de corps se modèle à l'articulation sensori-mentale de la langue maternelle. La communication parasymbolique entre l'enfant et son premier objet établit un croisement constant entre le champ de l'imaginaire et le champ de la réalité, du possible ou de l'impossible concernant le plaisir de la rencontre des corps par le toucher ou l'être pris. Alors même que ce substantiel tactile, préhensif, est absent, le désir dans l'imaginaire demeure et un champ symbolique s'élabore, fait de signifiants verbaux, scopiques, auditifs, olfactifs, tactiles, fantasmés cette fois hors des rencontres corps à corps; dans ce champ, les pulsions non satisfaites trouvent des moyens médiateurs pour se signifier et tenir la place de la rencontre : cris, jeux sonores, lallations à l'intention de l'absente imaginée; jeux de mains en bouche ou sur des objets qui sont associés dans l'espace à la présence de la mère, joujoux, biberons, tissus, vêtements qui rappellent son activité, son odeur, sa voix, espaces connus avec elle, objets inanimés ou animés, personnes qui sont pour l'enfant associées à sa mère.

Si l'aimance s'établit dans un lien de sécurité unissant le sujet à son propre corps ainsi qu'à tout ce qui est associé, de manière à la fois *imaginaire* et *symbolique,* à la présence (actuelle ou non) de l'objet, l'amour, lui, enveloppe le désir d'une rencontre du sujet et de l'objet dans les trois champs du symbolique, de l'imaginaire et de la *réalité* en même temps. La présence retrouvée ravive pour l'enfant des échanges nouveaux avec l'objet élu de l'amour. Dans l'amour, le sujet souffre de la non-présence de l'objet, les objets médiateurs ne suffisent pas, comme dans l'aimance. L'amour intensifie le désir d'échanges corporels et langagiers. L'amour suscite le désir des rencontres corps à corps avec l'objet connu et à reconnaître, à redécouvrir; pour le plaisir d'une satisfaction des désirs partiels et des désirs de langage; pour le plaisir aussi d'une abréaction des tensions nouvelles nées pendant l'absence dans le corps du sujet, liées et dédiées, pour lui, non seulement à la représentation de l'objet, mais à la nécessité de la présence corporelle, connue mais à chaque fois redécouverte dans le langage. C'est à cet ensemble de désirs, dans ces trois champs simultanément, que correspond le signifiant amour. Le corps à corps dans un érotisme complice avec l'objet est nécessaire à la symbolisation, à l'entretien et au renouvellement du langage intérieur comme du narcissisme du sujet.

Les séparations successives qui surviennent — sevrage, marche, nourriture, entretien du corps par soi-même (toilette générale et siège), déplacement individué, jeu solitaire et, en dernier lieu, séparation totale du corps à corps tel qu'il était fantasmé en vue du plaisir sexuel, du coït et de la fécondité incestueuse — font que l'irréversibilité du temps, conjuguée à l'irréversibilité biologique, produisent, pour tout enfant, dans la réalité et quant à l'avenir, le renoncement au corps à corps génito-génital avec les premiers objets sur lesquels étaient pour lui confusément conjoints désirs, aimance et amour. C'est ce que la psychanalyse a nommé la résolution œdipienne : lorsque, dans l'imaginaire du sujet enfant autant que dans celui des objets familiaux parentaux, ascendants et collatéraux, la chasteté des relations s'établit. L'enfant retrouve pour ces objets, dégagée des plaisirs sensuels, une aimance qui ne l'a jamais quitté; mais l'amour, au sens sexuel (dans sa réalisation physique), émotionnel et passionnel du terme, rapporté à la libido, tant orale et anale que génitale, est barré. A partir de ce moment décisif dans l'évolution de l'être humain, son aimance pour certains êtres, son amour pour d'autres, vont se distinguer. Les objets sur lesquels il transfère de l'aimance ne sont pas sensuellement ni sexuellement — au sens de : génital — désirés par lui. Lorsque c'est un désir qui ébranle son être tout entier, mental, affectif et érotique pour un objet, c'est d'amour qu'il s'agit. Bref, l'aimance est chaste mais langagière, créative; l'amour est érotique et vise à obtenir une satisfaction physique oro-anale masochiste, sadique ou génito-génitale avec l'objet aimé qui focalise les désirs; s'il s'agit du sentiment d'amour authentique, il s'accompagne en tout cas d'un désir génital. L'amour a donc toujours, pour un sujet, une visée créative dans le champ symbolique, l'intervention passive ou active du corps engagé, dans la consommation, dans le désir d'une jouissance de l'objet, pouvant être en outre procréatrice d'une vie humaine, lorsque le désir sexuel du sujet rencontre dans l'objet un désir sexuel accordé au sien : c'est le coït. Quand, en revanche, une certaine quantité de désirs agressifs pré-génitaux, demeurés hors castration, cherchent leurs satisfactions dans le corps à corps, l'amour peut induire des comportements dits pervers, décréatifs, mutilants, meurtriers, pour une jouissance confuse du sujet aux dépens de l'objet d'amour ou d'aimance.

Il peut, bien entendu, y avoir chez un sujet aimance pour un objet indifférent ou hostile. Si l'objet, en tant que sujet, éprouve aussi l'aimance, c'est l'amitié chaste. Il peut y avoir encore chez un sujet aimance pour un objet qui éprouve pour lui désir sans aimance. Il peut y avoir enfin, chez un sujet, aimance pour un objet qui éprouve pour lui amour et désir et qui, par dépit narcissique, peut être poussé à des comportements de désirs partiels agressifs vis-à-vis de cet autre qui ne le désire ni ne l'aime d'amour.

Ces éventualités montrent toute la distinction qui se fait pour un sujet entre le désir de corps à corps, l'aimance qui le conduit à des échanges symboliques, et un amour qui peut exister conjointement à l'aimance, mais non sans un désir de relations de corps pour le corps de l'autre, c'est-à-dire un désir sexuel, quel que soit son niveau, oral, anal, génital, que ce désir soit satisfait ou non par la rencontre avec l'objet d'amour et de désir.

Je m'explique : on sait bien qu'il peut y avoir des amants quant au corps à corps, dans la réalité des coïts, qui n'éprouvent l'un pour l'autre que désir, mais ni aimance ni amour.

Il peut y avoir des amants dont l'un subit le désir de l'autre passivement indifférent, ou même passivement ou activement hostile. L'objet du désir d'un amant peut éprouver à l'égard de celui-ci une aimance sans désir, ou encore éprouver du désir physique sans amour, alors que celui avec qui il accomplit le coït éprouve à son égard des émois auxquels il reste étranger. Bref, la complicité dans le désir seul ne présume ni de l'aimance ni de l'amour.

Il peut aussi y avoir des amants dont l'un des deux désire seulement l'autre, alors que cet autre éprouve pour lui amour et désir.

Il peut y avoir des amants qui l'un et l'autre éprouvent amour et désir l'un pour l'autre; et cet amour peut être encore heureux ou malheureux, selon qu'il s'accomplit ou non, par un empêchement matériel, temporo-spatial ou social de leur rencontre charnelle; c'est-à-dire par l'accomplissement ou non de leur désir dans le coït et la jouissance.

Lors d'empêchements de rencontres entre désirant et désiré, le lien d'amour qu'éprouve, l'un par rapport à l'autre, chacun des sujets peut symboliquement s'élaborer par sublimation du désir dans des actes et des paroles au-delà de l'impossible rencontre corps à corps; un langage médiatise et exprime les émois accordés. Cet échange langagier salvateur devient support, à son tour, d'un lien d'aimance ou d'un lien d'amour, qui peut devenir culturellement créatif. Mais la distance et la séparation entre deux sujets qui se désirent l'un l'autre peut aussi rompre l'ébauche d'un lien d'amour que la tension du désir avait provoqué.

L'amour est toujours symptôme de désir en partie sublimé; mais le désir en lui-même peut n'être qu'une relation imaginaire du sujet à son objet.

Des amants peuvent être des partenaires de désir dans un accomplissement homosexuel ou hétérosexuel. Mais l'amour est sans correspondance au sexe physique. Il est sublimation libidinale. Un des deux amants peut subir passivement, sans désir pour l'autre, le désir de corps à corps que l'autre accomplit aux dépens de son corps, parce qu'il est dominé et/ou parce qu'il éprouve aimance pour cet autre qui le désire, et qu'il ne veut pas le laisser dans une tension pénible. Mais, en ce cas, il est sexuellement passif et ceci peut arriver aussi bien dans une relation de corps à corps homosexuelle qu'hétérosexuelle.

Si ces deux signifiants, aimance et amour, entraient en usage parmi les psychanalystes et dans le langage courant, il serait plus clair que l'aimance est toujours chaste quant au désir, et toujours source de coopération dans le langage au sens large du terme, c'est-à-dire sublimation du désir. L'aimance n'en est pas moins issue du transfert des relations parentales, sororales ou fraternelles, après la résolution œdipienne, sur des objets extra-familiaux. L'aimance est toujours articulée pour qui l'éprouve à une homosexualité ou à une hétérosexualité latente ou/et sublimée.

L'aimance des parents qui, dans leur libido, sont arrivés à la maturation génitale, est toujours chaste vis-à-vis de leurs enfants. Leurs rapports de corps avec leurs enfants sont garants de la possibilité pour ceux-ci de recevoir des éducateurs parentaux la castration œdipienne, quel que soit leur sexe. Lorsque l'adulte parental n'éprouve pas un attachement chaste pour son enfant, alors même qu'il lui signifie le contraire en lui édictant verbalement la loi de l'interdit de l'inceste, l'enfant perçoit que le désir de l'adulte est à son égard incestueux, c'est-à-dire que son propre désir émeut le corps de l'adulte, quand bien même celui-ci le dénie; alors, la castration œdipienne, exprimée selon la loi dans les paroles, ne s'inscrit pas dans le corps de l'enfant, ni dans l'imaginaire de celui-ci, qui reste la proie de l'imaginaire de l'adulte; l'enfant ne porte pas les fruits symboliques d'une castration des premiers désirs génitaux, dont le bénéfice (car le désir génital est toujours à visée procréatrice) est la distinction entre l'aimance sans ambivalence ni conflit, et l'amour qui, par-delà l'interdit à jamais du lien aux corps familiaux, conduit l'enfant à la prévalence progressive des sublimations langagières créatrices, culturelles et sociales. Lorsqu'il s'agit des relations qui lient éducateurs et enfants, si l'attitude des premiers résulte d'un transfert d'aimance parentale génitale chaste sur des « objets-enfants », reconnus sujets de leur désir, de leur aimance et de leur amour, non destinés à ces adultes qui n'ont d'autre charge que d'éduquer et non de se faire aimer, la relation est ressentie, dans l'inconscient de l'enfant, comme chaste de la part de l'éducateur, et ce alors même que l'enfant peut éprouver désirs, haine ou amour pour celui-ci; de ce fait, l'enfant est initié à l'interdit des relations perverses, c'est-à-dire à l'interdit des relations renvoyant à des objets imaginaires, articulés pour chacun à la transgression de l'interdit de l'inceste.

La relation narcissique étendue à un autre est relation exclusivement imaginaire de la part du désirant, elle ne porte pas de fruits symboliques; c'est-à-dire, en ce qui concerne les relations de l'éducateur à l'éduqué, qu'au lieu d'initier l'enfant à son propre désir, pour le conduire à son autonomie de sujet libre de son désir, de son aimance et de son amour, elle le retient dans une position d'objet aliéné ou servile envers le désir de son éducateur qui cherche là un plaisir. Dans la mesure où il y a séduction de l'un par l'autre, la libido est engagée dans le champ de l'imaginaire et ne peut porter, du moins à long terme, les fruits culturels de la sublimation; même si, du fait de la séduction réciproque, l'enfant servile réussit dans une discipline, par exhibitionnisme et docilité fonctionnelle. La séduction ou la répulsion placent en position de dépendance un sujet par rapport à un objet, ou cet objet par rapport au sujet qui le séduit ou le terrorise; et la dynamique, chez l'un ou chez l'autre, ou chez les deux, subit une régression à des positions infantiles prégénitales, des positions d'avant la loi, pour chacun des partenaires. La chasteté au sens le plus large, comme non-recherche d'un plaisir pour soi dans les rapports interhumains, est au contraire créatrice d'aimance et libératrice chez chacun de la liaison du désir physique au corps comme de l'exacerbation imaginaire de l'amour, laissant chacun à la liberté de son amour et de son désir pour d'autres.

J'ai dit que l'enfant, avant la résolution œdipienne, confond aimance avec amour, du fait que son désir est engagé dans le but enfantin par excellence, qui est la séduction de l'adulte parental. Ceux qui, en famille, du fait de l'immaturité de leurs parents, n'ont pas ressenti l'aimance chaste de ceux-ci à leur égard mais la dépendance de l'esclave par rapport au maître, la séduction ou le rejet passionnel, transfèrent sur leurs éducateurs la façon d'être qui était la leur vis-à-vis de leurs parents; et, lorsqu'ils s'attachent à un éducateur, ils font une fixation amoureuse ou, ce qui est la même chose, une fixation d'hostilité. Haine ou amour sont des manifestations du désir actif-répulsif ou actif-attractif, en relation à l'oralité ou à l'analité (l'une comme l'autre étant subie ou agie en relation avec l'oralité génitale chez les filles ou avec l'analité urétro-génitale chez le garçon). Autrement dit, pour une fille, l'amour humain homosexuel et la désirance homosexuelle pour sa mère coexistent avec l'aimance impersonnelle du sujet fille pour sa mère. De même, l'aimance pour la personne de son père et le désir hétérosexuel pour lui coexistent, et sont la source de la fixation amoureuse sur le père. La fille transpose ou plutôt transfère sur les éducateurs des deux sexes les mêmes sentiments qu'elle a pour ses parents, si elle n'a pas été délivrée de ses désirs et de son amour incestueux par la castration œdipienne.

Lorsque avec la puberté survient l'accroissement soudain des pulsions génitales, l'aimance, du fait qu'elle ne met pas en jeu le désir sexuel, peut être exprimée et sublimée pour le plaisir de la fille dans des relations créatrices, et laisse l'amour et le désir libres pour un objet hétérosexuel extra-familial, futur ou actuel mais transitoire. La jeune fille éprouvera un sentiment d'amour relié au désir lorsque, menée d'abord par l'aimance vis-à-vis d'un objet et la recherche d'échanges langagiers, culturels et créatifs avec lui, il se déclenchera en elle la focalisation de son désir sur cet objet d'aimance (homo ou hétérosexuel, d'ailleurs).

Grâce à ces deux signifiants, aimance et amour, les relations entre adultes seraient mieux énoncées dans leur spécificité; le style en est différent selon qu'elles concernent les hommes ou les femmes.

Pour les femmes, l'aimance après la castration œdipienne exprimerait les émois pour des objets, féminins ou masculins, qui n'éveillent aucun désir sexuel ni sensuel visant leur satisfaction dans le contact de corps avec l'autre, mais seulement des émois interpersonnels, de cœur et d'attachement, qui s'expriment en langage et en créativité, et qui ne déclenchent aucune rivalité vis-à-vis des autres sujets en contact interrelationnel ou interpersonnel avec les objets d'aimance. La coopération sociale est un fait d'aimance. L'amitié, soutenue par l'aimance entre femmes, entre hommes, ou entre hommes et femmes, permet la coopération, les œuvres sociales et culturelles, et laisse chacun libre pour son amour et son désir, sans que le jeu du désir ou de l'amour de chacun vis-à-vis des objets extérieurs à l'amitié réveille dépit ou rivalité. Lorsqu'une femme a atteint le niveau de la maturité génitale, qu'elle a focalisé son désir et son amour envers un être aimé dans des œuvres qui, pour tous deux, sont signifiantes d'un accord, elle peut avoir des relations d'aimance homosexuelle chaste avec des femmes amies, ainsi que des amitiés hétérosexuelles, sans être pour autant sensible au désir et à l'amour éventuels de ses amis masculins et féminins; non qu'elle ne comprenne le langage qu'ils ou elles expriment, mais parce que ce langage ne peut éveiller en elle de réponse au niveau des émois et du corps. L'aimance chaste reste chaste quand les pulsions génitales sont, dans l'amour et le désir, totalement engagées vis-à-vis d'un objet choisi. La femme, en ce cas, n'attire pas plus qu'elle ne rejette ou fuit l'amitié des hommes ou des femmes qui peuvent éprouver à son égard désir et amour; elle n'y est simplement pas sensible. Son aimance, c'est-à-dire son amitié à leur égard, ne prend pas ombrage de leurs éventuelles réactions temporaires de jalousie ou de dépit et une amitié chaste durable peut aussi triompher entre eux.

Pour l'homme aussi, à partir de la puberté et de la poussée des pulsions génitales qui s'installent alors dans leur prévalence, l'existence de nos deux termes, aimance et amour, a sa place.

L'aimance peut exister dans des relations avec des objets des deux sexes, sans participation de jeux d'influence, de possession, de rivalité, ni du désir de corps à corps génito-génital. L'aimance, pour l'homme, correspondrait à des amitiés envers des hommes dont l'homosexualité est sublimée dans le langage, la culture, la coopération en des œuvres communes; et à des relations chastes, amicales, vis-à-vis des femmes avec qui il collabore en société : l'aimance qu'il éprouve pour elles et qui se traduit en amitié sincère se caractérise par l'absence de désir charnel, ainsi que par l'absence de rivalité concernant les liens de désir et d'amour que ces femmes peuvent avoir avec d'autres hommes, ou d'autres femmes.

A la différence des femmes, lorsqu'elles ont atteint le niveau de leur fixation génitale amoureuse sur un objet, les hommes qui ont atteint ce même niveau sont cependant susceptibles d'éprouver partiellement des désirs transitoires physiques, sexuels, pour des femmes vis-à-vis desquelles ils éprouvent une aimance dans son ensemble chaste. Cela provient de ce que l'objet partiel — le pénis et l'appareil génital — extérieur au corps de l'homme reste pour lui un objet érotique qui concourt au narcissisme de sa personne privée et sociale. Une femme qui n'éprouve aucun désir pour tel homme peut, à son insu, par son corps seul, provoquer son désir sexuel, signifié par l'érection, même si, par ailleurs, dans ses relations interpersonnelles avec cette femme, cet homme est habituellement dans une situation d'aimance et n'éprouve pas, imaginairement ni symboliquement, d'amour pour elle. Contrairement à la femme qui, si elle est engagée dans un amour, est fixée au corps et à la personne de son amant, l'homme n'est jamais totalement (ou n'est que rarement) fixé corps et sexe à la femme qu'il aime symboliquement en même temps qu'elle reste pour lui désirable.

Il se peut que la raison de cette sensibilité sexuelle en partie dérobée par le narcissisme pénien qui s'accorde avec la symbolisation liée à la personne entière de l'homme tienne à ce que, chez l'homme, l'appareil génital est externe au corps; mais la différence entre les hommes et les femmes sur ce point réside peut-être aussi dans leur rapport respectif avec le phallus symbolique. Phallus que l'enfant ne représente sans doute pour la femme que lors de la gestation et du maternage. Tandis que l'homme, auprès duquel elle a engagé son désir et son amour génital, en lui dédiant dans la réalité sa puissance génitrice imaginaire et symbolique, reste, lui, au-delà de la gestation et tout au long de la première éducation de l'enfant, le référent de la puissance tutélaire.

La difficulté est que, chez l'homme, l'amour — et pas seulement le désir incestueux — peut avoir été, à l'insu du sujet comme à celui de sa mère, marqué d'interdit au moment de la castration œdipienne, laquelle n'aurait dû barrer chez lui les désirs qu'en ce qu'ils avaient d'incestueux. Cela proviendrait de situations familiales particulières. Si bien que, dans l'éveil du désir pour une femme, lorsqu'il ne s'agit pas d'un désir partiel mais d'un désir pour la personne tout entière de cette femme, l'amour que ce désir traduit peut inhiber chez l'homme le désir même en tant qu'érectile, sans pour cela que l'homme puisse sublimer, vis-à-vis de l'objet de ce désir impuissant, son amour en aimance. D'où, pour certains, le danger de désirer des femmes qui, dans leurs rêves et leurs fantasmes, sont appréhendées comme munies d'un vagin denté (référence à une oralité associée au sexe de la femme, captatrice du sperme pour en produire à son seul plaisir un enfant anal, et encore au narcissisme blessé de la chute des dents de lait qui, chez le garçon, a accompagné le sentiment d'être minable au regard du rival paternel, tant par le visage que par le sexe et la taille, ou d'être un objet de déréliction pour la mère qu'il aimait d'amour; il ne savait pas qu'elle n'avait éprouvé pour lui qu'aimance chaste et que, de ce fait, son désir non séducteur et son amour non reconnu n'étaient pas bafoués, lorsqu'elle n'y avait pas répondu à cette époque œdipienne; il avait conservé l'espérance qu'elle y répondrait le jour où, devenu « grand et beau comme le père », il lui manifesterait son désir de coït incestueux). C'est faute qu'ait été expliqué au garçon enfant le droit sexuel, lié aux érections qui rendent possible l'accomplissement du désir pour des objets hétérosexuels, et que lui ait été déclaré par ses père et mère son droit à l'amour pour toutes les femmes autres que familiales, que se trouve provoquée cette inhibition de l'homme chaque fois qu'il aime et désire la personne d'une femme, en même temps que son sexe.

De même, le désir peut surgir chez un homme pour une femme sans qu'aucun lien symbolique d'aimance durable caractérisant les relations chastes, ni aucun désir lié à un amour durable pour cette femme, ne se soient établis ni ne demeurent après la satisfaction sexuelle. C'est que le désir, chez l'homme, peut n'engager que le fonctionnement érotique d'objet partiel pénien et n'éveiller que le rut, c'est-à-dire le « besoin » sexuel, non le désir humain langagier et culturel : besoin qui fait ressentir à l'homme des pulsions de mort (du fait de l'absentéisation du sujet à son histoire), contre lesquelles il est obligé de lutter en accomplissant un coït, mû par ce qu'il croit un désir d'homme, dans la pure consommation d'un rapport sexuel avec l'objet qui a suscité son érection (ce processus peut conduire au viol...). Le corps d'une femme, quelle qu'elle soit, peut, du fait de la castration de son désir œdipien, présentifier ce dernier par sa beauté, ce corps ayant au yeux de l'homme valeur phallique, étant référé par ses seins au phallus oral, et par son ouverture sexuelle au phallus qui — de manière différente — manque au garçon autant qu'à la fille pour satisfaire totalement son narcissisme.

Cela s'explique par l'origine du narcissisme chez le garçon, qui commence par ignorer que sa mère n'est pas, comme lui, porteuse d'un pénis, car l'enfant des deux sexes imagine les adultes comme faits à son image et ressentant les mêmes sensations que lui. La fille, qui n'a pas de pénis, n'imagine pas que sa mère en possède un; mais le garçon imagine sa mère comme phallique, d'où sa blessure narcissique le jour où il aperçoit le sexe béant d'une fille et qu'il apprend, toujours choqué de l'apprendre, que sa mère est dépourvue de pénis. Toute femme est référenciée inconsciemment dans la mémoire d'un sujet aux premières femmes de sa vie; cela peut éveiller chez le garçon ce traumatisme du trou sexuel féminin, ce manque qu'il aperçut un jour et qu'il aurait voulu, par amour et par réparation, combler. Dans l'accolement des corps pendant le coït, il retrouve l'illusion d'être, se fusionnant à une femme, possesseur de seins et de pénis dans un corps sien, confusément ambisexué, du fait que le sujet féminin, par la disparition du tonus de son corps propre en tant que femme qui jouit, peut faire image en quelque façon d'un objet déserté par la vie; c'est l'homme qui, unifié à la femme, se sent doublement présent, mettons comme hermaphrodite, ce qui constitue un effacement de la blessure ressentie au moment de la castration primaire. Il éprouve dans tout coït un apaisement érotique et narcissique total, caractéristique de la jouissance. Mais cet apaisement coïtal ne préjuge en rien de l'établissement d'un lien symbolique durable avec telle ou telle femme un instant sienne.

Un homme peut donc jouer son homosexualité archaïque avec une femme, en même temps que son hétérosexualité, dans une sensation de plaisir complet, sans aucune considération pour la personne et les émotions de celle avec qui il accomplit l'acte sexuel.

Un homme n'éprouve pas la détresse de la solitude, du point de vue de son narcissisme, tant qu'il peut travailler, créer et apaiser son désir sexuel, quelle que soit sa partenaire, alors même qu'il ne l'aime ni d'amour ni d'aimance. Il entretient son narcissisme et son corps par l'exercice de son propre représentant phallique dont il est témoin en son corps (le pénis, objet partiel, est dans son fonctionnement le garant, à ses yeux, de sa virilité, et, dans l'acceptation chez n'importe quelle femme de pratiquer le coït avec lui comme avec n'importe quel partenaire, dans ce miroir que cette femme ainsi lui tend, il se voit à son avantage personnel, en tant qu'il peut y observer l'image d'une séduction qui n'a pas disparu et qu'il peut continuer à exercer, parce que tout coït, fût-il le simple accomplissement d'un rut sans participation symbolique, lui a réaffirmé le pouvoir d'une virilité intacte). C'est que son érectibilité et la pénétration de la femme, suivies d'orgasme éjaculatoire, sont à ses yeux garants de sa puissance.

Une femme, par contre, peut éprouver la détresse de la solitude, même quand son corps et son sexe sont désirés et satisfaits par un homme dans des relations d'amants. Cette détresse, elle l'éprouve dans deux sortes de situations émotionnelles : d'abord, quand l'homme n'a pas d'aimance pour elle, c'est-à-dire s'il ne la connaît pas dans sa spécificité de sujet, en dehors du coït où il cherche à prendre et trouver son plaisir, alors que ce plaisir c'est elle, en tant qu'objet, qui le lui permet, et parfois en manifestant qu'il lui en donne; ensuite, lorsqu'elle n'aime pas, elle, d'amour, son partenaire, ni un autre homme. Dans un coït avec un homme qui lui est indifférent tant en aimance qu'en amour, le corps de la femme, en tant que lieu de son narcissisme, est comme entretenu dans une dignité liminaire; et il est toujours, en tant qu'objet, valorisé par le désir de tout homme, ne serait-ce qu'un instant, l'instant du coït : narcissique valeur qui provient seulement, parfois, de ce qu'elle a été choisie par lui pour y prendre son plaisir. Mais elle se ressent alors un objet et le sujet en elle est solitaire, privé de ces échanges langagiers faits de plaisirs subtils partagés qui caractérisent toute rencontre authentique entre deux sujets. Pour la femme, quand sa féminité n'est valorisée que par la reconnaissance de son seul sexe, le plaisir que l'union sexuelle lui procure est référé — par la présence de son partenaire — au phallus, grâce à la médiation de l'objet érotique partiel, le pénis de l'homme; et son narcissisme actuel, immédiat, est entretenu, mais non son narcissisme passé (souvenir) et à venir (projets) : c'est-à-dire tout ce qui valorise un être humain non comme objet mais comme sujet de son histoire.

C'est pourquoi, plus que les hommes, les femmes sont piégées par leur désir génital, par le plaisir qu'elles y prennent et par sa valeur reconnue par la société; surtout si leur libido anale n'est pas engagée par ailleurs dans un travail reconnu comme valable. Elles sont piégées par l'attachement érotique archaïque, pseudo-filial, que peut signifier leur lien à un homme. Elles jouent alors le rôle d'objet sexuel passif, servantes du désir actif pénien de l'homme, qui n'apaise en elle que des tensions physiques. Elles peuvent être piégées par un attachement érotique archaïque pour leurs enfants, leur désir conscient étant confondu avec l'amour maternel; de même qu'à l'époque de l'entrée dans l'Œdipe, les fétiches représentaient la relation perdue à la mère, l'amour maternel est en ce cas pervers, parce que les enfants ne représentent alors pour la mère que les fétiches d'un désir de maternité non satisfait par son père. Ce deuil non fait a suscité le transfert sur un partenaire infantile ou animal (de par son comportement), du désir d'intromission du pénis paternel et de la fécondation par lui. Si elles sont devenues mères dans une pareille solitude d'amour et une telle frustration de leur désir génital, elles sont réduites, pour ne pas tout perdre de leur sexualité génitale imaginaire et de ce qui fait encore leur dignité de femmes responsables dans la société, de régresser, quant à leur libido, à l'investissement de leur propre corps, de leur « maison », ainsi qu'à une possessivité de leurs biens matériels et de leur descendance qui s'exerce au détriment de leur évolution personnelle et de leur sexualité génitale, le désir et l'amour n'étant plus éprouvés que comme un vide. C'est l'angoisse de la solitude et d'une sexualité féminine sans satisfaction d'amour partagé qui les piège ainsi dans une pseudo-fidélité mutilatrice.

Lorsqu'un homme adulte de corps n'aime pas ou n'est pas aimé, il lui reste son corps phallique et son pénis phallique, tous deux dans la réalité. Le fonctionnement de son sexe, dans le corps à corps des coïts sans aimance ni amour pour l'objet partenaire, soutient son narcissisme (en miroir, s'il se réfère au corps d'un homme; sur un mode complémentaire fusionnel, s'il se réfère à celui d'une femme). Il est ainsi assuré de la pérennité de son pénis, du fonctionnement érectile et éjaculatoire de ce pénis érogène, représentant réel et narcissisé de ses liens imaginaires à tous les objets de son aimance depuis l'enfance, ainsi qu'à l'objet parental premier de son amour, lié à l'aimance dans l'époque archaïque de sa vie. On peut même dire que, pour la sexualité masculine, la masturbation, en cas de manque d'objet dans la réalité, est susceptible, liée à une simple image, à défaut du corps d'une partenaire réelle, de soutenir chez l'homme le narcissisme au moment du fonctionnement de la décharge spermique qui soulage les tensions localisées dans son sexe. Si bien que chez l'homme, lorsque, à la fois, il est bien portant de corps, a des occupations physiques, un rôle socialement satisfaisant et que son sexe fonctionne, le narcissisme est entretenu et la solitude ne lui est pas une détresse aussi grande qu'elle peut l'être pour la femme dans les mêmes conditions. La fille, en effet, n'est référée au phallus que par son corps qu'elle investit de coquetterie (narcissisme de son visage et de sa personne); mais, pour son sexe, il lui faut dans la réalité un autre, sur lequel son désir et son amour fixent sa libido. Sinon, le désir en son sexe se confond avec ses besoins, et le désir de rencontre peut ne susciter en elle que celui de sa propre rencontre coquette dans le miroir. Pour la fille devenue adulte au point de vue génital, une référence seulement imaginaire est déstructurante et ne soutient pas le narcissisme de son sexe. De plus, sans la réponse dans la réalité d'un être humain masculin qui la désire et satisfasse avec elle son désir sexuel, la masturbation ne peut pas lui donner le sentiment de réfection narcissique qu'elle comporte chez l'homme. Il lui est nécessaire d'avoir un objet à la fois d'aimance et de désir, parce qu'elle est beaucoup plus facilement que l'homme soumise à la régression de son désir à des positions infantiles narcissiques, sur des images d'elle-même ou des représentants (tant hétérosexuels qu'homosexuels) d'elle-même lorsqu'elle était enfant. Tel est chez la femme le piège de la maternité, lorsque la femme n'est pas fixée à un homme par le désir et l'amour de celui-ci. La solitude, dans le cas où le cœur de la femme n'est pas fixé dans la réalité sur un objet phallique symbolique, ou par ailleurs sur un objet médiateur du phallus symbolique, engendre chez elle la détresse, et cela beaucoup plus rapidement que chez l'homme.

Il y a une autre ressource chez la femme, comme chez l'homme : c'est la sublimation des pulsions génitales. Mais cette sublimation ne peut se faire que lorsque la résolution œdipienne a marqué une fille qui avait été antérieurement structurée, quant à la génitalité, par un amour pour son père, et lorsque la résolution œdipienne a permis de larges sublimations des pulsions archaïques dans une œuvre à impact social.

On peut conclure de ce travail sur l'aimance et l'amour dans les deux sexes que l'aimance et l'amour sont nécessaires à une femme, alors que l'homme, lui, peut se contenter d'aimance sans se sentir frustré. Les hommes castrés dans l'enfance ont, dans la vie, des moyens de lutter contre le sentiment de frustration. Les femmes doublement castrées du pénis et d'un objet qui, référé au phallus symbolique, focalise leur amour, sont soumises à des sentiments de frustration qui ont toujours un effet régressif, destructeur pour leur narcissisme, c'est-à-dire pour leur cohésion psychosomatique. Cela explique peut-être que la somatisation soit un désordre de la personne en période de structuration commun chez les enfants; puis, qu'à partir de l'âge de sept à huit ans jusqu'à la puberté, les troubles psychosomatiques soient beaucoup plus fréquents chez les garçons que chez les filles; et qu'à partir de la puberté enfin, les troubles psychosomatiques soient beaucoup plus répandus chez les femmes que chez les hommes : preuves d'un état de frustration qui joue sur le corps dans le fonctionnement des besoins, confondu avec l'objet d'un désir qui manque à être transféré par un objet extérieur à elle pour fixer sa relation au phallus, tant dans la réalité que dans l'imaginaire. Les somatisations et les troubles fonctionnels sont alors attribués avec une déconcertante facilité aux menstruations ou à leur relais moderne, la contraception, c'est-à-dire au lieu viscéral, champ du phallus imaginaire. La fonction symbolique joue pour projeter dans le soma le langage qui n'a pas d'objet avec qui s'échanger. La douleur qui investit les viscères profonds des régions de leur corps permet aux femmes d'échapper à la détresse de la solitude, en leur donnant un objet partiel en elles à soigner, comme but de leurs préoccupations. Des femmes qui n'ont plus d'enfants à élever, qui n'ont pas de relations sexuelles ni d'amour avec un objet masculin qui les aime et réponde à leur tendresse, soignent leur maladie, toujours un peu maladie d'amour, qui leur sert d'enfant fétiche à peloter. La maladie psychosomatique devient, pour ces femmes frustrées, objet de transfert tant du pénis de l'homme qui leur manque que de l'enfant qui leur fait défaut.

Table

1. A propos de la fonction symbolique des mots 7
2. Mots et fantasmes 13
3. Les sensations cœnesthésiques d'aise ou de malaise, origine des sentiments de culpabilité 18
4. Personnologie et image du corps 60
5. La dynamique des pulsions et les réactions dites de jalousie à la naissance d'un puiné 96
6. Cure psychanalytique à l'aide de la poupée-fleur 133
7. Le complexe d'Œdipe, ses étapes structurantes et leurs accidents 194
8. La genèse du sentiment maternel, éclairage psychanalytique de la fonction symbolique féminine 245
9. Au jeu du désir les dés sont pipés et les cartes truquées 268
10. Aimance et amour 329

IMPRIMERIE BUSSIÈRE À SAINT-AMAND (2-91)
DÉPÔT LÉGAL FÉVRIER 1988. N° 9918-3 (347)

Du même auteur

AUX MÊMES ÉDITIONS

Le Cas Dominique, *1971*
coll. «Points Essais», 1974

Psychanalyse et Pédiatrie, *1971*
coll. «Points Essais», 1976

Lorsque l'enfant paraît, tomes 1, 2 et 3
1977, 1978, 1979

L'Évangile au risque de la psychanalyse, tomes 1 et 2
coll. «Points Essais», 1980, 1982

Au jeu du désir, *1981*

Séminaire de psychanalyse d'enfants, tome 1
en collaboration avec Louis Caldaguès, 1982
coll. «Points Essais», 1991

La Foi au risque de la psychanalyse
en collaboration avec Gérard Sévérin
coll. «Points Essais», 1983

L'Image inconsciente du corps, *1984*

Séminaire de psychanalyse d'enfants, tome 2
en collaboration avec Jean-François de Sauverzac, 1985
coll. «Points Essais», 1991

Enfances
en collaboration avec Alecio de Andrade, 1986
coll. «Points Actuels», 1988

Dialogues québécois
en collaboration avec Jean-François de Sauverzac, 1987

Séminaire de psychanalyse d'enfants, tome 3
Inconscient et Destins
en collaboration avec Jean-François de Sauverzac, 1988
coll. «Points Essais», 1991

Quand les parents se séparent
en collaboration avec Inès Angelino, 1988

Autoportrait d'une psychanalyste (1934-1988)
en collaboration avec Alain et Colette Manier, 1989

Lorsque l'enfant paraît, tomes 1, 2 et 3
en un seul volume relié, 1990

en cassettes de 60 minutes
Séparations et Divorces, *1979*
La Propreté, *1979*

CHEZ D'AUTRES ÉDITEURS

L'Éveil de l'esprit de l'enfant
en collaboration avec Antoinette Muel
Éd. Aubier, 1977

L'Évangile au risque de la psychanalyse, tomes 1 et 2
Éd. Jean-Pierre Delarge, 1977, 1978

La Foi au risque de la psychanalyse
en collaboration avec Gérard Sévérin
Éd. Jean-Pierre Delarge, 1980

La Difficulté de vivre
Interéditions, 1981
Vertiges-Carrère, 1987

Sexualité féminine
Scarabée et Compagnie, 1982

La Cause des enfants
Laffont, 1985

Solitude
Vertiges, 1986

Tout est langage
Vertiges-Carrère, 1987

L'Enfant du miroir
Françoise Dolto et Juan David Nasio
Rivages, 1987

La Cause des adolescents
Robert Laffont, 1988

Paroles pour adolescents
ou Le Complexe du homard
avec Catherine Dolto-Tolitch
en collaboration avec Colette Percheminier
Hatier, 1989

Collection Points

SÉRIE ESSAIS

DERNIERS TITRES PARUS

194. Suite anglaise, *par Julien Green*
195. Michelet, *par Roland Barthes*
196. Hugo, *par Henri Guillemin*
197. Zola, *par Marc Bernard*
198. Apollinaire, *par Pascal Pia*
199. Paris, *par Julien Green*
200. Voltaire, *par René Pomeau*
201. Montesquieu, *par Jean Starobinski*
202. Anthologie de la peur, *par Éric Jourdan*
203. Le Paradoxe de la morale, *par Vladimir Jankélévitch*
204. Saint-Exupéry, *par Luc Estang*
205. Leçon, *par Roland Barthes*
206. François Mauriac
     1. Le sondeur d'abîmes (1885-1933), *par Jean Lacouture*
207. François Mauriac
     2. Un citoyen du siècle (1933-1970), *par Jean Lacouture*
208. Proust et le Monde sensible, *par Jean-Pierre Richard*
209. Nus, Féroces et Anthropophages, *par Hans Staden*
210. Œuvre poétique, *par Léopold Sédar Senghor*
211. Les Sociologies contemporaines, *par Pierre Ansart*
212. Le Nouveau Roman, *par Jean Ricardou*
213. Le Monde d'Ulysse, *par Moses I. Finley*
214. Les Enfants d'Athéna, *par Nicole Loraux*
215. La Grèce ancienne (tome 1)
     par Jean-Pierre Vernant et Pierre Vidal-Naquet
216. Rhétorique de la poésie, *par le Groupe μ*
217. Le Séminaire. Livre XI, *par Jacques Lacan*
218. Don Juan ou Pavlov
     par Claude Bonnange et Chantal Thomas
219. L'Aventure sémiologique, *par Roland Barthes*
220. Séminaire de psychanalyse d'enfants (tome 1)
     par Françoise Dolto
221. Séminaire de psychanalyse d'enfants (tome 2)
     par Françoise Dolto
222. Séminaire de psychanalyse d'enfants
     (tome 3, Inconscient et destins), *par Françoise Dolto*
223. État modeste, État moderne, *par Michel Crozier*